CERDOS EN EL CIELO

Cerdos en el cielo

BARBARA KINGSOLVER

HarperLibros
Una rama de HarperPerennial
Una división de HarperCollinsPublishers

Se agradece el permiso para reimprimir las siguientes letras de canciones:

De "Big Boys," por Barbara Kingsolver y Spencer Gorin, derechos reservados © 1989.
De "Falling for Me," por Barbara Kingsolver y Spencer Gorin, derechos reservados © 1992.

Este libro fue publicado en 1993 por HarperCollins Publishers.

Libros de HarperCollins pueden ser adquiridos para uso educacional, comercial, o promocional. Para recibir más información diríjase a: Special Markets Department, HarperCollins Publishers, Inc., 10 East 53rd Street, New York, NY 10022.

Primera edición HarperLibros, 1995.

Diseño por Claudyne Bianco

Library of Congress Cataloging-in-Publication Data

Kingsolver, Barbara.
    [Pigs in heaven.   Spanish]
    Cerdos en el cielo / Barbara Kingsolver. — 1a. ed.
      p. cm.
    ISBN 0-06-95122-2
    I. Title.
    PS3561.I496P5417   1995
    813'.54—dc20   95-2990

95 96 97 98 99 ❖/RRD 10 9 8 7 6 5 4 3 2 1

A CAMILLE

AGRADECIMIENTOS

Este libro germinó con el entusiasmo cálido y afectuoso de amigos de la Nación Cheroque, especialmente Ron Watkins, Nancy Raincrow Pigeon y Loretta Rapien. Regina Peace, Toby Robles, Carol Locust y Donna Goldsmith me ayudaron pacientemente a entender la letra y el espíritu de la Ley para el Bienestar de la Infancia Indígena. Joe Hoffmann, Georgia Pope, Frances Goldin, Sydelle Kramer y Janet Goldstein ayudaron a la historia a encontrar su camino en los bosques. Camille Kingsolver me dio agudas razones de cinco años para seguir escribiendo.

La querella legal que se describe en *Cerdos en el cielo* no está basada en la historia de un solo caso sino construida a partir de materiales relacionados con la ley existente y los hechos históricos, tal cual yo los entiendo. La especificidad del proceso legal varía según la tribu. Otros pueblos contarían la historia de otra forma y ninguna de esas formas de contarla estaría equivocada.

PRIMAVERA

REINA DE NADA

Las mujeres solas abundan en la familia de Alice. Se da cuenta de pronto y ahora que lo sabe, el hecho tiene la rudeza de un ataque al corazón y ella se sienta en la cama para mirar más de cerca sus pensamientos, que se han reunido sobre ella en la oscuridad.

Es muy temprano, en abril, y no hay viento y hace un calor poco razonable, incluso a esta hora olvidada del sol. Alice tiene sesenta y un años. Su esposo, Harland, duerme como un tronco. Ronca. Aparentemente, son una pareja satisfecha que se desliza hacia casa, libre hacia los años dorados, pero Alice sabe que las cosas no van en esa dirección. Se casó con él hace dos años por amor, o eso creyó entonces, y él es un buen hombre, sí, pero devoto del silencio. Su idea del matrimonio es echar una buena cantidad de WD-40 sobre cualquier cosa que cruja. Incluso en las noches en las que se da vuelta y la abraza, no tiene palabras para Alice, nada que contraponer a los muchos años en que ella se había acostado a solas, a sentir el frío filtrándose a través de su cuerpo como el aire de una caverna, convirtiéndole los senos en piedra caliza de adentro hacia afuera. El silencio se detiene sólo cuando Harland duerme y sus amígdalas quieren recuperar el tiempo perdido. Ella no aguanta verlo así, boca arriba, concentrado en sí mismo y su ruido como si llevara su piara al mercado. Tiene que escapar de ahí.

Sale de la cama despacio y enciende la lámpara de la sala donde la está esperando al acecho la silla reclinable Naugahyde de Harland, limpia como el guante de un jugador de béisbol, con la profunda impresión de su cuerpo grande de hombre en el medio. En los fines de semana, su marido mira la TV por cable con una atención perfecta, como si tuviera miedo de perderse el fin del mundo, aunque nunca elige la CNN, es decir, el lugar en el que pasarían el mayor metraje si el mundo realmente se terminara. Harland prefiere el canal de compras por teléfono porque puede seguirlo con el volumen apagado.

Alice tiene la sensación de que la vigilan por la colección de faros antiguos que la miran con los ojos muy abiertos desde la vitrina de la loza. Carrocería y Pintura Jay es de Harland y sus cosas están invadiendo la casa. Ella ya casi no tiene energía para resistir el ataque. Los viejos pueden casarse de nuevo hasta con gracia de vez en cuando, pero sus casas no. Alice enciende la luz de la cocina de un manotón y se pone la palma en la frente para defender los ojos del brillo y de todos esos electrodomésticos.

Siente el impulso de llamar a Taylor, su hija. Taylor es más alta que ella ahora y linda y vive lejos, en Tucson. Alice quiere advertirle que hay un defecto en la familia, una epidemia, como el pie plano o la diabetes: todas están en peligro de quedarse solas por propia elección, por empecinamiento. El horrible reloj de la cocina dice cuatro y quince. No hay diferencia de hora que pueda convertir eso en un momento razonable para llamar a Tucson; Taylor contestaría con el corazón en la boca, y su primera pregunta sería: ¿quién murió? Alice se frota la nuca en el lugar en que el cabello corto y gris se le acható en direcciones equivocadas y está todo pegajoso de sudor e insomnio. Esa cocina desordenada y confusa la irrita mucho. La mesada de Formica está sembrada de curvas rosadas y negras como banditas elásticas que se empujan unas a otras y la ponen muy nerviosa, todas listas para saltar como granizo por la cocina. Alice se pregunta si hay otras mujeres resentidas con la Formica en el medio de la noche. Mira fijamente el teléfono en un rincón de la mesada. Ojalá sonara.

Necesita una prueba de que no es la última mujer de la Tierra, la reina sobreviviente de nada. El reloj engulle suavemente, traga segundos enteros mientras ella espera; no recibe prueba alguna.

Está de pie sobre una silla y busca en el armario una botella de Jim Beam que espera ahí desde que ella se casó con Harland. Hay frascos para conservas ahí arriba, tendría que haberlos tirado hace mucho. En sus tiempos, Alice hizo suficientes conservas de tomates como para llenar cien refugios antiatómicos, pero ahora ya no le importa, a nadie le importa ahora. Si bombardearan ahora, el mundo terminaría sin el beneficio de los tomates. Alice se baja y se sirve tres centímetros de Jim Beam en una jarra Bengals que le regalaron con un tanque de gasolina. Alice preferiría ir al dentista antes que mirar los Bengals. Es el precio de quedarse cuando el corazón de una ya no está allí, piensa. Una se transforma en porrista de un deporte que nunca eligió. Destraba la puerta y sale descalza a la galería.

El cielo es de un negro perfecto. Los restos de una sonrisa de luna se esconden entre las ramas del arce y la engañan para que ella también sonría. El aire no está mucho más fresco ahí que adentro pero estar afuera con el camisón despierta en Alice la idea de la libertad. Podría irse de la casa sin llevarse nada. Cómo parpadearían esos ojos de vidrio de la vitrina cuando la vieran marcharse. Se reclina en la hamaca de madera y extraña el crujido de las cadenas que una vez cantaron para hacer dormir a su beba y que ahora viven oprimidas en el silencio del WD-40 de Harland. Pone la nariz sobre la jarra de whisky y se deja ir en los humos dulces, cáusticos como hacía antes con el tabaco hasta que Taylor la obligó a dejar de fumar.

Crió una hija en esa casa y plantó todas las flores que hay en el patio, pero eso no va a retenerla. Uno puede cansarse de las flores. En el calor increíble de esa primavera de Kentucky, las peonías abrieron sus globos un mes antes de Memorial Day. Su perfume a polvo cosmético le recuerda a las viejas que conoció en la infancia y al cementerio. Deja de hamacarse un minuto para escuchar: una especie de resoplido viene desde el jardín. Los chanchos de Hester Biddle. Hester vive un poco más allá y ha decidido criar cerdos pigmeos vietnamitas para empezar de nuevo después del ataque. Dice que valen dos mil el cerdo, pero Alice no puede imaginarse en qué mercado. Son horripilantes y se escapan por diversión; van a comerse las raíces de las peonías de Alice.

—Váyanse a casa —dice Alice con voz persuasiva. Los cerdos levantan la vista. —Lo digo en serio —dice ella, levantándose de la hamaca con las manos sobre las caderas—. Soy muy capaz de convertirlos en jamón.

En la luz tenue que viene de la cocina, los ojos de los cerdos brillan en rojo. Los cerdos se están transformando en la maldición de la familia: la madre de Alice, una mujer alta, decidida, llamada Minerva Stamper crió cerdos sin ayuda de nadie durante cincuenta años. Alice levanta una maceta vacía de los escalones del corredor y la tira contra los cerdos. La oscuridad la absorbe. Les tira un terrón endurecido y un par de tijeras de podar, que también se desvanecen. Después un bol mediano de aluminio. Harland pidió los Boles Cornucopia por el canal de compras para el aniversario de bodas, así que ahora la casa tiene un bol para cada cosa. Ella levanta otro y revolea el brazo. Va a tener que levantarlos de mañana frente a Dios y a los Biddle, pero quiere que esos cerdos se vayan de su vida. Encuentra una lata grande galvanizada y se pone en puntas de pies; toda una prueba para sus tobillos. A pesar de su edad, está en buena forma; si se concentra, todavía puede manejar todos sus músculos desde adentro. Cuando su primer marido la dejó, la casa se vino abajo, pero ella piensa que ella y su hija se las arreglaron bien, teniendo en cuenta las circunstancias.

Tira la lata pero no sabe adónde cae. La oye aterrizar con un sonido metálico: seguramente golpeó a un miembro de los Cornucopia. Los ojos rojos de los cerdos ni siquiera parpadean. Alice se siente derrotada. Vuelve a la galería para hacer el recuento de bajas.

No se va. ¿Quién la recibiría? Conoce a casi todas las mujeres de dinero de la ciudad: les limpió la casa durante todos los años que estaba criando a Taylor, pero el respeto que ellas sienten por Alice está basado en lo que ella podría contarle al mundo sobre sus sótanos. Los viernes, Alice juega al póquer con Fay Richey y Lee Shanks, mujeres alegres, de voces bajas, que fuman mucho y están tan felices de estar casadas todavía que si ella dejara a Harland, la tratarían como si tuviera un virus. Minerva y sus cerdos ya no existen, claro, una, muerta y enterrada y los otros, vendidos para pagar sus propias deudas. A Alice la deprime mucho pensar en la forma en que las vidas de la gente y también sus otras empresas, como el seguro de vida, sólo duran lo suficiente como para cancelarse a sí mismas.

Un ruiseñor aterriza sobre la punta de una morera que creció a su voluntad a través del cerco. Aleteando para mantener el equilibrio, hace que la rama se balancee y gire como un juego de feria. En los pocos minutos que le llevó a Alice hacer un recuento de su vida, alguien envió a la aurora a esa dirección y la luz automática del granero de los Biddles se apagó. No importa el tipo de noche que tengas, la mañana siempre gana.

El ruiseñor salta de su rama de morera hacia la oscuridad y luego se materializa en el techo, gritándole a esa sección del condado que la antena de televisión de Alice es suya y sólo suya. Eso es algo que hay que admirar en la forma de ver las cosas del macho, piensa Alice. Se queda de pie con los brazos cruzados sobre el pecho y observa el universo oscuro del jardín, que ahora parpadea de meteoritos de aluminio. Oye a los cerdos de nuevo. Con razón vienen a comer allí: en casa de los Biddles se aterrorizan cuando Henry usa más máquinas de las que necesita. Ayer estaba usando la segadora mecánica para cortar el jardín del frente, típico. Esos pobres bichos están buscando un hogar, eso es todo, como los refugiados que huyen enbarco. Ella tien un corazón blando cuando se trata de refugiados asi que decide dejarlos. Eso va a molestar a Hester, que dice que cada vez que comen las peonías de Alice, vuelven con diarrea.

El gato del barrio, todo músculo y curvas en movimiento, se arrastra por el enrejado en el que las arvejillas de Alice lo han dado todo de si mismas en la primavera. Ella ya lo vio ahi antes, excitado con el perfume de la noche o imaginando el gusto de un ruiseñor. El jardín que Alice quisiera poder abandonar está lleno de música de pájaros y peleas por fronteras y animales hambrientos de otras personas. Ella se siente como la reina de una tierra festiva y lamentable.

Bienvenido a El Cielo.

Por primera vez en años piensa en Azúcar: su único lazo familiar. Azúcar es prima segunda y la ciudadana más famosa de El Cielo, Oklahoma. Alice tiene su foto en el álbum de recortes junto con el diploma de la secundaria de Taylor y lo que le queda de los papeles de la familia. Es una vieja foto sacada de la revista *Life* del verano del '55. Azúcar posó para un fotógrafo con una botella de gaseosa alzada a los labios y una corona de margaritas en la cabeza, reclinada sobre el rótulo de BIENVENIDO A EL CIELO y apareció en todas partes en la propaganda. Alice la vio en la verdulería y no podía creer lo que veía. Le mandó una carta que no necesitó otra dirección que "Azúcar Marie Principal, El Cielo, Okla.", y la carta llegó aunque ella ya no era técnicamente una Principal sino una Cuerno. Azúcar le contestó.

Habían pasado los últimos años de la infancia juntas en la granja de los cerdos, durante la Depresión, con docenas de chicos de otros que aparecían en la puerta de Minerva cuando se quedaban sin nada excepto parientes. De todos los primos, Alice y Azúcar eran las de edad más cercana, nacidas con apenas un mes de diferencia. A los nueve años podían pasar por chichas de doce y conseguían trabajitos en la fábrica de colchones donde todas eran jovencitas que cosían y rellenaban con plumas. Les crecieron músculos en los brazos y las plumas se les pegaron en el pelo; parecían patitos. Esas épocas fabrican lazos entre la gente. Las sogas de la ropa iban de casa a casa y el lavado corría entre las familias como una misma bandera pardusca repetida una y otra vez, uniendo a todos en la nación de los lavarropas y los nudillos rojos. Había amor en esa vida, una especie de amor muy sólido. Los chicos corrían sin preocuparse bajo las sábanas al viento en una nación propia y diferente. Pero la impresión de Alice es que la mayoría de ellos creció con el corazón hambriento, seguros de que un día se quedarían sin nada otra vez.

Después de ese reencuentro casual, ella y Azúcar compartieron sus recuerdos en cartas largas, apretadas en sobres muy gordos, pero cuando terminaron con el pasado, ninguna de las dos tuvo con qué seguir la correspondencia. Alice sospecha que la vida de Azúcar nunca llegó a las mismas alturas; en sus cartas se mencionaba hijas listas para parir. Alice se imagina una casa destartalada y flores invadidas por malas hierbas.

Pero Azúcar puso a El Cielo en el mapa una vez y seguramente todavía lleva algo de ese peso. Alice estira las piernas hacia la mañana anaranjada que va haciéndose cargo de todo a su alrededor y descubre con un sacudón extraño que todavía es la misma persona que a los nueve años. Hasta su cuerpo está intacto en su mayoría. Los senos son de una arquitectura pequeña y sólida y la cintura es fuerte y flexible; se siente como uno de esos edificios de California, diseñados para los terremotos. Y con la misma seguridad con la que sabe que sus órganos están en el lugar correcto, siente que Azúcar está ahí todavía, en El Cielo. Podría escribirle hoy. Sigue sintiendo algo por ella, su relación de familia perdida hace ya tanto, que ahora volvió a casa en un día de balance. Algo así es tan bueno o tan malo como un teléfono que suena en medio de la noche: sea como sea, uno no está tan solo como cree.

2

OJO DE AGUILA

—Mira allá arriba, Tortuga. Angeles.

Taylor se inclina hasta quedar a nivel de la mirada de su hija y señala los ángeles gigantes de granito que cuidan la entrada del Presa Hoover: un equipo de espaldas rectas, ojos en el horizonte, los brazos oscuros, pulidos, levantados hacia el cielo.

—Se parecen a Danny —observa Tortuga.

—Unos bíceps estupendos —está de acuerdo Taylor. Danny, el basurero, es físicoculturista en su tiempo libre.

—¿Para qué necesitan esos músculos los ángeles?

Taylor seríe con la idea de un santo que tiene que arrastrar por ahí las bolsas de basura del paraíso, demasiado grandes para él.

—Esto lo hicieron en los años treinta —dice—. Pídele a la abuela que te cuente algo sobre la Depresión un día. Nadie conseguía trabajo, así que tenían eso del Bienestar Social y hacían que la gente fabricara puentes y veredas y estatuas que parecían listas para ponerse a sudar.

—Una foto. —El tono de Tortuga no es como para decir que no; quiere decir que Taylor se parará frente a los ángeles y *ella* tomará la foto. Taylor se para donde le dicen y se prepara para sonreír todo el tiempo que haga falta. Tortuga se concentra en el ojo rectangular, las cejas negras inmóviles por encima, sobre la frente alta. Las fotos de Tortuga suelen salir sin ninguna esperanza en cuanto a la composición: piernas cortadas o todo cielo, o a veces algo que Taylor nunca vio. Cuando las imágenes vuelven de la casa de revelado, a veces tiene la sensación de que sus vacaciones fueron las de otro. Mira las zapatillas de Tortuga, gastadas en las puntas, y las piernas plantadas con toda deliberación y se pregunta de dónde sale tanta persistencia y adónde va a llevar a esa niña. Desde que descubrió a Tortuga en su auto y la adoptó hace tres años, hubo muchos momentos en los que no podía creer que era la madre de Tortuga. Esa niña es el milagro que Taylor no hubiera dejado pasar por su puerta si la hubieran llamado. Pero eso es lo que son los milagros, supone. Cosas que nadie vio venir.

Se le desvían los ojos mientras Tortuga manipula la máquina. El sol está caliente, caliente. Taylor se retuerce el cabello negro y se lo levanta por encima de la nuca.

—¡Mamá!

—Lo siento. —Ella baja los brazos a sus costados, con cuidado, como una bailarina y trata de no mover nada excepto los ojos. Un hombre en silla de ruedas se les acerca despacio y les guiña un ojo. Es notablemente buen mozo de la cintura para arriba, con brazos bien formados. Se mueve muy rápido, el cabello negro flotando atrás, y hace girar la silla con suavidad frente al pedestal de mármol de los ángeles. Si se esfuerza, Taylor logra leer de costado la inscripción en el mármol: es un monumento a los hombres que murieron construyendo la presa. No dice quiénes eran, en particular. Otra placa tiene una lista de nombres de los directores del proyecto, pero ése sólo dice que muchos de los que trabajaron allí, encontraron allí su destino final. Es una placa de metal bastante perturbadora que muestra hombres en ropas de trabajo deslizándose imperturbables bajo el agua. —Pobres tipos —dice ella en voz alta—. La tumba de los pobres desconocidos del cemento.

—Trabajaban por cincuenta centavos la hora —dice el hombre de la silla de ruedas—. Había un grupo de navajos de la reservación.

—¿En serio?

—Ah, sí, sí. —Sonríe de un solo lado, como sugiriendo que sabe cómo moverse en grandes robos como ése, un trabajo de moda pero de poca paga que compró a esos chicos navajos un pedazo de granja.

La máquina hace clic y Taylor está libre. Estira los músculos de la cara.

—¿Eres la fotógrafa del viaje? —le pregunta el hombre a Tortuga.

Ella aprieta la cara contra la panza de su madre.

—Es tímida —dice Taylor—, como todos los grandes artistas.

—¿Quieren que les saque una de las dos?

—Claro. Una para mandarle a la abuela. —Taylor le da la cámara y él lo hace, y sólo tarda unos segundos.

—¿Están dando la vuelta al mundo? —pregunta.

—Una vuelta al mundo chiquita. Estamos tratando de darle la vuelta al Gran Cañón. Ayer fuimos de Tucson hasta el punto panorámico de Bright Angel. —Taylor no dice que se volvieron medio locas con comida tipo hamburguesas y papas fritas en el auto, o que cuando bajaron a ver el punto panorámico justo al anochecer, Tortuga miró una vez y se mojó los pantalones. Taylor no la culpa por eso. Ese lugar es demasiado para asimilarlo de golpe.

—Yo estoy haciendo un viaje para ver los monumentos a la gente que tuvo mala suerte. —El hombre hace un gesto hacia la gran rebanada de mármol.

Taylor siente curiosidad por ese pasatiempo pero no quiere provocarlo para que siga hablando. Lo dejan con los ángeles y se van hacia el museo.

—No se siente en la pena —dice Tortuga, de pie, señalando la pared. Está aprendiendo a leer, en el jardín de infantes y en el mundo en general.

—En la piedra —dice Taylor—. No se siente en la piedra.

La advertencia está escrita a lo largo de una larga piedra acostada que cubre en ese lugar la parte superior de la presa pero las palabras están oscurecidas por las piernas de la gente sentada. Tortuga mira a su madre con ese asombro hermoso que tienen los chicos en la cara hasta el día en que se despiertan y ya lo saben todo.

—Las palabras no significan lo mismo para todos —explica Taylor—. Tú lo leerías como "No se siente en la piedra" pero otra gente, como Jax, por ejemplo, pensaría que significa: "Adelante, rómpase el cuello si quiere, pero no diga que no le advertimos."

—Ojalá Jax estuviera aquí —dice Tortuga con solemnidad. Jax es el novio de Taylor y pianista de una banda llamada los Bebés Irascibles. A veces, a Taylor le parece que podría dejar a Jax o seguir con él y que ninguna de las dos cosas le importaría demasiado pero es cierto que es una ventaja en los viajes. Canta en el auto y es muy bueno inventando juegos para que Tortuga no se aburra.

—Ya lo sé —dice Taylor—, pero se sentaría en la piedra. Y tendrías que leerle sus derechos.

A Taylor le resulta más que suficiente mirar por encima del borde, cientos de metros a lo largo del ala curvada, blanca de cemento hasta el fondo del cañón. Las grandes piedras de abajo parecen chiquitas y distantes como un sueño de la propia muerte. Aferra el brazo de su hija para protegerla con tanta fuerza que tal vez le deje una marca. Tortuga no dice nada. Recibió marcas de muchas cosas en la vida, y la extraña clase de amor maternal de Taylor es la más dulce de todas.

Los pantalones cortos de algodón de Tortuga, una pierna roja y una blanca, flamean en el viento como banderas de señales cuando camina, aunque Taylor sabe que nunca podría adivinar qué mensaje está enviando con ellos. Su hija tiene un aspecto implorante con esos miembros flacos, oscuros y esas cejas ansiosas, como uno de esos chicos en los avisos de las revistas donde dicen que con veinte centavos por día usted puede darle a la pequeña María, al pequeño Omar, una oportunidad en la vida. Taylor se ha preguntado más de una vez si Tortuga superará algún día esa mirada de niña de póster. Daría años de su vida por conocer la historia de los primeros tres de Tortuga en el este de Oklahoma, donde se supone que nació. Su mano aferrada al brazo de Tortuga es redundante porque fue Tortuga la que primero se pegó a la mano o la manga de Taylor. Cruzan juntas el tránsito caótico hacia el museo.

Adentro hay viejas fotos en las paredes, fotos que muestran largas superficies de cemento armado y hombres de cejas espesas en overol, de pie dentro de enormes turbinas. Los turistas entran como ganado en un pequeño cine. Tortuga le pide que vean lo que hay que ver pero Taylor lo lamenta apenas empieza a funcionar el proyector. La película describe el sorprendente logro de una presa que domó por fin al río Colorado. En los viejos días, corría salvaje inundando a todos los que vivían corriente abajo y hundiendo las cosechas en el barro.

—Sólo había una solución: ¡la presa! —exclama el relator. A Taylor le recuerda a un chico que reúne todo lo que tiene de pedantería para dominar la vergüenza en una obra de teatro de la secundaria. Los ingenieros del señor Hoover prevalecieron finalmente y así dieron riego a Arizona y electricidad a Los Angeles y dejaron a los mejicanos un mísero arroyuelo salobre.

—Otra solución es que no sembraran el algodón justo al lado del río —señala Taylor.

—¡Mamá! —se enfurece Tortuga entre dientes. En casa, gime cuando Taylor habla en contra de la TV. En cuanto a ese tema, Jax se pone del lado de Tortuga, y cita la importancia de la fantasía. Taylor está del lado de su madre, que dice por teléfono que la TV tiene a su esposo dominado con poderes sobrenaturales. "Bueno, pero no creas todo lo que te dicen ahí", le advierte a Tortuga a menudo, pero sabe que, en general, esa guerra es causa perdida. Según su hija, las Tortugas Ninja viven en las cloacas y no hay nada más que decir.

Afuera del museo, un envoltorio de chicle patina sobre la vereda sobre una sorprendente ráfaga de viento. Un rebaño de tazas de papel y pajitas de plástico rueda hacia el este al unísono. Lucky Buster está sentado sobre las rampas de la Presa Hoover, tratando de decidir cómo salvar el día. La gente es capaz de tirar cualquier cosa al suelo, o incluso al agua. Como monedas. Terminan allá abajo, con los peces. Tal vez hay un millón de dólares en el fondo del lago en este momento, pero todo el mundo cree que no es más que un centavo—el que cada uno de ellos acaba de tirar.

Lucky está sentado, muy quieto. Tiene los ojos clavados en una lata de gaseosa color rojo brillante. Su amigo Otis es ingeniero del ferrocarril Southern Pacific y ya le hizo varias advertencias sobre las latas de gaseosas. Reflejan el sol y parecen una señal roja sobre las vías. Cuando él ve algo así, tiene que parar todo el tren y después resulta que no era más que una lata. Malas noticias.

La gente está por encima de su cabeza. Una niña lo está mirando. Esa cara redonda como un gran pastel marrón lo ve bien desde la cima de la piedra. El la saluda con el brazo pero ella se agacha junto a su madre y se va. Nadie más lo mira. Podría bajar ahora. El agua está demasiado cerca, y eso lo asusta, ése es el problema: el agua es negra, azul, rosada, de todos colores. Se le mete en los ojos, hay tanta luz. Desvía la vista hacia el

desierto, más agradable, como una joroba dorada de camello. Ahora:
vamos.

Lucky se deja caer y camina despacio a lo largo de la pared gris que
corre junto al borde. De un lado está el agua, color pescado; del otro, uno
se cae en el agujero. Él se mueve con tanto cuidado como las chicas del
circo en la TV, ésas que caminan sobre cables con mallas plateadas. Un
pie, otro pie.

Un pájaro blanco con patas como costras amarillas aterriza delante de
Lucky.

—Sssss —le dice él al pájaro, sacudiendo las manos para espantarlo. El
pájaro se va caminando rápido, una pata desparramada, después la otra.
Lucky está a dos pasos de la lata. Ahora a un paso. Ya la tiene.

El pájaro vuelve la cabeza y lo mira directamente a la cara con un ojo
lleno de maldad.

El sol ha caído bajo las colinas de Nevada levantando un atardecer del
color de los limones y las cerezas. Tortuga y Taylor caminan una vez más a
través del sueño de cemento del señor Hoover. Tortuga se aferra con tanta
fuerza que a Taylor le duelen los nudillos. Tienen una amiga hipocon-
dríaca, Lou Ann, que ya advirtió a Taylor que tiene que cuidarse de la
artritis, pero esa mano dura como una mandíbula empecinada es uno de
los principios de la relación entre las dos; es esa mano la que le ganó a
Tortuga primero un sobrenombre y después una madre. Desde que se
conocen, Tortuga nunca ha soltado del todo a Taylor.

El agua a la sombra de la presa es de un color verde musgo y seduce a
Tortuga. Ella tira de los dedos de Taylor para señalar los grandes bagres
que se mueven en la oscuridad verde. Taylor no mira. Está tratando de
asimilar todo el lago Mead, la gran profundidad y el gran peso del agua
que antes corría libre y hacía difícil la vida de los granjeros río abajo. El
lago se extiende lejos hasta las colinas marrones pero no hay vegetación
junto al agua, sólo una superficie que se encuentra con otra, un lago falso
en el desierto, un lago que no puede reclamar su propia orilla. En la distancia alguien maneja una especie de vehículo acuático color verde que
parece desagradable y ruidoso para su tamaño, como un mosquito.

Nubes de tormenta con altos peinados a la Pompadour se congregan ya en el horizonte occidental, una esperanza de clima más fresco pero sólo una esperanza. Cuando vuelven a él, el Dodge está en llamas y huele a plástico derretido sobre los asientos. Taylor abre la puerta y trata de echar algo de aire más fresco hacia adentro. El helado que le compró a Tortuga fue un error, se da cuenta de eso ahora, pero no es una madre demasiado meticulosa, no abiertamente. Tuvo que aprender la maternidad de un día para otro en los últimos tres años, y ahora su filosofía es que todo lo que es realmente importante también es lavable. Le da a Tortuga un montón de servilletas de papel de la guantera pero tiene que tener un ojo puesto en la ruta una vez que arrancan. El Dodge Corona funciona como una barca y el camino es estrecho y retorcido, tan malo como las rutas de Kentucky en las que ella creció arriesgando el cuello.

Finalmente, llegan a la llanura de Nevada, que parece haber alcanzado la muerte clínica. Detrás de las dos, el lago extiende sus largos dedos verdes, pidiéndole algo al cielo, probablemente lluvia.

Tortuga pregunta:

—¿Cómo va a salir?

—¿Quién va a salir?

—Ese hombre.

—¿De qué hombre estás hablando, mi amor? —Tortuga no es buena para hablar. No terminó una sola frase hasta los cuatro años e incluso ahora puede llevar días sacarle una historia entera—. ¿Es algo que viste en TV? —Taylor trata de ayudarla. —¿Cómo las Tortugas Ninja?

—No. —La niña mira con pena el cadáver de barquillo del helado. —Fue a buscar una lata y la levantó y se cayó por el agujero que está al lado del agua.

Taylor pone los ojos en el camino.

—¿En la presa? ¿Viste caer a alguien?

—Sí.

—¿En ese lugar donde estaba la gente sentada, en la piedra?

—No. Del otro lado. El lado del agua.

Taylor respira hondo para no perder la paciencia.

—¿El hombre del lago, el que andaba en esa cosa como una barca?

—No —dice Tortuga—. El hombre que se cayó en el agujero al lado del agua.

Taylor no entiende nada.

—¿No lo viste en la televisión?

—¡No!

Las dos se quedan calladas. Pasan junto a un casino donde un enorme rótulo iluminado trata de incitar a la gente a dejarse llevar por la gran idea de cambiar el pago de sueldo por fichas para las máquinas tragamonedas.

Tortuga pregunta:

—¿Cómo va a salir?

—Amor, en serio, no entiendo lo que me estás diciendo. Viste a alguien que se cayó en el agujero de la presa. ¿Pero no en el agua?

—No, en el agua no. En el agujero grande. No gritó.

Taylor se da cuenta de lo que podría querer decir y rechaza la posibilidad pero durante las décimas de segundo que van del primer pensamiento al segundo, siente que se le para el corazón. Sí, había un vertedero para que el agua pudiera atravesar el dique en caso de inundación.

—¿No estarás hablando del vertedero, no? ¿El agujero grande entre el agua y el estacionamiento?

—Sí. —Los ojos de Tortuga están llenos de luz. —No creo que pueda salir de ahí.

—Había un alambrado alrededor. —Taylor baja la velocidad a setenta kilómetros por hora. Ignora la fila de autos que se está agolpando tras ella aunque los conductores están empezando a tocar bocina, impacientes por llegar a Las Vegas y tirar todo el dinero que llevan encima.

—Tortuga, ¿me estás diciendo la verdad, la verdad verdadera?

Antes de que la niña conteste, Taylor da vuelta en U, furiosa consigo misma. Nunca volverá a hacerle esa pregunta.

Los ángeles guardianes del Hoover están en la oscuridad. El lugar parece abandonado. Golpean las puertas cerradas del museo y Taylor se pone las manos sobre las sienes para que el reflejo le deje ver adentro pero todo está desierto. Un gran mapa de la presa muestra los ascensores, las torres de mantenimiento, y a los dos lados, un gran vertedero que se retuerce como un intestino bajo la presa hasta llegar al río, más abajo. El estómago de Taylor está revuelto.

—Se fueron a dormir —le dice a Tortuga, que no deja de golpear la puerta—. Vamos. Muéstrame dónde se cayó.

Tortuga está dispuesta a sustituir la primera acción por la segunda. Las piernas de sus pantalones cortos se castigan una a la otra cuando cruzan hacia el lado de Arizona, donde hace una hora ella dejó todo un rastro de helado.

—Ahí —dice, señalando hacia abajo.

Taylor examina la garganta del vertedero: un túnel rectangular de cemento de tal vez quince metros, cuyo extremo inferior se estrecha hasta formar un gran agujero redondo.

Los puntos de luz de los autos se retuercen en la montaña. Parecen solitarios. Afuera, en el lago, los murciélagos aletean y se lanzan contra los mosquitos. Taylor mira la garganta oscura.

—¿La cabeza o los pies primero?

Tortuga lo piensa.

—Estaba caminando ahí. —El dedo proyecta una línea sobre la pared que separa el lago del vertedero. —Levantó una lata. Después se cayó. Primero el costado. —Su mano se refugia en el bolsillo del pantalón, asustada de sus propias revelaciones.

Taylor le aprieta la otra.

—No te preocupes. Quien quiera que sea tiene muchísima suerte que tú tengas tan buenos ojos. ¿Lo viste entrar en el agujero?

Tortuga asiente.

Taylor siente que le tiemblan las rodillas, como cuando miraba sobre la piedra del parapeto. Lo peor de la maternidad, piensa, es que una nunca puede volver a ser la beba de la familia, ni siquiera durante tres segundos. Trata de sonar firme.

—¿Gritamos? ¿Te parece que nos podría oír?

Tortuga asiente de nuevo.

Taylor aúlla:

—¿Hay alguien ahí dentro? ¡Eeey! —Escuchan la respuesta pasiva de dos millones de toneladas de cemento.

Taylor se inclina más sobre la baranda y forma un megáfono con los dedos extendidos para mostrarle a Tortuga que en realidad todo eso es divertido y que va a funcionar.

—¡Eey! ¡Tú! Hola, ahí abajo, ¿me oyes? ¡Eeey!¿No tienes algun cambio para darme? ¡Iujuuuu! ¡Hola!

Desde allá lejos, en el lago, llega el zumbido agudo de un motor fuera de borda. Nada más. Tortuga llora sin hacer ruido.

Busca los dedos de la madre, la única cosa segura. Están de pie en la oscuridad. Taylor hace que la luna redonda de la linterna recorra el cuerpo del policía de la silla pero él no se despierta. Detrás de las rejas, hay máquinas con largos cuellos animales y ellas también están dormidas.

—Ey, señor —dice Taylor, con más fuerza. La luz se desliza sobre la camisa marrón y descubre la chapa cuadrada con el nombre. Luego los ojos. El se despierta y manotea el revólver.

—¿Qué mierda – ?

—Discúlpeme, señor Decker, pero no nos mate, ¿eh? Mi hija tiene seis años y no estamos armadas.

Tortuga siente la mano de su madre. El hombre se pone de pie y enciende la luz. Un motor canta y llora allá atrás.

—¿Qué mierda quieren?

—Queremos informar sobre una emergencia, ¿eh? Alguien se cayó en la presa. En el vertedero.

El señor Decker las mira con los ojos muy abiertos y todos sus sueños en huida.

—Tenía puesta una camisa oscura y un pañuelo verde alrededor de la cabeza. —Taylor mira hacia abajo y Tortuga se toca el cabello.

—Y el pelo largo. Castaño oscuro.

—¿Borracho?

—No sabemos. No es alguien que conozcamos. Estamos informando.

El señor Dexter se arregla la entrepierna de los pantalones.

—¿Cuándo?

—Cuando se puso el sol. Más o menos.

—¿Y decidieron venir a decírmelo en medio de la noche?

—No hay nadie en el museo. Nos llevó mucho tiempo encontrar a alguien.

—¿Y qué quieren? ¿Un desfile? Mañana es domingo de Pascuas, carajo.

—Bueno, lamento mucho que le hayan encajado este turno, señor, pero lo que estamos tratando de hacer es informar sobre una vida humana en peligro.

—Hijo de puta.

Taylor apaga y enciende la linterna.

—¿Nunca pensó en cambiar de trabajo?

El señor Decker va hacia su refugio, adentro y llama por teléfono. Cuando vuelve, pregunta:

—¿Algo más de identificación sobre este tipo? ¿Viejo?

Taylor le pregunta a Tortuga.

—¿Era viejo?

Tortuga mira adentro de su cabeza.

—Grande.

—¿Como un chico grande? ¿O de mi edad? ¿O más viejo que yo?

—Más grande que un chico. Tal vez como tú.

Todo el cuerpo del señor Decker se desploma de pronto, como un bolso sin nada adentro.

—¿Me está diciendo que usted nunca vio el incidente personalmente?

—Mi hija vio el incidente. Personalmente.

—*Ella* lo vio —levantó la vista. —¿Tú crees en Papá Noel, querida?

Tortuga busca a su madre con la cara y no dice nada. Siente que dentro de Taylor el aire que se levanta y ruge.

—Señor, está usted intimidando a una testigo. Ella vio lo que dice que vio. Mi hija no se pierde muchas cosas. Cuando venga su jefe, puede decirle lo divertido que estaba usted cuando lo encontramos roncando en la guardia. Así que, ¿quiere tomarse algunas pastillas de alegría y ser más amable con nosotras o qué?

Hugo Alvarez, jefe de Decker, las mira de arriba a abajo. Tiene el tipo de actitud rimbombante del que trata de probar por todos los medios que el Servicio de Parques no está malgastando el dinero de los contribuyentes. Taylor se obliga a sentarse en la silla de plástico anaranjado mientras el señor Alvarez escribe los hechos.

—Su hija no se le parece —hace notar.

Ella ya está acostumbrada. Los desconocidos las miran con esa expresión de mente-curiosa-quiere-saber, y se preguntan si ya vieron a esa niña en un cartón de leche en alguna parte.

—Es adoptada —dice Taylor directamente.

—¿Mejicana?

—India. Cheroque.

El señor Alvarez escribe en su anotador; aparentemente ése es uno de los hechos.

—El tipo puede estar colgando ahí dentro —señala Taylor—. ¿No podemos apurar un poco el trámite?

El señor Alvarez tiene un fleco oscuro alrededor de su cabeza calva y los ojos de un sabueso indiferente. Dice sin emoción aparente:

—Hay un alambrado de seguridad de dos metros cuarenta.

—No sabemos cómo pasó por encima del alambrado —dice Taylor, tratando de adoptar el mismo tono. Las luces fluorescentes le parecen abusivas a esa hora, y entrecierra los ojos, tratando de recordar la colina cerca de la presa. —Tal vez vino desde el otro lado, de la montaña. O del lago.

—Tenemos personal de seguridad vigilando el área. Como halcones.

—No quiero ofenderlo, pero pasamos mucho rato buscando a sus halcones esta noche.

—Es un fin de semana largo.

—Felices Pascuas —dice Taylor—. Vamos a buscar huevos.

Alvarez suspira.

—Sé que no quiere hacer nada malo, señora, pero no parece probable. Alguien tendría que haberlo visto, además de la niña. No podemos llamar a los de rescate a esta hora sin un testigo.

—Tenemos un testigo. Mi hija es testigo.

Alvarez se frota la nariz con la lapicera y decide no agregar nada a la lista de hechos.

—Nunca dijo una mentira en toda su vida —agrega Taylor.

—Francamente —dice él—, no la oí decir mucho desde que llegó aquí, ni mentiras ni ninguna otra cosa.

—No habla mucho. Si dejamos de lado todo lo intrascendente en la vida, no queda mucho que decir, ¿no le parece?

Alvarez vuelve a mirar a Decker y le da cuerda a su reloj, despacio. Taylor se levanta y camina hasta la puerta y vuelve, dominando una necesidad profunda de patear una silla con sus botas estilo vaquero.

—¿Entonces quiere que le mienta? ¿Quiere que le diga que yo también lo vi? Si escribe eso en el informe, ¿va a poder llamar a los de rescate?

—Dígame lo que pasó. La verdad. Nada más.

—La verdad nada más, entonces: un hombre se cayó por el vertedero de su maravilloso dique, hoy, al atardecer. Mi hija lo vio caer y la raza humana quedaría mejor parada si usted actuara como si le importara. Porque si ese hombre muere ahí dentro, le aseguro que va a estar realmente muerto.

El domingo, después de unas horas de incómodas pesadillas en el asiento del Dodge, Taylor y Tortuga encuentran al encargado del lugar en el estacionamiento. Viene a tomar su turno. A Taylor le gusta el camión que usa: un Ford 59, color cereza. Tal vez él sí las escuche. Taylor trabaja en automotores y ha notado que la gente que se ocupa de las cosas viejas generalmente tiene paciencia.

—¿Por el vertedero? —pregunta él—. No puede ser. Tenemos un alambrado de seguridad ahí. Yo vi a un tipo caerse del otro lado una vez. — Taylor tiembla, pensando en esa caída libre. —Mediodía —dice el hombre—. Accidente. Los suicidas, esos generalmente saltan de noche. Huevos revueltos a la mañana.

Taylor está mareada por la falta de sueño y podría pasárselas muy bien sin el informe sobre huevos revueltos.

—Este tipo tenía mi edad más o menos. Pelo largo. Overoles y – ¿qué era? Un pañuelo.

—¿Verde? ¿Un pañuelo verde? —La cara del encargado se enciende como si alguien hubiera pulsado un interruptor desde atrás. —¿Atado en la cabeza, así? ¿Y el pelo así? —Se lleva la mano hasta el hombro.

Taylor y Tortuga asienten al mismo tiempo.

—Ay, mierda, Lucky Buster. —El hombre se va hacia el vertedero.

Ellas lo siguen.

—¿Conoce a ese tipo? —pregunta Taylor.

—Retrasado. Ah, mierda. No puedo creerlo. ¿Cuándo?

—Anoche. ¿Lo conoce?

—Hace un par de semanas que anda por aquí. No puedo creerlo. Me estaba volviendo loco. Mentalmente es un niñito, ¿entiende? No creció. Y tiene algo con la basura –

Taylor grita.

—¡Espere! —Tortuga le está tirando de los dedos como alguien que hace esquí acuático—. ¿Qué me dice de la basura?

—Está loco. Lo atrapé dos o tres veces trepando a lugares que asustarían a las cabras montañesas. Para buscar latas, ¿no es increíble?, latas – Ah, mierda, Lucky Buster.

Se para frente al vertedero y los tres miran abajo, a la nada. El encargado está tratando de recuperar el aliento perdido.

—Mierda.

Alas diez de la mañana del lunes, seis voluntarios del Club Spelunking de Las Vegas Norte más un paramédico con experiencia en montañismo emergen del vertedero del lado de Arizona. Les llevó toda la noche reunir al equipo y hace horas que están en el agujero. Taylor y Tortuga están en la primera fila en la multitud que se aprieta contra la valla de seguridad. Los guardias gritan en los altoparlantes pidiendo a la multitud que se disperse y eso atrae a más gente.

Los hombres del rescate parecen mineros, todos negros de hollín. La soga que los conecta de cintura en cintura bajó en círculos amarillos al amanecer pero ahora vuelve oscura. Sólo las hebillas tintineantes de los aparejos de alpinismo reflejan el sol.

La camilla sale del agujero como un óvalo largo, duro, una rebanada del horno. Lucky Buster está envuelto en mantas de goma de rescate y atado con tanta fuerza de la frente a los tobillos con bandas de tela negra que en algunos lugares parece hinchado. No puede dejar de parpadear. Esa multitud en el alambrado es la cosa más brillante que haya visto en toda su vida.

3

LAS VERDADERAS
HISTORIAS

Las diez en punto en Kentucky; el sol apenas ha empezado a pensar en Arizona. No, Alice no puede llamar todavía. Está limpiando los armarios de la cocina desde el amanecer. Vio algo en las noticias de la mañana que la perturbó mucho y necesita hablar con Taylor. Los cambios de horario son un truco muy sucio; seguramente los inventó alguien cuya familia vivía bajo un solo techo, ella está segura.

Hay cajas de cartón sobre el piso de linóleo, como grandes barcas repletas de carga: ollas, cacerolas, frascos, guantes para horno, cuchillos grandes, más de lo que Alice puede imaginar. Con el humor que tiene, está lista para abandonar la cocina. Si dejara de cocinar completamente, duda que Harland notara algo. Cuando lo conoció, él calentaba latas cerradas de sopa Campbell en un gran tacho de agua todas las noches. A ella le sorprendía ver las latas rodando como troncos en el agua hirviendo.

—¿No estallan? —le preguntó y él puso su mano sobre la de ella, con timidez, como hacían a veces. Su idea de una comida casera es cuando el que abre la lata y la pone en una sopera es uno mismo. Alice ha estado malgastando su talento.

Con pinceladas agresivas del trapo, llega a un armario alto y siente que las bermudas se le deslizan sobre los muslos donde las venas son de un azul imposible de disimular. No se está exponiendo ante nadie, pero sigue avergonzándose de que su sistema circulatorio haya empezado a mostrarse de esa forma. Envejecer es sólo hacerse más fácil de ver, más transparente, hasta que lo de adentro está a la vista de todos y es asunto de todos con todas sus fallas. Hasta la propaganda dirigida a los viejos es vergonzosa: charla de baños. Se espera que una se dé vuelta como un guante y se haga pública con todas sus hemorroides.

Para Alice es difícil imaginar lo que le queda de vida. Su amiga Lee Shanks vio un espectáculo religioso de reclutamiento sobre cómo cambiar de vida a través de la Imágenes Creativas y desde entonces estuvo tratando de imaginar un nuevo Honda Accord. Pero cuando Alice cierra los ojos ve frascos de conservas. Sabe que ninguna mujer con venas azules y un cerebro en su cabeza dejaría a un esposo decente, pero ella va a hacerlo de todos modos. La soledad es su herencia, como la profunda línea del corazón que se le quiebra en escarbadientes duros sobre la palma de la mano. Tal vez las mujeres Stamper piensen que están llegando a alguna parte, clavándose en un lugar hasta la piel, pero siempre hay algún misterio que corta las ligaduras que las atan a la gente. Su madre daba vueltas por la granja con los ojos en el cielo como esperando una señal que dijera: libertad y alegría por aquí, al final del camino solitario.

Alice no quiso ser como ella. Se casó joven y equivocada pero con toda la intención de quedarse con su primer marido, Foster Greer. Lo conoció en un restaurante con tocadiscos automático al borde de los bosques junto al corral del matadero Old Miss y en esa primera noche, él bailó con ella en el estacionamiento y le dijo que iba a sacarla de ese olor. Entre la granja de los cerdos y el corral del matadero, Alice había vivido toda su vida dentro del perímetro del hedor y no entendió lo que él quería decir. La sorprendió descubrir que el aire, solo, está vacío de olores. Respiró por la nariz una y otra vez como una adicta que prueba una nueva droga y así, por una ruta que cortaba a través de pantanos con cipreses, manejaron hasta Nueva Orleans antes del desayuno. Incluso ahora, Alice siente en la piel el recuerdo de esa loca aventura: la carrera por los pantanos de cocodrilos a medianoche, esa sensación de estar viva y llena de suerte, como si en toda la Tierra, esa noche, sólo hubiera un hombre y una mujer y ellos fueran los elegidos.

Pero como marido, Foster terminó con sus aventuras. Hizo una carrera de lo que llamaba "empezar de nuevo", es decir hacerse despedir de un trabajo tras otro en las granjas y consolarse con algo de bebida. Si algo vale la pena, le decía a Alice, también vale la pena hacerlo todo de nuevo en una ciudad distinta. Y después le dijo que ella era demasiado divertida, como si ella tuviera la culpa de que él no pudiera quedarse en el mismo lugar mucho tiempo. Le hizo prometer que nunca intentaría nada raro como quedar embarazada y ella cumplió durante por lo menos diez años. En esos días no era fácil: era toda una empresa. Cuando finalmente pasó, ella ya había conocido a Foster lo bastante como para reconocer un buen trato: él por un bebé. El le había dado el aire fresco, libre, pero ése no es un regalo por el que una pueda seguir agradecida durante toda la vida. Cuando él se fue de Pittman, Alice y el bebé se quedaron.

Ella creyó que la maternidad, si la hacía bien y con ferocidad, terminaría con la maldición familiar de la soledad: se dedicó a creer en su hija con toda su alma, con tanta franqueza como Minerva se había dedicado a los cerdos. Pero los chicos no se quedan con una si una lo hace bien. Es un trabajo en el que, cuanto mejor sea una, tanto menos la necesitarán a largo plazo. Mira el reloj de nuevo: las siete y media en Tucson. Levanta el teléfono y marca.

Una voz de barítono dice:

—Io.

Tiene que ser Jax. Alice se siente ridícula. Lo que vio en TV no tenía nada que ver con Tortuga y Taylor. Seguramente todavía están en cama.

—Ah, bueno, hola —dice—. Soy yo, Alice.

—Hola, linda Alice. ¿Cómo andan las cosas?

—Bien —dice ella. Nunca sabe qué decirle a Jax. No lo conoce personalmente y le resulta difícil imaginárselo. En primer lugar, toca en una banda de rock. Es de Nueva Orleans y según Taylor es alto y delgado y usa un aro de oro pero la voz suena como la de Clark Gable en *Lo que el viento se llevó*.

—Tu hija ha huido del castillo —informa Jax—. Se llevó a la segunda generación a ver el Gran Cañón. ¿Qué te parece?

—¡Entonces es cierto! —grita Alice y se asusta de su propio grito.

Jax no parece asustado.

—Cierto, cierto. Me abandonaron para que tuviera una buena charla con las paredes. —Agrega: —¿Qué es cierto?

Alice está completamente confundida. Si algo les hubiera pasado, Jax lo sabría.

—Nada —dice—. Una porquería que vi en TV. Harland estaba mirando el noticiero y dijeron que alguien se había caído en la Presa Hoover y juro que la que le hablaba a la cámara era Taylor Greer, por un segundo –

—Si Taylor se hubiera caído en la Presa Hoover, no habría estado hablándole a la cámara —señala Jax.

—Bueno, no, no, así que me preocupó que pudiera ser Tortuga la que se había caído.

—No puede ser —dice Jax con su acento arrastrado de caballero—. Ella no dejaría que Tortuga se cayera de nada más alto que un lavarropas. Y si la niña se cayera, estaría en el teléfono contándolo antes de verla llegar al piso.

Alice se siente mal con esa imagen pero le parece que Jax tiene toda la razón.

—Esperaba que aparecieran de nuevo pero Harland pasó al canal de compras y de ahí no se vuelve.

—Podrían estar en la Presa Hoover, sí —dice Jax, pensativo—. Taylor no siempre me tiene al día.

—¿Se fueron las dos entonces? ¿La sacó de la escuela?

—La escuela está cerrada, por Pascuas. Pensaron que sería mejor ir a tener una experiencia religiosa con las piedras sedimentarias.

—Deberías haber ido con ellas. Tiene que ser impresionante, ese Gran Cañón.

—Ah, sí, yo quería. Pero mi banda tuvo un compromiso en un bar llamado Encuentro Sucio y no se puede pasar por alto algo así.

Alice siente que se está calmando con la conversación. Jax siempre suena tan relajado que ella a veces se pregunta por sus signos vitales.

—Bueno, me alegro de que hayan ido —dice ella, con amargura—. Esa niñita ya me lleva una buena delantera. Yo todavía no vi ni la nueva planta de Toyota en Georgetown.

—¿Algo anda mal? —pregunta Jax.

Alice se toca los ojos. La mitad de lo que dice Jax suena como si hubiera crecido en el planeta Venus pero su voz es hermosa y profunda y lenta, algo que a ella le vendría muy bien en la casa.

—Estoy hecha un lío. Lo suficiente como para pensar que vi a mi hija en TV.

Hace una pausa, preguntándose cómo puede confesarle sus problemas a alguien a quien nunca ha visto. Es la mitad de la mañana en una cocina vacía: el territorio de los espectáculos de solitarios que llaman a la televisión y de los predicadores para desesperados en la radio. Le dice: —Supongo que voy a dejar a Harland.

—Ey, eso suele pasar. Nunca te gustó mucho.

—Sí que me gustaba. Al principio. —Ella deja caer la voz. —No para vivir con él, pero pensé que iba a mejorar. Con la influencia de la buena cocina.

—No se puede rehabilitar a un hombre que colecciona bombillas de luz.

—No son bombillas, son faros de autos.

—Faros. ¿En serio?

—De autos viejos. En realidad, cualquier clase de repuesto de auto viejo, siempre que no haga ruido. Deberías ver mi sala. Me da la impresión de que ya me morí y fui a parar al depósito de chatarra.

—Bueno, ven a vivir con nosotros. Taylor no trae los repuestos de su trabajo. Te necesitamos, Alice. Taylor odia cocinar y yo soy un criminal ahí dentro.

—Ningún crimen que se haga en la cocina merece la pena de muerte —dice Alice—. Para mí un hombre tiene puntos extra por intentarlo solamente.

—Tu hija no le da puntos extra a ningún hombre. Por nada.

Alice tiene que reírse.

—Eso es cierto.

—Dice que cocino como un cavernícola.

—Bueno, te amaré para siempre. —Alice vuelve a reírse. Clark Gable con un aro de oro y hombros caídos y una maza cavernícola. —¿Qué quiere decir eso?

—No tengo finura, al parecer.

—Bueno, yo no podría mudarme con Taylor. Se lo dije cincuenta veces. Me metería en el medio. —Alice nunca vivió en una ciudad y sabe que no podría hacerlo. ¿Qué puede decirle a una gente que paga dinero por ir a escuchar a una banda que se llama Bebés Irascibles? Ni siquiera sabe manejar, aunque ése es un dato que pocos conocen porque ella camina con la actitud de alguien que lo hace porque quiere hacer ejercicio.

—No creo que Taylor me quiera —dice Jax—. Creo que le quiere a Danny, el basurero.

—Ah, vamos –

—Tú no conoces a ese tipo. Puede levantar un tanque de nafta en cada mano.

—Bueno, estoy segura de que tú tienes lo tuyo. ¿Te trata bien?

—Sí.

—Entonces, estás en buena forma. No te preocupes, lo sabrías. Si a Taylor no le gusta alguien, hace una pintada en la puerta con todas las letras –

Jax se ríe.

—Ella quiere que vengas a vernos —dice.

—Pienso ir. —Alice tiene los ojos llenos de lágrimas.

—Y yo también —dice él—. Yo también quisiera que vengas. Necesito conocer a Alice. Cuando Taylor dice que quiere que vivas con nosotros, yo me digo, eso es ultra. El resto de la gente que conozco está metida en un programa de doce pasos para superar los traumas de su infancia.

—Bueno, es culpa mía que ella no le dé puntos extra a los hombres. Creo que la crié para que estuviera en contra de los hombres. No a propósito, claro. Es como una maldición. Mi mamá crió cerdos, sola, cincuenta años y ahí empezó todo.

—¿Tienes una granja de crianza de cerdos en tu línea materna? Te envidio. Ojalá yo hubiera pasado mi infancia acunado por el pecho de las chanchas.

—Bueno, no fue tan hermoso, te aseguro. Mi mamá era una Stamper. Era demasiado grandota y tenía demasiado en mente para contestar a una palabra como "mamá", así que yo la llamaba Minerva, como los vecinos y los que le daban crédito y los peones que le mataban los anímales. Siempre decía: "Señor, si no lo trae con usted, no va a encontrarlo aquí." Y era verdad. Ella tenía muchos chanchos pero nada que ofrecerle a los hombres, nada que no fuera jamón.

—Bueno —dice Jax—, el jamón ya es algo.

—No, nunca dejaba que un hombre se le acercara lo suficiente como para verle las arrugas de la cara. Y mírame, igual, igual: espanto maridos como esa Elizabeth Taylor. Estoy pensando que hice que Taylor se parara demasiado tiempo sola de su lado de la calle. Adoptó al bebé antes de tener novio y parece que sigue la tradición familiar. Creo que podríamos seguir durante trece generaciones sin hombres. Bueno, tal vez alguno que nos haga de plomero de vez en cuando.

—¿Eso es como la advertencia de un cirujano antes de la operación?

—Ah, Jax, querido, no sé lo que digo. Soy una vieja sola que limpia los armarios de la cocina para entretenerse. Ustedes están felices y yo estoy llena de quejas.

—No, tú cumples con tus historias. Con lo que te atraviesa.

—Mejor será que colguemos. Dile a Taylor que mande fotos del bebé. La última que tengo es de Navidad y está mirando a ese Papá Noel como si mirara a Lee Harvey Oswald. La verdad es que me haría mucho bien tener otra cosa encima del televisor.

—Mensaje registrado. Vuelve el domingo. Le voy a decir que llamaste, Alice.

—De acuerdo, Jax. Gracias.

Se queda triste cuando Jax cuelga pero aliviada porque Tortuga y Taylor no están muertas ni metidas en líos. Odia la televisión y no sólo porque su esposo la dejó por una; la odia por principio. Es como el niño que gritaba que venía el lobo: esparce ideas locas antes de que una pueda enterarse realmente lo que está pasando. Si la gente no quiere hablarse, por lo menos no debería contar con extraños en trajes y maquillaje para que le dieran la droga.

Cruza la cocina, pisando sobre cajas de espátulas y boles anidados unos sobre otros. Parece una venta de fin de temporada y Alice se siente como si alguien hubiera muerto. No sabe quién. Afuera en la caverna, la voz de una joven gallarda habla de un utensilio de cocina que mezcla masa para hacer pan y también corta cebollas y hasta hace batidos.

—No pierda esta oportunidad, llame ahora mismo —dice la mujer y cree en lo que dice y en su mente, Alice desafía a Harland a pedir uno de esos para el aniversario. Ella le va a hacer un batido de leche y cebollas y luego, saldrá por esa puerta y se mandará a mudar.

4

LUCKY BUSTER
ESTA VIVO

Lucky y Tortuga están dormidos en el asiento trasero: Taylor separa en el aire los dos ronquidos diferentes, soprano y bajo. Rebusca en el dial de la radio del auto a través de los kilómetros de estática de Arizona oeste y después, la apaga de nuevo. Suspendida frente a ella en el espejito retrovisor hay una vista oblonga de la cabeza de Lucky echada hacia atrás en el asiento y ahora que lo puede mirar fijo sin que él la vea, Taylor se da el gusto. El pelo largo, limpio del chico le cae como el de una niña sobre la cara pero el cuello pálido tiene los rastros de una barbita como papel de lija y una gran nuez de Adán. Lucky tiene treinta y ocho años; hay una mujer, un hombre y una niña en ese auto, como cualquier familia de la autopista que sale en una diligencia de esperanza y miedo. Pero Taylor no ve a Lucky como hombre. La idea la perturba.

Desde el momento del rescate, les rogó que no le dijeran a su madre lo que pasó. Angie Buster tiene un restaurante en Sand Dune, Arizona, y sonaba cansada en el teléfono. Lucky no tiene idea de que ella ya habló con Taylor, ni de que vio su cuerpo saliendo del agujero una y otra vez en las noticias de la TV. Los gráficos de computadora dieron vuelta la Presa Hoover como un guante para los Estados Unidos, y mostraron una imagen de juguete de Lucky moviéndose hacia el vertedero con el temblor de un dibujo animado y quedándose allí como el protagonista de un video game de humor negro. Sólo Lucky y Tortuga, perpetradores del milagro, creen todavía que fueron testigos de un secreto.

Fue idea de Tortuga llevarlo a casa en auto cuando los médicos terminaron de vendarle el tobillo resentido y de retenerlo para observación. Tortuga es una heroína de la televisión ahora, así que los policías y los médicos le prestan atención. Un periodista dijo que los destinos de Tortuga y Lucky estaban ligados; que según una creencia China, si uno salva la vida de alguien, es responsable para siempre por esa persona. Taylor se pregunta si lo estaba inventando. ¿Por qué deber más de lo que uno ya dio? Suena como esa lógica un poco retorcida que sale a veces en las galletitas y caramelos como predicciones de la suerte.

Taylor hace girar el auto hacia el sur por la ruta 93 de Arizona y la radio capta una señal. Una estación de nostalgia, la llaman, aunque está pasando a los Beatles. Si los Beatles son nostalgia, ¿adónde queda Perry Como, se pregunta ella, y todos esos grupos de muchachas con canciones sobre corazones rotos y cabello a prueba de balas? Por lo que recuerda, Taylor estaba en el jardín de infantes cuando los Beatles tuvieron éxito por primera vez, pero persistieron hasta su adolescencia, dejando para siempre los trajes de misioneros y las corbatitas angostas y reemplazándolos por el LSD y los anteojos redondos. No puede identificar esta canción pero es una de las últimas, con ese extraño sonido que desarrollaron al final, como si las voces salieran desde dentro de un caño de metal.

¿Qué piensa Lucky de un día y medio ahí abajo? Taylor no puede ni imaginárselo. Ahora, con las uñas limpias, la camisa roja y cuadriculada bien planchada en la lavandería del hospital, lo que ha tenido que sufrir parece imposible. Los médicos suponen que nunca perdió la conciencia, a menos que se durmiera. Al verlo ahora, se diría que no durmió tampoco, o por lo menos no mucho.

Esa noche, Taylor estuvo a punto de irse. Cansada de los uniformes y las barbas sin afeitar y las miradas condescendientes, no le habría costado mucho volver al auto y salir disparando hacia Nevada. Tiembla de arriba a abajo.

Los Beatles dejan el aire y los reemplaza Elton John; las cuerdas baratas del piano saltan a "Roca del Cocodrilo". A ésa, Taylor la recuerda bien de bailes en el suelo de madera manchada del gimnasio de la secundaria en Pittman, con algún chico que nunca pudo cumplir con la sensación de celebración que ella sentía en esas ocasiones. Los chicos siempre estaban demasiado ocupados tratando de meter la mano entre las nalgas de una. La canción es exactamente sobre esa guerra y a las chicas las excitaba tanto como a los chicos porque una sabía cómo se sentía Suzy cuando se ponía el vestido ajustado —como decía la letra—. Se sentía como algo que ningún chico podría tocar jamás. A Taylor le gustaba Elton John, los anteojos demasiado grandes y los zapatos absurdos, riéndose de sí mismo – tan lejos de las otras estrellas del rock de pelos largos y lacios y ojos cerrados y cabezas echadas hacia atrás siguiendo los sonidos de sus propias cuerdas ácidas, buscando el aspecto de la crucifixión.

La música es muy diferente ahora: Jax no pertenece a ninguna de las dos razas, ni a los Jesús ni a los Elton John. Ahora no se ríen de sí mismos sino de su público y del universo en general. Los miembros de la banda de Jax, flacos, los ojos siempre muy abiertos, usan pantalones vaqueros negros y camisas fabricadas con diarios rotos. Los Bebés Irascibles, que se declaran ignorantes, que desean chupar para siempre los pechos de una rítmica onda sonora.

Jax es un problema en la vida de Taylor aunque ella nunca lo diría en voz alta. Se siente desleal incluso cuando lo piensa. Jax es el primero de sus novios que le parece mucho más gracioso de lo que él mismo cree. Es tan bueno con Tortuga que a ella casi le da vergüenza. Jax es tan tranquilo que a Taylor le llevó meses averiguar lo que pasaba ahí: que está locamente enamorado de ella. Posiblemente ése es el problema. La adoración de Jax es como un enorme conejo blanco que se retuerce y que alguien sostiene a un brazo de distancia para que una lo agarre. O una vacación en Europa. Algo que jamás se puede pagar.

Gira hacia el sudoeste en esa nada chiquita que es el Kingman, va hacia el Río Colorado o lo que queda de él después de tantas presas, un río tributario robado y ciego que lucha con todas sus fuerzas para llegar a la frontera. Las montañas se levantan bajas y moradas detrás del río como cuadros de una sala de espera en un consultorio médico. Va a seguir el río a través de la ciudad de Lago Havasu, donde, según oyó decir, alguien rico compró el Puente de Londres y lo mandó bloque por bloque hasta allí para levantarlo a solas en el desierto. Finalmente llegarán a Sand Dune, donde Angie Buster espera a su hijo. Taylor puede llamar a Jax desde ahí y contarle sobre el cambio en sus vacaciones.

No le está prestando atención a la radio: ahora es Otis Redding cantando "El Muelle de la Bahía". Ese siempre se le atraganta a Taylor. Una puede imaginarse al pobre Otis que mira sobre el agua, la terrible tristeza de su voz como una sugerencia de que ya sabe que va a terminar congelado en un lago de Wisconsin mientras sus fanáticos esperan y esperan a que llegue el avión, a que empiece el concierto.

Una no puede pensar demasiado en la suerte, buena o mala. Taylor ya lo decidió, y en este momento renueva el voto. Lucky Buster tiene buena suerte por estar vivo y mala suerte por haber nacido con la poca inteligencia que lo llevó al desastre. O tal vez también tiene buena suerte por la poca inteligencia, que le permitió no ver del todo la situación general. En la ambulancia, en el viaje al hospital, quería ir a McDonald's.

Angie Buster le confió a Taylor por teléfono que Lucky se había escapado muchas veces. Le pidió que no le dijera eso a los médicos, porque tal vez la información podría interferir con el seguro de Lucky.

—En realidad no se escapa —explicó—. Es que no entiende del todo bien dónde termina su casa y empieza el resto del mundo.

Taylor está de acuerdo en que ésa es una carga pesada.

Sand Dune, a pesar de que su nombre significa duna de arena, no es arenosa sino polvorienta. Todo lo que Taylor ve en la ciudad está cubierto de polvo: estacionamientos de casas rodantes heridas de guerra, banderas de celofán que flamean en los muelles, y en el río, los botes que cabecean como patos con anillos amarillos en los vientres. Una capa fina de arenilla se aferra incluso a la superficie del Colorado, como prueba de que el río ha perdido toda su fuerza en la pelea.

La ciudad es una congregación de techos de tejas de lomo hundido y patios invadidos de ese tipo de palmera baja, horrenda, que alberga mundos de gorriones. Pedazos de paredes medio derrumbadas de estuco se alzan junto al camino como carteles, cubiertos de un estilo de graffiti en letras cuadradas. No hay forma de perderse allí: la entrada al restaurante de Angie está festoneada de cintas amarillas y un gran rótulo pasante que dice: FELICES PASCUAS LUCKY BUSTER. Taylor se para frente al garage que Angie le dijo que buscara, la Casa Suerte, justo al lado del restaurante.

—Arriba, niños —dice con dulzura. Tiene miedo de que Lucky se escape, pero no. El y Tortuga se frotan los ojos, los dos igualmente niños.

—Ya llegamos —dice Taylor y le ayuda a Tortuga a bajar del auto. No sabe cómo manejar a Lucky. El camina sin apuro a través del patio de la Casa Suerte hacia el restaurante. En la entrada del edificio hay un altar a la Virgen de Guadalupe, todo tachonado de lazos y moños amarillos como si la hubiera visitado algún tipo de enfermedad eruptiva. Del otro lado de la puerta hay un bulldog sin color escondido sobre una silla con almohadón, jadeando en el aire acondicionado. Se pone de pie y ladra dos veces. Viene a abrirles una mujer grandota en pantalones cortos de Lycra y camiseta amarilla muy apretada, los brazos bien abiertos. Envuelve a Lucky como una estrella de mar.

—¡Entre! —le grita a Taylor, haciendo una curva con el brazo pesado en el aire. Taylor tiene a Tortuga de la mano y se queda atrás para dejarlos solos en el momento de la reunión pero aparentemente esto es rutina. Algunas mujeres salen en un pequeño enjambre que se arremolina alrededor de Lucky mientras un viejo se pone de pie y saca las ofrendas a la Virgen. Las pone en una bolsa de plástico para la próxima vez.

El restaurante de Angie está adornado con guirnaldas de papel y banderines que dan la bienvenida a Lucky.

—Entren —repite Angie, cuando ya están adentro—. Este fotógrafo quiere sacar una foto de la niñita que salvó la vida de mi hijo. ¿Es ella?

—Ella es Tortuga, sí —dice Taylor. La mano de Tortuga está causando problemas circulatorios a los dedos de su madre.

—Dios, Dios —dice Angie y ahoga a Tortuga en un abrazo—. Esta vez casi pierdo la cabeza. Una vez lo secuestraron unos camellos y se lo llevaron hasta la frontera y eso fue malo pero creo que esto fue peor.

Siéntese, quiero traerles algo de pastel. ¿Ya almorzaron? ¡Rojo, ven aquí!

El mostrador está lleno de chucherías de porcelana y Angie es tan enérgica y rápida en su camiseta amarilla que seguramente va a tirar algo al suelo. Hay un hombre pecoso con una cámara, que se presenta como "Rojo del diario". Le da a Taylor una copia del *Sand Dune Mercury* y trata de llevarse a Tortuga que sigue aferrada a la otra mano de su madre.

—Está bien. Estoy aquí —le promete Taylor a la mirada levantada de Tortuga. Se frota los dedos para volver a sentirlos y mira, distraída, el diario mientras Rojo pone a Lucky y a Tortuga frente al mostrador de ensaladas. Se queda de una pieza cuando finalmente su mente registra el título que está leyendo:

LUCKY BUSTER SALVADO POR DOS PERSEVERANTES DE TUCSON

Tiene que leerlo dos veces para entender el sentido de *perseverantes*.

—Guau - —dice.

—Los diarios levantaron eso en todo el estado —le informa Angie—. ¿No quiere sentarse para que le dé algo de comer? Tienen que estar muertas de hambre, chicas.

Taylor sigue a Angie a una mesa cerca de una ventana congelada de polvo por fuera. Angie tiene el pelo teñido de un negro tan oscuro que más abajo el cráneo parece un poco morado, como algunos de los cantantes de Jax. Se vuelve de pronto y le dice a Taylor en una voz más tranquila:

—Le debo mucho por esto. Usted no sabe - Ese chico es todo para mí.

Taylor se sorprende al ver lágrimas en sus ojos y sólo se le ocurre decir:

—Gracias.

No hay razones físicas evidentes pero Angie le recuerda a su madre. Seguramente no es otra cosa que la fuerza de su amor. Angie rescata a Tortuga y Lucky del fotógrafo y los manda a los dos a la mesa. Lucky parece en éxtasis y, extrañamente, Tortuga también.

—Todo el mundo está orgulloso de ti —le dice Taylor.

—Ya sé. Salvé a mi amigo Buster. —La niña sacude los pies contra las patas de la silla. Lucky estira la mano y acaricia dos veces el hombro de Tortuga. Taylor piensa en la predicción de caramelo del periodista que dijo que la vida de Tortuga había cambiado para siempre.

Angie no espera que le pidan, trae la comida. Lucky se inclina con tantas ganas sobre el puré que Taylor tiene que desviar la vista. Seguramente eso es lo que asusta a la gente de los retrasados: van directamente al negocio animal de la vida y lo revelan tal cual es. Taylor admite que ella también tiene mucha hambre.

Angie trae a un cliente. Se llama Collie Piedra Azul.

—Entrena gallos de riña —dice Angie, para presentarlo.

—No —dice él modestamente, sentándose—. No los entreno. Los coso después.

Taylor está intrigada por esa extraña profesión y por la cicatriz en el cuello del hombre. Es buen mozo como Jax, flaco y nudoso. En los hombres, funciona, puede ser hasta sensual.

—Antes yo iba a ver las peleas de gallos —le dice—. Bueno, fui una vez. En un granero, en Kentucky. Con un muchacho que me invitó.

Collie hace un ruido extraño, como un siseo de serpiente, pero sonríe también, así que aparentemente no se trata de una amenaza.

—Espero que el muchacho quedó mejor que los pollos.

—No mucho mejor, pero gracias. No es demasiado legal allá. ¿Aquí sí? ¿O es sólo un pasatiempo?

—Las peleas no se hacen aquí —dice él—. Son en la reservación Crit. Yo vivo ahí. Vengo de vez en cuando a ver cómo anda Angie.

Taylor especula sobre la relación entre Angie Buster y Collie Piedra Azul y se pregunta si no será Angie la proveedora de los gallos de Collie pero decide no preguntar. Tortuga está comiendo como si no la hubieran alimentado desde el cambio de estación. Taylor está convencida de que tomaron el desayuno.

—¿Qué clase de indios son los crit? —pregunta a Collie—. Nunca oí hablar de ellos.

Collie hace el mismo ruido otra vez.

—C-R-I-T. Es una abreviatura de Tribus indias del Colorado, y no hay ninguna. Es una tribu falsa fabricada con los que quedaron cuando arrasaron el territorio. Es como si llamaran familia Alcatraz a los que están en la prisión.

—Ah – Lo lamento, no sabía. No debería haber preguntado.

—Bueno, todos tenemos que vivir en alguna parte, ¿no? Hay algunos hopi, navajos, mojaves –

—¿Y se llevan bien?

—Nos casamos unos con otros. Pero no nos llevamos bien.

Angie llega con más comida y más hombres. Los presenta pero Taylor no retiene los nombres, sólo las manos para estrecharlas mientras ellos se sientan. Uno de ellos tiene un sombrero de vaquero color perro y pone el brazo una y otra vez sobre la cintura de Angie.

—¿Vio ese Puente de Londres en Lago Havasu? —pregunta.

Lucky se ilumina de pronto con su historia que sirve para noticia de primera pagina:

—Mamá, no me di cuenta y caminé sobre las vías hasta Havasu.

Angie y los hombres abren las bocas y se ríen. Lucky se une a ellos, disfrutando de su propia broma: al parecer es eso, una broma. Angie se frota los ojos y se queda callada.

—No paramos esta mañana para ver el puente —dice Taylor—. Pero oí hablar de él, sí. ¿En serio un tipo lo compró y lo trajo aquí?

Lucky canta despacio la canción del puente de Londres.

—Un pez gordo —dice el hombre del sombrero de vaquero—. Y ahí está esa cosa. Después de que lo compró, decidió que tenía que limpiarlo. Y dice que le costó más eso que comprarlo.

—Yo tuve una chaqueta así una vez —dice Taylor, que siente que la presionan para que mantenga viva la conversación.

—Siéntate —le dice Sombrero de vaquero a Angie. Eso de ordenarle cosas a la gente parece ser el leitmotiv del Restaurante de Angie—. Cuéntales de esa vez que Lucky se escapó con los Angeles del Infierno.

—No se escapó con ellos. —Angie cruza los brazos y no se sienta.

—Quiero saber lo de los camellos que lo secuestraron a Méjico. —Taylor mira a Lucky, inquieta, después de decirlo, pero él está sonriendo de oreja a oreja. Este es su elemento. La ventana le ilumina la cara, y el color de los ojos se le acentúa hasta convertirse en un azul de llama de gas.

—Ah, querida, eso fue increíble —dice Angie—. Le dijeron que iban a pegarle un tiro. —Taylor trata de imaginarse a animales de cuatro patas con revólveres hasta que Angie le explica que los camellos son hombres que tienen algo que ver con el contrabando de drogas—. Si estás en un lugar cerca de Méjico y alguien te dispara sin razón alguna —dice como experta en el tema—, son camellos.

Taylor se siente feliz de estar en casa sana y salva. Ella y Jax se sientan en la cama con su casete de Tal Vez Sean Gigantes bien bajo para oír cuándo se duerme Tortuga en la otra habitación. Casi todas las noches, Tortuga se habla hasta que se duerme en un lenguaje tranquilo que nadie entiende. A lo largo de los años, Taylor y Alice charlaron muchas veces sobre la maternidad en llamados de larga distancia. Alice le dijo que no se preocupara cuando Tortuga tenía tres años y no hablaba, o más tarde, cuando habló pero solamente decía los nombres de las hortalizas en largas listas extrañas. Alice sigue diciendo que no hay nada de qué preocuparse y siempre tuvo razón antes. Dice que Tortuga le cuenta su día a sus ángeles personales.

Oyen que Tortuga suspira y empieza a tararear una canción baja, tediosa. Después oyen la caída de su fetiche, una linterna a la que llama Mary y con la que duerme desde que la encontraron hace años en el camión del trabajo de Taylor.

—Te extrañé —dice Taylor a Jax—. Si te comparo con las cosas que me pasaron, pareces normal.

El le besa el pelo, que huele a tormenta, y el hombro, que huele a roca de playa. Le dice:

—El sexo te va a ayudar en tiempos de falta de dinero más de lo que el dinero puede ayudarte en tiempos de falta de sexo.

—Lo que realmente extrañé fueron tus bromas.

—Yo extrañé tus habilidades cognitivas —dice él—. Y tu sintaxis. En serio, nada más. Tu cuerpo no, *desprecio* tu cuerpo. —Exagera la lentitud de la pronunciación a propósito, suena más sureño de lo necesario aunque no puede ni compararse con la música de ángulos duros-suaves de las colinas de Kentucky de donde viene ella.

—Bueno, eso sí que me saca un peso de encima —dice ella, riendo y se sacude el cabello de los hombros sin darse cuenta. Taylor es la primera mujer que él conoce a quien le importa un bledo su aspecto, o que está completamente satisfecha con su aspecto, lo cual en el fondo, es lo mismo. En general, las mujeres conocen complejas fórmulas que explican lo largas que deberían ser las piernas en relación con la cintura en relación con las pestañas: una matemática indescifrable para los hombres pero extrañamente crucial para ellas. Se diría que Taylor nunca fue a ese curso. El desearía haber estado con ella cuando nació, para ver todo el proceso. Se acuesta atravesado en la cama con la cabeza sobre las rodillas de Taylor pero cuando se da cuenta de que ella le está mirando el perfil, se da vuelta. Aunque él casi nunca lo ve, sabe que su perfil es raro y hasta asusta a la gente: no hay ninguna indentación entre la frente y el puente de la nariz. Taylor dice que parece un faraón egipcio, cosa que suena exactamente a algo que ella diría sin pedir disculpas por no haber visto jamás nada de arte egipcio verdadero. Taylor se porta como si lo que ella cree, lo que es, debiera ser suficiente para cualquiera.

No es la primera mujer en la Tierra que insiste en que él es buen mozo; ésa no es la razón por la que él está enamorado de ella. Jax tiene hombros anchos y manos que al parecer, sugieren posibilidades. Está orgulloso de poder llegar a una octava y media en el piano, como Franz Liszt; su único don es una cualidad de grandeza en el tamaño. Cuando su mano toca, las mujeres tienden a entregarle prendas con números telefónicos grabados en el elástico.

—¿Te parece que ya se durmió?

Taylor menea la cabeza.

—Todavía no. Tiene problemas para relajarse. En este viaje aprendí mucho sobre su forma de respirar.

—Estás copiando algunos rasgos de carácter de tu amiga Lou Ann.

Lou Ann Ruiz, que es como una segunda madre para Tortuga, tiende a ser obsesiva con respecto a la salud y la seguridad. Pero hay que aceptar, piensa Jax, que Lou Ann está haciendo grandes cambios en su vida: hace poco consiguió un puesto en un salón de ejercicio llamado Una Oportunidad Muy Gorda y ahora usa ropa de Lycra en colores combinados que la hacen parecer peligrosa, como las ranas venenosas que viven en el Amazonas.

—¿Es un buen momento para contarte lo de las llamadas telefónicas?

—¿Cúales llamadas telefónicas? —pregunta Taylor, a través de un bostezo muy sentido.

—Las llamadas, aproximadamente cuatro mil, diría yo, que llegan desde que tú tienes alcance nacional, desde el lunes.

—Ah, claro –

—Crees que es una broma. —Jax se levanta y revuelve el lío de música y letras en el escritorio. A veces, en sus pesadillas, todo lo que hay en su escritorio canta al mismo tiempo. Vuelve con un anotador y los anteojos de carey y lee.

—Lou Ann: quiere saber si llevaste Dramamine para Tortuga por aquella vez que vomitó en el auto. Lou Ann de nuevo: para decirte que no te preocupes, que fue el hijo de ella el que vomitó en el auto y no Tortuga.

—Lou Ann me llamaba antes de que fuera famosa. —Taylor aprieta la boca contra la rodilla. A veces, cuando se está concentrando en algo, parece besarse sus propias rodillas, o el dorso de las manos. Jax lo intentó en privado, para ver cómo se siente amarse a uno mismo inconscientemente.

—De acuerdo —dice—. Salteo todas las de Lou Ann. —Pasa el dedo por la hoja. —Charla Rand del *Phoenix Gazette*. Marsh Levin del *Arizona Daily Star*. Larry Rice, fotógrafo del *Star*. Helga Carter del *Fresno Bee*.

—¿El qué? No lo puedo creer. ¿Qué querían?

—La historia del año. Una de suspenso con personajes muy queribles, un lugar turístico famoso y un final feliz.

—Mierda. ¿Nada más?

—Casi nada más: todavía hay cinco páginas que no te leí.

—Saltea los *Noticias de la Abeja Reina* y todos esos.

—Control. Saltear los *Noticias de la Abeja Reina* y los Lou Ann. —Da vuelta un par de páginas y después vuelve—. Ah, tu madre. Llamó antes de que yo empezara a escribir todo esto. Le parecía que te había visto en las noticias.

—¿En *Kentucky*? No puede ser.

—Bueno, ya terminó la temporada de béisbol.

—Mi Dios, seguramente se quedó sin aliento del susto.

—No te preocupes. Soy muy bueno en situaciones de crisis. Le dije que eran alucinaciones. Después, cuando lo supe, la llamé y le dije que tú y Tortuga no tenían ni un rasguño.

—Es que *nosotras* no nos caímos por ningún pozo.

—No lo cree del todo. No hasta que no lo oiga de tus propios labios.

Taylor sonríe.

—La llamaré mañana.

—Quiere otra foto de Tortuga. Su teoría es que en la que tú le mandaste, Santa Claus parece Sirhan Sirhan.

—No, Lee Harvey Oswald.

El la mira, se saca los anteojos y tira el anotador al suelo.

—¿Cómo sabías eso?

—Viví veinte años con ella. Sé lo que ella diría.

—Ustedes dos deberían estar en el *National Enquirer*: duo de madre e hija telepáticas reciben mensajes a través de recortes de los diarios.

—Nos conocemos bien, nos llevamos bien.

—Dúo *perseverante* de madre e hija.

—¿Te puedes callar? Estás celoso de todo, hasta de mi madre.

—¿En serio perseveraste perversamente con Tortuga?

—Voy a arrepentirme de haberte dejado guardar un álbum de recortes.

—Es un gran material. Ah, y otro flash de noticias: va a dejar a su marido.

Taylor lo mira.

—¿Quién? ¿Mamá va a dejar a Harland? ¿Y adónde piensa ir? ¿Viene aquí?

—¿No te llegó el mensaje por los diarios?

—¿Lo va a *dejar*? ¿Y adónde piensa ir?

—No sé. —El cierra los ojos. —Aquí no. Sonaba un poco triste.

Ella le saca la cabeza de las rodillas, pero Jax la toma por la cintura y la vuelve a tirar hacia la cama.

—Allá son las dos de la mañana, amor. Déjala dormir.

—Mierda. *Odio* eso de los cambios de hora. ¿Por qué no puede ser la misma hora en todas partes?

—Porque si fuera la misma hora, algunos pobres músicos tendrían que dormir de noche y trabajar de día.

Taylor se relaja un poco contra él, y él la rodea con sus brazos. Abre las manos a través de la marimba corporal de sus costillas de mujer, deseando la música que guardan dentro.

—¿Estás enamorada del basurero? —le pregunta.

—¿De Danny? Ah, por favor, el camión que usa huele a abono.

—Ajá. Así que me estás diciendo que *estarías* enamorada de él si el camión oliera mejor.

—Jax, ¿por qué haces esto?

—Pienso que vas a dejarme ahora que eres famosa.

—Una empleada de un negocio de respuestos de auto famosa en el mundo entero.

—Eres la gerente. No te disminuyas. No me necesitas.

Ella le acaricia la rodilla, angulosa y dura como el borde de una caja.

—Jax, querido, nunca te necesité —dice.

—Lo sé.

—Ni a Danny ni a Bruce Springsteen ni al hombre de la bolsa. No es nada contra ti.

—Lo sé. Es por el mito guía de tu madre.

—¿Qué mito?

—Que las mujeres de tu familia solamente necesitan a los hombres como remedio para males menores de plomería.

—Bueno, quizás sea cierto. Y de todos modos, estoy en tu cama, ¿qué te parece eso? —dice ella. Técnicamente es la cama de Jax; ella vendió la suya cuando ella y Tortuga se mudaron a la casita del músico en un extremo de la ciudad. Taylor tira la cabeza hacia atrás hasta que la deja apoyada sobre el mentón de él. —¿Así que quieres dejar de hablar de que voy a dejarte? ¿Y ésas son todas las grandes noticias que tienes para esta noche?

—Te voy a mostrar las grandes noticias —dice él, mordiéndole despacio la base del cuello. Le levanta los senos, que caben perfectamente en sus manos grandes aunque él sabe que eso no es promesa de que pueda quedárselos para siempre. Hay millones de cosas que caben en la mano humana y uno no puede tenerlas. La suelta, con amabilidad—. No, no es todo. Hay algo más, pero podemos hablar de eso mañana.

A Taylor se le acelera el pulso.

—¿Qué?

—En serio, no te va a gustar que te lo diga ahora.

—No me digas qué me gusta y qué no.

—De acuerdo. Llamó Oprah Winfrey.

Ella se ríe, aliviada.

—¿En serio? Ah, hace tanto que no la llamo – me siento mal por eso.

—No es broma. Llamó Oprah Winfrey. No ella, claro, una de sus productoras o investigadoras o cómo sea. Van a hacer un programa llamado "Niños que salvaron vidas."

—¿Por qué no te guardas esas locuras para tus fanáticos chillones? —Taylor vuelve a acomodarse contra su pecho.

—Estoy de acuerdo contigo, es una de las cosas más raras que he oído. Quieren que tú y Tortuga vayan a Chicago.

De pronto, Taylor se da cuenta de que Jax no está inventando a Oprah Winfrey.

—¿Para qué querríamos ir a Chicago?

—Es una ciudad "happening." Podrías mostrarle a Tortuga el Museo de Ciencia e Industria. Ya que se le acortaron las vacaciones en el Gran Cañón.

—¿Y qué podría decir yo en la televisión nacional?

—A mí me parece que la mayor parte del tiempo no estás escasa de comentarios. ¿Que te *gustaría* decir en la televisión nacional?

—¿Me dejarían decir algo?

—Bueno, no creo que te taparan la boca.

—Te lo digo en serio. ¿Podría decir lo que yo quisiera?

—Probablemente ella querría que no te salieras del tema de los niños que salvaron vidas.

—Es un tema rarísimo —señala Taylor—. ¿Cuántos niños así puede haber?

—Los chinos dicen que si uno salva la vida de alguien, es responsable por esa persona para siempre.

—Alguien me dijo eso. Yo creí que lo estaba inventando. ¿Crees que Tortuga cambió para siempre?

—Tal vez —admite Jax—. No necesariamente para peor.

—Me gustaba como era.

Se quedan callados un largo rato con los ojos bajos, escuchando.

Taylor dice, con calma, en voz baja:

—¿Sabes de qué me sigo acordando? Nadie le creía. Miraron una vez a esa niña india flacucha y dijeron: "Bueno, señora, es que en realidad no tenemos un testigo."

—Pero tú le creíste. Y Lucky Buster está vivo.

—Yo tenía que creerle, Jax. Soy su madre. Eso no significa nada.

Los dos escuchan otra vez. Tortuga ha dejado de hablar con los ángeles.

5

EL SECRETO
DE LA TV

Taylor está mirando la calvicie de alguien con los ojos duros. Una mirada larga. El hombre reclinó tanto el asiento que ella lo tiene más cerca que el plato de la cena, tal vez a menos de cuarenta centímetros. La parte superior de esa cabeza está cubierta de un pelillo fino, casi invisible, achatado según un esquema complejo, como una pequeña pradera sacudida por un tornado. A Taylor le hace pensar en una teoría sobre la que le habló Jax una vez: que los seres humanos evolucionaron a partir de un mono acuático y se pasaron la aurora de la civilización en un pantano. Los esquemas correntosos del pelo son la prueba, eso dicen, pero Taylor, que sigue mirando, tiene sus dudas. ¿Eso quiere decir que nos movíamos por el agua con la cabeza adelante de los brazos? Tal vez. Los niños se mueven así por el mundo, atropellando las cosas con la parte superior de la cabeza. Este hombre tiene una cicatriz ahí arriba, sin duda olvidada en las décadas que tardó en perder su cobertura.

El piloto habla por el intercomunicador otra vez. Es charlatán; justo después de despegar se presentó como "su capitán" y los ojos de Tortuga se abrieron de par en par. Le preguntó a Taylor si el hombre tenía una sola mano. Ahora, después de revolver datos en la mente toda la tarde, Taylor se da cuenta de que el único capitán que conoce Tortuga es Garfio. Tal vez nunca vuelva a subirse a un avión sin repetirse la imagen de un pirata en el timón.

El Capitán Garfio explica que están pasando sobre el río Mississippi y que si puede hacer algo para ponerlos más cómodos sólo tienen que decírselo. Francamente, aunque ella duda de que el capitán pueda ayudarla al respecto, Taylor no se siente muy cómoda en esa intimidad con la pérdida de cabello de un desconocido. Ni siquiera conoce tan bien la parte superior de la cabeza de Jax. No es que nunca la haya mirado, pero no durante tres horas y media.

Tortuga se durmió, por fin. Parece estar por pescarse un resfriado y andaba necesitando un sueñecito, pero estaba tan excitada que se sentó durante horas con la cara apretada contra la ventanilla. Cuando la ventanilla se congeló por el frío, incluso cuando no hubo nada que ver excepto un campo vasto y helado de nubes tendido sobre un continente, despojado y parejo como si lo hubieran arado, seguía mirando con los ojos muy abiertos. Todos los demás pasajeros se portan como si estuvieran sentados en sillas un poquito demasiado cercanas y nada más, pero Tortuga es una niña en una caja con alas a nueve kilómetros por encima del planeta Tierra.

Taylor nunca había volado antes y durante las primeras horas también ella estaba emocionada. Especialmente cuando despegaron y antes, atada a la silla, mirando cómo la azafata mostraba la forma en que una podía ponerse una máscara amarilla de oxígeno sin despeinarse. Y antes todavía, en el aeropuerto, cuando caminaba detrás de Tortuga por el vestíbulo inclinado hacia la puerta del avión, un paso en suelo sólido y otro en algo desconocido, controlando furtivamente los remaches que rodeaban la puerta pero de todos modos, ¿qué puede hacer una? No tiene más remedio que seguir a su hija a esa nueva vida que le prometió un papelito en un chicle.

Chicago es alto de un lado de la autopista, cielo abierto del otro, por el lago. Taylor nunca había pensado en Chicago como en una ciudad con playas pero ahí están, cientos de personas en malla tirando pelotas al aire. Es la primera semana de junio. Ella y Tortuga viajan por la autopista en una larga limosina blanca con ventanas de vidrio polarizado y tapizado de terciopelo celeste. Mientras se alejan del aeropuerto cada vez a más velocidad, la gente de los otros autos vuelve la cabeza para tratar de ver el interior de ese vehículo misterioso. El conductor las llama "señoritas" a las dos, como si fueran del tipo que siempre viaja en limosina.

A Taylor se le ocurre que ése es justamente el tipo de trabajo que hace el hombre, llevar a los huéspedes de Oprah Winfrey: algunos nobles y algunos asesinos famosos u hombres con una esposa en cada estado, y si uno es el conductor, nunca sabe quién es quién. Hay que moverse sobre seguro y tratarlos a todos con amabilidad.

—Esta es la ciudad mejor planificada del país —explica el conductor. Tortuga está pegada a la ventanilla, quieta. —Se quemó toda en el gran incendio del 8 de octubre de 1871. Toda, toda. Doscientos millones de dólares en daños. Así que la empezaron de nuevo. De cero. Una oportunidad.

—Me contaron lo de ese incendio —dijo Tortuga—. Me dijeron que lo había empezado una vaca.

—No, eso no es cierto, es un mito. El Gran Incendio de Chicago no empezó por una vaca. —Duda un poco y Taylor se da cuenta de que acaba de destruir el misterio de su identidad: el tema del ganado las ha puesto más cerca de los criminales que de la nobleza.

—Bueno, pero es una buena historia —dice. No le importa si el hombre cree que ella y Tortuga son asesinas seriales. Así y todo tiene que llevarlas al hotel.

La famosa planificación será verdad pero el tránsito es horrendo. Apenas se alejan del lago hacia los altos edificios de vidrio, se enlodan en un rebaño de autos aullantes. El conductor ha terminado con las glorias de la ciudad, eso es evidente. De vez en cuando, mientras están allí sentadas, golpea la bocina con el puño.

Tortuga estornuda. Está resfriada, eso es evidente. Taylor le da un pañuelo.

—¿Cómo te sientes, Tor?

—Muy bien —dice ella, y se suena la nariz con cuidado, sin dejar de mirar por la ventanilla. Casi nunca se queja. Taylor se da cuenta de lo raro que es eso. Si lo único que una supiera de los niños viniera de las series de televisión, piensa, nunca supondría que hay niños como Tortuga en esta Tierra.

—Ma, mira. —Tortuga tira del dedo de Taylor y señala un camión de basura de la Ciudad de Chicago, atascado como ellos en el lío de tránsito. Un sello dorado y fastuoso pintado en el costado le da un aire de magnificencia. El conductor les sonríe desde su puesto, allá arriba. Luego levanta una ceja y guiña un ojo.

—¿Por qué hizo eso?

—Porque piensa que eres una linda niña —dice Taylor —, y le gustan mis piernas. Y seguramente piensa que somos ricas.

—Pero no somos ricas, ¿no?

—No, claro que no.

—Tiene un camión mejor que el de Danny.

—Sin duda.

Taylor usa una falda, cosa rara en ella, pero Lou Ann insistió en prestarle un traje beige para Oprah Winfrey. Dijo que usar vaqueros en televisión va contra no se sabe qué norma. Jax se rió mucho con eso pero a decir verdad, se porta mucho mejor que otros con Lou Ann.

Taylor siente que se le revuelve el estómago cuando piensa en la grabación del día siguiente. Sospecha que esos programas son sólo una forma de fabricar espectáculos con cosas malas que le pasan a la gente. Pero Tortuga quería venir. Nunca creyó realmente que la gente verdadera podía aparecer en televisión. Y parece tener una vaga idea de que va a encontrarse con las Tortugas Ninja.

El tipo de la basura las sigue mirando. Tiene rulos y una sonrisa buenísima. Taylor cruza las piernas y levanta la cabeza un poquito. Si realmente ve algo adentro, el hombre lo va a tomar como una insinuación.

Sí que ve. Hace un gesto con el mentón, como para indicar que ella y Tortuga deberían dejar la limosina y pasar al camión de basura. Taylor lo piensa un poco, pero decide seguir adelante con lo de Oprah.

—Es adorable, sí —le dice la mujer del vestuario a Taylor—, pero yo sugiero algo un poquito más femenino. Tenemos este jumper aquí en el vestuario, ¿eh? El color se ve estupendo en pantalla.

Lou Ann puede reírse si quiere: la gente de Oprah Winfrey no quiere que Tortuga use ese enterito en televisión. Y eso que es nuevo, verde brillante, totalmente decente.

—Ese vestido es de un número diez veces más grande que el de Tortuga —dice Taylor.

—Ah, no importa... Lo ajustamos en la espalda, ¿ve? Nadie ve la espalda. Ese es el secreto de la TV, lo único que hay que pensar es en lo que pasa de frente; en la espalda una puede estar hecha un desastre. Y le ponemos este moño en el pelo, ¿sí, queridita? Va a estar estupendo.

—Va a estar como más joven —dice Taylor—, si es que eso es lo que quieren ustedes. Va a parecer una muñequita bebé que salvó la vida de alguien.

La mujer se cruza de brazos y frunce el ceño. El cabello corto y negro que tiene en la cabeza parece húmedo y aceitoso, como el de una nutria marina. Las huellas del peine quedan exactamente en su lugar cuando lo pasa.

—Va a ser difícil —dice—. Vamos a tener que pasarle el micrófono por la espalda.

—Sé que ustedes se van a arreglar con eso —dice Taylor, sabiendo que no puede ser un problema. Los hombres usan pantalones todo el tiempo en la televisión. Los otros invitados no están sufriendo presiones de vestuario. Taylor los conoció en el lobby del hotel esa mañana, mientras esperaban la limosina. Hay un boy scout que movió la bandera de rescate cuando el instructor se desmayó en la caminata; un chico de cuarto grado que salvó a su hermana de un toro tirándole el plato del perro y después todos los juguetes del conjunto Barbie Sale Con Su Novio, incluyendo el convertible; y una niña de once que volvió manejando el auto a casa cuando su baby sitter se desmayó por múltiples heridas de abeja en el parque de la ciudad. En realidad, a Taylor le parece que la de once demostró tener muy poco juicio y los otros dos probablemente actuaron sin pensar. Tortuga es la más jovencita y tiene la mejor historia. No ve por qué tienen que inflarla hasta hacerle perder sus proporciones vistiéndola como la hermanita de Barbie.

La habitación verde en la que están esperando está llena de gente y muy tensa. Tortuga hace jueguitos con los dedos y la mujer del guardarropa se inclina sobre ella como un ave de rapiña, las cejas alzadas con la misma pregunta.

—¿Qué quieres ponerte? —le pregunta Taylor a Tortuga.

Tortuga se abraza a su enterito.

—Esto —dice.

Taylor sonríe a la mujer nutria.

—Parece que ya se decidió.

La mujer pone el jumper sobre el frente de Tortuga, mirando a Taylor.

—Pero mire, ¿no le parece? Mucho más visual. . .

—Mi hija dijo no, gracias. —Tortuga retrocede frente a esa tela arrugada y Taylor entrecierra los ojos pero la mujer parece estar decidida. Llega un hombre de maquillaje, al trote. Usa esas chinelas atadas con borlas que la gente llama "zapatos bote" aunque la mayoría de ellos sería inútil en una barca. Taylor se pregunta por qué todo el mundo parece vestido como para practicar algún deporte ahí dentro: las secretarias en jogging, los camarógrafos en zapatillas de carrera, todos corriendo de un lado a otro, muy serios, con nada deportivo en sus agendas. Es como si en cualquier momento esperaran el anuncio súbito de: Las vacaciones empiezan *ahora* mismo.

—Tienes unos pómulos maravillosos, querida —le dice el de maquillaje a Tortuga y la toca en la cara con un pompón de polvo facial.

6

LADRONES
DE NIÑOS

Annawake Matacuatro levanta la vista de sus notas legales, sorprendida.

—¿Podrías subir el volumen?

La secretaria, Jinny, se estira automáticamente para bajar el
volumen del televisorcito que está al fondo de su escritorio.

—No, que lo subas, por favor. —Annawake mira con la
cabeza inclinada. Tiene el cabello negro tan corto que se le para
como la piel de un animal exótico y la boca ancha sigue las curvas complicadas de un signo de puntuación extranjero, así que
todos tienen que adivinar si está sonriendo o no. Jinny se
esconde detrás de los anteojos, preguntándose si Annawake está
haciendo una broma y ella no la entiende.

—Pero si es Oprah Winfrey —dice.

—Ya sé. Quiero oír eso.

Jinny se encoge de hombros.

—Bueno.

Estira hacia atrás una pierna enfundada en un vaquero para mantener el equilibrio mientras se inclina sobre colinas de papeles a buscar la perilla del volumen, luego vuelve a caer sobre la máquina de escribir. El señor Turnbo no está en la oficina esta tarde así que sólo quedan ellas dos y Jinny no está segura de su relación con Annawake. Hace más tiempo que trabaja ahí: empezó como recepcionista y secretaria de Turnbo cuando se graduó de la secundaria el año pasado; Annawake terminó abogacía hace apenas un mes en Phoenix y volvió a Oklahoma para hacer una práctica ahí con un beca de Entrenamiento para Abogados Indios. Al señor Turnbo nunca le importó la charla baja del televisorcito de Jinny en el escritorio, siempre que ella cumpliera con su parte del trabajo de tipeo. Y ella no está enganchada con las telenovelas, sólo le gustan Oprah y Sally Jessy a veces, *Hospital General*. Annawake no dice que le importe, pero le hace muecas a Sally Jessy y la llama la portorriqueña rubia y eso hace que Jinny se sienta culpable por teñirse el pelo. Por tratar de parecer *yonega*, como dice su abuela.

Através de la ventana del frente ve una línea de autos y camionetas polvorientos que esperan en el estacionamiento de los cuarteles generales de la Nación Cheroque para volver a lanzarse por la autopista hacia Kenwood y Locust Grove; la sesión de la tarde de la Corte Tribal ya terminó. El señor Turnbo volverá pronto y ella todavía está atrasada pero eso no es culpa de Oprah Winfrey.

—¿Esa niña en overol? —pregunta Annawake. Está mirando fijo con el mentón sobre la palma de la mano. —Oí que alguien dijo que era adoptada.

—Síp. Antes de las primeras propagandas, Oprah las presentó como alguien y su hija adoptada, Tortuga.

—Cheroque —dice Annawake—. Te apuesto lo que quieras a que es cheroque.

—Um, um —dice Jinny—. Navaja. En serio. Son de Arizona. Se parece mucho a la amiguita de mi hermano, en Albuquerque.

—¿De dónde, en Arizona?

—De Tucson.

Annawake mira la televisión como si ésta acabara de insultarla. Para

Jinny, Annawake es absolutamente fascinante: se viste como si le importara un carajo, en pantalones vaqueros y mocasines y camisas blancas del departamento de hombres de las grandes tiendas y anda siempre cargada con un paquete sostenido por cinta aisladora gris en lugar de usar un portafolios pero tiene esa boca de modelo publicitaria con una curva pronunciada en el centro del labio superior y es difícil dejar de mirarla. Seguramente los hombres quieren besarla todo el tiempo, piensa Jinny. Cuando la música pegadiza vuelve a aparecer y Oprah desaparece para dar paso a otra tanda de propagandas, Annawake se saca los anteojos y se frota los ojos.

—Estoy cansada —dice—, ¿tú no?

—Sí. La abuela está furiosa con mi hermano Woody porque decidió dejar la escuela. Nadie duerme mucho en casa, excepto Woody. Se llevó la cama al patio.

—¿Robert Pasto no llamó?

—¡Robert Pasto! Ese idiota. No llamó, nada desde la reunión de hace dos semanas.

—Ya va a llamar —dice Annawake—. Mi hermano Dellon lo conoce de la construcción en la autopista Muskogee. Dice que está hablando *osda* sobre su nueva novia.

—Tal vez yo no la conozco.

—Si no eres tú, ya te habría llegado algo. Tahlequah no es tan grande.

—Cierto. La *Nación* tampoco es grande. Alguien en Salisaw le dijo a la abuela que me había visto en un camión con el más casadero de los Pasto.

Annawake sonríe.

—No se puede huir de la gente que te ama. —Se pone otra vez los anteojos y se saca el lápiz de detrás de la oreja para marcar la página que está leyendo. Jinny piensa: *No tienes ni idea. Nadie diría ni un chisme de ti, te adoran, y además no tienes ninguna costumbre notoria que no sea el trabajo.* Sopla un poco de aire sobre los papeles y pasa una nueva página del Reclamo de la grava del río Arkansas. La razón por la que a alguien pueda interesarle tanto la grava del río es algo que Jinny Cuervo Rojo no puede ni empezar a imaginarse.

—Este programa es sobre chicos que salvaron vidas a personas —le ofrece a Annawake después de pensarlo un poco, preguntándose si todo eso tendrá un ángulo legal que ella no le ve. Annawake y el señor Turnbo siempre hablan en un lenguaje que Jinny sabe escribir a máquina pero no leer.

—Ajá —dice Annawake sin levantar la vista. Está ignorando la propaganda sexy y tiene esa mueca que siempre está en su boca cuando lee. La gente la considera un súper cerebro. Jinny fue a la secundaria de Tahlequah siete años después que ella y los maestros seguían hablando de Annawake Matacuatro como de un cometa que sólo aparece por Oklahoma una vez cada cien años. Y un día en un baile ritual el jefe la presentó como ejemplo de un buen sendero de vida. No avergonzó a la familia diciendo su nombre pero todo el mundo sabía de quién estaba hablando. Y Annawake actúa como si ella misma no se hubiera dado cuenta. Vive con una de sus cuñadas en una casita en mal estado en la calle Arroyos Azules y esconde la cabeza entre los archivos cuando entran los chicos apetecibles haciendo ruido con los papeles de posesión de la tierra y hasta se toma la molestia de preguntar por ese estúpido de Robert Pasto. El único problema con ella es que tiene un pelo muy raro. Tenía una cabellera larga, como Pocahontas —Jinny vio fotos en los anuarios de la escuela: oradora de honor, presidente del Club de Orgullo Cheroque, apodada "Siempre al Ataque Annawake"— pero se lo cortó cuando se fue a la universidad a estudiar leyes. Ahora está puntudo y cortito como el de los hermanitos de Jinny, más el de un soldado blanco que el de un miembro del Orgullo Cheroque. Jinny no entiende cómo ella se cree con derecho a señalar con el dedo a Sally Jessy Raphael.

—¿Puedo poner al río Arkansas en el suelo? —pregunta Annawake de pronto. Oprah ya volvió y Annawake está tirando papeles para hacerse lugar en el borde del escritorio de Jinny.

—Por mí, puedes poner al río Arkansas en el río —dice Jinny. Annawake se ríe y Jinny se siente culpable por sus malos pensamientos en cuanto al cuero cabelludo. En realidad, piensa Jinny, si ella tuviera la estructura ósea de Annawake se cortaría el pelo igual, o haría alguna otra cosa que la hiciera muy diferente.

—¿Y cuál era la historia de la niñita?

Hay cuatro niños: un niño todo presumido en uniforme de boy scout que palmea una y otra vez la mano de su enorme padre; dos niñitas blancas, altas, flacas en faldas con tiradores, que podrían ser hermanas y la niña india del overol.

—Esa mujer blanca es la mamá. Adoptiva.

La madre parece joven y bonita, vestida en un traje beige muy lindo. La forma en que mueve la pierna cruzada demuestra que actuar como Nancy Reagan no es su estilo. Está contando la historia de cómo la niñita salvó a un hombre que se había caído en el vertedero de la Presa Hoover.

Annawake hace una mueca de dolor.

—Vamos. . . Inventó eso de la presa para el programa.

—No, estuvo en las noticias. Estabas en Phoenix cuando pasó, ¿no lo viste en la TV?

—¿De veras? Tal vez. No sé. . . En la universidad me perdía todas las noticias que no fueran complicadas desde el punto de vista legal.

—Oprah tiene un equipo que controla la veracidad de las historias —dice Jinny, un poco a la defensiva. Se pasa casi todas las tardes con Oprah y siente que se puede confiar en ella.

—¿Tú le crees?

Jinny se encoge de hombros.

—Escúchalas. A ver qué piensas tú.

La mujer explica que ella no vio caer al hombre por el agujero, sólo Tortuga. Durante dos días nadie les creyó, pero ella sí le creía y siguieron tratando de conseguir ayuda.

—*National Enquirer*, estoy segura —dice Annawake—. Lo leyó en la verdulería.

Oprah le habla a la madre ahora, un nombre como "Taylor" o algo parecido:

—Me doy cuenta de que ustedes tienen una maravillosa relación. ¿No lo ven todos? —Oprah hace un giro en redondo, la chaqueta de rayón suelta gira con ella y el público del estudio dice que sí, que lo ve. Pregunta: —La adoptó usted cuando ella tenía. . . ¿cuántos años? ¿Dos?

—Seguramente tres —dice la madre—. No lo sabemos, no estamos seguros. Habían abusado de ella y no había estado creciendo bien antes de que yo la recibiera. Fue una situación muy rara. Alguien me la dio. . .

—*¿Se la dio?*

—La dejaron en mi auto.

Oprah hace una de sus muecas de ojos grandes y extrañados hacia la cámara.

—¿Escucharon? —pregunta en una voz más profunda, más seria —. *No se olviden* de controlar lo que hay en el auto antes de salir del estacionamiento, ¿eh?

Annawake mira a Jinny con las cejas levantadas y pregunta al televisor:

—¿Dónde?

—Yo había parado a tomar una taza de café —dice la madre y parece sorprendida cuando el público se ríe. *No lo está inventando, eso es seguro,* piensa Jinny. —Estaba viajando. Hacia el Oeste. Lo raro es que mientras viví en Kentucky mi primera preocupación era no quedar embarazada. Todas mis amigas tenían bebés hasta las orejas.

—Pero eso no iba a pasarle a usted —dice Oprah.

—No, señor.

—Y el primer día de vacaciones, alguien le deja un bebé en la falda.

—Segundo día —dice ella y el público vuelve a reír. Con Annawake cerca, Jinny se avergüenza un poco del bajo umbral de risa que parece tener el público del estudio de Oprah.

—Podría haberla dejado ahí mismo. ¿Por qué se la llevó? —pregunta Oprah con voz preocupada y solícita.

—Ya que es contra la ley —agrega Annawake.

—¿Qué ley? —pregunta Jinny, sorprendida.

—La Ley para el Bienestar de la Infancia Indígena. No se puede adoptar un niño indio sin el permiso de la tribu.

Franklin Turnbo acaba de entrar. Está colgando su chaqueta. Annawake le hace un gesto para que se acerque, concentrada en el blanco y negro de la pantalla. Los tres miran cómo la madre se quita el pelo de los ojos, pensando. Parece no darse cuenta de que está en la TV, a diferencia del boy scout que se sacude en la silla y levanta la mano como si él tuviera la respuesta.

—Sentí que *tenía* que llevármela —dice finalmente la madre—. Esa mujer abrió la puerta del auto y me miró y me dijo: "Llévesela". Y yo dije: "¿Adónde quiere que la lleve?" Pensé que quería que la alcanzara con el auto.

Ahora, por fin, el público se ha quedado callado.

—¿Llevarse a quién? —pregunta Franklin Turnbo.

—A esa niña cheroque —dice Annawake, señalando la pantalla. La madre baja la vista para mirar a la niña y después vuelve a mirar a Oprah.

—La mujer me dijo que la madre de Tortuga había muerto y que alguien había estado lastimando a la niña. Ella era hermana de la madre muerta y a mí me pareció que a ella también la estaban lastimando. Después se subió a un camión sin luces y se fue. En medio de la noche. En ese momento, me pareció que no podía hacer otra cosa que llevarme al bebé. Hacía cuarenta y ocho horas que manejaba: supongo que no estaba muy lúcida.

El público ríe, pero inseguro. La niñita mira a Oprah y aferra un puñado de tela de la falda de su madre. La madre mueve la mano para tomar la de ella.

—El verano siguiente volví y la adopté legalmente.

—No puede ser —dice Annawake—. Legalmente no.

Oprah pregunta:

—¿Y dónde pasó todo esto?

—En Oklahoma. Territorio Indio. Tortuga es cheroque.

Annawake golpea el escritorio como un juez, para pedir orden en la corte.

El cielo está gris, como el agua que sale de una pileta después de lavar los platos. Tal vez venga la lluvia en este viento del oeste, piensa Annawake. Pero es el Tercer Sábado, la noche del baile ritual, y a los viejos siempre les gusta decir que la lluvia espera hasta que se termina el baile. Generalmente tienen razón. Estaciona el camión, reúne el ramo de papeles blancos y celestes de la oficina y se pregunta al pasar qué hacer con la cerca de aluminio que rodea la parte norte de la casa. Con tres dedos que le quedan libres levanta las manijas del triciclo del caminito del frente y lo estaciona en la galería, donde no puede hacer daño a nadie.

—*Siyo* —dice, atracando la puerta mosquitero para mantener a los chicos adentro y a los perros afuera. Su hermano y su cuñada están arrodillados sobre el suelo de la cocina y le devuelven el saludo sin levantar la vista. Seguramente esta semana sí se dirigen la palabra: están volviendo a clavar las patas de la vieja mesa de pino del comedor y no es fácil encarar un proyecto como ése sin comunicación.

Annawake los mira, unidos por una vez mientras se concentran en mantener la pata derecha. Dellon pone el clavo en su lugar. La trenza pesada se balancea en su espalda como una cuerda mientras martillea y las cabezas casi se tocan.

—¿La tienes? —pregunta y Millie asiente; el vestido arrugado sobre la panza roza apenas la frente negra y brillante de Dellon. Estuvieron casados menos de un año y están divorciados desde hace cinco, pero eso no interfiere con su ritmo de producción de hijos. Cuando la pata está asegurada, Millie rueda de costado y se aferra al labio de la pileta. Annawake le toma la mano que queda libre para ayudarla a levantarse.

—Parece que tardas un mes más por cada bebé —dice Dellon y Annawake ríe porque es cierto: el primero fue prematuro, el segundo llegó a tiempo, el tercero, con tres semanas de atraso y éste parece haberse atrincherado en el amplio espacio de Millie, decidido a tomarlo como hogar permanente.

—No lo digas en voz alta, a ver si te oye. —Millie se inclina sobre la panza y le dice: —Vas a salir este fin de semana, ¿oíste? Si sigues atrasándote, vas a volver del hospital caminando solo porque lo que es yo, no te traigo.

Annawake busca una bebida en la heladera y se sienta en una silla con los mocasines juntos, frente a la mesa dada vuelta.

—¿Esta cosa va a ponerse bien?

—No creo que vuelva a caminar —dice Dellon, en cuclillas. Tira la trenza hacia atrás sobre la gran hogaza redonda de su hombro y golpea un poquito con el martillo la pata de la mesa para probar la resistencia. Sonríe a su hermana menor—. ¿Ya le quitaste la cabellera a los vaqueros hoy?

—Hice lo que pude.

—No te rías del trabajo de Annawake, Dell —dice Millie, dándoles la espalda y poniendo agua en una gran olla de aluminio. El sol le brilla a través del cabello revuelto y revela el globo perfecto de su cráneo.

—Nunca me río de Annawake. Me golpearía.

—Pa, vamos. —Bebé Dellon, que casi tiene seis años y odia que lo llamen Bebé Dellon, corre hacia la cocina con un casco de fútbol americano en la cabeza.

Dellon se pone de pie y da un abrazo a Annawake desde atrás con martillo y todo.

—¿Cuándo te vas a casar, hermosa? —le pregunta.

—Cuando Gabe diga que va a venir a mi boda. —Annawake siente que el cuerpo de Dellon se le desploma contra la espalda y se da cuenta de que dijo lo que dijo sólo para sentir esa tristeza floja en otra persona. Ella es la única que todavía pronuncia en voz alta el nombre del hermano, Gabriel.

—Déjala en paz —dice Millie, poniendo la olla sobre la hornalla con todo su peso—. Casarse no es tan bueno como se piensa. ¿A qué hora traes a Bebé Dellon?

—Mañana al mediodía si no estamos demasiado cansados después de tanta bebida y demás. . .

—Uno de estos días, voy a matarte, Dellon.

—Yo no me llamo Bebé Dellon, me llamo Batman —dice Bebé Dellon y salen.

—Uno de estos días, voy a matarlo.

—Es un buen padre —dice Annawake, poniendo la mesa sobre sus patas y preguntándose si no se le ocurrirá sacudirse con dignidad y salir caminando, como una tortuga—. No va a beber durante un baile. No podría ni entrar a la ceremonia si bebiera.

Millie se ríe.

—¿Sabes lo que nos pasó la primera vez que salimos?

—Fueron a un baile del Tercer Sábado.

—Así lo cuenta Dellon. Si yo te contara la verdadera historia, me mataría. —Millie se inclina contra el mostrador, sonriendo. La falda estampada y abullonada le cuelga desde la cintura como una bola de polvo de una cama. Se saca el cabello revuelto de los ojos y Annawake sabe que está por contarle la historia. —Estábamos en las montañas y hacía calor y Dellon quería una cerveza. Yo sabía que había un baile esa noche, así que no tomé pero él sí. Nos peleamos y después fuimos al baile, pero cada uno por su lado. Yo estaba en el círculo interno con las conchas de tortuga y ahí viene Dellon, bailando en el círculo que sigue, tratando de que yo lo vea. Y después, lo oigo decir: "A-já. Aquí viene el baile." Anzuelo lo toca en el hombro y Dellon tiene que irse. Había tomado una cerveza, sólo eso, pero Anzuelo se dio cuenta. Ese puede olerlo a un kilómetro de distancia.

—No me lo cuentes a mí. Yo viví casi toda la adolescencia bajo la mirada de águila de tío Anzuelo.

—Pero tú no tenías nada de qué preocuparte, tú eras la señorita Perfecta —dice Millie, sacudiendo la cuchara de madera hacia la cara de Annawake.

—Bueno, claro, él no me daba ninguna oportunidad. —Annawake vuelve a su bebida.

—Tenías que compensarlo por los salvajes de tus hermanos —dice Millie, sonriendo—. Debería haberme dado cuenta ahí mismo de que no valía la pena casarse con él.

Justo en el codo de Millie hay un frasco lleno de margaritas y flores salvajes que los chicos recogieron en el camino. Annawake busca el frasco y lo pone en el centro de la mesa.

—Creo que él quiere que confíes más en él en cuanto a los niños.

—Confío en él. Pero siempre tengo que estar diciéndole lo que hay que hacer.

La más joven de Millie, Annie, toda grandes ojos oscuros y panza, está de pie, desnuda, en el umbral. Annawake salta de la silla.

—Ey, vamos a ponerte un pañal, bebé, antes de que hagas un lindo charquito.

—No, está bien. Hoy decidí empezar a enseñarle lo de la bacinica. Me parece más fácil que ande así todo el día. La saco al patio cada hora, como si fuera un perrito.

—¡Millie!

—Estoy bromeando. Annie, muéstrale tu bacinica a Annawake.

Annie desaparece.

—No vas a volver a la oficina, ¿no? ¿El Tercer Sábado?

Annawake suspira.

—Lo estoy pensando. Hay un pato salvaje por ahí y quiero cazarlo. Una adopción ilegal.

—Olvídalo. Sea lo que sea, va a seguir ahí mañana.

—No sé.

Annie vuelve a la puerta con un oso dos veces más grande que ella.

—Pa-pa —dice.

—Será mejor que aprendas a diferenciar un oso de una bacinica —dice

Millie—. Se te está terminando el tiempo de ser el bebé de la familia.

Annie deja caer el oso cabeza abajo y sube a la falda de Annawake. Annawake le pasa los dedos sobre la panza desnuda que tiene la firmeza de un huevo duro.

—Dellon odia que yo hable de Gabe —le dice a la espalda de Millie.

—No creo que Dell se sintiera tan cerca de él como tú. Tú eras la hermana melliza. Dell ya estaba bastante crecido cuando ustedes dos nacieron.

—Pero era su hermano.

—Mmmm —dice ella. Deja caer un paquete de fideos en la olla de agua hirviendo—. Pero ahora Dell tiene que preocuparse por sus propios hijos.

—¿Y eso qué significa?

Millie hamaca su cuerpo hasta la mesa y se sienta con cuidado.

—Nada, no quise decir eso. Le molesta mucho que hables de Gabe porque es el mayor y cree que debería haber hecho algo para impedir que la familia se viniera abajo.

Annawake mira la cara cansada de Millie. La piel bajo los ojos está como lastimada; eso le pasó siempre, en todos los embarazos. Las cosas que aguanta la gente por amor.

—No es culpa de él. Lo que pasó. . .

—Ni tuya, Annawake, y mírate. Creo que es hermoso que hayas ido a la universidad y todo, pero nunca paras.

El huevo de Annie se desliza hacia abajo, Annawake lo suelta y la niña desaparece de nuevo.

—Yo no me culpo por lo de Gabe.

—Si tú lo dices. . . A mí me parece que todos ustedes se culpan. Como que todos están casados con él o algo así.

Las dos escuchan los ruiditos firmes de los chicos en otras partes de la casa. Annie vuelve a la cocina; esta vez arrastra su bacinica blanca.

—Oso —dice.

—¿Qué harías —pregunta Annawake —si descubrieras que alguien está tratando de sacar a una niña cheroque de la Nación?

—Pero es completamente distinto. Me lo estás preguntando ahora. Tú eras una niña cuando se llevaron a Gabriel y yo no soy una niña.

—A eso me refiero. Si pasara ahora, ¿qué harías?

Millie saca una margarita marchita del frasco y retuerce el tallo entre los dedos.

—Ahora no pasaría. Para eso tenemos a gente como tú, ¿no? Para que cuiden a los chicos.

Annawake siente el peso de esa confianza exactamente como si Millie se la hubiera puesto con cariño sobre el pecho.

Tahlequah es una ciudad que podría enroscar y guardar sus veredas al anochecer. Annawake sabe lo que es la vida nocturna allí: los perros vagabundos que marcan cuidadosamente los robles de la calle y las casas clandestinas donde venden licor frente a cuyas puertas grita su reclamo de otro mundo la música que sale de los autos estacionados. Camina estas calles a oscuras desde la secundaria como recorriendo la longitud de su soledad. Annawake la intocable perfectamente admirada. Esta noche, ya casi terminó su ruta circular hacia casa. Su inquietud no tenía destino hasta hace un instante cuando pensó en una caja de zapatos de cosas viejas que metió en el cobertizo de autos de Millie hace años, antes de irse a Phoenix. La caja parecía vacía entonces; lo único de valor era un colgante de oro que usaba su madre porque creía que le daba suerte. Pero esa noche necesita la compañía de los secretos de familia. Dobla por la calle Arroyos Azules; la luz de la luna la guía.

El cobertizo tiene una puerta de metal que se queja cuando ella la abre. Annawake enciende la luz de un manotón justo en el momento en que una lonja delgada de gato blanco, un antisombra, se desliza junto a sus piernas.

—Hola, feo —le dice ella. El gato se va hacia un costado y vuelve la cabeza como un pájaro para mirarla. Hace una semana o dos que anda por ahí. Millie hasta sacó una lata de atún para él y ahora la lata está vacía pero el gato no tiene nada que mostrar por ella, sólo orejas y huesos. Annawake se siente culpable por haberlo hecho esperanzarse. En el bolsillo del pantalón encuentra una barra de maní que está degenerando, en camino de convertirse en arena.

—Ven —le dice y sostiene la barra en la palma abierta de la mano. El gato la mira con esa extraña inclinación de cabeza; tal vez sea ciego de un ojo. No hace ningún movimiento para acercársele pero cuando ella pone la barra sobre el umbral, salta como un predador, sostiene la barra con las garras y la hace crujir mientras sacude la cabecita arriba y abajo, trabajando con los maníes. Es una comida lamentable para un carnívoro. Con un dedo, Annawake le rasca la espalda, despacio, un gesto tentativo. El gato lo permite pero ese lomo no es nada. Una hamaca de cuero que cuelga entre los omóplatos.

Ella encuentra la caja de zapatos bajo una pila de equipos de bebé de Millie que espera para volver a la vida. Se sienta con las piernas cruzadas sobre el suelo, la caja en la falda, revolviendo los tesoros con los dedos delgados. Encuentra el colgante y trabaja un poco para abrir el broche. Adentro hay una foto de su madre y su padre frente a la corte de ladrillos del Condado Cheroque el día en que se casaron. El cabello de su madre le está volando sobre los ojos y parece preocupada. Ya lleva en sí los comienzos de un niño cuyo nombre será Soldado, y que morirá antes de tener edad suficiente para empezar a pelearla.

Annawake cierra el broche y se lo mete en el bolsillo. No quiere atraer la mala suerte pero sinceramente duda de su poder. Su madre lo usaba el día en que conoció a su esposo y creía tan completamente en él que no salía a hacer nada importante sin llevarlo puesto —ni a un bautismo ni a un funeral ni a pedirle otro mes de gracia al propietario de la casa—. Y sin embargo, para Annawake es difícil imaginarse una vida con menos suerte.

Desearía que su madre le hubiera dejado algo que le prometiera más bendición para sus decisiones: un bolso sagrado tejido con abalorios lleno de hojas de roble o cenizas de un fuego ceremonial. Pero no hay posibilidad de tal cosa: toda la ceremonia viene del lado paterno de la familia. Su madre hubiera llamado basura a cualquiera de esas cosas. Annawake sonríe un poco mientras oye el acento profundamente okie de su madre diciendo *"bassuraaa"*. Bonnie Matacuatro era una cheroque que trataba de aculturarse a muerte, como la mayoría de su generación que cambió bailes rituales por la Iglesia Bautista India y nunca usó mocasines. Siempre tuvo un par de medias de nilón por vez, doblado cuidadosamente en el mismo papel de seda que había albergado a los predecesores.

Annawake hojea los otros recuerdos de la caja. Una foto de Pájaro Rojo, su perro, frente a la casa de Kenwood. Otras fotos del bote zaparrastroso donde vivía el tío Anzuelo en Lago Matadiez y donde ella y sus hermanos pasaban casi todos los veranos hasta que tuvieron edad para dedicarse a trabajos más productivos. Encuentra una foto de ella y Gabe sobre la amplia galería del bote, los dos en vaqueros cortados hasta la rodilla y sonrisas tontas y ahí está toda la ropa sucia y carcomida colgada de los postes y los sauces de la orilla. Los baldes de grasa estaban más arriba, fuera del alcance de los notorios ejércitos de mapaches ladrones que recorrían las orillas del río en las noches. Tío Anzuelo decía que los mapaches robaban de todo, hasta chicos, pero Annawake no le veía sentido. Los chicos eran lo único fácil de conseguir y de tener. No tenía ni idea.

Ella y Gabriel pasaban los meses en la casa barca de Anzuelo con el corazón en la boca, temblando al pensar en el final del verano. Gabe, compañero de cuarto de Annawake en la vida antes de la vida, Gabe, que la siguió por la puerta del nacimiento y luego a través de la infancia. El dulce Gabe, al que robaron de los brazos de su familia y que no puede encontrar el camino a casa. Annawake sostiene la foto tan cerca de su cara que los ojos pierden el foco. Bebe ese temible licor de la memoria: una forma de A, dos mellizos que se inclinan sobre sí mismos, los codos alrededor de los cuellos. Cuando Annawake corre siente el tirón en el costado donde se cerró la herida invisible, el lugar del que se lo arrancaron. ¿Cómo habría sido pasar por la secundaria con Gabe? ¿Y llegar a la adultez? Haber tenido esa cita permanente en lugar de ser la Unica. El único corazón perfecto y solitario. Dos corazones, eso terminaron siendo, separados por el Panhandle de Texas[5] y una gran llanura de necesidad.

Da vuelta las fotos boca abajo y mira las otras cosas. Cartas de sus hermanos y de tío Anzuelo, una foto del bebé de alguien. Y la herencia de familia: un viejo libro de hechizos y medicina escrito por su abuelo en el alfabeto cheroque lleno de curvas que Annawake desearía saber leer. Todavía habla en cheroque en sus sueños, a veces, pero nunca aprendió a escribirlo. Cuando llegó a tener seis años, solamente enseñaban inglés en la escuela.

Despliega con delicadeza otro viejo documento con las puntas de los dedos y se sorprende de reconocer un viejo aviso de revista, frágil, agrietado, blanco y negro, que muestra a una joven sonriente con un halo de flores y una gaseosa bajo el rótulo que presidía el pueblo; bienvenido a El Cielo, decía el rótulo, y así todo el mundo en los Estados Unidos podía reírse frente a la idea de encontrar el cielo en el este de Oklahoma, supone ella. El aviso tiene más años que Annawake, la mujer era Azúcar Cuerno, amiga de su madre. La foto la hizo famosa durante un tiempo.

El gato está otra vez en la puerta, mirándola.

—No, vete. No soy confiable como fuente de alimentación.

Annawake guarda las fotos. Debería haberse llevado estas cosas a la universidad con ella. En ese universo de aire acondicionado y mudos libros de leyes la aterrorizaba la idea de que llegara un día en que pudiera reconocer su propia vida. No se puede ir por ahí alimentando gatos y fingiendo que una no está entre los necesitados. Annawake se ha pasado años recibiendo una educación completa en injusticias y conoce a cada una por su nombre pero todavía tiene miedo de olvidarse la cara.

7

UN MUNDO
DE DESAYUNOS
GRATIS

Las palabras han desaparecido de la página enfrente de Franklin
Turnbo. Mira fijo a la puerta del frente de su oficina y ve una
pequeña selva de violetas africanas, muy llenas de hojas y altas y
medio salidas de las macetas, buscando la luz como si pensaran
irse caminando en cuanto llegaran. Un ojo brillante y amarillo
parpadea en el centro de cada flor morado. El espacio de la oficina del frente donde trabajan Annawake y Jinny está invadido
por plantas saludables como chicos: un gran gomero se agacha al
llegar al techo como una niña demasiado alta, y algo con hojas
diminutas se extiende, chato como una palma abierta, contra la
ventana del frente. Jinny las trae y las alimenta, supone Franklin.
Está seguro de que nunca vio las plantas hasta hoy aunque
podría haber estado colgando el sombrero y la chaqueta en el

gomero durante meses, no está seguro. Como siempre, las mujeres están haciéndose cargo del lugar, una conquista benigna, sin que él se dé cuenta.

La puerta tintinea y Pollie Turnbo se roza con las violetas. Entra en el cubículo de la oficina de su esposo y deja una canasta sobre el escritorio.

—Hice budín de habas, todavía está caliente —dice, sin aliento, como si ella también acabara de salir del horno.

Franklin nunca llega a casa a cenar los lunes aunque el ritual es que él finge que va a tratar de hacerlo y ella finge que sólo pasaba por la oficina con la comida en la mano. El se pone de pie para darle un beso. El cabello de ella está suelto en el cuello y tiene los ojos brillantes, como apurados. Se parece a las violetas africanas. Franklin desea que se quede a charlar, pero ella no quiere.

—Tengo que ir allá a tratar de que los chicos no se metan debajo de los autos en la calle —dice, como si los chicos estuvieran planeando exactamente eso.

El mira la canasta cuando se queda solo. Budín de habas, carne de cerdo, mucho más de lo que podría comer. Pollie lo extraña estos días; está trabajando demasiado y es típico de ella tratar de reemplazar todas las pérdidas con comida. Todavía cocina las viejas cosas que llevan más tiempo del que han tenido las mujeres durante décadas. Aprendió de su madre, una cheroque pura que se crió en Kenwood y nunca aprendió hablar inglés. La madre de Franklin también es pura pero su padre es blanco y Franklin creció en Muskogee. Su madre nunca se quedaba mucho en la cocina excepto en Navidad y cuando le tocaban las ventas de budines del PTA. Franklin nunca pensó dos veces en que era cheroque hasta que empezó a estudiar la Ley Indígena: como muchos de su edad es un indio renacido. Se ríe de eso. A Annawake le gustaría más si tuviera ese título en la plaquita sobre el escritorio.

Pensar en Annawake significa volver a sentir miedo. Se inclina por la puerta y le pide que entre a la oficina. Franklin ya sabe lo que va a hacer ella pero tiene que pasar por la pantomima de tratar de disuadirla.

—¿Quieres comer algo? Pollie me trajo este budín.

Annawake menea la cabeza.

—No, gracias, Jinny me trajo un Big Mac y me lo comí, como una tonta. Debería haber esperado.

—¿Todavía no hay bebé nuevo en tu casa?

Annawake sonríe y menea la cabeza de nuevo.

—Creemos que está esperando que cambie el gobierno.

De todos modos, se sirve un poquito de budín y Franklin usa el silencio para luchar cuerpo a cuerpo con sus dudas. La beca le está pagando a ella para que trabaje en la oficina y aprenda de él, pero él se siente un artículo poco genuino, un auto nuevo fabricado con partes de viejos y una nueva capa de pintura. Un abogado indio que es un indio renacido. Annawake supo la verdad a través del tío, que, según oyó decir Franklin, viene de una familia de hombres relacionados con la medicina y la curación de la tribu y vive en una casa bote en Matadiez y mata ardillas con un revólver.

Franklin abre la boca un largo rato antes de empezar a hablar y después empieza despacio como si estuviera metiéndose en agua congelada.

—Ese caso que abriste. Tienes que tener algo sobre un padre o madre natural —le dice.

Annawake se sacude las miguitas de las manos y se inclina hacia adelante, los ojos llenos de vida.

—De acuerdo, pero mira. En el caso de la Banda Choctaw del Mississippi contra Holyfield, la madre entregó voluntariamente a su hijo a la pareja blanca. Los chicos ni siquiera habían vivido en la reservación. Y a pesar de todo eso, la Corte Suprema consideró nula la adopción.

—Aparentemente Annawake ha aprendido bastante de los abogados blancos como para meterse en agua congelada sin hacer ni una sola mueca.

—¿Y cómo se aplica eso aquí? En ese caso, los dos padres naturales estaban vivos, e involucrados.

Ella levanta un poco el mentón. Siempre enuncia las palabras como si pudiera tomarle el gusto a cada una y no le quedara ninguna otra cosa para comer.

—La madre natural entregó al chico pero su elección no fue tomada en cuenta.

—¿Es decir?

—Eso demuestra de qué se trata el espíritu de la ley. Se supone que la Ley para el Bienestar de la Infancia Indígena protege los intereses de la comunidad india en cuanto a mantener a sus hijos como tales. No se supone que se la pueda vencer a través de actos de miembros individuales de la tribu. —Franklin espera hasta que haya una pregunta y Annawake la encuentra: —¿Así que para qué necesitamos un padre o una madre natural?

—La Corte Suprema reconoció que la corte tribal tenía una jurisdicción exclusiva sobre esa adopción, en eso tienes razón —dice él, corrigiéndola con tanto tacto como un cuchillo que toca la punta de un lápiz. La decisión en el caso Holyfield llegó hace apenas semanas y Annawake parece haberla memorizado. —Pero si recuerdo bien, esa madre natural vivía en la reservación choctaw y eso convertía al niño en miembro de la tribu. En este caso ni siquiera sabemos si la niña cae bajo nuestra jurisdicción. No tienes un padre o una madre con domicilio ni enrolados porque no tienes padres.

—Tengo un padre o una madre que son un misterio. Los dos. La transferencia de custodia fue testimoniada por un notario de la ciudad de Oklahoma, que no tenía ningún derecho a hacer semejante cosa. Los padres están anotados como Steven y Hope Dos-Dos, y alegan ser cheroques pero no están enrolados y tampoco son ciudadanos con número de Seguro Social en los Estados Unidos.

Las cejas de Franklin suben un poco.

—¿Ya averiguaste eso?

—Fue el gran momento de Jinny Cuervo Rojo. Tuvo que llamar a Oprah Winfrey para un asunto oficial. Los investigadores la ayudaron mucho con la identificación y toda la información de fondo. Y el gobierno de los Estados Unidos siempre está dispuesto a ayudar, por supuesto. . .

El no sonríe.

—Pero todavía no tienes nada que haga de eso algo en lo que podamos interesarnos oficialmente.

Annawake pone las yemas de los dedos juntas, formando una canastita con las manos y la mira. A veces, menciona a su espíritu guía, algo que Franklin Turnbo entiende sólo a medias. Es tan rápida que parece guiada por caballos de carrera o por el zorro que corre adelante de la jauría.

—¿Oíste a la madre en la televisión, no? La historia era que cuando fue a Arizona, recogió a esa beba, obviamente india, en territorio cheroque, de la hermana de su madre muerta. Pero según los papeles oficiales, hay formularios de consentimiento de adopción firmados por dos padres vivos con nombres inventados. Yo diría que es incumbencia de la madre probar que *no* es cosa nuestra.

—Pareces enojada —dice él.

Ella está sorprendida, luego dice:

—Bueno, sí. . . Tal vez. Todas esas amas de casa mirando la televisión el viernes pasado y viendo lo fácil que es llevarse a nuestros niños como si fueran recuerditos de las vacaciones. . .

—Como con tu hermano. . .

Los ojos de Annawake no registran cambio alguno. Sólo dice:

—Te pregunto si podemos presentar una acusación por adopción impropia.

—¿Y después qué?

—Y después podemos trabajar con los Servicios de Bienestar Social para la Infancia de la Nación Cheroque y encontrar una casa apropiada.

—¿No te estás apresurando?

—De acuerdo, o evaluar la casa que tiene primero. Pero todo eso es decisión de la tribu. No deberían haberse llevado a esa niña. Eso es seguro.

Franklin Turnbo se inclina en la silla y suspira como un colchón de aire recién pinchado. Annawake espera que termine de hacerlo, con atención respetuosa.

—Annawake, admiro tu energía, en serio. Ojalá la tuviera. Pero tenemos problemas de bienestar social infantil que podrían mantenernos ocupados hasta que yo sea viejo y esté todo gris. Y además están las disputas por el uso de la tierra y los casos de derechos civiles y los divorcios y los borrachos y los que provocan desórdenes y perjuicios. Y la gente que trata de aferrarse a lo poco que queda.

Annawake vuelve a hacer una canasta con las manos y espera la pregunta.

—Fuiste a la universidad y ahora volviste para luchar por tu tribu. ¿Quién va a hacer el trabajo si tú estás todo el día en tu caballo blanco recogiendo niños perdidos?

—¿No crees que hay un agujero en algún corazón porque esa niña no está donde debe? ¿Alguna vez oíste hablar de algún niño cheroque al que nadie quisiera?

—Pero alguien se ocupa de ella ahora. Esa madre que la encontró.

Los ojos de Annawake registran una nube de duda pero pregunta:

—¿Entonces el que encuentra algo se lo queda y listo? ¿Te parece justo?

—Si estás hablando de una billetera, no; si se trata de un niño. . . tal vez.

—Tú y yo pudimos haber sido niños perdidos. Yo casi lo fui. ¿Qué serías tú, sin la tribu?

Franklin evita sus ojos, mira por la ventana de la oficina hacia la carretera que lleva a Muskogee. Junto con el sonido de los grandes camiones llega la música loca de un pájaro triguero sobre un cable telefónico. Franklin tiene un recuerdo poderoso, físico, del momento en que se quedó sin gasolina en la I-40 a los diecinueve, un chico mestizo que se estaba escapando de la universidad y volvía a casa a ver a su madre. Se acercó a una estación Chevron riendo de su buena suerte. Le llevó un minuto darse cuenta de que el lugar estaba entablado, las mangueras atadas sobre las bombas. A su alrededor había campos y campos de bombeadores de petróleo y él estaba vacío. Pero los campos eran tan hermosos y un triguero cantaba hasta volverse loco en un cable y Franklin no podía dejar de reírse de su buena suerte.

Ella pregunta:

—¿Qué querías decir cuando dijiste que se aferraban a lo poco que queda? ¿Te parece que nuestra situación es tan lamentable?

Franklin se avergüenza y busca el triguero: el recuerdo, por lo menos, de una mente en el estado correcto.

—Antes sentía lo mismo que tú acerca de este lugar —dice—. Sentía que la Nación es indestructible, porque los pájaros en los bosques no se preguntan quién tiene el título de propiedad de la tierra. Y tienes razón, la tribu me dio una razón para dejar de perseguir a las chicas y aparecerme de vez en cuando por las clases de Proceso Judicial. Pero hace tanto que soy abogado que lo que veo la mayor parte del tiempo es cómo se pelea la gente y cómo las cosas se ponen viejas.

Annawake lo mira y Franklin siente que le gustaría que fuera menos hermosa. Una idea traicionera y peligrosa por muchas razones.

—Es como disparar al aire —dice él—. Puede no haber nada, ni parientes, ninguna prueba.

—Eso ya lo sé —dice Annawake con amabilidad, como lo haría Pollie, como le hablan las mujeres a los hombres: Eso ya lo sé, querido, tranquilo. . .

—Seguramente vas a perder todo lo que pongas ahí —le dice él—. Yo quiero darte rienda suelta pero también soy responsable de la forma en que se invierte el tiempo de la gente en esta oficina.

—El congreso de Ley Indígena empieza el quince, así que tengo que ir a Tucson de todos modos, a leer mi trabajo. Ahí es donde vive, en Tucson. Puedo ir y hablar con la madre, ver cuál es la historia. Eso no es invertir mucho. . .

—No importa cuál sea la historia: hay muchos corazones involucrados, te lo aseguro.

—Eso ya lo sé —dice Annawake de nuevo, pero por una vez Franklin no cree que ella lo sepa. No es madre.

—¿Puedes decirme por qué crees que eso es lo mejor?

Ella aprieta los labios curvados, pensando.

—En la universidad muchas veces dormía en la biblioteca. Había una cama en la sala de mujeres. Cuando apruebe los últimos exámenes del doctorado seguramente van a poner una placa: Cama de Annawake Matacuatro.

Franklin sonríe. Se da cuenta de que puede imaginárselo.

—La gente pensaba que mi vida era deprimente. Y supongo que tenían razón, tan lejos de casa, escuchando pasar a las ambulancias hacia el hospital de noche, alguien quebrado o golpeado o viejo o abandonado por su familia, y mientras tanto las leyes que me saltaban en la cabeza. . . Pero siempre soñaba con el agua de Matadiez. Todas esas percas que una podía atrapar cuando quisiera, ¿entiendes? Un mundo de desayunos gratis, esperando para ayudarte a entrar en el nuevo día. Nunca dejé de tener eso. ¿Y tú?

—No —admite él. Lo supiera o no, él siempre fue cheroque. Los peces estaban ahí para él tanto como para Annawake.

—¿Quién va a decirle a esa niña quién es?

Franklin quiere decir: "Va a tener otras cosas", pero no está seguro. Franklin usa un reloj Seiko y parece tan cheroque como Will Rogers o Elvis Presley o los ochenta mil mestizos de su Nación, pero sabe que no es blanco porque no se le ocurre ni una sola generalización sobre los blancos que sea por lo menos creíble. En cambio tiene una docena sobre los cheroques: Son buenos con sus madres; Saben lo que está plantado en su patio; Dan dinero a sus parientes, y no les importa si lo usan con criterio o no. Rota un poco la silla. En el escritorio hay un patito muy feo que sirve para guardar sujetapapeles, regalo de sus hijos. Una vez, le dijo a Annawake que era su espíritu guía. Ella no se rió.

—De acuerdo —dice finalmente—. Confío en que tengas suficiente sentido común como para saber lo que haces con esto.

La boca de Annawake se mueve hasta tomar su aspecto màs irresistible, esa sonrisa extraña un poco dada vuelta. Tiene los ojos llenos de risa, no por él sino por alguna otra cosa. Posibilidades locas. . .

—Gracias, jefe —dice, poniéndose de pie y tocando el escritorio—. Y ya que voy a Arizona voy a ver si me consigo un caballo blanco bien grande.

8

UNA UNION
MAS PERFECTA

Taylor se sienta en los escalones de la entrada, abrazándose las rodillas, mirando con rabia el indiferente árbol de damascos. Es una cosa toda llena de nudos plantada hace tiempo cuando la casa era nueva, y ya casi no da más fruta. Pero este verano le cayó un ciclo interno prolífico y trajo al barrio una bonanza de damascos. . . y de pájaros.

—Si se juntaran todos y se comieran toda la fruta de un lado, no me importaría —le dice Taylor a Lou Ann—. Pero hacen un agujerito en cada una y las arruinan.

Lou Ann parece triste a pesar de su traje de Lycra verde lima. En diez minutos, tiene que liderar la clase de Abdominales Fenomenales de la Mañana del Sábado en Una Oportunidad Muy Gorda. Está en el corredor de Taylor, esperando que vengan a buscarla.

—Pensé que Jax iba a hacer un espantapájaros —dice.

—Ya lo hizo. —Taylor señala un recorte de cartón en forma de búho con cuernos en la parte superior del árbol. Tiene ojos realistas y mucho detalle en las plumas, pero es difícil reconocerlo con todos los pinzones que se le trepan encima.

—Pobre Tortuga —dice Lou Ann, con tristeza.

—Esto me mata. ¿Alguna vez viste que se entusiasmara con algo para comer, lo que sea? Y ahora, de pronto, le encantan los damascos. Pero no quiere comerlos si tienen agujeros.

—No la regañes por eso, Taylor. ¿Quién quiere comer lo que dejó un pájaro? Seguramente tienen enfermedades.

Las cigarras dejan escapar sus chillidos brillantes desde los arbustos desgarrados que rodean la casa. Es un día que encandila, un día que va a llegar a los cuarenta grados. Taylor levanta una piedra y la arroja al centro del árbol de damascos, levantando una pequeña conmoción de plumas marrones. Inmediatamente, los pájaros vuelven a posarse. Tuercen la cabeza de costado, los picos húmedos brillantes, los ojos de cuentas fijos en Taylor. Luego, siguen con su obligación de engullirse.

—La abuela Logan decía que iba a hacer una copia de mi foto del colegio y ponerla en el campo de maíz para espantar a los cuervos.

—A tu abuela Logan deberían fusilarla —sugiere Taylor.

—Demasiado tarde. Ya murió. —Lou Ann se pone las manos detrás de la nuca y hace unas cuantas flexiones sobre el suelo del corredor. La cortina de pelo rubio salta flameando sobre la vincha gruesa color lima. —Debería decirle a Cameron. . . que venga aquí. . . y se quede sentado bajo. . . el árbol —logra decir entre una flexión y otra—. Eso sí que los asustaría.

Cameron John es el novio recurrente de Lou Ann y es cierto que da miedo en varios sentidos. Tiene colochos hasta la cintura, por ejemplo, y un Doberman con anillos de oro en una de las orejas. Pero Taylor supone que los pájaros percibirían la verdadera naturaleza de Cameron y volarían hacia sus brazos como hacia San Francisco de Asís. Tira otra piedra justo en el momento en que su vecino, el señor Gundelsberger, sale de su casa, directamente enfrente. La piedra aterriza a los pies del vecino. El se detiene bruscamente, los dos talones juntos, mira la piedra con un gesto exagerado, luego se saca el pañuelo del bolsillo de los pantalones de franela gris y lo sacude con la mano por encima de la cabeza.

—Paz —le grita a Taylor—. No quiero guerra.

—Es una guerra contra los pájaros, señor G. —le dice Taylor—. Y están ganando.

El se acerca y se pone de pie bajo el árbol, con una mano sobre la frente para taparse el sol y poder ver hacia las ramas.

—Aj —dice —. Lo que necesita es un roadio en árbol.

—¿Un rodeo? —pregunta Lou Ann, sin poder creer lo que oye. Su ex-esposo era jinete de rodeo. Podría imaginárselo enlazando pájaros. . . era tan tonto. . .

—No, un *roadio.* —El señor Gundelsberger levanta un puño y se lo apoya en la oreja con un dedo levantado—. Transistor.

—¡Una radio! —dicen Lou Ann y Taylor al mismo tiempo. Taylor pregunta:

—¿En serio?

—Rock and roll —dice el señor Gundelsberger, asintiendo con firmeza —. Inténtelo, de veras. El rock and roll saca pájaros de ese árbol.

Lou Ann toma la bolsa del gimnasio y baja los escalones de piedra en precipitándose en sus zapatillas de suela de goma. Le hace un saludo con la mano a Taylor mientras ella y el señor Gundelsberger suben al Volvo. Muchas veces él la lleva hasta el centro: su joyería está a apenas dos cuadras de Una Oportunidad Muy Gorda.

El señor G. se mudó hace apenas unos meses. Durante años, su hija, una artista localmente famosa que se hace llamar Gundi, ha sido la dueña de toda la colonia de casas de piedra medio derrumbada que empieza en el límite de la ciudad, junto al desierto. En los viejos tiempos, eso fue un rancho ganadero; el camino de canto rodado que lleva colina arriba desde la calle principal todavía está marcado por un arco de hierro que dice RANCHO COPO. La primera vez que Jax la llevó allí, se sentaron sobre el techo de su casa y él le contó una historia increíble sobre ritos de fertilidad y cómo le habían puesto Copo al rancho para que las vacas copularan. Después, ella descubrió que el nombre significa "Rancho de los Copos de Nieve", lo cual tiene mucho menos sentido que el asunto de la copulación de las vacas. Pero es un lugar envidiable para vivir. Taylor había oído hablar de él antes de conocer a Jax. La gente se anota en listas de espera para mudarse, siempre que Gundi los apruebe.

Gundi vive en la casa de la colina, donde expone sus grandes pinturas abstractas sobre las paredes de lo que una vez fue el comedor de los peones. Las otras casas son todas pequeñas y raras: algunas no tienen calefacción ni refrigeración; una tiene un baño externo. La de Jax es chiquita pero tiene una torre de piedra muy rara en el lado sur. Se alquilan por casi nada. Taylor ha notado que muchas de las personas que viven aquí son músicos o tienen doctorados en carreras extrañas.

Antes de Rancho Copo, Taylor y Tortuga vivían en el centro, en una casa semiderruida más convencional con Lou Ann y su bebé. Lou Ann las recibió cuando llegaron a Tucson y Taylor todavía se siente endeudada con ella. No quiso mudarse con Jax hasta que Gundi también aceptó a Lou Ann como material de Rancho Copo.

Taylor entra en la casa y revuelve un rato las cosas del estudio que ha creado Jax en su torre. El dice que la acústica es cristiana en ese lugar. No hay mucho espacio en el suelo, pero los estantes de las cuatro estrechas paredes llegan hasta el techo. Ella arrastra la escalera de pared en pared, segura de que en medio de todo ese lío electrónico tiene que tener una radio a transistores pero no encuentra ninguna. Saca un grabador portátil y una de las cintas de demo de Jax. Está decidida a dar a probar algo de los Bebés Irascibles a un nuevo público.

Annawake salta por el largo camino de canto rodado en el auto alquilado hasta que ve a una mujer en un árbol. No está segura por las piernas de si es la misma que vio en el programa de Oprah Winfrey, pero la dirección parece correcta, así que estaciona y baja. El suelo está cubierto de fruta madura y piedras duras que le lastiman las plantas de los pies a través de los mocasines. Grita a las ramas:

—Ey, estoy buscando a Taylor Stamper.

—Ya la encontró, y está en un árbol. —Taylor está usando una soga para atar el parlante a una rama más alta—. Espéreme ahí. A decir verdad, prefiero el suelo.

Un sonido de bajo ensordecedor empieza a latir entre las hojas. Annawake mira cómo bajan las zapatillas de la mujer por la escalera cruzada de las ramas. Después, cuelgan un segundo en el aire; después, se dejan caer. A nivel del suelo la mujer es un poco más baja que Annawake y tal vez unos años más joven, con el cabello largo y castaño y los ojos sin sospechas. Se sacude las piernas de los vaqueros unas cuantas veces, se mira la palma de la mano derecha y la extiende.

—Annawake Matacuatro —dice Annawake, sacudiendo la mano de Taylor—. De Oklahoma. Vine a la ciudad por un congreso profesional. Tiene un lindo lugar aquí.

Taylor sonríe a las montañas, que a esta hora de la mañana parecen púrpura.

—¿Sí, no es cierto? Cuando vivía en otra parte, no pensé que habría tantos árboles. La única diferencia entre este lugar y cualquier otro es que aquí todo tiene espinas.

—La vida es dura en el desierto, supongo. O comes o te comen. . .

Taylor tiene que levantar la voz para competir con Jax, que está cantando con fuerza desde el árbol.

—¿Quiere hablar? Venga. Entramos, cierro la puerta y así podemos oírnos.

Annawake la sigue adentro, a través de un vestíbulo estrecho de piedra en el que casi no entra un gran piano vertical. Se apoyan contra la pared para llegar a la cocina. Las paredes allí son como caras de pizarra, frescas e inclinadas. Annawake se sienta frente a una mesa de madera con las patas pintadas de cuatro colores diferentes. Piensa en Millie y Dell arreglando la mesa, y en el nuevo bebé que ahora lo reina todo. Taylor pone agua para el café.

—¿Cuatro de qué mató usted, me pregunto?

Annawake sonríe. Sí, ésa es la mujer que vio en la televisión: reconoce la confianza.

—Es un apellido cheroque bastante común.

—¿Sí? ¿Y tiene una historia?

—La historia es que cuando mi tatarabuelo se encontró por primera vez con gente que hablaba inglés, ése fue el nombre que le dieron. Tenía cuatro chicos así que había tallado cuatro muescas en el caño del rifle; era algo muy común entonces. Por orgullo, supongo, o para acordarse de cuánta carne tenían que traer a casa. Pero los blancos pensaron que significaba que había matado a cuatro hombres. —Annawake mira a Taylor—. Supongo que el abuelo nunca se tomó la molestia de corregirlos.

Taylor sonríe, entendiendo la cosa etérea, casi peligrosa, que ha pasado entre las dos. Saca tazas de café y pone el polvo negro en el filtro.

—Su acento me da nostalgia. Ya sé que es de Okla pero a mí me suena cerca de Kentucky.

—Yo estaba pensando lo mismo —dice Annawake—. Usted suena como a casa. Casi. Hay una diferencia pero no sé cómo describirla.

Taylor está de pie frente a la cocina y por un momento, ninguna de las dos dice nada. Taylor estudia el aspecto de Annawake, lo digiere: el cabello negro como un cepillo, parece irradiar de un sólo punto, el pico de la frente. La piel es de un hermoso color arcilla que uno quisiera tocar, como la de Tortuga. Usa una camisa de algodón castaña con cintas de satén azul cosidas al canesú y a los hombros. Taylor manosea la hornalla. Escuchan el bordoneo largo de una guitarra y la voz de Jax que viene desde afuera:

"*Los niños grandes. . . juegan sus juegos. Sus desbandes. . . me siguen lejos. Los niños grandes juegan sus juegos, grande es el humo, el mundo dejo. . .*"

Annawake levanta una ceja.

—Esa es la banda de mi novio. —Taylor mira por la ventana—. Ey, funciona. Ya no hay pájaros.

—¿Qué es esto? ¿Un experimento?

Taylor se ríe.

—Seguramente usted cree que estoy chiflada. Estoy tratando de que los pájaros no vayan a ese árbol de damascos. A mi niña le encantan los damascos más que ninguna otra cosa, viva o muerta. Y es una niña que nunca pide mucho. Me estuve volviendo loca para pensar una forma de sacar a los pájaros de ahí.

—Mi abuela plantaba moras cerca de los perales. Los pájaros preferían las moras. Se sientan en la morera y se ríen, pensando que nos están robando algo bueno y mientras tanto, nos dejan todas las peras a nosotros.

—¿En serio? —dice Taylor—. Ojalá hubiera pensado en eso hace veinte años.

—Su hija. . . ¿Es Tortuga? ¿La que come damascos?

—Cierto.

Otro minuto largo de silencio, la tetera empieza a silbar. Taylor la levanta y echa agua siseante en el polvo negro del café.

—No está hoy. Se va a llevar una sorpresa cuando vuelva y vea que ya no están los pájaros. —Taylor sonríe en la mesada. La sonrisa sorprende a Annawake porque es un gesto casi tímido. Privado. Pasa y Taylor vuelve a mirar a Annawake—. Jax se la llevó a ella y a una vecinita a ver los dos nuevos rinocerontes que tienen en el zoológico. El y Tortuga están tratando de escribir una canción sobre especies en peligro.

—¿Cuál es la historia de ese nombre?

—¿Cuál, Tortuga? Bueno, no tan buena como la suya. Es un sobrenombre más bien, por su personalidad. Tortuga es. . . bueno, se aferra a las cosas. Desde que era chiquita, me aferraba con todas sus fuerzas y no me soltaba. En Kentucky, yo crecí ahí, la gente decía que si una de esas tortugas mordedoras agarra algo con el pico, no lo suelta por nada del mundo. ¿Lo quiere con crema o algo?

—Negro, por favor.

—Esa es la historia —dice ella, sirviéndole una taza a Annawake y sentándose enfrente. —No hay mucho de nuestra historia que no haya estado en los diarios para decirte la verdad. Creo que nos quedamos sin historia. No se ofenda, pero por fin estamos volviendo a la normalidad.

Annawake menea la cabeza, un gesto breve.

—Usted es periodista, ¿verdad? Supongo que nos vio en la TV. ¿Dice que vino por un congreso de periodistas?

Annawake sostiene la taza de café con las dos manos y toma un traguito.

—Lo lamento. Tal vez la induje a error —dice con cuidado, una frase por vez. —La vi en la televisión, eso sí, pero no soy periodista. Soy abogada. Estoy aquí por el congreso sobre la Ley Indígena.

—¿Abogada? Nunca hubiera pensado que usted era abogada.

—Bueno, gracias, supongo. Trabajo en una oficina de la Nación Cheroque. De eso es que quiero hablar con usted. Tal vez la adopción de Tortuga no sea válida.

La taza de Taylor se detiene a medio centímetro de sus labios y durante casi un minuto parece que ella ya no está respirando. Después, apoya la taza en la mesa.

—Ya pasé por esto. La asistente social dijo que necesitaba papeles de adopción así que fui a la ciudad de Oklahoma y conseguí los papeles. Si quiere, voy a buscarlos.

—Ya revisé los archivos. Ese es el problema, no lo hicieron bien. Hay una ley que da a la tribu la última palabra sobre la custodia de nuestros niños. Se llama la Ley para el Bienestar de la Infancia Indígena. El Congreso la aprobó en 1978 porque había muchos niños indios separados de sus familias y colocados en casas que no eran indias.

—No entiendo qué tiene que ver eso conmigo.

—No es nada en su contra, no personalmente, pero la ley es crucial. Nosotros pasamos por algo así como un remate y una remoción totales.

—Bueno, pero eso ya se terminó hace tiempo.

—No hablo del general Custer. Hablo de la década de los setenta, no más atrás, de cuando usted y yo estábamos en la secundaria. La tercera parte de nuestros niños terminaban lejos de sus familias, adoptados por blancos. Uno de cada tres. *Uno* de cada *tres*, ¿entiende?

Los ojos de Taylor se han agrandado de una manera muy rara.

—Mi casa no tiene nada que ver con esa tragedia —dice. Se levanta y se queda de pie junto a la ventana, mirando hacia afuera.

—No quiero asustarla —dice Annawake con calma—. Pero quiero que sepa algo del asunto, la base incluso. Necesitamos asegurarnos de que nuestras leyes se respeten.

Taylor se da vuelta y mira a Annawake; el cabello le gira en el aire.

—Yo no me robé a Tortuga, no se la saqué a su familia. Me la tiraron encima. Me la *tiraron*. Ya perdió a su familia y la lastimaron de una forma que ni siquiera puedo poner en palabras sin llorar. Me refiero a algo sexual. Su gente la dejó caer en un abismo y estaba muy mal. No hablaba, no caminaba, tenía la personalidad de. . . ni sé de qué. De una manzana golpeada. Nadie la quería. —A Taylor le tiemblan las manos. Cruza los brazos frente a su pecho y se inclina un poco como una mujer embarazada en los últimos meses.

Annawake está sentada, inmóvil.

—Y ahora que es una niña adorable y linda y se hace famosa y sale en la televisión, ahora ustedes quieren que yo se la devuelva.

—Esto no tiene nada que ver con que Tortuga haya estado en la televisión. Excepto que así fue como su caso nos llamó la atención. —

Annawake mira lejos y piensa en el tono que está usando. Sus palabras de abogada no van a ganar casos en esta cocina. No está tan lejos de Oklahoma. —Por favor, no se asuste. Sólo le estoy diciendo que sus papeles de adopción tal vez no sean válidos porque usted no consiguió la aprobación de la tribu. La necesita. Tal vez sea buena idea que trate de conseguirla.

—¿Y si no me la dan?

A Annawake no se le ocurre ninguna buena respuesta a esa pregunta. Taylor se pone exigente.

—¿Cómo puede usted pensar que esto es en interés de Tortuga?

—¿Cómo puede usted pensar que es bueno que una tribu pierda sus hijos? —Annawake está asustada por su propia rabia: acaba de disparar sin apuntar primero. Taylor menea la cabeza una y otra vez, una y otra vez.

—Lo lamento. No la entiendo. Tortuga es mi hija. Si usted entrara por esa puerta y me pidiera que me cortara la mano por una buena causa, tal vez lo pensaría. Pero no se va a llevar a Tortuga.

—Están los intereses de la niña y los intereses de la tribu, y yo estoy tratando de pensar en los dos.

—Eso es una mierda. —Taylor se vuelve y mira la ventana.

Annawake habla con dulzura a esa espalda.

—Tortuga es cheroque. Necesita saberlo.

—Lo sabe.

—¿Sabe lo que significa? ¿Sabe *usted* lo que significa? Le apuesto a que ve a los indios de la televisión y piensa: *Jau*. Arcos y flechas. Eso no es lo que somos. Tenemos una lengua escrita que es tan sutil como el chino. Tuvimos el primer sistema de escuelas públicas del mundo, ¿lo sabía? Tenemos una constitución y leyes.

—Ah, maravilloso entonces —dice Taylor mientras sus ojos pasean por el patio sin fijarse en nada. *Nosotros también tenemos una constitución*, piensa, *y se supone que debería impedir las injusticias terribles*, pero lo único que recuerda es una serie de palabras que memorizó en tercer grado. —Nosotros, el pueblo —dice en voz alta. Camina hasta la pileta y levanta un cucharón, después lo vuelve a apoyar. La voz de afuera sigue cantando. —*No, no puedo sentirlo. Usted sabe que me están robando.*

Annawake toca una imagen guardada del vientre de huevo duro de su sobrina bajo las manos.

—Estoy segura de que usted es una buena madre —dice—. Eso se nota.

—¿Cómo se nota? ¿Cómo lo ve usted? Usted entra aquí. . . —Taylor se detiene, sacudiendo una mano en el aire. Duda. —No sabe nada de nosotras.

—Tiene razón, estoy suponiendo. Me parece que ella le importa mucho. Pero ella necesita a su tribu también. Hay muchas cosas que va a necesitar cuando crezca, cosas que usted no va a poder darle.

—¿Como qué?

—De dónde es, quién es. Cosas grandes. Y cosas chicas, como la leche, por ejemplo. Le apuesto lo que quiera a que no toma leche.

Taylor levanta el cucharón de nuevo y lo golpea contra la pileta de metal, después lo apoya de nuevo.

—Sí que tiene que tener pelotas, señora, para venir a decirme quién es mi niña. Me gustaría saber dónde estaba usted hace tres años cuando ella estaba entre la vida y la muerte, esperando. . .

—En la universidad, tratando de aprender cómo hacer que las cosas fueran mejor para mi nación.

—Nosotros, el pueblo, creamos una unión más perfecta. —Annawake no contesta—. Esta es mi nación y le pido que se vaya.

Annawake se pone de pie.

—Lamento que esto no haya sido un encuentro mental más amistoso. Yo esperaba que lo fuera. Y me gustaría ver a Tortuga. —Deja la tarjeta en la mesa, un rectangulito blanco grabado con letras rojas y el sello de la Nación Cheroque—. Creo que a ella le haría muy bien hablar de su herencia.

Taylor no dice nada.

—De acuerdo. Bueno, me quedo en la ciudad hasta el lunes. Me gustaría conocerla. ¿Vengo mañana, le parece? ¿Después de la cena?

Taylor cierra los ojos.

—Gracias por el café.

Taylor va hasta la puerta del frente, la mantiene abierta y mira cómo se va la visita a través de la fruta caída del patio. Annawake busca las llaves en el bolsillo y se queda un momento de pie con la mano en la puerta del auto.

Taylor grita:

—Y le encanta la leche. La compramos por galones. . .

El auto alquilado de Annawake es un Chrysler azul y a ella le cuesta hacerlo andar marcha atrás. Las ruedas se tambalean y crujen en el camino que baja por la huella de piedra de vuelta hacia la ciudad.

Taylor se queda de pie frente al corredor, los brazos cruzados, testigo de la retirada. Las palabras "un encuentro mental más amistoso" golpean como abejas enfurecidas contra el borde interno de su cráneo.

Muy arriba, en las ramas del damasco, la música ha terminado y el grabador está callado de nuevo. Uno por uno, los pájaros salen del desierto y vuelven a reclamar su árbol.

9

LOS CERDOS
EN EL CIELO

Tío Anzuelo decía: "Si montaste a caballo una vez, deberías saber lo que es un caballo." Así que a Annawake le molesta que la segunda vez que está de pie en el frente de la casita de piedra donde vive Tortuga, ve cosas que podría jurar que no vio antes. Una rara torre de piedra al final del techo inclinado, por ejemplo, el tipo de cosa en el que los blancos encierran a sus prisioneros en los libros, o a las tías locas.

Claro, la última vez estaba nerviosa. Y estaba mirando a una mujer colgada de un árbol. Ahora sólo hay un hombre delgaducho en vaqueros negros, sentado en los escalones del corredor. Está mirándose las manos, que parecen están dormitando sobre sus rodillas, un par de colosales arañas aletargadas.

—Hola —intenta Annawake. Está de pie con las manos en los bolsillos, esperando algún tipo de invitación. —Soy Annawake —agrega.

—Ah, créame, eso ya lo sé. —El parece estar levantándose de sus pensamientos muy lentamente, con mucho esfuerzo, como saliendo de una hibernación—. ¿Dónde están mis modales? —dice finalmente en una voz profunda por la desesperación o porque es sureña—. Siéntese aquí en este viejo corredor mugriento.

El escalón de piedra es ancho y está un poco gastado como la entrada a alguna antigua maravilla del mundo. Cuando ella se sienta, la piedra le sangra frescura en los muslos, una sensación de humedad.

—¿Usted es el músico?

—Jax —dice él, asiente un par de veces, como si no estuviera más que apenas convencido de que ése es realmente su nombre.

—Escuché uno de sus trabajos ayer. Desde ese árbol.

—Aterrorizó a los pájaros, me dicen. Creo que ya encontré un mercado. —Jax levanta un enorme damasco del tamaño de una pelota de golf y lo arroja contra el búho de cartón en el árbol. Le erra por un margen muy generoso.

—Tal vez. A mí me gustó su música —dice ella. Tira un damasco que da en el búho con un sonido fuerte; el búho tiembla y se sacude sobre la rama.

—Por Dios —dice él. Vuelve a tirar, esta vez apuntándole al tronco y roza un costado. Annawake lo imita y da directamente en el mismo lugar en el que pegó el damasco de él.

El la mira de costado. Con las cejas oscuras y el brillo del aro de oro, parece un pirata.

—¿Se trata de una de esas visitas del más allá? ¿Está usted por revelarme el significado de mi vida?

Annawake no siente que tenga que reírse.

—Es que yo era muy buena en un juego de puntería que teníamos, *swalesdi*. Es una coincidencia, nada más. No soy tan buena en todo.

—Si es así de buena, prefiero no saberlo.

—No conozco el significado de su vida.

—Me alegro porque no estoy preparado para escucharlo. Eso arruina la diversión, ¿sabe? Como cuando uno está leyendo un buen libro y alguien dice, "ah, ése es bárbaro, ¿ya lo mató el tren?"

Annawake sonríe. Se da cuenta de que la casa está muy derruida si se la juzga por las normas del servicio social, peor que algunas cosas que vio en la Nación Cheroque, y acepta que eso puede usarse en su ventaja. Hacia el oeste, el desierto se levanta para encontrarse con los picos partidos de roca de las montañas de Tucson. Annawake se pone una mano en la frente para mirar el sol que baja. Es un esfuerzo para ella no llevar la conversación hacia donde le interesa.

—Me doy cuenta de por qué quiere vivir aquí —dice—. Fuera de la ciudad.

—Ah, bueno, es una historia muy triste. Me expulsaron de la ciudad de Tucson. Tienen una ordenanza en contra de los Bebés Irascibles.

—¿Quiénes?

—Mi banda. Vivíamos juntos en un criadero de pollos, en el centro. Pero según algunas estimaciones, éramos demasiado ruidosos.

—¿Un criadero de pollos en el centro?

—Ya no era un criadero. Lo habían cerrado por el olor. Se lo digo: es una ciudad llena de intolerancia.

Ese novio no es algo que Annawake haya planeado. Está sorprendido de encontrarlo tan sereno y amable, aunque sabe que podría estar muy equivocada al juzgarlo así. Tal vez esté en coma.

—¿Jax es sobrenombre de Jackson?

—No, con equis. —Hace una cruz en el aire con sus dedos índices tan maravillosamente largos. —No es sobrenombre de nada. Mi madre era una de las alcohólicas más reconocidas del barrio francés de Nueva Orléans. Me pusieron ese nombre por una venerada marca de cerveza.

—¿Usted se llama así por la cerveza Jax?

El asiente, despacio.

—En algún lugar de este mundo tengo una hermana que se llama Hurricane. Le estoy diciendo la verdad, Dios sea mi testigo.

—¿No sabe dónde está?

—Ni mamá ni mi hermana. Si es que todavía están en este mundo.

—Mierda. Y yo que creía que lo único que una necesitaba para tener una buena vida era una piel blanca —dice Annawake.

—Yo quería ser indio. Una vez me afeité la cabeza y usé collares de cuentas y obligué a todos a que me llamaran Alce Que Vuela.

Annawake lo mira y esta vez sí se ríe.

—Usted no es un Alce que Vuela.

Jax se estudia las zapatillas.

—Creo que me vendría mucho mejor un nombre más significativo, ¿no le parece? Algo atlético. Tal vez Bolas Rojas. . .

Durante un minuto miran los cuatro zapatos alineados en el escalón. Las zapatillas altas y gastadas de Jax parecen demasiado grandes y trágicas; los mocasines de Annawake son perfectos: cuero cosido, el rojo quemado de las tinturas de óxido de hierro de Oklahoma.

—Lindos mocasines —observa Jax—. Parecen nuevitos.

—Son nuevitos. Los tuve que comprar aquí. Nadie usa mocasines en Oklahoma.

—¿No?

Ella menea la cabeza.

—Los que les venden a los turistas en el Centro de Herencia Cheroque los hace un hippie de Albuquerque.

Jax suspira.

—¿Adónde vamos a parar?

De pronto, en un cambio notable, la luz del sol se vuelve dorada y benevolente. Los cactus iluminados desde atrás brillan con halos de piel dorada y las caras de Jax y Annawake parecen bendecidas de la misma forma. Después de un minuto, la luz vuelve a cambiar, esta vez a penumbra.

—Se fueron, ¿verdad? —pregunta Annawake finalmente.

—Sí.

—¿Qué significa eso?

Jax piensa la pregunta.

—Ella empacó las cosas de Tortuga, todas. Todos sus libros. Recogió unos doscientos damascos verdes y los puso en el estante del asiento de atrás para ver si tenía suerte y se maduraban. Cuando salieron, parecían los Joad.

Annawake tiene que pensar un poco para ubicar el nombre y después se acuerda de *Viñas de Ira*, de la secundaria. Blancos que huyen del polvo de Oklahoma y terminan como cosechadores de fruta en California. Y creen que eso fue espantoso. A los cheroques los sacaron de sus tierras en una marcha rodeada de soldados para llevarlos *hacia* Oklahoma.

—No hay dirección conocida, supongo. —Jax sonríe—. Ella es gerente de un lugar donde venden autos o repuestos en la ciudad, ¿eh? Trabaja para una mujer, Mattie, que seguramente es amiga porque no esta disponible para mí en el teléfono cuando la llamé. Tiene suerte de tener un mecánico en la familia.

—Buen trabajo, Sherlock, pero: A, si Taylor fuera mecánica seguramente me diría que me arreglara mi auto yo mismo. Y B, no es mecánica. Ese lugar era una gomería antes pero Taylor odia los neumáticos así que cuando empezaron a vender repuestos, Mattie la dejó encargarse de la rama de los cinturones de seguridad y los espejitos.

—Supongo que tenía vacaciones acumuladas.

—Nadie ficha ahí —dice Jax—. Es un lindo lugar. Algo así como los Amish en la década del sesenta. Aceptan vagabundos.

—¿Como Tortuga?

—Como refugiados de Centroamérica. ¿Podría recordarle que es usted la arquitecta de la destrucción reciente de mi vida? ¿Esto es un interrogatorio oficial?

—Lo lamento. No. Puedo conseguir la información de otra forma si prefiere que me vaya y lo deje solo.

—Eso es lo que me pasa, me dejaron solo —dice Jax. Se queda callado lo suficiente como para que Annawake oiga cómo se mueve el aire entre los dos. —Mattie ama a Taylor como a un hijo —dice él de pronto—. Así que va a terminar hablándole a los compresores de aire. No pierda su tiempo.

—Pero usted no puede decirme adónde fue, supongo.

—Supone correctamente.

Los dos miran cómo el sol toca las montañas. El horizonte está deformado pero con suavidad, como si el paisaje se hubiera gastado justo allí, a la manera del centro de un viejo escalón de mármol, por el paso repetido de las puestas de sol. La pelota roja cae, luego esparce su hemorragia en silencio hacia las nubes que la rodean.

—Tal vez me llamen por teléfono de vez en cuando, para decirme si están bien. Pero no hay dirección.

—Bueno, gracias por la sinceridad —dice Annawake.

Jax entrelaza los dedos detrás de la cabeza y hace sonar los huesos de las manos con un ruido impresionante.

—Yo le hago muchísimas cosas malvadas a mi cuerpo pero nunca cometo perjurio con él.

—Buena decisión —dice ella—. El problema es que no estamos en la corte.

—¿Así que de veras están en problemas? ¿Esta va a ser una de esas situaciones estilo James Dean en la que la Nación Cheroque las caza hasta la orilla del río y les mete la luz en los ojos y al final se rinden?

Annawake dice:

—No.

—¿Podría ponerlo por escrito?

—Usted no me dice nada pero se porta bien conmigo, así que voy a sincera con usted. La Nación Cheroque no está siguiendo el caso. Yo soy la que lo hace. La cosa está llena de agujeros. No sé cómo podemos probar que Tortuga es cheroque a menos que surjan parientes que la reclaman dentro de la Nación. E incluso así, no estoy segura de que el Departamento de Bienestar Social Infantil se la saque a Taylor. Ni siquiera sé si *deberían* hacerlo.

—¿Qué dice la ley?

—La ley dice que podemos sacársela. Hubo niños que estuvieron con padres adoptivos cinco, diez años y la Ley para el Bienestar de la Infancia Indígena los trajo de vuelta a la tribu porque las adopciones eran ilegales.

—Guau... Eso es radioactivo.

—Para alguien que no pertenece a nuestra cultura, es difícil de entender, supongo. Difícil ver algo que sea más sagrado que mamá y papá y el bebito piel roja son tres y son uno solo.

—¿Usted qué ve?

Annawake duda.

—¿Como mejor opción? Me gustaría que fuera a parar a una casa cheroque, con sus parientes. Eso es siempre lo mejor. Pero la mejor opción no siempre se consigue. Y ahora que se la llevaron, la cosa se complica un poco, supongo. Mi jefe cree que estoy pintada para la guerra. Annawake Caballo Loco.

—¿Tiene razón?

—Bueno, claro... Taylor debería haber conseguido el permiso de la tribu. Y Tortuga debería tener relaciones y conexiones con los suyos. Debería saber. . . —Annawake hace una pausa, corrige la puntería—. Hay formas de hacerle saber quién es. Mi posición es esencialmente neutral. Tengo información que le vendría muy bien a Taylor.

—Neutral a la mierda. ¿Conoce ese dicho que habla de meterse entre el osezno y la madre osa? Annie querida, tal vez pienses que estás en el bosque juntando frutillas silvestres pero eso a la madre osa le va a parecer totalmente irrelevante.

—Acepto el punto.

Una brisita parece salir directamente del suelo. Las ramas de los árboles se mueven en todas direcciones. Las voces llegan en el aire desde la gran casa de la colina, fragmentos de risas y un coro de charlas de pájaros que se eleva desde los arbustos mezquita. Annawake escucha la música de los pájaros, identifica alguna de sus partes: el arrullo monótono de una paloma, la risa de un carpintero y como puntadas sobre todo eso, los chillidos intermitentes de los grillos. Deja de escuchar con tanta atención: prefiere la canción completa y no los solos.

Jax se golpea la rodilla de pronto.

—A la mierda con esto —dice.

—De acuerdo.

—No sabe ni la mitad. Escuche. Taylor es la mujer a la que mi mamá me aconsejaba esperar. Se lo juro, me parece que me hubiera gustado esperarla. ¿Nunca se sintió así con respecto a nadie?

—No, con respecto a una sola persona, no —dice Annawake. No tiene que pensarlo mucho.

—Bueno, entonces no va a entender lo que me está pasando. Si se lo tocara en el piano, tal vez me entendería. Diría: Ese Jax, hombre. . . Cree que se va a quedar acostado aquí a morir si esa mujer sigue lejos para el 4 de julio.

Las nubes del cielo del oeste todavía tienen brillo en los flancos, como vientres de peces, entre amarillos y plateados, pero encima ya han salido algunas estrellas.

—Ahí lo tiene —le dice Jax a Annawake—. Esa es Venus, la diosa del amor. No me pregunte por qué sale a las ocho de la noche cuando la gente todavía está lavando los platos de la cena.

—El momento del esplendor —dice Annawake. Escuchar a Jax alienta ejercicios de libre asociación.

—Se lo aseguro.

—¿Sabe qué fue lo primero que me llamó la atención sobre este caso?

Jax dice:

—La altura terrible y concreta de la Presa Hoover.

—No. Me perdí esa parte del asunto, lo crea usted o no. Lo que me interesó es que la historia no cierra. En la TV, ella dijo que Tortuga era más o menos algo así como una huérfana, una expósita. Que una mujer cheroque se la había dado en una cafetería. Pero los archivos muestran a dos padres que la entregaron voluntariamente.

—¿Alguna vez alguien le dijo que usted, personalmente, tiene una belleza que va más allá de la velocidad de la luz?

Ella lo mira fijo por un momento, después se ríe.

—En esas palabras, no.

—Me preguntaba. . . ¿Podría besarla?

—¿Se trata de una táctica para desviar la atención?

—Sí, más o menos. Aunque probablemente yo la pasaría bien si lo hiciera.

—Su corazón no está en el asunto, Jax. Pero fue un buen intento, de todos modos.

—Gracias.

—Así que, aparentemente, por lo que descubrí hasta ahora, la historia de la huérfana en la cafetería es la verdadera. Rara pero verdadera. Fingieron esa entrega, ¿verdad?

—Sa-ta-men-te.

—¿Por?

—Bueno, usted sabe. . . Hacen falta papeles en este mundo. Una asistente social de Tucson pensó que desde el punto de vista legal no había salida para Taylor: nadie podía encontrar a los padres. Así que la puso en contacto con un oficial de la ciudad, de Oklha. . . digo, que aparentemente no estaba demasiado obsesionado con el largo brazo de la ley. Taylor volvió con dos amigos que dijeron que eran los padres de Tortuga.

—¿Así que Steven y Hope Dos-Dos son un fraude. . . ?

Jax se pasa la mano por el cabello despeinado.

—Eso usted ya lo supone, no juegue a las escondidas conmigo. Pero nunca va a encontrar a Steve y Hope. Eran guatemaltecos sin papeles y ya desaparecieron en Estados Unidos, el hermoso país de las esperanzas. Y el tipo que aprobó la adopción era viejo, dice Taylor. Seguramente se jubiló. No creo que le dieran a usted muchos puntos por meterlo en líos.

De pronto, ella entiende lo que está haciendo Jax y lo admira. No está haciéndole el juego ni poniéndose loco de miedo: simplemente protege a los que ama. Ella le ha dicho mucho más de lo que él le ofreció a ella. Siente algo de pena por su fracaso como abogada.

—No estoy tratando de meter a nadie en líos, no necesariamente —dice.

—Usted es buena tiradora, señora Matacuatro; tal vez debería asegurarse de que no está cargada.

—Quiero hacer lo que sea mejor para la mayoría.

—Ella ama a Tortuga. Eso es algo que usted debería saber. Se tiraría de la Presa Hoover por esa niña; con la cabeza adelante, se lo aseguro. A mí, el gran Jax, me *disfruta*, pero a Tortuga, la ama. No tuvo que meditar para irse. Entre la niña y yo, no fue realmente un concurso. —La mira, los ojos luminosos y duros y luego, vuelve a mirar las montañas. Por primera vez, Annawake nota su extraño perfil: una línea perfectamente recta entre la frente y la punta de la nariz. A ella le resulta perturbador y hermoso. Mete las manos entre las rodillas, con fuerza, temblando un poco. La temperatura ha bajado muchísimo, la diferencia es casi increíble, como siempre que el desierto pierde al sol.

Jax se pone de pie y entra y se queda adentro durante un rato. Ella no sabe si eso significa el final de la entrevista. Oye cómo él se suena la nariz dramáticamente, y luego lo escucha cantar con calma: "Cuidado con lo que trae lo que te traes, Anna Wake, cuidado con lo que quieres llevarte." Ella decide que se irá si lo oye tocar el piano pero él vuelve con los dedos enganchados en las bocas de dos botellas de cerveza.

—Aquí tiene —dice—. Hagamos una fiesta. Kennedy y Krushchev beben a la salud de un mundo mejor. —Se sienta cerca de ella, muy cerca, y ella siente el calor de su cuerpo a través de los vaqueros. Es raro: eso la reconforta en lugar de amenazarla, como si Jax fuera uno de sus hermanos. Posiblemente es porque de todos los hombres del mundo, solo sus hermanos le confesaron amor absoluto por alguna otra mujer.

Jax se inclina sobre un hombro y empieza a señalar constelaciones: la Osa Mayor, que Annawake conoce desde que aprendió a caminar, y las Pléyades.

—¿Las qué?

—Las Pléyades. Las siete hermanas.

Ella toma un largo trago de cerveza y entrecierra los ojos para mirar el cielo.

—Seguramente ustedes tienen mejores ojos que nosotros. En cheroque son seis. Los Seis Chicos Malos. *Anitsutsa*.

—¿*Anitsutsa*?

—Sí. O *disihgwa*, los cerdos. Los Seis Cerdos en el Cielo.

—Discúlpeme, pero no le creo. Lo está inventando. . .

—No. Hay una historia sobre seis chicos, seis chicos que no querían trabajar. No cultivaban maíz, no arreglaban el techo de su madre, no cumplían con los deberes ceremoniales: siempre hay mucho que hacer en los lugares de ceremonia, buscar leña y arreglar los refugios y cosas así. No tenían mucho espíritu cívico, digamos. . .

—Y los transformaron en cerdos.

—No, espere, no se adelante. Ellos tuvieron la culpa de haberse transformado en cerdos. Lo único que querían era jugar a la pelota y divertirse. Todo el día. Sus madres se cansaron. Se reunieron un día y también buscaron las pelotas *swalesdi* de los chicos. Son una pelotas de cuero así más o menos. —Annawake levanta un damasco verde. —Con pelo adentro. Puede ser pelo humano o animal, no importa. Y las pusieron en una olla. Y las cocinaron.

—Qué rico —dice Jax.

Ella tira el damasco con cuidado, apuntándole a la nada.

—Y entonces los chicos vienen a casa a almorzar después de jugar toda la mañana y las madres dicen: "¡Aquí tienen la sopa!". Y les ponen esas pelotas cocinadas y mojadas en los platos. Y los chicos se enfurecen. Dicen: "Por favor, sólo un cerdo se comería eso" y se van enojados al lugar de ceremonias y empiezan a correr ahí, pidiéndole a los espíritus que los escuchen, aullando que sus madres los están tratando como si fueran cerdos. Y los espíritus escucharon, supongo. Pensaron: "Bueno, una madre sabe más de su hijo" y convirtieron a los chicos en cerdos. Ellos corrieron más y más rápido hasta que sólo fueron una mancha. Los pequeños cascos se levantaron del suelo y ellos subieron hacia el cielo y ahí están todavía.

—Por Dios —dice Jax—. ¿Su mamá le contaba eso cuando usted no quería hacer la cama?

—Mi tío Anzuelo —dice ella—. Hay diferentes versiones de la historia según el humor en que esté uno. Pero tiene razón, la idea general es ésa. Los Cerdos, y también Uktena, la gran serpiente con cuernos. . . esos son los hombres de la bolsa de los cheroques. Yo siempre cuidé mi espíritu cívico cuando vivía con mi tío.

—Así que ése es su mito guía. Haz bien a tu pueblo o serás un cerdo en el cielo.

Annawake lo piensa un poco.

—Sí. Tuve unos cientos de mitos infantiles y todos decían lo mismo: "Haz bien a tu pueblo". ¿Le parece tan malo?

—Los mitos son mitos. Son buenos si funcionan para usted y malos si no funcionan.

—¿Cuáles son sus mitos?

—Ah, ya sabe, yo me crié con el típico sueño americano. Si trabajas mucho y tienes pensamientos limpios llegarás a ser vicepresidente de Motorola.

—Hazte bien a ti mismo.

Jax se termina la mitad de su cerveza de un trago. Ella mira su nuez de Adán con sorpresa.

—Usted cree que Taylor se está portando de una forma egoísta —afirma él.

Annawake duda. Hay tantas respuestas a esa pregunta.

—Egoísta es una palabra muy cargada —dice—. Yo estuve fuera de la reservación. Conozco la historia. Hay una especie de argumento moral que defiende la idea de hacer lo que es mejor para uno mismo.

Jax pone las manos juntas bajo el mentón y hace rodar los ojos al cielo.

—Honra el templo porque el Señor ha puesto tu alma en él. Cómprale a ese templo masajes para los pies y un buen Rolex.

—Creo que sería difícil hacer otra cosa. Su cultura es una larga propaganda sobre cómo conseguir para uno la vida que uno realmente merece. La merezca o no en realidad.

—Cierto —dice él—. Deberían transformarnos a todos en cerdos.

La boca de Annawake forma una sonrisa tensa, invertida.

—Algunos de mis mejores amigos son blancos.

Jax se pone flojo, como si le hubieran pegado un tiro.

—Lo que pasa es que tenemos distintos valores —dice ella—. Algunos dicen que la religión es encontrarse a uno mismo, y algunos dicen que es perderse en una multitud.

Jax revive.

—¿Usted puede hacer eso? ¿Perderse en una multitud, digo?

—Claro, en los bailes.

—¿Bailes?

—No como *Fiebre de sábado en la noche*, baile recreativo no. Es ceremonial. Una cosa de grupo. Es como la iglesia para nosotros.

—Yo digo ca-ba-yo y usted dice ca-ba-io. —Jax se deja caer sobre la espalda y hace equilibrio con la botella vacía en la panza. La botella se inclina un poco cuando él respira o habla—. Y nunca los Dos se encontrarán, porque él está muerto. —Ríe como loco y la botella rueda y tintinea sobre los escalones de piedra pero no se rompe. El se sienta—. Usted también está siendo *anisnitsa*, supongo que ya lo sabe.

—¿Anti qué?

—Anisnitsa. ¿No es eso lo que dijo, cerdo?

—*Shigwa*.

—Lo que sea. Usted es así. A su manera.

—Estoy tratando de ver los *dos* lados del asunto.

—No puede —dice Jax—. Y Taylor tampoco puede. Es imposible. Las definiciones que hacen ustedes de "lo bueno" no están en el mismo diccionario. No hay punto de intersección en este diálogo.

—¿Seguramente usted no cree que es *bueno* para la tribu perder sus hijos? ¿O que Tortuga nos pierda? Tiene derecho a su herencia.

—Tal vez en este momento su herencia sea un buen montón de damascos verdes para la cena.

—Qué idea. ¿Tenían algún lugar adónde ir?

Jax no contesta.

—No es una pregunta tramposa.

—Bueno, entonces sí. La respuesta es sí. En este momento están en alguna parte.

—Por favor dígale que si soy la causa de todo esto, lo lamento.

—¿*Si* es la causa de todo esto?

—Tiene que creerlo: lo último que yo quisiera es hacer que Tortuga se sienta todavía más desplazada, con menos raíces.

Jax se inclina y pone la botella con cuidado sobre su cabeza.

—Menos raíces —dice.

—Usted es la única conexión entre Tortuga y yo en este punto y —espera un momento para que él la mire a los ojos —, y necesito esa conexión.

—No me mire a mí, Mamá Osa —dice Jax—. Yo estoy juntando frutillas. Nada más, se lo aseguro.

10

LOS CABALLOS

—Tortuga, tómate la leche.

El plato de Tortuga es un cementerio de costras de sandwiches de queso. Ella levanta el vaso lleno y se lo toma, mirando a Taylor de costado. Apenas Taylor deja de mirarla, apoya el vaso en la mesa.

El restaurante de Angie Buster está desierto. A las cuatro, Angie declaró que ni siquiera los armenios muertos de hambre vendrían a comer algo en ese clima y se fue a casa a dormir un rato. Taylor y Tortuga y Pinky, el bulldog, están sentados cerca de la ventana del frente mirando cómo los cuchillos largos de la lluvia atacan el suelo, inclinados y duros. La primera tormenta del verano ha llegado volando desde Méjico, levantando polvo y empapando la parte exterior de la Virgen de Guadalupe. Los moños amarillos cayeron uno por uno. Lucky está desaparecido en acción. Angie no está preocupada: apenas hace un día y medio y ella dice que puede sentir en los huesos cuando va a ser una ausencia larga. Sus huesos le dicen que ésta no lo es.

Parece que Angie no sólo tiene el restaurante sino también el motel adyacente, la Casa Suerte, que Taylor interpretó como Casa Suéter por el teléfono. Según Angie, *suerte* significa "buena suerte", y ella la compró hace diez años cuando el estado finalmente persuadió al padre de Lucky de que tenía que pagar las cuotas atrasadas de los alimentos del hijo. La idea de este lugar como la buena suerte de alguien deprime a Taylor. Las unidades bajas de ladrillo del motel rodean un dudoso parquecito de pasto, una pileta vacía y una palmera que escapó de la etapa baja, despeinada sólo para salir patilarga y ridícula por encima de los cables de teléfono. Cada unidad tiene una sola silla de metal afuera, para sugerir algo así como un barrio amable pero parece haber escasez de vecinos. Taylor sólo vio a una persona más, una vieja con un cabello de aspecto espantoso. Está agradecida de tener un lugar donde esconderse mientras piensa en el próximo movimiento, pero estar ahí es sólo apenas un poquito mejor que no estar en ninguna parte.

—¿Qué quieres hacer ahora? —le pregunta a Tortuga.

—Ir a casa.

—Lo sé. Pero no podemos. Estamos de vacaciones por un tiempo.

Tortuga se muerde los labios, después los suelta. Levanta el tenedor y empieza a toquetear las cosas: el plato, el mantel, su propio pelo. El bulldog la mira interesado a medias. Taylor frunce el ceño inconscientemente, asustada de los ojos de Tortuga, pero se muerde los labios para no decirle que deje tranquilo el tenedor. Tortuga no pasa de cierto punto, eso ella ya lo sabe. No llega a la autodestrucción.

Desde la mesa, Taylor ve la hojas laminadas de diarios que cuelgan en la entrada del restorán: artículos del *Phoenix Republic*, del *San Francisco Chronicle,* hasta del *Washington Post*, todas sobre la gran aventura de Lucky y Tortuga. A Taylor no le consuela saber que la gente de San Francisco y Washington D. C. sabe dónde queda el restaurante de Angie.

—Miremos la tele —sugiere Tortuga.

—Bueno, vamos a ver la tele. Mientras tanto si vienen los armenios hambrientos, Pinky va a cocinar y servir las mesas, ¿eh, Pinky?

El perro mueve la parte trasera de su cuerpo con el fantasma de una cola torcida y Tortuga sonríe, su primera sonrisa del día. Taylor siente algo de alivio por eso mientras abren la puerta y corren por el patio mojado de lluvia.

*   *   *

La lluvia inclinada moja los ojos y los brazos de Tortuga. Trata de ver la pileta mientras corren pero no hay azul ahí, sólo una forma grande color barro que parece una gran huella dactilar en el fondo. Lucky Buster decía que sabía nadar y ahora Lucky Buster ya no está. Su madre está tratando de meter la llave en la puerta de la habitación. La mujer de pelo blanco que la asusta viene hacia ellas con un techito de diarios sobre la cabeza.

—¿No vieron los caballos? —quiere saber.

—No —dice Taylor. La llave está en una tarjeta de madera que se parece a los palos de los helados pero un poco más gruesa. De pronto, se cae de la mano de Taylor y va hacia el agua sobre la vereda.

—Bueno, estaban aquí —dice la mujer—. ¿Me puede dar un regalito?

Tortuga atrapa la llave escapada y la devuelve.

—¿Qué tipo de regalito? —pregunta Taylor. Trata de abrir pero tiene las manos temblorosas como el día en que Tortuga y Jax y Dwayne Ray volvieron del zoológico de los rinocerontes y las dos tuvieron que poner todo en una valija.

—¡Los caballos! ¿Los vieron?

—Lo lamento —dice Taylor.

Tortuga no quiere ver una pata de caballo. Todo el mundo está asustado. Tortuga siente que la vieja casa vuelve a ella con él adentro y nada de luz y no hay aire.

—Ah, claro, lo lamento. . . Claro que lo lamenta. —La mujer corre. Sus pies salpican el suelo y sus pasos son muy pequeños. La puerta se abre y caen adentro, donde la habitación huele a lugar seguro y pica en la nariz como los baños limpios. Encuentra la mano fría de Taylor. Sabe que van a quedarse ahí.

Tortuga enciende la televisión y se para a unos centímetros de la pantalla; aprieta el botón de los canales, busca entre las imágenes de bronce. Se decide por un documental sobre reparaciones de una catedral y se trepa a la cama. Taylor no está segura de lo que la atrae de eso, pero acepta la elección. El narrador está describiendo las sustancias químicas que tuvieron que usar en las paredes antiguas; mientras tanto, un hombre en una escalerita de madera sube y baja por el techo inclinado sobre un sistema de cuerdas, como una araña pero sin la misma gracia. Una araña macho con un balde como asiento y las sustancias químicas.

—¿Dónde crees que está Lucky Buster? —pregunta Tortuga.

Taylor se ha desnudado y está en corpiño. Empieza a sacarle a Tortuga la ropa mojada.

—Ah, creo que está en casa de un amigo masticando chicle de banana y comiendo todas las porquerías que Angie no le deja comer aquí.

—¿Como yo y Jax cuando tú estás en el trabajo?

—Ja, ja. —Despacio, Taylor pone una camisa seca sobre la cabeza de Tortuga, que huele a champú de bebé y le pasa los brazos por los agujeros.

La unidad de aire acondicionado de la ventana golpea con empecinamiento, demasiado usada e inútil en el calor húmedo. Taylor se siente irritada de pronto con el peso pegajoso de su propio pelo; le recuerda a Jax respirándole en la nuca. Se lo tira sobre los hombros y empieza a acorralarlo en una gran trenza.

—¿Por qué tenemos que salir de vacaciones? —pregunta Tortuga.

Taylor siente la carne de gallina en los brazos desnudos.

—Bueno, porque en este momento no podemos estar en casa.

—¿Por qué no podemos?

Taylor se examina el final de la cuerda del pelo tratando de no parecer preocupada. Sería tan simple mentir: Jax decidió pintar toda la casa de color morado.

—¿Te acuerdas de cuando te llevé a Oklahoma para conseguir los papeles de adopción?

Tortuga asiente y Taylor no duda de que se acuerda. A veces, habla de cosas que pasaron hace años. A Taylor le parece milagroso y perturbador que su hija encuentre palabras para cosas que vio antes de saber hablar.

—Esa vez tuvimos que ir porque la asistente social dijo que necesitábamos esos papeles para que pudieras quedarte conmigo. Y esto es algo parecido. Tenemos que ir a otro viaje, para estar seguras de que vamos a poder seguir juntas.

—¿Un viaje? ¿Adónde?

—Bueno, eso es lo que todavía no sé. A algún lugar que nos dé suerte. ¿Adónde crees que deberíamos ir?

—A Plaza Sésamo.

—Buena idea —dice Taylor.

Ahora la televisión está mostrando las pinturas del interior de la iglesia. Hay un Jesús de cara triste y larga construido con pequeños cuadrados y triángulos, como si fuera de vidrio y lo hubieran quebrado y luego vuelto a pegar. Taylor rueda sobre la panza y toca el cuello de Tortuga. Su espíritu se siente vivo otra vez porque el olor de Tortuga no ha cambiado: champú, sudor y algo dulce como manteca de maní. Sopla contra esa mejilla castaña, haciendo un ruido fuerte; luego le da un beso.

—Esta iglesia se está poniendo deprimente —dice—. ¿No podríamos ver alguna cosa donde pase algo?

Tortuga se pone de pie y cambia a una película.

—Gracias, compañera.

La película es sobre una esposa grandota, ruda y enojada que está tratando de arruinar la vida de su esposo que se escapó con una escritora de novelas románticas muy rica. A Taylor no le parece que haya nada realista en la película, pero Tortuga le pide que no hable cuando miran TV, así que ella lo intenta. A las dos les gusta más la esposa mala. Hace cosas tan espectacularmente horrendas, y se ríen. A Taylor también le gusta el actor indio que hace de mayordomo de la dama rica, un mayordomo avivado y resbaloso. La dama dice todo el tiempo: "¡García, encárguete de eso al instante!" y García pone los ojos en blanco y se va.

En los últimos días, Taylor nota a los indios en todas partes: el perfil del jefe indio de un Pontiac. La niña de mirada inocente en la margarina de maíz. La mascota de nariz ganchuda de los Indios de Cleveland, que jugaron un partido de fútbol americano en Tucson. Taylor se pregunta lo que quería decir Annawake cuando dijo que Tortuga debería estar en contacto con su costado indio. Tal vez eso no significa que tenga que estar en contacto con plumas pero si no es eso, entonces, ¿qué? Taylor es parte india también, supuestamente; Alice hablaba de una bisabuela cheroque escondida en el armario como secreto de familia, pero todo el mundo y su tía tiene uno de esos secretitos, hasta Elvis Presley, según decían. ¿Adónde está el límite? Tal vez ser india no es una sola cosa como ser blanca no es una sola cosa. ¿Qué mascota usarían para un equipo llamado Blancos de Cleveland?

La película se ha transformado en propaganda sin que Taylor se diera cuenta: ahora nota que las mujeres que levantan tragos de una bandeja mientras bailan no tienen nada que ver con García, el mayordomo indio. No le interesa la evolución de su propio pensamiento. Podría terminar como la mujer de afuera, corriendo en la lluvia y preguntándole a todos: "¿No vio a los indios?"

Como predecían los huesos de Angie, Lucky volvió al final de la tormenta. Estaba en casa de su amigo Otis, trabajando en los trenes en miniatura.

—La próxima vez usa la cabeza y llámame por teléfono, ¿eh, Otis? —lo reta ella cuando deja a Lucky para la cena.

—No funcionaba el teléfono —dice Otis.

—No te creo una mierda —contesta Angie.

Otis es muy viejo y calvo con una mala posición al pararse y pies grandes y chatos en zapatillas blancas. Ella le ordena que pase para darle un pedazo de pastel y él obedece. Como todo el mundo por ahí, parece un nene en presencia de Angie. Taylor se maravilla frente a ese talento de la madre de Lucky, que parece uno de los superpoderes de los dibujos animados: el rayo hipersónico maternal.

Taylor está ayudando a Angie a guardar los moños amarillos de la Virgen de Guadalupe. La tormenta los dejó flotando en una laguna a los pies de la Virgen como margaritas marchitas.

—¿Los pones cada vez que desaparece Lucky?

—Bueno, es como una señal para el pueblo, para que todos presten atención —dice Angie—. Así si alguien lo ve por algún lado, lo manda a casa.

Angie habla muy rápido y "por algún lado" suena casi como "preocupado". Antes de que Taylor termine de entender lo que dice Angie, se queda helada pensando qué podría preocupar a Lucky. Parece haber poco lugar para la preocupación y la duda en su vida. Ella lo ve ahora, hablando con Tortuga, muy excitado. Tortuga parece en éxtasis. Taylor envidia la seguridad de Lucky, el estado de gracia de Tortuga: ser capaz de no ver ni hacia adelante ni hacia atrás, de considerar a Lucky un amigo, sólo eso. No un instrumento del destino.

Suena el teléfono y Angie va a atenderlo, pero vuelve inmediatamente:

—Es para ti.

El corazón de Taylor le golpea en el pecho cuando levanta el aparato: no se le ocurre ninguna noticia que no sea mala.

—¿No somos de la especie de los pensadores críticos? —pregunta el teléfono.

—¡Jax!

—¡Vamos! ¡Qué sorpresa! Nadie más que yo sabe dónde estás.

—Eso espero. ¿Supiste algo de ella? ¿Volvió?

—Camina en belleza como la noche. —Jax hace una pausa—. ¿Estás celosa?

—No. ¿Qué dijo?

—Que las Siete Hermanas en realidad son los Seis Cerdos en el Cielo.

—¿Las qué?

—Las Siete Hermanas, la constelación. En realidad, son machos juveniles que se transformaron en cerdos por ser egoístas y no pensar en la comunidad.

—Juro que nunca sé cómo tomarte, Jax. ¿Qué dijo?

—Que en realidad está de tu parte.

—Correcto. ¿Y qué más?

—Dice que está pintada para la guerra. ¿Te puedes imaginar a esa mujer galopando en los Apalaches? Demasiado divina.

Taylor se la imagina perfectamente. Mira por la ventana y ve a Otis cargando el auto en el mercadito de enfrente.

—¿Sabe que me fui?

—Sí. Y tiene una puntería excelente. Le puede dar a un búho de cartón entre los ojos a cincuenta metros.

—¿Qué quieres decir con eso, Jax?

—Esa mujer es más inteligente que esas tontas de madera que andan por todas partes. Antes de venir, ya había hablado con la gente de Mattie y reconstruido todo lo de la adopción falsa. Tal vez se imagine dónde puedes estar. . . la vuelta a la escena del crimen y todo eso. . . Primero va a intentar con Oprah, después con Lucky Buster.

—¿En serio? ¿Todavía está en Arizona?

—No. Voló de vuelta a Oklahoma esta mañana.

—¿Estás seguro?

—No, en realidad no. Podría estar comiendo kugel con el señor Gundelsberger en este mismo momento.

—Por favor, Jax. Estoy asustada. Tenemos que irnos de aquí. Pero no sé adónde. No puedo ir a casa. Mamá va a dejar a Harland. Tortuga quiere ir a Plaza Sésamo.

Jax se ríe.

—Buena idea.

—Creo que ya tuvo bastante del mundo de la TV. —Taylor hace rodar la cabeza para relajar el cuello y tratar de apartar el pánico. Tortuga mira desde un rincón del restaurante—. ¿Cómo está todo ahí? ¿Cómo está Lou Ann? ¿Y el señor G.?

—Lou Ann es Lou Ann. El señor G. es un individuo problematizado. Tiene que dejar las persianas bajas todo el día para no ver a su voluptuosa hija explorando el desierto en estado natural.

—¿Qué? ¿Gundi empezó otra vez con sus caminatas naturales? Esa mujer es sorprendente. Yo tendría miedo de que me pique una serpiente en un área muy privada.

—Gundi no tiene áreas privadas. Está pintando una serie de autorretratos desnudos con diferentes configuraciones de cactus.

—Bueno, sé amable con ella. Es la propietaria de tu casa.

—El propietario, por favor. No te preocupes, no va a echarme. Esta semana soy uno de sus chicos favoritos. Esta mañana estaba tomando un interés muy especial en las configuraciones de cactus que quedan justo al lado de la ventana de mi estudio. Tortuga se hubiera educado mucho.

—Bueno, págale el alquiler, vence esta semana, ¿sí? Ser hermoso sólo puede llevarte hasta cierto punto en la vida.

—¿Dirías que soy hermoso? Quiero decir, ¿lo dirías en esas palabras?

—Escucha, Jax, ¿le das porquerías a Tortuga cuando estoy trabajando?

—Experimentamos. Manteca de maní, sandwiches de habas. Nada de tipo rock pesado.

—Ella te extraña.

—Yo las extraño a las dos. Estoy radioactivo de desesperación.

Taylor sabe que él quiere que ella diga que lo ama, pero no puede. Bajo presión, no. Lo siente como algo un poco vacío y desesperado, como cuando los maridos mandan a las mujeres a los negocios a buscar sus regalos de cumpleaños.

—Bueno, mira —dice finalmente—. Ni siquiera me digas lo que vas a hacer porque tal vez la señorita MataJax venga a seducirme y yo cante todo.

—Estoy pensando en ir al norte —dice Taylor—. Estoy tan nerviosa que no puedo pensar. Te llamaré desde algún lugar en otro estado.

—¿Ya te acostaste con otro?

—¡Jax! Por Dios, hace apenas cuarenta y ocho horas.

—Así que me estás diciendo que lo único que te hace falta para hacerlo es un poco más de tiempo.

—Gracias por llamar. Me arruinaste el día, en serio.

—Lo lamento. Es que es más duro de lo que parece. Tú empacas tu fruta y te vas y listo. . .

—No te dejamos a *ti*, Jax.

—Lo sé.

—Vamos a volver. Esto se va a arreglar.

—Házmelo creer.

—Ya vas a ver. —Taylor cuelga, y desea tener el poder de Angie para hacer que todo el mundo se siente y coma leche y galletitas.

—Para tener aventuras hay que comer las raciones correspondientes —insiste Taylor. Está en la verdulería, tratando de interesar a Tortuga en la comida. Cometió el error de dejarse dominar por el pánico, separó a Tortuga de Lucky y la metió en el auto apenas Jax terminó de hablar con ella y ahora Tortuga está hundida en sí misma, bien adentro. En situaciones en que otros niños tienen pataletas, Tortuga las tiene también, pero al revés.

—Mira, esas peras valen un dólar cada dos kilos. Una se da cuenta de que están maduras porque huelen a pera. Las podemos comer hasta que se maduren los damascos.

Tortuga está sentada al revés en el carrito con los ojos fijos en los botones de la camisa de Taylor. Es la Tortuga de hace años; fue así durante meses después de que Taylor la encontrara. Miraba el mundo desde lo que parecía una casa vacía. Pero en esas eras mudas, Taylor le hablaba y le hablaba, y ahora lo hace de nuevo para mantener el miedo a raya. La gente del negocio la mira y después vuelve a mirar, con más cuidado, por un rato que es unos segundos demasiado largo, a esa niña demasiado grande para estar sentada en el carrito de las compras. A Taylor no le importa.

—De acuerdo. Escucha porque voy a darte una lección muy importante sobre cómo elegir al mejor cajero cuando estás apurada. ¿Sí? Como regla general, diría que prefiero el más viejo. Alguien que fue a la escuela en los días en que todavía se enseñaba aritmética.

—Yo sé aritmética —señala Tortuga con rapidez, sin expresión alguna. —Sé sumar.

—Cierto —dice Taylor, tratando de no saltar demasiado rápido ante la respuesta. —Pero eso es porque vives en una casa privilegiada. Yo te enseñé a sumar cuando tenías cuatro, ¿no es cierto? ¿Cuánto son tres más siete?

Tortuga retrocede otra vez, y no da señales de haber oído. Exactamente como en los viejos días, antes de hablar. Parece estar concentrándose con mucha dedicación en la parte posterior de su boca. O en un sonido secreto, una canción clavada en el fondo de su cabeza.

Taylor piensa en las opciones de cajeros: tres adolescentes, mujeres, con peinados exactamente iguales, todos de aspecto pegajoso, y un hombre de ascendencia latina, maduro ya, con un bigote enorme. Taylor lleva el carrito en dirección al bigote. Mientras esperan, recorre con la vista los diarios que están junto a la caja, como si esperara ver novedades de la huida de ella y de Tortuga. Tenía razón con respecto al cajero: la cola que eligió se mueve dos veces más rápido que las otras y pronto, el negocio las ha expulsado hacia la playa de estacionamiento. Cuando ella carga las verduras y cierra el baúl, los damascos salen volando.

—¡A la mierda con esas cosas! —dice Taylor y la boca de Tortuga muestra las huellas de una sonrisa. Taylor la levanta con esfuerzo del carrito y la pone junto al auto. La niña se queda quieta, una niña de felpa y algodón, mientras Taylor devuelve el carro. Se la pasó insultando a los damascos desde que salieron de Tucson y a Tortuga le parece gracioso: las frutas ruedan con ruido sobre el estante detrás del asiento trasero y se precipitan hacia adelante como una banda de patos cada vez que ella frena con fuerza. Hay damascos verdes en el cenicero, en el asiento, en el suelo. Taylor está bastante segura de que fue una mala idea traerlos. En lugar de ponerse amarillos, la mayoría parece estar endureciéndose y encogiéndose como cabecitas viejitas.

Levanta a Tortuga para ponerla en el asiento delantero y ella se estira para abrirle la puerta mecánicamente.

—¿Viste esto? —Taylor se estira también, furiosa, y pesca un damasco que está debajo del pedal del acelerador. Finge rabia y lo arroja por la ventana, luego agacha la cabeza cuando la fruta golpea otro auto. Tortuga deja escapar una risita y Taylor ve que ha vuelto, que hay alguien en casa detrás de esos ojos oscuros—. Bueno, lo que vamos a hacer ahora —dice, con calma, tocándose las lágrimas de los ojos —es buscar una señal. Algo que nos diga adónde ir.

—Ahí —dice Tortuga señalando un gran rótulo.

—Eso dice que vayas a comprar botas de cuero de víbora en el negocio de ropa del oeste de Robby. ¿Crees que deberíamos comprar botas de cuero de víbora?

—¡No! —dice Tortuga y levanta la cabeza con fuerza hacia atrás, contra el asiento, luego la baja, sacudiendo todo el cuerpo con la negativa.

—Bueno, entonces otra cosa.

—Ahí —dice Tortuga después de un momento, señalando un sobre que aparece bajo el limpiaparabrisas.

—Mierda, ¿cómo se atreven a cobrarte una multa por el estacionamiento en la playa de una verdulería, carajo? —Taylor abre la puerta en una señal de Pare y saca el sobre—. Lamento darte un mal ejemplo moral, Tortuga, pero si esto es una multa por el estacionamiento, voy a tirarla. No hice nada malo y además, nunca nos van a encontrar. —Se lo da a Tortuga y acelera.

Tortuga se toma muchísimo tiempo para abrir el sobre.

—¿Qué dice? "Citación" empieza con C-I-T, y quiere decir que es una multa.

—Dice: Querida Moría. . .

—¿Querida moría?

—M-o-r-i-a.

—Moria. A ver, déjame ver eso.

—Yo lo puedo leer —dice Tortuga —, no es muy largo.

—De acuerdo. —Taylor se concentra en tener paciencia y no chocar contra ningún peatón. La gente de Sand Dune no parece estar enterada del concepto de los semáforos.

—"Querida Moria. Lamento no haberte visto en Enanios. . . "

—¿Enanios? —Taylor mira a Tortuga, que sostiene el papel muy cerca de su cara. —No importa, sigue.

—En Enanios como te por, te pro-me-tí.

—Como te prometí.

—Como te prometí. Ahí van los S 50.

—¿S 50? —A Taylor le parece el nombre de un avión de guerra.

—La S está tachada.

—¿Tachada con una sola raya? —Taylor lo piensa un poco—. ¿Ahí van los 50? Ah, dólares, ¿ahí van los cincuenta *dólares*? Mira en el sobre, a ver si hay algo más que el papel.

Tortuga mira.

—Sí. —Le da dos de veinte y uno de diez.

—¿Qué más dice? ¿Hay un nombre al final? —Taylor ya no puede esperar y le saca la notita de las manos.

Querida Moria: Lamento no haberte visto en Enano's como te prometí. Ahí van los $50. Ahora estamos a mano y la próxima vez te voy a arrancar la bombacha, ¿eh? ¿Toti? Con amor, Popi.

Taylor recuerda los misteriosos avisos de esa misteriosa sección de clasificados en el diario: "Toti. Nunca olvidaré los calamares fritos en B.B.O.G. Tu Popi." Tiene sentido que el tipo de persona que gasta dinero en esos avisos deje cincuenta dólares en el auto equivocado.

—¿Quién es Moria? —quiere saber Tortuga.

—Alguien con un auto blanco como éste. Un tipo que se llama Popi le debía dinero y no quería verla en persona.

—¿Por qué nos lo dio a nosotras?

—Porque tenemos suerte.

—¿Es la señal que nos dice adónde ir? —pregunta Tortuga.

—Supongo. Es una señal de que volvemos a tener suerte. El dinero viene caminando hacia nosotras sobre sus propias patitas. Supongo que tenemos que ir a Las Vegas.

—¿Qué es Las Vegas?

—Un lugar donde la gente va a probar suerte.

Tortuga piensa en eso.

—¿A probar qué con la suerte?

—A probar si la suerte le da más dinero —dice Taylor.

—¿Nosotras queremos más dinero?

—No es que lo queramos. Es que lo necesitamos.

—¿Por qué?

—¿Por qué? —Taylor frunce el ceño y arregla el espejo retrovisor para que el sol no le dé en los ojos—. Buena pregunta. Porque nadie nos va a dar nada por aquí a menos que sea por accidente. Ni comida ni gasolina ni nada de lo que necesitamos. Tenemos que comprar todo con dinero.

—Aunque lo necesitemos, ¿no nos lo van a dar?

—Nop. No hay almuerzos gratis.

—¿Pero si van a darnos dinero en Las Vegas?

—Eso es lo que cuentan.

Hasta una broma tiene algo de peso y ocupa espacio, y cuando se la introduce en el vacío, adquiere su propia gravedad. Taylor está pensando en su profesor de física de la secundaria, Hughes Walter, y en lo que podría decir de su situación. Para divertirse en las largas horas de manejo inventa combinaciones de gente que conoció en su vida, y se imagina lo que se dirían una a la otra: Su madre y Angie Buster. La abuela remilgada y odiosa de Lou Ann y Jax. Mejor todavía: Jax y la mujer que buscaba los caballos.

Están viajando hacia Las Vegas porque es la única sugerencia que se ha hecho hasta el momento, además de Plaza Sésamo y cuando Taylor la metió en el vacío, la idea adquirió gravedad. Se están acercando la Presa Hoover. Tal vez es lo que dijo Jax: que se sienten atraídas por la escena del crimen. Ella todavía no sabe si ella es la que se llevó las cosas o la que sufrió el robo. Preferiría saltearse la presa pero la única forma de salir de ese rincón del estado es cruzar el Hoover o mojarse. Tortuga está sentada, tensa, excitada.

—Vamos a ver esos ángeles de nuevo —dice, las primeras palabras en cuarenta kilómetros.

—Síp.

—¿Podemos parar?

—¿Para qué?

—Ir a ver ese agujero.

Taylor se queda callada.

—¿Podemos?

—¿Por qué quieres hacer eso?

—Quiero tirar algo adentro.

—¿En serio? ¿Para qué?

Tortuga mira por la ventana y habla tan bajo que Taylor casi no la oye.

—Porque lo odio.

Taylor siente que la cara se le calienta y después se le enfría de golpe cuando la sangre revierte de pronto la dirección de la marea en su interior. Tortuga entiende todo. Todo lo que les pasa. No hay estado de gracia.

—Sí, bueno, podemos. . .

Estacionan muy cerca del vertedero. Desde el dramático rescate, agregaron una nueva cerca sobre la montaña, y luces rosaduchas en la playa de estacionamiento. Cuando salen del auto todo parece brillante como el día, pero está desierto y los colores no son los correctos, como otro planeta en la puesta de su sol. Las dos se quedan paradas con las manos en los bolsillos, mirando hacia abajo.

—¿Qué podemos tirar? —pregunta Tortuga.

Taylor piensa.

—Tenemos unas latas vacías en el auto. Pero no me gusta tirar basura. No me parece bien.

—¿Piedras? —sugiere Tortuga pero el estacionamiento está recién barrido y no hay ninguna. La gente de la Presa Hoover se ha ido.

—¡Damascos verdes! —dice Taylor de pronto y Tortuga ríe en voz bien alta, una risita acuática de sauce empapado. Se suben al asiento trasero y juntan todas las frutas momificadas que pueden.

—Esta es por Lucky Buster —grita Taylor, tirando la primera y la oyen: ponc, ponc, rebotando hacia el túnel sin fondo—. Esta por los boy scouts que salvaron vidas y ese estúpido vestido morado que querían que te pusieras en la televisión. Y por Annawake Matacuatro, esté donde esté. —Puñados y puñados de fruta llueven sobre el agujero.

—Lucky, Lucky, Lucky, Lucky —canta Tortuga, tirando sus misiles lentamente como si fueran munición preciosa. Mientras las dos, madre e hija, están allí de pie, gritándole al agujero, una lluvia fina empieza a caer sobre el desierto.

* * *

Después, Tortuga parece agotada. Se acuesta en el asiento de adelante, con la cabeza sobre el muslo derecho de Taylor y las zapatillas de tenis en movimiento, separadas, cerca de la puerta. Las luces bajas y verdosas del tablero se le reflejan en los ojos mientras mira el espacio vacío de sus propios pensamientos. Junto a su cara, hamaca a Mary, la linterna cuadrada. Es del tipo que la gente lleva en excursiones de caza, grande y verde oscura, de ésas que dicen que flotan si caen al agua. Nunca la enciende; ni siquiera le interesa mucho si tiene pilas o no, pero la necesita, eso es evidente. Para Taylor eso es tan incomprensible como necesitar una caja de zapatos para dormir, e igualmente desagradable: a veces en la noche, oye los lados agudos golpeando contra la cabeza de la niña. Pero cualquiera que haya tratado de llevarse a Mary, sabe que Tortuga es capaz de emitir aullidos animales muy agudos.

Taylor entrecierra los ojos para ver a través de los limpiaparabrisas. Está manejando hacia el brillo de luces que tiene que ser Las Vegas pero apenas logra ver los costados de la ruta. La tormenta que se mueve hacia el norte desde Méjico las ha alcanzado de nuevo.

Tortuga se mueve en su regazo y levanta la vista hacia ella.

—¿Voy a tener que dejarte?

Taylor respira hondo.

—¿Cómo podría pasar eso? Tú eres mi Tortuga, ¿no es cierto?

Los limpiaparabrisas hacen flap, flap.

—Soy tu Tortuga, cierto.

Taylor saca una mano del volante para acariciar la mejilla de Tortuga.

—Y una vez que una tortuga muerde, no suelta, ¿no es cierto?

—No hasta que revienta.

Tortuga parece aterida, y arquea la espalda, se empuja con los pies. Cuando finalmente se queda quieta, está casi salida del asiento, enroscada en la falda de Taylor con la cabeza contra Mary. Levanta una mano y toma el extremo de una de las trenzas de Taylor, exactamente como en los días en que no tenía otro lenguaje. Afuera, la lluvia viene bajando hacia ellas y Taylor y Tortuga hacen una mueca de miedo cuando los cascos del trueno pisotean el techo del auto.

VERANO

ALGUIEN DEL TAMAÑO DE DIOS

Cash Aguaquieta levanta la vista del trabajo y ve una salpicadura de pájaros blancos como agua que alguien arroja al cielo. Se quedan allí arriba, lanzándose en círculos a través del largo cielo de la tarde, cambiando de forma todos juntos mientras vuelan con cuerpos delgados contra el sol y luego giran y se alejan, mostrando los dorsos brillantes, triangulares.

Cash había levantado la vista sólo para descansar los ojos pero ahí estaban los pájaros, brillando del otro lado de la ventana. Se le llenan los ojos de lágrimas que no entiende mientras sigue el camino de los pájaros hacia el norte, hacia el telón de fondo de las montañas y luego hacia un lugar que él no ve detrás de la estación de bomberos de Jackson Hole. Hacen el círculo una y otra y otra vez, haciendo alarde de su alegría animal. Cash cuenta los pájaros sin darse cuenta, separando el grupo en filas de pares e impares, como si fuera una hilera de cuentas. Durante el día, trabaja en un negocio de comida vegetariana, poniendo las compras frágiles de los turistas en bolsas de papel, pero de noche fabrica adornos de cuentas. Su amiga, Rose Levesque, que trabaja en el Puesto Comercial Cheyenne, vende las cosas que él hace y le dice al dueño que las hizo ella. Cash aprendió el oficio sin darse cuenta, simplemente porque sus hermanas y su madre y después sus hijas lo hacían sobre la mesa de la cocina durante toda su vida. Antes de que su esposa muriera y la familia se hiciera pedazos y él llevara su camión hasta Wyoming, crió dos hijas en la Nación Cheroque. Nunca se imaginó que cuando crecieran tendría que hacer algo delicado con las manos, esta vez para pagar el alquiler. Pero desde que empezó a poner cuentas en la aguja todas las noches, no deja de contar filas con los ojos: pinos sobre las laderas de las montañas, maderas en un cerco, semillas en el choclo cuando lo deja caer en el agua hirviendo. No puede dejar de hacerlo, con eso satisface el dolor que hay en la parte posterior de su cerebro, como si pudiera llenar así las terribles grietas de su vida. Su mente alinea las cosas, hace adornos para alguien del tamaño de Dios.

Rose pasa por la puerta sin llamar y anuncia a toda voz:

—Diecinueve cuentas de plata por el garguero, ¿te lo conté? —Se deja caer sobre la mesa de la cocina de la casa de Cash.

—¿El garguero de quién? —quiere saber él, sin dejar de mirar la aguja. El dorso de sus propias manos le recuerda un papel que se quema en el hogar, el momento en que la membrana dura se transforma en miles de arrugas flojas justo antes de transformarse en cenizas y luego en aire. Se pregunta si uno se acostumbra alguna vez a despertarse y ser viejo.

—El garguero de Willie Levesque, ese garguero viejo, feo, lleno de alcohol, ése. —Rose enciende un cigarrillo y lo chupa con un suspiro interior. Willie es el chico mayor de Rose, tiene diecinueve años, la mitad de los de su madre, y es dos veces más grande que ella. —Las tenía en un frasco de aspirinas en la cocina. En la *cocina*, por Dios, no en el botiquín.

Cash mira a Rose, que se sacude la ceniza de la blusa con gesto malhumorado. Como es más baja y más gorda de lo que cree que debería ser, ella hace repicar su vida sobre zapatos de tacón bien alto, se pone vaqueros ajustados y blusas brillantes desabotonadas hasta bastante abajo. A treinta pasos ya es más que obvio que está haciendo un esfuerzo demasiado grande.

—¿No se fijó en lo que estaba tomando? —le pregunta él.

—No. Dijo que las sintió raras, eso sí. Como perdigones. —Cash trabaja con la aguja y Rose fuma en otro coma de silencio, después dice: —Las de *plata,* claro está. Por lo menos veinte dólares. Te juro que tengo ganas de despellejarlo y buscárselas adentro. ¿Por qué no se comió las de turquesa falsa?

Rose trae lo que Cash necesita para los adornos, y dice que se lo lleva para trabjar en su casa pero su jefe, el señor Crittenden, no pierde el rastro de las cuentas, las controla una por una. Todas las mañanas, se pone los anteojos de joyero y cuenta las piezas de cada adorno que le trae Rose, para asegurarse de que todo está ahí. Qué trabajo duro, este negocio de la desconfianza.

—Esas cosas deberían salir por el otro lado sin problemas —le dice Cash a Rose—. Mis niñas se tragaban monedas y toda clase de cosas, te juro que te sorprenderías si te contara. Siempre aparecían. ¿Por qué no le dices a Willie que te las devuelva cuando pase?

—Tal vez —dice Rose—. Y se las doy al señor Crittenden en una bolsita de papel, para que las cuente. . . —Cash se da cuenta de que ella está sonriendo; conoce la voz de Rose, la diversión regordeta y los resentimientos enflaquecidos, por las veces, muchas, en que él busca otra cosa mientras ella le habla.

La conoció, o mejor dicho la vio por primera vez en la ventana de la Factoría. Y se acostumbró a golpear en el vidrio y guiñarle el ojo todos los días, camino al trabajo, lo cual, aparentemente, le ganó su corazón de mujer, ya que dice que se siente como una muñeca de plástico que alguien puso ahí para que todos la miren. El señor Crittenden la hace sentarse en un antiguo banco de escuela en la vidriera, para que los turistas vean a una india genuina inclinada sobre los adornos de cuentas, trabajando con los ojos entrecerrados en la mala luz. Seguramente cree que eso los impresionará o les dará pena y que por alguna de esas dos razones, entrarán al negocio.

El trabajo de Rose no dice mucho. Y ella no tiene nada de india pura, ésa es su excusa, pero si le interesara, podría aprender los esquemas un poco más complicados que hace Cash. Es una habilidad que se adquiere, como afinar un motor. Las cosas que sólo se saben si uno es indio, en opinión de Cash, —la forma de estirar dos pollos y un jamón para sesenta parientes, por ejemplo—, no tienen interés turístico alguno.

Se levanta para sacar el pan del horno y empezar a preparar la cena. Descubrió la cocina de viejo, desde que se fue de la casa de sus hermanas y sus tías, y según Rose, actúa como si hubiera inventado el concepto. A pesar de eso, a ella no parece importarle comer lo que él cocina, aunque. . . está ahí más noches de las que no está. Mientras ella fuma en la mesa de la cocina, Cash abre el paquete que trajo del negocio de comida vegetariana, y pone las cosas en línea sobre la mesa: seis pimientas color morado cinco papas blancas, seis zanahorias anaranjadas. Se imagina poniendo esos colores en una aguja; ah, ojalá su vida fuera tan brillante como este instante.

—Mira esto, nena —dice, sacudiendo una pimienta en dirección a Rose.

—Ojo, Cash —dice ella. La pimienta está deformada, con algo así como testículos a un lado. Cash siempre trae a casa producciones caseras demasiado orgánicas incluso para la gente que consume comida sana. En su departamentito de la parte trasera de esa ciudad turística, sus alimentos son pimientas con genitales y zanahorias con brazos y piernas.

Abre los diarios sobre la mesa y se sienta a pelar las papas. Se siente reconfortado por el ruidito deslizante del pelapapas y las papas que se apilan como piedras secas.

—Alguien vino al negocio hoy y me dijo cómo hacerme rico —dice.

—Bueno, por lo que oigo, ya te hiciste rico como cincuenta veces, claro que sin dinero —dice Rose.

—No, no, escucha. En el negocio vendemos esos champúes que se hacen con jojoba. Es lo natural que quieren las chicas de ahora. Entra un tipo hoy y dice que ya está casi listo para instalar una plantación de jojoba en su granja de Arizona. Crecen en el desierto, en lo seco, y lo único que necesitan es un poco de tierra pobre y algo de sol. Te apuesto a que se puede comprar un pedazo de tierra así por casi nada.

—¿Por qué alguien iba a venderte por nada algo que le puede servir para hacerse rico con plantaciones de semillas de champú?

—Tienen que pasar cinco años para que las plantas empiecen a dar fruto, ése es el problema. Los jóvenes no tienen tanta paciencia.

—Y los viejos no tienen tanto tiempo.

—Yo tengo mi jubilación por delante. Enterita. Y sé cómo hacer que crezcan las cosas. Podría salir bien.

—Sí, como los zorros plateados —dice Rose, lastimándolo sin darle importancia. En enero, antes de que abrieran los negocios para turistas, Cash despellejaba zorros. Con los dedos helados, arrancaba las membranas delicadas que mantenían el cuero pegado a la carne, y así se ganó su propio par de zorros para empezar la crianza. Ahora le parece un sueño haber creído que iba a encontrar o pedir prestada una granja para sí mismo. Estaba pensando como si todavía estuviera en la Nación, donde los parientes siempre se corren un poco para dejarte un lugar en la mesa.

—Johnny Cash Aguaquieta —dice Rose, sacudiendo la cabeza y soplando el humo que parece una gran pluma invertida, el chorro de una ballena. Le habla como si lo conociera de toda la vida. En realidad, hace apenas dos meses—. Creo que nunca te recuperaste del hecho de que tu madre te haya puesto el nombre de su cantante favorito.

Cash deja que Rose lo lastime así porque sabe que ella tiene razón. Está trabajando como cadete de cincuenta años en el negocio de comida vegetariana; su jefa es una chica de dieciocho años que se llama Tracey y hace restallar banditas de goma sobre los brazos mientras atiende la caja. Y sin embargo, Cash sigue actuando como si tuviera la suerte de su lado, como si estuviera a sólo un paso de ser un vaquero.

Rose dice de pronto:

—Van a matar a tiros a un montón de palomas que llegó a la ciudad.

—¿Quién?

—No sé. Un tipo del Consejo Deliberante, Tom Blanny vino a La Factoría y se lo dijo al señor Crittenden.

Cash conoce a Tom Blanny; va siempre al negocio de comida vegetariana a comprar cigarrillos de lechuga o Dios sabe qué para gente que desearía no fumar tanto.

—Tom dijo que son un problema porque no son de aquí y se ponen insoportables. Vuelan demasiado y todas juntas y ponen nidos en los árboles de la gente.

Cash levanta la vista, sorprendido.

—Yo las vi esta tarde. Las vi por la ventana, aquí mismo. —El corazón le corre un poco demasiado rápido, como si Rose hubiera descubierto otro secreto que pudiera usar para lastimarlo. Pero en este momento, a ella le interesan solamente los hombres del Consejo y la información que pueda conseguir sobre ellos, no un resentimiento sin nombre contra criaturas brillantes cuyo espíritu de grupo es tan perfecto que hace que uno se sienta solo. La atención de Cash sigue fija en las papas.

—Tom dice que si sobreviven al invierno, podrían ser más que los pájaros de la zona. Una paloma no es un animal natural, ha vivido en las ciudades tanto tiempo. . . es como un canario, un pájaro de jaula.

—Bueno, ¿no son naturales en todas partes? —Cash sabe que la gente de Jackson Hole siempre está hablando de lo natural.

—En Nueva York —dice ella, riéndose. Rose ha viajado mucho. —Ahí no queda nada natural, no pueden hacerle mal a nada —dice.

El ruidito deslizante del pelapapas todavía está en el aire. Cash no tiene ganas de agregar nada.

—¿Qué te está carcomiendo, Cash? ¿Estás pensando en volverte a Oklahoma?

—Nop.

—¿Cómo es el clima allá ahora?

—Caliente, como debe ser en verano. Este lugar nunca se calienta bien. Vamos a tener nieve muy pronto. No estoy hecho para aguantar dos metros de nieve.

—Nadie está hecho para eso, supongo. Ni siquiera en Idaho. Una pensaría que ya están acostumbrados, pero me acuerdo de cuando era chica: la gente se volvía loca en el invierno. Las mujeres les disparaban a los esposos, los corrían con el palo de amasar y les disparaban de nuevo.

Cash se queda callado, y deja que Rose piense en esposos asesinados.

—Bueno, vuelve allá entonces —dice ella—. Si este clima no te gusta. . .

Ya discutieron por esto. Ni siquiera es una discusión, Cash se da cuenta de eso: es la forma en que Rose averigua sus planes sin demostrar que le importan.

—No tengo nada que me esté esperando allá —dice él. —Mi familia está muerta.

—Tu hija no.

—Por mí, podría estarlo.

—Bueno, ¿y tu otra hija, la que murió. . . qué hay del bebé?

Cuando Cash y Rose se conocieron, ella se acomodó tan bien en su cama de hombre solo que él se sintió seguro y le contó historias de familia. Ahora lo lamenta.

—Ya no está —dice.

—Un bebé no está hecho de tinta invisible, Cash.

—Pero esas cosas salen en los diarios todos los días —le dice él, aunque sabe que es mentira. Una madre puede meter el auto en un río a propósito pero siempre seguirá habiendo una canasta de manos extendidas bajo los hijos, o debería haberla. Es el único pensamiento en la mente de Cash que nunca se ilumina y nunca pliega las alas.

—Esperé toda mi vida en la Nación —le dice a Rose—. Donde todo el mundo es pobre, todos. Cuando mi esposa murió, me pareció que en realidad, había estado esperando algo que no iba a venir. Por lo menos, en Jackson Hole la gente tiene algo.

—Pero no tú y yo.

—No, pero estamos a dos pasos de distancia —dice él, de pie, tirando hortalizas en el agua caliente—. Tal vez algo caiga del árbol justo cuando estamos pasando por debajo.

Ala una exactamente, Rose se saca el pañuelo estampado que se pone en el cabeza mientras está en la ventana y mete pequeñas cascadas de cuentas sonoras en los frascos de plástico. Tiene mucho cuidado de que ninguna escape al piso de madera. El señor Crittenden le permite salir a almorzar con Cash siempre que salga tarde, después de lo que él llama la hora de las corrientes multitudinarias del mediodía. La verdad es que no hay tales corrientes, sólo un goteo lento, permanente. Jackson Hole tiene unos cien puestos de venta de cosas indias y la mayoría ofrecen mejores atractivos que una madre cansada de hijos adolescentes sentada en la vidriera arruinándose los ojos.

Rose quiere atravesar la ciudad hasta el Sizzler para comer ensaladas a elección pero Cash le advierte que no es conveniente: hay una tormenta cocinándose hacia el sur. Se quedan cerca, en el MacDonald's, por si acaso, y caminan por el atajo a través del pequeño parque de flores de la Principal. Ella habla; Cash no la escucha; su mente cuenta flores, pensamientos y agératos: amarillo, amarillo, púrpura, púrpura, un hermoso cinturón de cuentas tirado entre las flores y extendido a lo largo de la carretera cubriéndose de polvo.

—Puf —dice Rose—, este maldito lugar es demasiado húmedo. . .

Mientras esperan que cambie el semáforo, se agacha para ajustarse algo en los tacos. Rose tiene treinta y ocho años, la edad que tendría Alma, hija de Cash, si estuviera viva y Cash se da cuenta de que la trata más como a una hija que como a una amiga: le dice que se cuide y trate de que no la pesque la lluvia, hace chasquear la lengua cuando ella le cuenta sobre las escapadas de sus hijos. Se pregunta lo que ella ve en él. Por lo menos Cash no bebe ni se come las cuentas de adorno, pero sabe que se está poniendo viejo de una forma que hace difícil la convivencia. Fue una locura total de su parte querer mudarse hace dos años. Los cheroques de Oklahoma nunca se van de Oklahoma. La mayoría no se va ni a dos nogales de distancia de la casa en que nacieron.

Mientras esperan en el MacDonald's, nota que los hombres miran a Rose. No muchos, no durante mucho tiempo, pero la miran. A Cash ni siquiera lo ven; es un viejo indio que nadie recordaría aunque se lo hubiera cruzado hace cinco minutos. No sólo por tres generaciones de tragedia en su familia: incluso sin el cáncer y el suicidio y los nietos perdidos, esas generaciones se hubieran extinguido con el tiempo; él se hubiera puesto viejo de todos modos.

—Papas fritas y una ensalada del chef, querido, nada más. Estoy haciendo dieta —dice Rose, coqueteando con el adolescente de la caja.

Cash extraña a su esposa con un dolor vacío en el pecho y extraña a sus hermanas y a sus primos, que lo conocen desde que él era un chico fuerte, buen mozo. Allá en la Nación, todo el mundo se acuerda o si son demasiado jóvenes, ya les contaron la historia. Los viejos pueden colgarse del pasado dulce, perfecto. Cash era el mejor trepando árboles; su hermana Letty ganó los concursos de contar historias. Alguien vio a la mujer que se casó con el hermano del esposo de Letty, una belleza llamada Azúcar, tomando una gaseosa y su foto salió en la revista *Life*. Todos saben. Ahora tiene poco pelo y la espalda torcida pero sigue siendo Azúcar y camina por El Cielo, Oklahoma, y todo el mundo piensa que es linda y especial. Y lo es. Ese es el problema de alejarse de la familia, se da cuenta Cash. Uno pierde por completo la juventud, sólo tiene el equipaje pequeño y cansado que se lleva dentro del cuerpo.

No debería importarle tanto. Todavía tiene la mayor parte de lo que tenía cuando empezó: talento para las bromas y la amistad, y el cabello intacto. Nadie se queja jamás de Cash, no pueden quejarse de nada excepto de que es un hombre inquieto. Durante treinta años, cada vez que empezaba a hablar como un blanco, su esposa le ponía un poco más de comida en el plato y le volvía la espalda con ternura y rapidez. Después de que ella se enfermó, Cash se desató en cierto modo, decidió que necesitaban andar a caballo y ver las Montañas Rocallosas. Ella murió un año después de que le dijeron que se había curado: el doctor no encontró el cáncer en ella, y lo único que ella quería era estar sentada todo el tiempo y respirar despacio y mirar cómo crecía el bebé de su hija pero Cash la hacía bailar por la cocina y juraba que le mostraría el mundo. Ella le dijo que la televisión era una mala influencia. Probablemente tenía razón. Como esos pájaros blancos que vio por la ventana, la televisión agita las alas y promete lo que uno quiera, incluso antes de que uno sepa que lo quería.

Rose atrapó un lugar para ellos en el restorán repleto y ahora limpia el lío que hay en la mesa; seguramente los anteriores eran gente de otro país que no conoce la costumbre de MacDonald's y no sabe que cada uno tiene que tirar sus propios papeles a la basura.

—Es hora de la fiesta en Jackson, ¿eh? —pregunta Rose por encima del ruido, dejándose caer en la silla como una bolsa de papas.

Cash asiente. Durante nueve meses caminó con dificultad sobre veredas peligrosas con brillantes esquirlas de hielo; la nieve sucia se apiló alta y sin esperanza como todo un invierno de ropa sucia. Ahora, durante cinco o seis semanas, la ropa está limpia. Las calles hierven de gente que va a hacer viajes en balsa bajo el sol y a tomar fotos de praderas verdes y después, a pasar el resto de su vida diciendo que Jackson Hole es uno de los lugares que conoce.

La pareja de la mesa vecina habla en un lenguaje raro. La mujer tiene sandalias diminutas de tela verde que merecerían haberse deshecho mucho antes de llegar hasta allí desde donde fuera. Cash conoce a esas mujeres: vienen al negocio y se vuelven locas con algo que contiene hierbas, después van directo la Factoría y compran los aros de Cash, les dice

Rose, tres pares de una sola vez. El estilo indio está muy de moda en Europa, donde no tienen indios. Los estadounidenses son diferentes, dan vueltas alrededor de Rose en el negocio, sin mirar, como si ella tuviera la ropa terriblemente manchada y no lo supiera. A veces, se acercan un poco y le sacan una foto. Cash es testigo, lo fue varias veces, y tiene que admirarla por la forma en que se queda sentada, inmóvil, sin decir nada por una vez en la vida. Los clientes apilan sus compras junto a la caja y se llevan en un minuto lo que a Cash le llevó semanas terminar.

—Qué lindo culito tiene ese tipo que limpia el suelo —afirma Rose, haciendo volar sus capas de cabello teñido de negro —. Me dan ganas de tirar una cuchara o algo, nada más que para ver cómo se agacha a buscarla.

—Rose, tienes que decidir si soy tu novio o tu papá. No puedo ser las dos cosas.

Ella parpadea, mirándolo, los ojos brillantes.

—Tú sabes lo mucho que te quiero, amor.

Cash no agrega nada. Se siente feliz de que McDonald's no reparta cucharas.

—Piensa —dice ella—: podríamos estar en París, Francia o Hong Kong. Hay McDonald's en todo el mundo.

—Eso me dicen —dice Cash, pero no se siente en París, Francia. Se siente en MacDonald's.

—Pareces deprimido —observa Rose y Cash se pregunta si no será cierto, después de todo. Piensa en la forma en que se aprieta la masa con el puño: tomar una hinchazón grande, redonda, esperanzada y golpearla hasta quitarle el vuelo. Sí, piensa. Deprimido.

Cash terminó el trabajo por fin. Durante los últimos diez minutos de su turno una pareja se quedó ahí, en la cola, discutiendo si comprar o no unos duraznos muy caros. Cash estaba de pie, cerca, en silencio, deseando que esos dos se llevaran su matrimonio a otra parte, pero Tracey ponía los ojos en blanco de una forma muy obvia, imposible de pasar por alto, y sin embargo, la pareja no prestaba atención. La remera del hombre tenía un rótulo que decía surf, solo surf. Cash se sorprende cuando piensa en las cosas que la gente está dispuesta a publicitar, como si las convicciones valieran tan poco que uno se pudiera poner una nueva cada mañana, después de la ducha.

Los pájaros vienen todos los días, y en la noche, ah, misterio, aumentan de número. Cash los ve mientras camina por la Principal hacia la Factoría para buscar a Rose. Ella le repitió la teoría de que las palomas migran desde Salt Lake City para escapar de los halcones que anidan en los costados de los edificios. El equilibrio de la naturaleza está patas para arriba, piensa Cash: los predadores se mudan a las ciudades y los pájaros de la ciudad ocupan las tierras donde vagaban los búfalos. Descubre que desconfía de las palomas. En un minuto hacen brillar las panzas plateadas todas juntas, todas de un solo color y en el siguiente, los lomos blancos, cambiando todo el tiempo como un truco de naipes.

Esa tarde, el señor Crittenden quiere hablar con él, y a Cash eso no le gusta. Finalmente terminó por notar que el trabajo de Rose en el negocio no tiene ni la mitad de la calidad que el que le trae de su casa. Rose no fue de frente porque tenía miedo de perder el trabajo pero finalmente le confesó que el trabajo lo hacía su amigo cheroque. El señor Crittenden no se enojó al parecer pero quiere conocer a Cash y preguntarle por sus métodos. Cash estuvo en el negocio por lo menos cincuenta veces pero hasta ahora el señor Crittenden nunca tuvo interés en conocerlo.

—Puf, qué humedad —dice Rose cuando él entra en el negocio—. Ojalá llegara la lluvia de una vez y se terminara esto. El calor no me molesta realmente, lo que me molesta es la humanidad.

Cash sonríe.

—Qué gran verdad —dice.

—El señor Tiro Grande salió un momento. Ya vuelve.

El grupito de campanas de la puerta suena de pronto al unísono pero es un cliente, un hombre alto, delgado, que usa sandalias y medias con pintas grises. Hace un gesto a Rose, que está en la caja.

—Mire si quiere —le dice ella, con una sonrisa amplia que Cash entiende y odia—. ¿Te parece que viene una tormenta? Necesitamos lluvia. Hace mucho que no llueve. —Cash sonríe. Ahora Rose le gusta más porque le está hablando en código: "Este va a mirar todo el negocio, de un lado a otro y después va a comprar una postal. . ." Cuando pregunta:

"¿Viene desde lejos?" es porque predice una gran venta. "Las cosas del estante de allá tienen descuento, están al costo" quiere decir: "Ni todos los adornos de Jackson Hole pueden ayudar a esta pobre alma".

Cash se queda de pie frente a la ventana, mirando hacia afuera. No ve los pájaros blancos pero sabe que están ahí todavía, moviéndose en su rueda lujuriosa, lenta, sobre todo lo demás, mandándose la parte, dando su libertad por sentado. No son pájaros reales como los que él cazaba en la infancia, cuyos huevos buscaba en los árboles, pájaros que atrapan insectos y construyen nidos y alimentan a sus pichones. Estos son pájaros turistas. Como sus propios sueños inquietos que vuelan en círculos sin lugar dónde posarse.

El hombre de las sandalias termina por irse sin comprar ni siquiera una postal.

—Sí, señor, una sequía muy larga —dice Cash y Rose se ríe. Las campanillas vuelven a sonar y los dos levantan la vista. Ahí entra la cabeza coronada de blanco del señor Crittenden. Dejan de hablar pero el silencio que llegó con él es más pesado que la ausencia de conversación. Hace un gesto de reconocimiento a Cash, luego se pone de pie por un minuto con las manos sobre la caja de adornos de vidrio, los codos en ángulo hacia afuera. Siempre está de camisa blanca y corbatín negro. Rose no sabe si está casado y siente curiosidad; Cash dice, mira las camisas planchadas que usa en el trabajo, pero Rose sostiene que su jefe tiene dinero suficiente para mandarlas a la tintorería, lo cual es verdad. Oyó un rumor según el cual él tiene su propio aeropuerto en alguna parte y otro rumor según el cual tiene cáncer. Ninguno de los dos se cree lo del cáncer. Si pensara morirse pronto, ¿por qué pasar tanto tiempo de su vida contando cuentas?

El hombre vuelve a hacer un gesto a Cash con la cabeza y Cash lo sigue hacia la oficina con un nudo en la garganta. La oficina es una habitación diminuta repleta de estantes y libros de antropología y mascotas extrañas. El señor Crittenden tiene siete u ocho pájaros chillones, y una pitón en una caja medio llena de arena seca. Rose advirtió a Cash lo de la víbora: ella entra siempre a que le entreguen el cheque bajo ese ojo frío. El aire ahoga a Cash con los olores y la soledad de los pájaros. El señor Critten-den baja dos grandes libros que huelen a polvo. Cuando los abre, lo de adentro es resbaloso como vidrio blanco.

—Estos son trabajos muy antiguos —le dice a Cash mientras pasa lentamente las páginas de fotografías en blanco y negro—. ¿Reconoce los diseños?

Cash los reconoce, al menos algunos, pero tiene miedo de admitirlo, así que asiente o menea la cabeza frente a cada fotografía. Mientras el señor Crittenden da vuelta las hojas, un pájaro gris nervioso hace chasquidos con el pico en una jaula y se rasca el cuello como si tuviera una enfermedad de la piel. De vez en cuando, levanta la cabeza y chilla fuerte y después, el resto de la habitación resuena con silbidos y crujidos de patas secas sobre barras estrechas de metal. Cash retiene el aire lo más que puede entre una respiración y otra.

—Este mundo de conocimiento se está perdiendo. . . entero —dice el señor Crittenden, tocando la página del libro como si pudiera sentir las cuentas con el tacto. Inclina la cabeza blanca hacia el espacio que hay entre los dos, los ojos azules febriles, rosados en los bordes.

—¿En su tribu los artistas son hombres? —pregunta.

Cash trata de no sonreír.

—No, las mujeres me dejaron aprender un poco.

—¿Sus hijas saben hacer este tipo de trabajo?

—Lo hacen —le dice Cash, y es verdad, lo hacían antes de que Alma terminara boca abajo en el río y Sue por tercera o cuarta vez en el hospital con un pómulo roto y otros regalitos de su novio. Pero incluso antes de toda la tristeza, no hacían el trabajo en la forma perfecta de las fotos, la forma que se imagina el señor Crittenden. Las hijas y primas de Cash se hacen la permanente y pertenecen a clubes de dieta. Si hacen un par de aros de tanto en tanto, siempre es cuando están en el teléfono, hablando unas con otras, riéndose con sus risas profundas de fumadoras, criticando a los amigos de sus esposos. Cash nunca estuvo realmente en esa conversación y sin embargo, ése es el mundo que lamenta haber perdido.

El señor Crittenden ve a Cash mirando por la ventana.

—Esa es una cacatúa de cola gris. Eran una peste terrible en Australia. Los que cultivaban trigo las mataban por miles. Ahora ya no quedan muchas.

Pero Cash estaba pensando en lo triste que era que no hubiera ni una sola planta en la ventana. Ni una sola cosa verde que pudiera sentarse al sol y quedarse tranquila.

*   *   *

La humedad aumenta más y más con la semana. La tarde del viernes es pesada e interminable, como el final de una vida. A las seis, Cash ya está desesperado. Está otra vez en La Factoría, esperando que termine el turno de Rose. Tal vez vayan al cine. Algo que le saque la mente de allí por unas horas. Pero el señor Crittenden todavía no vino a cerrar y contar sus tesoros.

—¿Cuándo vino por última vez? —Rose lo piensa—. ¿Al mediodía?

—No, nosotros nos fuimos.

—Bueno.

Cash está de pie en la ventana, mirando cómo los pájaros que desprecia giran en un círculo tenso, ansioso. Esta tarde parecen estar buscando algo, sus propios deseos perdidos. La ciudad de Nueva York, tal vez. El se sonríe.

—Tiene la puerta abierta —dice Rose.

—Tal vez debiéramos cerrar e irnos.

—Tal vez debiéramos ir a ver dónde guarda el dinero.

—Rose, por favor. Cierra la puerta y listo. No sé cómo haces para estar ahí escuchando a esos pericos todo el día. A mí me volverían loco. —Mira la tormenta cercana. *Estás loco de todos modos, no hacen falta los pericos*, piensa justo en el momento en que Rose deja escapar un grito trémulo, cada vez más agudo.

Los hombros de Cash se ponen tensos y se vuelve para mirarla.

—¿Qué pasa?

—Está ahí dentro.

Cash se pregunta instantáneamente si el señor Crittenden no habrá estado escuchando la conversación, los chismes de Rose. La broma sobre llevarse el dinero. . . Trata de acordarse de otras cosas malas que puede haber dicho, cosas que podrían hacerle perder el trabajo.

—Cash —dice Rose, la cara blanca, la voz otra vez demasiado aguda y entonces él entiende lo que está pasando. El señor Crittenden no escuchó nada.

Cash se queda trabajando en el cinturón de cuentas hasta bien tarde. Está cansado pero no puede imaginarse a sí mismo, dormido. El y Rose pasaron mucho rato repitiendo los detalles como si hubieran naufragado en un lugar nuevo donde no hubiera ningún otro hecho, sólo ése. La policía dijo suicidio, sin lugar a dudas, tomó pastillas para dormir y dejó los libros contables bien organizados. Hay una esposa, parece: vive en Rock Springs y seguramente no tiene nada que ver con sus camisas. Sus instrucciones telefónicas fueron que se mantuviera el negocio abierto por el resto de la temporada, si es que tal cosa era posible. Una compañía de la ciudad se ocupará de pagarle a Rose. Cash duda que ella tenga el valor necesario para volver. Cada vez que entraba la policía, ella se aferraba el pecho y respiraba como si hubiera corrido un kilómetro en esos tacos altos.

Cash quiere saber cosas que a Rose ni siquiera se le pasan por la cabeza: ¿Quién va a venir a llevarse los animales, por ejemplo? No le gusta la idea de que ella trabaje en el mismo techo que una serpiente hambrienta. Y ¿cuánto tiempo estuvo ahí muerto el señor Crittenden? No puede dejar de mirar dentro de la mente el azul de la boca y las puntas de los dedos del señor Crittenden, congelado en su última depresión mientras tres hombres lo pasaban por la puerta como si fuera un mueble para sacarlo del negocio. ¿Se mató a medianoche o de madrugada? Cash querría tener cada uno de los cómo y los qué, para poder apagar el sonido del "¿por qué?"

Rose se llevó el Valium que le dio el doctor y terminó durmiendo sin sueños en la cama de Cash, dejándolo solo con la única lamparita de luz desnuda y el calendario de Wickiup Hauling. El mes de julio muestra unas cuantas familias sobre una balsa amarilla en un río. Tienen cámaras y ropas brillantes y expresiones de sorpresa, cada boca como un desgarroncito caído en la cara: están llegando al agua blanca de los rápidos. El reconoce su propia inocencia antes de llegar allí. Ahora sabe lo suficiente sobre promesas brillantes como para preguntarse quién se sentó a orillas del río todo el día espantando los mosquitos para sacar la foto y cuánto le pagaron por ella. Le duelen los nudillos por el cambio en el clima y dos veces perdió algunas cuentas de plástico en el linóleo anaranjado, que en algunos lugares, está enroscado y levantado y quebrado como si hubiera volcanes con planes de erupción debajo del piso.

—Que desaparezcan —susurra, pero la costumbre de aferrarse a cada uno de los pedacitos brillantes de color es difícil de olvidar.

Cuando finalmente se va a la cama, no descansa. Sueña con su esposa muerta. Ella está de pie en la casita retorcida en los bosques, cortando una gallina para la sopa.

—¿Por qué no te das vuelta y me miras? —pregunta él.

—Tú te soltaste de la familia —dice ella—. Tengo que darte la espalda.

—¿Entonces por qué me hablas? —pregunta él.

—Estoy cocinando para ti, ¿no es cierto?

—Sí. Pero me parece que me odias.

—¿Cocinaría para ti si te odiara?

—No lo sé —dice él.

—Presta un poco de atención a los que te atienden —contesta ella.

Revuelve una gran olla en la cocina. En esa superficie burbujeante, Cash ve un mechón sucio del cabello blanco del señor Crittenden. Su esposa es muy grandota. No hay techo en la cocina, sólo el claro de un bosque y patas anchas, como de árboles. La cabeza de ella parece piedra tallada contra el cielo, una cabeza que él no reconoce con precisión. Podría ser su madre, o su hija.

—Hay cien formas de amar a alguien —le dice la voz de ella—. Lo único que importa es que te quedes ahí, en la misma habitación.

El se despierta con el pecho tan cargado que siente que está por rompérsele. Se pregunta si no estará teniendo un ataque al corazón, o si se estará muriendo de soledad.

—Tengo que volver —le dice a Rose, y no le importa que ella esté dormida y no quiera oírlo.

Las lluvias de verano de las Montañas Rocallosas suben desde Méjico. O así se ha dicho Cash muchas veces, en un esfuerzo por creer que está llevando una vida excitante y divertida. Pero vengan o no de allá, la lluvia es mala para el turismo, el negocio ha estado vacío todo el día. Tracey está sentada en el mostrador leyendo revistas de chismes y preguntándole a Cash si cree que una mujer podría tener tres bebés de tres padres distintos al mismo tiempo. Cash piensa en sus hijas salvajes, allá en Oklahoma, y no lo duda.

Rose no tuvo miedo de volver al trabajo. A la hora del almuerzo, informó que allá era lo mismo: ni un cliente. Dice que la noticia ya la saben todos y nadie quiere entrar a un negocio donde un hombre se quitó la vida. Cash tiene otra opinión: la gente de los alrededores entraría a comprar ofertas si lo supiera, desearía con todas sus fuerzas una venta de suicidio. El que provoca estas depresiones es el clima. Los que salen de vacaciones esperan una felicidad perfecta, un clima perfecto, y si no los encuentran, seguirán hasta Missoula o donde fuera que vayan a buscarlo. Jóvenes, como Rose, que siempre toman la ruta que los lleva hacia las afueras de la ciudad.

Cuando Cash oye los primeros disparos, se siente extrañamente excitado y feliz. Había creído que suspenderían los disparos contra los pájaros por la lluvia pero el rugido de la pólvora vuelve a sonar, sacudiendo la vidriera del negocio. Cash deja su puesto en la registradora y se apoya contra la ventana, a esperar.

—Están matando a esas palomas —le dice a Tracey.

—Ya lo leí en el diario. Qué horrible, ¿no? ¿No pueden dejarlos en paz y listo?

—Son pájaros domesticados —dice Cash—. Quieren vivir aquí pero no pueden. Por eso giran y giran y giran.

Siente otro estallido y el silencio sutil que viene después. Todo su cuerpo vibra como el vidrio de un plato. De pronto, los pájaros están el cielo pero no hacen ni el círculo ni la rueda perfecta: vuelan en todas direcciones de a dos, de a tres, aterrorizados. Solos. Cash piensa en un lugar a un mundo de distancia, el lugar donde él trepaba árboles sin otro deseo en el pecho que encontrar un nido lleno de huevos. Ve su propia cara en el plato de vidrio, vacía de alivio, como si los pájaros tocados plegaran sus alas y se desvanecieran uno por uno, encontraran por fin el suelo.

12

LA ZONA CREPUSCULAR DE LA HUMANIDAD

Las tres generaciones completas de la familia de Alice se han elevado en el aire por primera vez este verano: primero Tortuga y Taylor volaron a Chicago y volvieron y ahora el vuelo de Alice está por bajar a tierra. Alice siente que eso demuestra un alto grado de unión. Su avión baja de las nubes con rapidez; ahí, muy abajo, están el río Mississippi y St. Louis. Hay un enorme arco de metal en la orilla del río, que se eleva más que cualquier otro edificio, colocado allí por ningún propósito que Alice pueda imaginar. Tan útil como escupir desde un puente pero la gente hace esas cosas para probar que estuvo sobre la Tierra durante un tiempo. El avión que baja pasa como una sombra sobre el cementerio más grande que Alice haya visto en su vida. Su vecina del asiento de la ventana se ha pasado el vuelo acurrucada en silencio y ahora hace notar:

—Bueno, eso sí que es una bienvenida. . .

—Yo entiendo —dice Alice decidida a disentir cordialmente con esa mujer sin alegría—. Si no hay más remedio que hacer tanto ruido, me parece que es igual molestar a los muertos que a los vivos.

—No van a tener que llevarnos lejos si no podemos aterrizar —dice la mujer, con sequedad. Tiene una cabecita sorprendentemente chica, y un cabello castaño que parece artificial y durante todo el viaje desde Lexington llevó puesta una expresión de rencor como si se hubiera equivocado de pie al ponerse los zapatos. Alice está consternada. Había esperado que todo el mundo en el avión perteneciera a la clase de viajero experimentado de las grandes ciudades que se relaja en el asiento, haciendo crujir el diario en la sección económica. Pero ahí está como siempre, sosteniendo a los que están a su alrededor. Para sacar la conversación de los cementerios, pregunta:

—¿Este es el final del camino para usted?

La mujer asiente levemente, como si el esfuerzo fuera incompatible con su peinado.

—Yo me quedo hasta la otra, Las Vegas —informa Alice—. Tengo una hija y una nietita ahí que no la están pasando bien.

La mujer parece encenderse con una chispa muy leve de entusiasmo:

—¿Se está divorciando?

—No, no —dice Alice—. Mi hija no se casó nunca. Encontró la niña en el auto y la adoptó. Es independiente como un chancho salvaje.

La mujer se vuelve otra vez hacia la ventana y el sorprendente despliegue de tumbas.

—Alguien le dejó el bebé ahí, en el auto, así nomás y le dijo: "Chao, tonta". ¿Qué podía hacer ella? —Alice busca las fotos en la cartera—. Pero la cosa salió bien: esa niñita es un cohete. No sé quién la dejó ahí pero fuera quien fuera, no tenía ojo para lo bueno.

Alice siempre se ha vanagloriado de saber cómo hacer marchar bien una conversación, pero para esta mujer es el divorcio, las tumbas o nada: ahora está cerrando la ventanilla de plástico y después los ojos. Alice mete las fotos de Tortuga en el monedero, horrorizada por la imagen en el ojo de su mente: una vieja que se habla a sí misma. Le ofrece un chicle de menta a un hombre del otro lado del pasillo pero es lo mismo: el otro apenas si asiente como para rechazarlo. Un avión de gente que se ignora mutuamente. Alice se pasó la vida en pueblos y para ella es toda una novedad esa forma de amabilidad en la que las personas se sientan unas arribas de otras en un lugar público y se comportan como si fueran tapizados de sillones.

Ella no puede acordarse de cuándo vio a tanta gente junta que no conociera. Parecen raros: uno está como encogido, con masas enormes de cabello enrulado; otro es voluminoso y calvo, la cabeza demasiado grande para el cuerpo; otra tiene ese aspecto artificial, fastidioso que dan los aros, los anteojos, el brillo de las pulseras, a las mujeres, demasiadas cosas de metal alrededor de la cara. Es como si toda esa gente fuera producción de distintas fábricas que no pueden ponerse de acuerdo sobre un diseño básico. Alice se guarda todo eso para decírselo a Taylor cuando lleguen a Las Vegas. Cada vez que le mencionaba a Harland algo más que los más grandes detalles de la vida, él creía que ella estaba chiflada. Pero Taylor va a entender lo que quiere decirle.

Alice se saca los anteojos y se pone las manos sobre la cara, siente los ojos como bolitas preocupadas, húmedas bajo las pestañas. Que Taylor esté en problemas no es algo que Alice sepa cómo enfrentar. Todo lo que hizo su hija hasta ahora, a pesar de lo loco y deformado que pudiera parecer, terminó siempre con las esquinas en ángulos rectos. La primera vez que dio un paso salió por la puerta del Correo de Pittman. Alice estaba en el mostrador comprando estampillas y preguntándole a la empleada, Renata Hay, para cuándo esperaba el bebé; Taylor tenía once meses y se colgó de la chaqueta de Alice hasta que sintió que tenía una cola de mono atrás. De pronto, los viejos que esperaban los cheques de la Seguridad Social se pusieron a aplaudir, y Alice se volvió a tiempo para ver cómo su beba enfilaba para la calle. El viejo Yancey Todd le abría la puerta como un caballero a una dama.

Algunos dirían que una niña decidida como ésa estaba destinada a terminar tomando la decisión de tirarse cabeza abajo en el tacho de basura. Alice no lo cree. Muy adentro, sabe que su hija hubiera mirado hacia ambos lados antes de salir a jugar a la Principal. O que Yancey hubiera hecho señas a los autos para que se detuvieran. Cuando a una le dan una hija brillante, una la pule y la deja que brille. El universo es indulgente.

Cuando Taylor llamó desde un teléfono público en Las Vegas con el alma quebrada en veinte mil pedazos, Alice se sintió profundamente decepcionada. El universo las había traicionado.

Se enciende la señal que pide que los pasajeros se ajusten los cinturones y Alice abre los ojos. Una azafata viene despacio por el pasillo sacando los vasos plásticos de manos de la gente, como una madre paciente que se lleva los juguetes que sus bebés podrían tragarse. Alice mira, maravillada, la ropa de esa mujer: bajo un saco azul marino, una camisa blanca y una corbata de seda de dibujos alegres e incluso una cadena fina de oro por encima. Cuánto le habrá llevado arreglarla bien, a pesar de la rapidez de su vida. Alice es una pasajera que necesita consuelo y toma algo de eso: el esfuerzo conmovedor que ponen algunos sólo en vestirse a la mañana, creyendo que una cadenita de oro sobre una corbata de seda puede hacer que las cosas sean diferentes.

Taylor y Alice se abrazan por encima de Tortuga, con las cabezas juntas y las piernas separadas, como un tipi torcido. Se quedan así un largo rato en el aeropuerto mientras la gente pasa a su alrededor sin mirarlas, con los ojos puestos sólo en los vuelos que tienen que tomar. Las mangas vacías y blancas del suéter de Alice le cuelgan sobre los hombros. Tortuga empuja la cabeza contra Taylor y se aferra del borde de su falda, ya que no le queda otra cosa. Vio a la abuela Alice sólo una vez pero entonces, nadie lloraba.

—Mamá, no estuve así todo el tiempo, te lo juro —dice Taylor—. No me descompuse hasta ahora, en serio.

Alice le frota la espalda en círculos.

—Puedes descomponerte, si quieres. Para eso vine. —Tortuga mira cómo se mueve la mano grande y nudosa sobre la espalda de su madre y espera que caiga algo. Después de un rato, se separan. Taylor trata de llevar lo que tiene Alice, todo.

—¿Qué hay en esta valija? —pregunta —. ¿Piedras? ¿Las luces de Harland?

—Ya te voy a dar yo con las luces de Harland —dice Alice, riendo y dándole una palmada en la cola.

Después baja hasta Tortuga y le da un abrazo. Huele a chicle y a pañuelos de papel y a suéteres. Tortuga piensa: ésta es la abuela del teléfono. Es buena y ésta es ella.

—¿Puedes llevarle la cartera a la abuela, Tortuga? —Taylor se agacha para ponerle la correa sobre el hombro. —No puedo creer lo fuerte que estás. Mira, ma, ¿no camina como una reina? Juro que eso no se lo enseñé yo. Es un talento natural que tiene, una postura perfecta.

Tortuga se inclina un poco bajo el peso de la cartera y apoya todo el pie, del talón a la punta, sobre la larga línea azul de la alfombra.

Alice vuelve a sonarse la nariz.

—¿Comieron? Yo me estoy muriendo de hambre. Lo único que almorcé fueron maníes asados.

—Nosotras almorzamos damascos —dice Tortuga y su madre empieza a llorar de nuevo. Es ese llanto que parece risa desde atrás pero no es risa. Lo peor sería si su madre se fuera y volviera el lugar malo. Tortuga desearía poder ponerse las palabras que dijo de vuelta en la boca y tragárselas. Tendrían un gusto brillante y amargo, como monedas. Siente que se cierra la puerta de sus dientes. Hay cuarenta o cien personas en el aeropuerto así que sigue de cerca las piernas en vaqueros y las sandalias blancas de la abuela. Las dos cabezas están demasiado lejos y son demasiado grandes, como dinosaurios. La conversación sale como burbujas redondas. Cuando salen, el sol duele un poquito, como duele el agua cuando corre, caliente, sobre las manos.

—Tortuga, Tortuga, Tortuga —dice alguien—. No hay problema, mamá, ya te lo dije. —Todos los autos son animales brillantes bajo el agua. No consiguen aire.

En algún lugar del lugar viejo había ese brillo de ángeles o estrellas demasiado cercanos, el mundo debajo del agua, zapatos en el suelo y nada de luz y la voz de un hombre a través de la boca de una y no hay aire. Una mujer llorando.

Una mujer encendió una linterna y le movió los brazos que eran como brazos peces y la boca se le abría y se le cerraba.

—Podemos comer en la cafetería —está diciendo la voz de su madre. Las burbujas se quiebran y Tortuga oye cómo sale cada una de esas palabras. Ha pasado tanto tiempo que tal vez sea otro día, o el mismo pero de noche. No es de noche. Están en el auto, moviéndose. El asiento de adelante está muy lejos. Pasa un chico en bicicleta y levanta la rueda de adelante una y otra y otra vez como un caballo asustado. El chico tiene puesta una camiseta amarilla y se le cae el cabello amarillo en los ojos, y se ríe, no tiene miedo. Los pies se le mueven más rápido que él. Tortuga se arrodilla en el asiento y mira para atrás para ver a ese único chico, a esa bicicleta que son como deben ser, hasta que desaparecen. Se sienta de nuevo.

—La buena noticia es que en esta ciudad se puede conseguir una habitación de hotel por once dólares la noche. Si es un lugar con un casino abajo. Supongo que creen que van a sacarte el dinero de otra forma.

—El tuyo ya lo tienen —dice la abuela.

—Ciento diez dólares, podría matarme cuando lo pienso.

Tortuga se mira las manos y piensa: *Estas son mis manos.*

—Eso, si parabas en el mejor momento. No empezaste con eso.

—No, empezamos con cincuenta.

—Así que en realidad, lo que perdiste fueron esos cincuenta.

—¿Por qué no paré?

—Porque estabas especulando. Si habías podido sacar ciento diez de cincuenta, ¿por qué no mil de ciento diez?

—Fui una estúpida.

—Como todos los demás en esta ciudad, querida. Mira esas luces y dime quién crees que paga la cuenta de electricidad.

—Nos sentíamos de suerte.

—Eso es lo que paga la cuenta. El señor y la señora se sienten de suerte.

—Encontré los cincuenta dólares en el limpiaparabrisas. Tortuga los encontró. —Mira por el espejo y sonríe. Tiene la cara roja y blanca alrededor de los ojos—. Me pareció que tal vez ese dinero estaba encantado. —Se ríe con esa risa que significa que nada es gracioso en realidad: ssttt, sacando el aire para afuera, meneando la cabeza—. No puedo creer que una persona pudiera poner doscientas monedas de veinticinco en una máquina tragamonedas, así, una detrás de la otra, y no ganar *nada.*

La abuela se ríe.

—Tienes algo de tu padre en ti. Foster era un jugador.

Tortuga dice:

—Mamá, ¿tienes papá? —Pero no la oyen, las palabras sólo caminan dentro de sus propios oídos. La puerta de los dientes sigue cerrada. Cuando le salieron los molares de los seis, los sentía como a un puñado de piedritas que se frotaban entre sí y chillaban.

—Mejor jugador que yo, espero.

—Dios, no, no valía nada como jugador. Si había una tormenta en el cielo, te apostaba que iba a seguir la sequía; sólo para ponerle algo de sal al día, supongo. Una vez le apostó a un tipo en una carrera: él contra el perro del otro.

—¿Qué clase de perro era?

—No sé, pero lo dejó en el poste de salida. Si ese perro hubiera lamido la misma cantidad de El Abuelo que Foster, tal vez le habría dado una oportunidad.

Tortuga abre bien la boca y dice:

—Mamá, ¿tienes un abuelo?

En el asiento delantero se ríen con fuerza. Risa verdadera, no aire empujado. Tienen cabezas y bocas que se ríen y manos; ahora parecen lo que deben ser. Tortuga también tiene manos. Se acuesta y se abraza.

—Míranos, tres chicas locas en la ciudad de los corazones solitarios. —Taylor aprieta la mano de Alice sobre la mesa. El hotel se llama Casino Reina del Delta y la cafetería está decorada con íconos: las paredes tienen grandes fotos enmarcadas de Clark Gable en *Lo que el viento se llevó* y Paul Newman en *El golpe*. Las sillas de plástico rojo parecen algo comprado en un muy mal negocio. La música de fondo es un coro de tintineos agudos, el sonido de las monedas de las máquinas, que a Taylor le llegan como pequeñas cachetadas en la mejilla. No puede creer que fue tan tonta como todos los otros tontos. Lo único que siempre quiso fue estar lejos de la multitud. Aprieta los dientes contra la pantalla de tv que está cerca del bar, y que parpadea letras y números de colores para que la gente que no quiere perder tiempo pueda jugar al Bingo mientras come.

Alice está conversando con Tortuga.

—¿No te parece horrible que una vieja haga un escándalo con tus piernas y te diga que las tienes muy largas?

Tortuga menea la cabeza.

—Bueno, están largas, es cierto. —Alice agacha la cabeza gris cerca de la de Tortuga y habla seriamente, sin condescendencia—. Ahora eres una niña de piernas largas, no una beba. —Taylor mira cómo se juegan los naipes de su propia infancia en esa mesa. Alice siempre sabe lo que una necesita. Estar cerca de su madre hace que Taylor tome conciencia de todas sus partes interiores, cosas suaves, hamacadas, como los hígados de los pollos de supermercado.

—Taylor dice que ya sabes escribir tu nombre. —Alice pesca en la gran cartera buscando una lapicera y abre una servilleta sobre la mesa frente a Tortuga—. ¿Me muestras?

Tortuga menea la cabeza de nuevo.

—No importa. Porque igual lo sabes, ¿verdad? Si tienes que firmar un cheque o algo, sabemos que podemos contar contigo. No tiene sentido malgastar una buena firma en una servilleta de papel.

Deja la lapicera sobre la mesa. Desde el casino, la voz de alguien grita "Por Dios", y luego viene la lluvia tintineante de monedas de veinticinco que caen desde una máquina. Taylor tiene miedo de ponerse a llorar de nuevo y empujar a Tortuga a una caída en picada, así que tiene la cara metida detrás del menú de plástico.

—¿Qué quieres cenar, Tortuga? —pregunta—. ¿Un vaso de leche y qué más?

Tortuga se encoje de hombros. Taylor ve el gesto aunque no esté mirando.

—¿Queso asado?

—Bueno.

Taylor mira el especial del día y le dice a Alice:

—Una se hipnotiza aquí sentada oyendo esas monedas que hacen ruidito todo el tiempo. Y empieza a pensar: "Hace tanto tiempo, ahora me tiene que tocar a mí. . ." Y entonces, se pone la mano en el bolsillo y saca un papel de caramelo arrugado.

Alice le aprieta la mano.

En una mesa cercana, una esposa y su marido se pelean. La ropa que usan hacen juego: pantalones vaqueros y camisas con flecos que podrían usar los hombres de campo, o la gente en una industria relacionada con ellos. La mujer tiene el cabello finito y sin color, moldeado con fijador: el cabello va con ella cuando ella mueve la cabeza. El hombre parece muy viejo.

—Quinientos dólares —dice una y otra y otra vez, como las máquinas de cambio con voz grabada que convierten billetes en monedas de plata dentro del casino. La mujer dice cosas diferentes, incluyendo: "A la mierda" y "Tú ni siquiera ves la diferencia entre tu culo y la capital de China". De pronto, se pone de pie y empieza a golpear al hombre con la cartera. El cabello duro se le sacude en el aire, excitado. El hombre inclina la cabeza y acepta los golpes como si hubiera sabido que venían, como si fueran el pastel del postre. Taylor se alegra de que Tortuga esté de espaldas a ese espectáculo.

—No sé lo que hubiera hecho si no decías que te venías —le dice a Alice—. Juro que ya había tirado demasiado de la soga.

—Bueno, el momento fue excelente —dice Alice—. Me había quedado sin matrimonio y necesitaba un proyecto. ¿Sabes algo más de. . .?— Mueve los ojos hacia Tortuga y los vuelve a poner en su hija.

—Podemos hablar de eso, mamá. Tortuga lo sabe. Llamé a Jax anoche y me dijo que no hay nada nuevo.

Las dos miran a Tortuga, que tiene el menú muy cerca de la cara y recita en voz muda los nombres de las comidas.

La mujer que estaba pegándole al marido, se sienta para respirar. Se prende con fuerza del cigarrillo, como si el único oxígeno posible viniera de esa fuente menos que ideal.

—Esta es la zona crepuscular de la humanidad —anuncia Taylor—. Es lo que diría Jax. "Hemos llegado a la zona crepuscular de la humanidad. Inclinemos nuestras cabezas en un momento de plegaria silenciosa."

—Creo que ese chico te está volviendo cínica —dice Alice. Agrega: — Esa camarera nos está mirando como una oveja degollada.

—Ya sé. Espero que se llene bien los ojos.

Tortuga se retuerce en su asiento para mirar a la camarera curiosa.

—¿Y cómo te trata Jax, ya que estamos? —pregunta Alice.

—Ah, muy bien. Demasiado bien. No lo merezco.

—Cállate. Tú sabes que eso no es cierto.

Taylor sonríe. Con la mano izquierda, la que no está sosteniendo la de Alice, baja el menú y se frota el hueso detrás de la oreja izquierda.

—Sí, sé que no es cierto.

—Yo me lo imagino exactamente con ese aspecto. —Alice señala la foto de Rhett Butler.

Taylor se ríe en voz alta.

—Ah, ése es Jax llevado a la perfección. Con otro pelo, otra cara, otro cuerpo y sin bigote.

—Bueno, pero habla así. Como un caballero sureño. Claro que sin contar algunas de las cosas raras que dice. Es entretenido por teléfono.

—Me alegro de que pienses eso. Me pregunta todo el tiempo si no estoy enamorada del tipo de la basura. Es mucho más inseguro que Rhett Butler.

—Si estás en problemas para quedarte con él, es culpa mía. No te eduqué con los hombres como preocupación principal. Creo que las solteras son comunes en nuestras familia.

—No es nada que hayas hecho mal, mamá. Nunca me importó no tener papá. Además, no creo que tu teoría valga mucho. Mi amiga Lou Ann creció sin su papá y si no tiene un hombre en la casa, siente que no vale nada, que deberían arrumbarla en un estante.

—Bueno, tú eres oro puro, querida, que no se te olvide. Tú te mereces al rey de Francia.

—Tal vez ése es mi problema. Jax no es el rey de Francia, eso te lo puedo asegurar.

La camarera curiosa camina hacia ellas. Cuando llega a la mesa, se queda de pie mirándolas mientras tres vasos de agua congelada le traspiran en las manos. Está bien tostada y es rubia, el cabello atado en una colita alta, casi agresiva por lo linda; los pómulos y las mejillas duros bajo la piel como si hubiera algo siempre a punto de estallar en ella. Finalmente dice:

—¿Oprah Winfrey, no?

Alice sonríe, sorprendida, con las cejas alzadas y la lengua contra los labios. Taylor espera un momento antes de decir:

—¿Se trata de eso entonces?

—La vi en el de Oprah Winfrey, ¿no? ¿El programa en que usaron el Convertible de los Sueños de Barbie para salvar la vida de una niña? Lo tengo grabado. ¿Es usted, verdad?

—Algo así.

La camarera apoya los vasos de agua con convicción.

—¡Ah, estaba segura! Cuando entró, se sentó en mi sección y yo pensé algo como "¡son ellas, son ellas!" y las otras chicas dicen "Estás loca", pero es cierto. Yo sabía que era cierto.

Saca una lapicera y un anotador del bolsillo del uniforme escotado, un conjuntito llamativo con flecos. Se queda mirándolas un ratito más. De cerca, decide Taylor, parece un poquito apartada de la corriente general de la humanidad; tiene un cabello de color antinatural, amarillo puro, y un flequillo diminuto y una sombra azul en los ojos, una sombra mucho más grande que los ojos reales. Su figura es del tipo que una nota aunque no esté interesada en las figuras femeninas.

—Creo que ya estamos listas para hacer el pedido —dice Taylor.

—De acuerdo.

—Un vaso de leche, dos cocas, tres quesos asados.

La camarera no escribe nada.

Taylor pregunta:

—¿Usted *grabó* el programa de Oprah Winfrey? Eso sí que es sorprendente.

—Creo que tengo la colección personal más grande del mundo de objetos relacionados con Barbie. ¿Vio ese Museo de la Fama de Barbie en Palo Alto, California? Como que fui diez veces así que conozco todo lo que tienen, todos los originales que cuestan, no sé, unos mil dólares en la caja original. No tengo esos. Pero tengo videos y cosas que ellos no tienen en Palo Alto. Y me parezco, ¿por qué no? ¿Sabe?: hasta tengo autógrafos. Ese chico que le dio al perro con el Convertible de los Sueños, y salvó la vida de una niña, ¿es amigo suyo?

—No —dice Taylor.

—Cuando vi ese programa, se me ocurrió la idea de un conjunto llamado Equipo de Rescate Barbie, con una ambulancia, y ella esté vestida de enfermera, ¿sabe? Una faldita blanca con un corte chiquito, y un portafolios de emergencia con esas cosas que se usan para tomar la presión. . . ¿entiende? Le escribí a Mattel. Como que soy del tipo "Ey, esto quedaría tan bien. . ." Pero todavía no vi que lo hicieran.

Taylor y Alice se miran. Tortuga se frota la nariz. La camarera parpadea: dos veces, exactamente.

—Así que una leche, dos cocas, tres quesos asados, ¿algo más?

—No, no, cambié de idea —dice Alice—. Quiero el pavo, el especial. Tengo más hambre. Estuvimos sentadas mucho tiempo esperando.

—¡Lo lamento! —dice la camarera y se va para la oficina moviendo con rapidez los taquitos rojos.

—Bueno, bueno —dice Alice—. No tenía idea de que pertenecía a una familia tan famosa. . .

—Mamá, esto no es normal. Nadie nos reconoce. ¿No es cierto, Tortuga?

Tortuga menea la cabeza.

—Las camareras de aquí son medio raras, es eso. La de esta mañana era comediante, nos hacía bromas macabras sobre la familia Manson.

—Bueno —dice Alice—, ¿por qué otra razón podría una querer vivir en este lugar? Están buscando una carrera como estrellas de cabaret y mientras dan el gran golpe, se dedican a servir mesas.

—Sí, pero ésta se lleva el premio, ¿eh? Creo que aceptó la fe de Barbie como salvadora personal.

Alice escupe el agua con hielo en la falda, y Taylor siente algo especial de nuevo. Todavía es capaz de hacer reír a Alice.

13

LA IGLESIA DEL
RIESGO Y LA
ESPERANZA

La hora de salida del Casino Reina del Delta es las once de la mañana; a las 11,17, Alice tiene una diferencia de opinión con el gerente.

—Lo único que queremos es comer algo y nos vamos en un periquete —explica. Desde la pared que está detrás del escritorio le sonríen Huck Finn y Tom Sawyer, sacados de alguna vieja película.

El gerente tiene manos gordas, pálidas, decoradas con largos pelos negros y un reloj de oro que parece doloroso en su muñeca.

—Se pueden quedar en su habitación una hora más, si quieren, señoras, pero les voy a tener que cobrar todo el día.

—Por diecisiete minutos. Porque la gente está golpeando la puerta para ocupar nuestro lugar y usted tiene que decirles que se vayan, claro. . . —dice Alice, mirándolo de arriba a abajo. El lugar parece desierto, tal vez hasta cerrado por problemas de higiene. Los bordes castaños de manchas de café en el secante del escritorio del gerente hacen que Alice se acuerde del mapa del mundo que usaba Colón. La puerta del frente tiene cartones pegados con cinta adhesiva en lugar de algunos de los vidrios y el nombre del hotel se lee mal: HOTEL SINO REINA EL. El casino no da señales de vida a esta hora. Aparentemente el estilo de vida de Las Vegas involucra mucho juego hasta el amanecer, luego desmayo total para pasar el calor del día. Sólo algunos solitarios se aferran todavía a sus máquinas de video para jugar al póquer.

—Muy bien —declara Alice, mirándolo directo a los ojos—. Entonces ya nos fuimos. La habitación está vacía. Dejamos la llave ahí en el cenicero y nos fuimos a las diez y cincuenta y nueve.

Cruza los brazos, como desafiándolo a que vaya arriba y revise. Bajo esa mirada, las cejas escarpadas del hombre están empezando a empaparse de sudor. El gerente pertenece a esa especie de hombres esféricos en el tronco, tanto que hay que preguntarse cómo hacen para que no se les caigan los pantalones. No hay ninguna posibilidad en el mundo de que Alice pierda en el juego. Cuando terminan de pagar, Taylor tendrá tiempo de correr, empacarlo todo y bajar por la salida de incendios.

—Te veo en la panquequería de enfrente —le dice Alice a su hija mientras se lleva a Tortuga y sale por la puerta. Taylor le lee la mente perfectamente. Son Tom Saywer y Huck Finn.

—Vegas ya no es lo que era —le dice Alice a Tortuga mientras esperan del otro lado de la calle—. Yo ya vine. Vine una vez en auto con el loco del padre de tu madre. Pero con todos estos video games ahora es diferente. La gente se arrastra a la planta baja en chinelas y se sienta frente a una máquina todo el día. Antes eran todos chanchos en ropa de seda.

—¿Qué quiere decir chanchos en ropa de seda?

—Ricos que no saben comportarse. Señoras de tacón alto fumando o caballeros que toman demasiado o se rascan el culo. —Se enciende la señal blanca de avanzar para los peatones, una mujer en pantalones cortos de cuero cruza el semáforo en rojo en una moto y después cruzan Alice y Tortuga. Tortuga se aferra a la mano de Alice de una forma que hace que ella recuerde los dolores de la artritis.

En realidad, Alice piensa que Las Vegas era mucho más interesante antes. Se acuerda de la gente reunida en multitud alrededor de una mesa de terciopelo verde, cada uno con una historia distinta y una necesidad distinta en esa habitación llena de humo, unidos en un momento de riesgo y esperanza. En cierta forma era como la iglesia, con ropa mucho más interesante.

Ahora ya casi no hay mesas verdes; Las Vegas es sólo una gran arcadia de videos. Blackjack, póquer, lo que sea, se juega siempre en una máquina. Anoche fueron al Caesar's Palace nada más que para divertirse y en el casino gigante había quinientas personas sentadas sin expresión, completamente solas, agachadas sobre sus máquinas, dejando caer fichas adentro. Por lo que Alice ve a su alrededor, parece que en estos años los estadounidenses prefieren perder el dinero en privado.

La Panquequería Abeja Reina es soleada y limpia por lo menos y la pone de mejor humor. Cada mesa tiene tres tipos de miel diferentes en envases con la forma de una hoja de trébol y las camareras siempre ocupadas como abejas usan vinchas con antenas terminadas en bolas amarillas que se sacuden en el aire. Alice y Tortuga se sientan en un reservado junto a la ventana; la cabeza de Tortuga está coronada de luz. Alice escribe palabras sobre la servilleta y hace que Tortuga se las lea. Descubre que la niña está familiarizada con palabras de tres letras y que le gustan las rimas. Tortuga inclina la cabeza y se ríe de la frase "Dejo que mi gatito se haga pichito". Tiene la piel color terciopelo marrón contra la camiseta blanca y las dos trenzas de cabello suave se le dividen sobre la frente cuando sacude la cabeza, haciendo grandes Vs invertidas.

—Qué trabajo —declara Taylor, jadeante, dejándose caer en el asiento junto a Tortuga, de pronto—. Tuve que disparar la alarma de incendio para salir por la puerta trasera. Ese tipo va a poner nuestra foto en el vestíbulo.

Taylor se sienta, cierra los ojos e inclina la cabeza contra el respaldo alto del asiento. El cabello largo se le desliza por los hombros como un telón que se va abriendo. Exhala el aire con fuerza, y parece feliz.

—Mamá, hace un calor de fuego ahí afuera. Si salimos de la ciudad ahora, nos vamos a cocinar. —Tiene puesta una camiseta rosada, nota Alice. . . color que antes odiaba. Siempre quería usar cosas sinceras y directas como rojo, morado, anaranjado, a veces todos los colores juntos. Ahora Alice se da cuenta de algo importante sobre su hija: es madre. Realmente. Ha cambiado de la forma en que se cambia cuando se es madre: ese cambio que hace que una se olvide de haber tenido tiempo para cosas intrascendentes como odiar el color rosado.

Alice se siente profundamente satisfecha, sentada con su hija y su nieta en un reservado donde brillan al sol tres variedades de miel. La piel de Taylor es mucho más clara que la de Tortuga pero tiene el cabello casi tan oscuro como el de su hija y comparten algo físico, una hermosa manera de quedarse quietas cuando no se están moviendo. Alice se recuerda que eso no tiene nada que ver con la sangre: lo aprendieron una de la otra.

—¡Ay, Dios! —exclama Taylor de pronto casi en un grito, con los ojos muy abiertos, pero Alice no ve lo que ve su hija.

—¿Qué?

—La muñeca número uno de los Estados Unidos.

Es la camarera de la noche anterior, sentada en un banquito alto frente a la barra. El uniforme rojo parece el mismo del día anterior, como si hubiera dormido con eso puesto y se diría que ha pasado por un parto desde que se puso el maquillaje.

—Dios Santo —susurra Alice. Tortuga está tratando de ver también. Taylor hace un gesto de saludo, con entusiasmo muy limitado.

—Deberíamos invitarla, ¿no te parece? —pregunta Alice—. No hay duda de que la pobre está metida en un lío.

Taylor pone los ojos en blanco.

—¿Y seguir escuchando eso de los dos millones de pares de zapatos vendidos para uso personal de Barbie?

Alice duda, pero está dominada por su instinto maternal.

—Pero mírala. . .

—Bueno, bueno, sí. —Taylor hace un gesto para que la mujer se acerque y la ve moverse instantáneamente, los ojos brillantes y una sonrisa hundida en la cara desesperada.

—Siéntate, querida —dice Alice—. No te ofendas, pero se diría que te hicieron pasar por el ojo de una cerradura.

—No, perdí el trabajo en el Reina del Delta. —Se agacha y busca una servilleta de papel para sonarse la nariz, después trabaja un momento con sus ojos, gestos delicados. Alice busca un espejo en su cartera pero es un error. La pobre chica se mira y empieza a sollozar.

La camarera de la panquequería aparece de pronto con los mantelitos individuales de papel y una cafetera. Las antenas se le hamacan lentamente sobre los colochos grises mientras se queda de pie un momento, como calculando qué posibilidades tiene de que ellas ya quieran pedir algo. Mira a Alice a los ojos y dice:

—Enseguida vuelvo.

Tortuga mira a su nueva amiga, la camarera desesperada. Taylor mira al suelo, estudia el mantelito, el dibujo de un mapa del sudoeste con los lugares de interés y las Panquequerías Abeja Reina en cuatro estados. Todas parecen irradiar desde Salt Lake City, la colmena madre.

—Yo me llamo Alice —dice Alice finalmente, sirviéndole café a todo el mundo—. Soy la madre y la abuela de estas dos famosas.

La camarera se reanima enseguida.

—Yo soy Barbie. No tengo apellido. Lo cambié legalmente. Firmo así, con el símbolo de la marca detrás. —Levanta el bolígrafo de Alice y escribe un "Barbie™" de curvas esperanzadas, inclinado hacia arriba sobre la servilleta de Tortuga, directamente debajo de "Dejo que mi gatito se haga pichito".

—Bueno, eso sí que es nuevo —dice Alice.

—Nací en 1959, exactamente el año que Mattel desarrolló y llevó al mercado a la primera Barbie. ¿No es una gran coincidencia? La mujer que inventó el nombre la llamó así por su hija, Barbara y adivinen. . . Mi primer nombre era Barbara. —Mira con los ojos muy abiertos y parpadea. Las pestañas siguen siendo sorprendentemente largas a pesar del desastre que pasó por el resto de su cara tostada.

—¿Por qué te despidieron? —pregunta Taylor, tratando de pisar suelo más común.

—El gerente dijo que como que pasé demasiado tiempo hablando con ustedes. Que ignoré a los demás de mi cuadrante. Eso dice, *tu cuadrante*, ni que fuera diseñador de módulos espaciales.

—Bueno, esa pareja que teníamos cerca se estaba peleando —dice Alice para ayudar—. No creo que quisieran que les sirvieras.

—Ya sé. —Barbie pone la boca en un puchero bien específico. —Ese

viejo de miércoles me dice algo estúpido todos los días. Y las otras camareras no me ayudan, se ponen de parte de él. . . Dicen que hablo demasiado
de mi hobby con la gente. Eso es como que tan feo para mí, esa palabra.
Barbie no es un hobby, ¿entienden lo que les digo?

Alice, Taylor y Tortuga callan pero ella tiene toda su atención.

—Esto es una *carrera* para mí, ¿entienden? Como que me cambié el
nombre y trabajé tanto para conseguir el vestuario, y tengo trece conjuntos completos y muchas cosas que puedo combinar. Que me quedan,
quiero decir, que yo me pongo. Tengo que mandarlas hacer o a veces
junto cosas de St. Vincent de Paul's o de Goodwill pero es muy creativo lo
que hago. Estudio los originales con mucho cuidado. Creo que alguien
debería apreciar las metas de la carrera de una persona, ¿no les parece?

Alice dice:

—¿Pensabas que podías ser Barbie en un acto en un cabaret?

Barbie hunde una servilleta de papel limpia en su vaso de agua y se
dedica otra vez a sus ojos.

—Todavía no pensé todos los detalles pero algo así, sí. Hice la fiesta de
cumpleaños de Barbie en un centro comercial en Bakersfield. Tenía diecinueve años y me pagaron doscientos dólares. Pero no hay tantas oportunidades en Bakersfield y pensé que si era camarera en. . . como que en un
casino de Las Vegas, ¿saben? Una tiene que encontrarse con gente importante en un lugar así. La vida está llena de sorpresas, ¿no es cierto?

Alice piensa en el triste uniforme del Reina del Delta y no puede ni
imaginarse las profundidades de la desilusión de esa chica. Está totalmente dispuesta a adoptarla ahí mismo. La camarera hace un gesto tentativo hacia los zapatos y parece aliviada cuando todos piden el desayuno
especial.

—Hay un desarrollo de lo más fabuloso este otoño —dice Barbie,
mirando a Taylor y después a Tortuga, ida y vuelta—. Mattel va a lanzar
una nueva línea de Barbies étnicas. Hispanas y afroamericanas y demás. . .

Alice se da cuenta con un sacudón indignado que Barbie ha estado
estudiando cuidadosamente el color de piel de las tres. Taylor revuelve el
café y parece no haberlo notado.

—Ey, Tortuga, ¿qué te parece si pintas algo en el mantelito? —sugiere.

—Vi las fotos —sigue diciendo Barbie, inclinada hacia adelante como en una confesión—. Tengo acceso a información exclusiva y de avanzada, en serio. Como que parecen idénticas al modelo original pero creo que tal vez usen plásticos más oscuros. Y el cabello es muy especial.

—Tortuga tiene a la Barbie Rastafariana —dice Taylor—. Y ya que hablas de cabello especial. . . ésa tiene unos rulos rubios espantosos.

Barbie parece estar en blanco.

—Creí que conocía todos los modelos del mercado.

—Este no está en el mercado. Me parece que estuvo rodando bajo la cama demasiado tiempo y se le pegaron las pelusas.

Alice se vuelve hacia Barbie.

—Querida, lo que te hace falta es un poco de agua fría en la frente y diez minutos en el baño. ¿Por qué no te llevas mi pañuelo y te arreglas un poco antes de que lleguen los panqueques?

—Ah, sí, gracias, gracias —dice Barbie, y toma el pañuelo de Alice y se pone de pie como si tuviera un libro sobre la cabeza.

Taylor levanta la mano, sabiendo lo que se le viene.

—Mira, mamá, sé que no estuve amable pero esa mujer está loca. —Mira a Tortuga, que está usando el bolígrafo de Alice para ennegrecer todo el estado de Nevada.

—Loca y sin consuelo. Necesita que la gente sea amable con ella.

—¡Tiene treinta años!

—Bueno, tú vas a tenerlos en un minuto. Y supongo que nunca sentiste que se te había trabado la cabeza en una rama demasiado baja. . .

Taylor toma café.

—No veo lo que podemos hacer por ella.

—¿Qué vamos a hacer por cualquiera de nosotras? —pregunta Alice—. Sacarla de aquí, para empezar. Esta cuidad es venenosa. Todo el mundo está tan ocupado tratando de encontrar al número uno que te atropellan en las veredas. Deberíamos irnos a California o al parque de Yellowstone. A algún lugar sano.

—¿Tú crees que deberíamos ofrecerle sacarla de la ciudad?

—Sí, señor. Si está dispuesta a abandonar la idea de encontrarse con el productor estrella en la Reina del Delta.

—Ese sí que es un gran Sí. . . , mamá. Vamos a tener que reprogramarla, como a esos lunáticos. . .

—Si deja de demostrar lo vivaz que es durante diez segundos seguidos, creo que vamos en buena dirección.

—¿Qué son lunáticos? —pregunta Tortuga—. ¿Gente de la luna?

—No, gente de la Tierra —dice Taylor—. Gente que se queda empantanada pensando demasiado en una sola cosa.

—Ah —contesta Tortuga—. Como en Barbie.

Llegan los panqueques y también Barbie, sorprendentemente reparada excepto por el uniforme arrugado. Comen en silencio. Alice se pregunta cuánto maquillaje lleva esa mujer en cualquier momento del día. Decide dejar que si Taylor quiere llevar una pasajera más en el auto, que ella misma dé la señal. Es el auto de su hija, después de todo, y en este momento tiene la vida hecha mierda.

—Tómate la leche, por favor, Tortuga —dice Taylor.

Los ojos oscuros de Tortuga van hacia su abuela, luego otra vez hacia Tortuga. Levanta el gran vaso blanco como si fuera un hijo propio, un hijo no querido.

Después de unos minutos, Taylor pregunta:

—Bueno. . . ¿y cuáles son tus planes ahora?

—Me vendría bien una ducha —dice Barbie—. Por Diosss. Pero ahí viene el problema. . . yo vivo en el Reina del Delta y en este momento de mi vida no estoy muy interesada en volver.

—Quiero decir, ¿cuáles son tus planes para más tarde?

—¿Como hoy más tarde? ¿O mañana? Te juro que no tengo idea. Conseguir otro trabajo, supongo.

—¿Tienes otras posibilidades? Porque si te interesa mi opinión, esta ciudad parece siempre más de lo mismo. . .

Barbie mira por la ventana, entrecierra los ojos, hace una mueca momentánea, una mueca que no tiene nada que ver con ninguna que se haya visto en ninguna muñeca para chicas adolescentes.

—Mierda —dice—. Odio esta ciudad.

Taylor corta el panqueque de Tortuga en triangulitos y le sonríe a su madre.

Después del desayuno van a buscar el auto donde lo escondió Taylor, en el callejón que queda detrás del Reina del Delta.

—Voy arriba, junto mis cosas y vuelvo en diez segundos —dice Barbie.

—No le digas al gerente que estás con nosotras —le advierte Alice.

—No pienso decirle nadita de nada —contesta ella.

—Mamá, esto es una locura —dice Taylor cuando se quedan solas—. No sabemos nada de ella excepto que es un caso para el manicomio. Podría ser una asesina en serie.

—¿Te parece que nos puede asesinar con un lápiz de labios?

Taylor sonríe aunque está tratando de hablar con seriedad.

—Hasta la próxima ciudad, mamá, nada más. Sé que tú tienes el corazón más blando del mundo pero hace años que estás en Pittman y el mundo ha cambiado. ¿No ves "Los más buscados de los Estados Unidos"? No es seguro levantar a los que te hacen dedo en la ruta.

—Pero es que en cierto modo, somos responsables —dice Alice—. La echaron por hablarnos a nosotras.

—Estoy segura de que habla de Barbie hasta volver locos a todos.

—Sí, pero tú y Tortuga eran un caso especial. Las había visto en un programa de Oprah Winfrey dedicado casi enteramente a Barbie. —Alice parpadea. Dos veces.

—Mamá, no puedo creerlo. . . No consigo pelearme contigo. —Taylor mira a su pequeña madre, lista para largarse a los caminos del mundo con su blusa blanca y sus pantalones lavanda.

—¿Y qué vamos a hacer entonces, irnos y dejarla como vino al mundo?

—Te puedo jurar que no corre peligro de quedarse *como vino al mundo*, eso sí que no —dice Taylor.

Alice no entiende durante un minuto, después se ríe.

—¿Tú le crees eso?

—Te desafío a que se lo preguntes.

Las dos miran la puerta trasera del Reina del Delta. Tortuga ya está en el medio del asiento trasero, su lugar de siempre, lista para lo que venga.

—¿Vamos a meter trece conjuntos y todas las cosas para combinar en este auto? —pregunta Taylor.

—Ya veremos.

—Pero nada más que hasta el otro estado, ¿eh? Tal vez tenga más suerte en Lake Tahoe. Tal vez Ken vive allí.

—Ya veremos —repite Alice.

Barbie tarda más de diez segundos, pero menos de media hora. Aparece vestida en un conjunto de viaje que incluye guantes blancos y un sombrero. El resto de sus conjuntos sólo ocupan dos valijas y una caja de sombreros y entran con facilidad en el gran baúl del Dodge. Mientras Taylor reorganiza sus cosas, Barbie se aferra a su cartera cuadrada y negra con un gesto posesivo y parece nerviosa. Bosteza y se estira como no suele hacerse en la vida real.

—¡Estoy tan cansada! —exclama—. ¿Podría dormir un rato en el asiento trasero?

Tortuga asiente y se le mueve todo el cuerpo con la cabeza. Se mueve a un costado para dejarle espacio. Alice sube adelante y cierra la puerta. La puerta pesa casi tanto como ella. A pesar de que no tienen un destino fijo, Taylor parece relajada en el asiento del conductor.

Desde lo alto de un puente de cruce de autopistas, Alice ve algo del desierto que se extiende alrededor.

—Por Dios, mira lo que tenemos que atravesar ahora —dice—. Mucho de nada.

Taylor asiente.

—Creo que ésa es la razón por la que Las Vegas es como es. Es como el único basurero en doscientos kilómetrosn a la redonda, así que toda la basura va a parar ahí.

—Imagínate vivir aquí. Quiero decir, haber nacido aquí. —Ya están afuera de la ciudad y corren a través de los suburbios, fila tras fila de casas de ladrillos cuadrados con patios que ni siquiera lo intentan. Nada de flores, apenas un arbusto perdido. En la esquina de una intersección mortalmente tranquila, dos niñitas rudas y quemadas por el sol armaron un puesto de limonada. No tienen un buen día. El gran rótulo de cartón está marcado por una serie de precios en descenso. Ahora dice: LIMONADA: LO QUE USTED PUEDA PAGAR.

—Mira eso —dice Taylor—. El socialismo llegó a las afueras de Las Vegas.

Alice le contesta:

—Dios, recemos por eso.

14

FIAT

—Estamos llegando a la línea de llegada de la raza humana —dice Jax en el tono del fa, probándola—. No estés en primer lugar si quieres ver quien gana. —No muy satisfactorio, pero lo escribe de todos modos en la parte de atrás de un sobre, que resulta ser una cuenta de teléfono que todavía no ha tenido tiempo de abrir.

Está escribiendo la canción en el Fiat de Gundi. El auto no tiene volante en este momento y está estacionado en lo que los chicos del barrio llaman el Desierto Retrasado, ya que esta parte de terreno está entre Rancho Copo y una antigua casa de residencia para adultos retrasados. Jax ya escribió una canción llamada "El Desierto Retrasado" así que en este momento, eso no le interesa. Como muchos músicos y otras personas que intentaron el canto en distintos lugares, siente que su voz expresa sus mejores cualidades en un auto pequeño. Jax no tiene auto, así que pide prestado el de Gundi. Hay que subir las ventanillas por razones acústicas y como es julio, Jax está sudando mucho. Si se mira la piel, piensa en delfines. Baja la ventanilla para respirar un poco. Encima de su casa, ve un halcón de alas blancas que busca las corrientes ascendentes. Hace horas que está ahí. Los gorriones del damasco han logrado una quietud perfecta, esperando la muerte; cada uno desea durar más que su vecinito emplumado.

Tortuga debería estar ahí. Le gusta sentarse en el Fiat de Gundi con él en todas las estaciones excepto en verano y a veces contribuye con versos propios. Jax siente que los niños de menos de. . . digamos. . . la edad de manejar son más líricos que los adultos.

También extraña a Taylor, muchísimo. Hace doce días que se fue y no hay fiesta de bienvenida en el horizonte. El arreglo entre Jax y Taylor en cuanto al sexo es indefinido: Taylor dijo que si Jax tenía ganas de estar con otra, estaba bien, porque iba a pasar mucho tiempo.

—No es como si estuviéramos casados —le dijo Taylor y Jax sintió que el arbolito verde que había estado creciendo en el centro de la cama de los dos quedaba cortado de raíz de nuevo. No le parece que esté bien si Taylor esté con otro. Quiere que ella se tatúe la palabra Jax en el cuerpo, o que tengan un hijo juntos. O las dos cosas. A Jax le gustaría tener su propio bebé. El y Tortuga podrían llevarlo al parque donde van siempre a observar a los patos y sus costumbres. Le pondría uno de esos enteritos de corderoy en los que el bebé se retuerce adentro, esperando la metamorfosis. Le gusta la idea de sí mismo como mariposa papá.

Alguien viene hacia él corriendo a través del Desierto Retrasado: es Gundi, propietaria de la casa de Jax y dueña del Fiat. Hoy está vestida. Se mueve sin miedo entre sus amigos íntimos, los cactus, y sacude un pedazo verde de papel. El no se baja del auto, pero baja el teclado de volumen y se sienta con el codo sobre la ventanilla, como un conductor que espera que se despeje el tráfico.

—Una carta certificada para ti, Jax —dice Gundi con su voz sedosa y púrpura y las erres extranjeras muy enfáticas y profundas. Le da el papel verde pero él todavía está escuchando los valles oscuros y tallados de sus erres. "Una carta certificada para ti." Si el nombre hubiera sido Robert, la frase habría sido musicalmente perfecta.

—¿Esto es una carta? —pregunta finalmente.

Ella se ríe, una risa sedosa y púrpura.

—Tienes que firmar esto. Ven, Bill está esperando. Dice que no puede darle la carta a nadie que no seas tú. Debe de ser muy importante.

Jax carga el teclado y sigue el "muy imporrrtante" sobre el sendero invisible de seguridad que Gundi tiene en el desierto. Ella se mueve como una serpiente, el cabello rubio le rasguea el acantilado de los omóplatos. Tiene sandalias de cuero del tipo que usan los que practican yoga y pacifismo aunque el resto de la ropa es más agresivo: algo en la línea de los sosténes negros, aunque él no logra imaginarse todo desde atrás, y una falda fabricada con muchas bufandas largas, satisfactoriamente transparentes.

Bill, el cartero, está de pie en sus pantalones cortos azules con una expresión de paciencia. Espera ahí, sobre el patio de entrada de la casa de piedra de Gundi. Dejó una gran pila de cartas y catálogos en la pequeña gruta junto a la puerta, donde van a buscar la correspondencia todos los residentes del Rancho Copo. En otros tiempos, la gruta de piedra era un altar, pero Gundi sacó la Virgen y colocó una de sus propias esculturas, un perro bailando con un loro en la boca, todo en colores muy brillantes.

—¿El señor Jax Thibodeaux? —pregunta el cartero.

—Soy yo. —Si Jax tuviera un sombrero puesto, se lo sacaría para saludar y haría una reverencia.

—¿Puede mostrarme alguna identificación?

Gundi dice:

—Ay, sí, por favor, él es Jax —y hace un gesto lento como para que todo sea agradable. La carta queda en manos de Jax. Gundi besa a Bill, que no es particularmente joven, antes de que se vaya. Como es europea de origen, ella besa a todo el mundo, tal vez hasta a los exterminadores que aparecen de tanto en tanto para librar sus cimientos de termitas.

—Bueno, Jax, *entra por favor*, tienes que compartir el misterio conmigo.

La carta es de Oklahoma, y el lugar desde donde la enviaron pertenece a la Nación Cheroque. A Jax no le gusta mucho la idea de leer la carta frente al sostén negro de Gundi, pero la sigue a la cueva del vestíbulo de entrada y después hacia la luz de su estudio sacudido por el sol. El resto de las viejas casitas de Rancho Copo se están derrumbando poco a poco, pero Gundi ha remodelado mucho la casa principal. Las ventanas de la pared del oeste llegan hasta el techo alto, y enmarcan una visión dramática de las montañas.

—Siéntate aquí —le ordena ella, señalando los almohadones turquesa del largo asiento de la ventana. Jax apoya el teclado y se sienta en un extremo del asiento, con la espalda contra el alféizar, las piernas extendidas sobre los almohadones turquesa. Sostiene la carta lejos, con el brazo extendido, mira a Gundi y la deja caer sobre las rodillas de sus vaqueros.

—Son malas noticias. Hasta ahí puedo compartir el misterio contigo.

—Se cruza de brazos.

Gundi descansa todo su peso sobre una sandalia, un poco insegura.

—Entonces, te dejo y voy a hacer un poco de té de mora. Cuando vuelva, tienes que decirme qué es tan importante y terrible como para que tengas que probar con alguna identificación que eres el señor Jax Thibodeaux. —Lo pronuncia correctamente: "ti-bo-dó", la primera persona en años que lo hace, pero Jax trata de no sentirse agradecido; tal vez sea sólo un accidente de parte de Gundi, el resultado de ser extranjera.

Cuando ella se va, él rompe un lado del sobre y ve el mismo sello adentro, Nación Cheroque, una estrella de ocho puntas dentro de una corona de hojas.

Querido Jax:

Me alegro de haberte conocido en Tucson. Siento que eres una persona de pensamientos cuidadosos y espíritu amable. Quiero decirte francamente que estoy preocupada por Tortuga. Hablé con Andy Cinturón de Lluvia, un siquiatra social que trabaja con chicos cheroques y me autorizó a escribir en nombre de nuestro Departamento de Bienestar Social. Es prematuro iniciar acciones legales, dice, pero es extremadamente importante que Taylor esté en contacto con la Nación; hay cosas que tiene que saber. Confío que le darás esa información.

Es difícil, lo sé, que la gente que no es india entienda el valor de pertener a una tribu, pero sé que te van a preocupar los problemas a los que tendrá que enfrentarse Tortuga por sí misma. Por eso, te pido que me ayudes. Los chicos indios adoptados que crecen sin identidad india siempre tienen problemas en la adolescencia. Van a la escuela con chicos blancos, se sientan a comer todas las noches con padres y parientes blancos y creen una imagen para sí mismos mirándose en el espejo de la familia. Si les preguntan lo que piensan de los indios, se acuerdan de los westerns de la TV o de hacer de Hiawatha en una obra de teatro escolar. Creen que los indios son historia.

Si esos chicos pudieran quedarse para siempre dentro de la protección de la familia adoptiva, estarían muy bien. Pero cuando llegan a la secundaria, hay una enorme presión contra las relaciones de pareja con blancos. Empiezan a oír insultos muy feos relacionados con su identidad racial. Si crees que ese tipo de prejuicio es cosa del pasado entre los adolescentes, piénsalo de nuevo. Lo que descubren entonces estos chicos es que no tienen ninguna sensación de sí mismos como indios pero que viven en una sociedad que tampoco los deja ser blancos. No más allá de la infancia.

Mi jefe cree que estoy loca porque quiero seguir con este caso, pero tengo que decirte algo. Yo tenía un hermano. Se llamaba Gabriel. Crecimos usando los mismos pantalones y escuchando nuestros mutuos secretos y turnándonos para contestar cuando nuestro tío preguntaba: "¿Quién hizo esto?" Gabe era mi ayehlí, mi otra ala. Cuando yo tenía diez años, mi madre terminó en el hospital por alcoholismo y otros problemas. Los asistentes sociales organizaron la suerte de mi familia: mi hermanos mayores se fueron con papá, que estaba metido en la construcción en el condado de Adair. Yo me quedé con mi tío Anzuelo. Y Gabe fue a parar a una familia adoptiva en Texas. Nadie me dijo nunca por qué habían decidido eso. Supongo que pensaron que mi papá podía manejar a los hijos grandes, que ya se ganaban la vida, pero no a Gabe y a mí. Y en cuanto a Gabe, probablemente los asistentes conocían a una pareja que quería un niño, sí, así de simple. Me escribía cartas en papel arrancado de sus cuadernos escolares. Todavía las tengo. Texas era un lugar caliente que olía a pescado. Sus nuevos padres le decían que no dijera que era indio en la escuela porque si lo hacía, lo tratarían como a un mejicano. Me preguntó en las cartas: "¿es malo ser mejicano?"

De todos modos, en la escuela lo pusieron con los mejicanos; sus padres eran racistas del tipo más inocente: nunca se dieron cuenta de que la piel habla más fuerte que las palabras de un niño. Empezó a fracasar en la escuela porque los maestros le hablaban en español y él no les entendía. Los chicos mejicanos le pegaban porque no usaba pantalones negros tipo bombacha ni caminaba con las manos en los bolsillos. Cuando yo tenía trece años, me escribió para decirme que su nueva mamá había cerrado la puerta del dormitorio, se había sentado en su cama y le había dicho que estaba desilusionando a su familia.

A los quince, fue cómplice de robo a mano armada en Corpus Christi. Ahora sé dónde está solamente cuando termina en la cárcel.

La tarde que nos conocimos, me dijiste que yo no podía ver los dos lados de las cosas. Lo he pensando mucho. Entiendo las relaciones afectivas entre madres e hijos. Pero si tú tienes razón, si no tengo más remedio que ser pájaro de presa y desgarrar la carne para mantener vivos a los míos, eso es porque entiendo las relaciones afectivas. Ese es el tipo de halcón que soy: perdí mi ala.

Me pregunto qué le están dando ustedes a Tortuga que ella no pueda seguir teniendo. Pronto alguien le va a decir que no es blanca. Un chico le va a mostrar lo que les muestran siempre a las indias en el tercer grado, la propaganda de la Margarina Tierra de los Lagos, con esa niña de las Praderas vestida de color marrón con los senos apenas dibujados bajo la camisa y le va a preguntar: "¿De dónde viene la mantequilla?" En la noche del baile de graduación, va a tener que entender por qué ninguno de los padres de los alumnos está feliz cuando sus hijos quieren sacarse una foto con ella del brazo.

¿Qué tiene ahora que pueda ayudarla a atravesar ese período hacia una pacífica madurez de mujer? Como ciudadana de la nación de Tortuga, como hermana de Gabriel Matacuatro, quiero que entiendas por qué ella no puede pertenecerles a ustedes.

Sinceramente tuya,
Annawake Matacuatro

15

COMUNION

—No es tan difícil de decir: Ti-bo-dó —dice Gundi—. Es un nombre cajún,[14] ¿no? Un nombre del Sur. —Los almohadones turquesa están en el suelo, alrededor de los dos y la cabeza de Jax se apoya sobre la falda de ella. El té ya desapareció; ya pasaron por esa etapa del consuelo.

—Mi papá era un cocodrilo —le dice Jax, disfrutando de la piedad—. Sólo mordió una vez.

—¿Qué dice la gente cuando pronuncia mal el nombre?

—Tibal Dou.

—Y tu novia, ¿cómo lo dice ella?

—Dice: "Jax, querido, ven aquí inmediatamente con ese culo sucio que tienes y levanta esas medias." —Jax se pasa las manos por la cara y se frota los ojos con fuerza.

Gundi le acaricia el pelo.

—Lamento muchísimo este extraño desastre que destruyó tu vida.

—Yo también. —Jax se sienta y pone unos centímetros de

almohadón turquesa entre él y Gundi. Ella habla como una novela romántica del siglo diez y nueve con intenciones del siglo veinte. —Lamento que Tortuga y Taylor estén viviendo en un Dodge. Esa parte es un desastre, sí. Del resto no estoy tan seguro. —Levanta la taza y acuna el calor entre las palmas.

Están tomando *sake*. Gundi piensa que hay que beber cosas tibias los días calientes. El sol de la tarde que entra por las ventanas del oeste está perdiendo algo de su hostilidad pero la piel de Jax sigue salada después de su sesión en el Fiat de Gundi. Ella comentó sobre ese gusto, antes, cuando le puso la taza de té en las manos y le besó la frente.

—¿Y si esa Matacuatro tiene razón? —pregunta él—. Sólo como ejercicio, para aprender a pensar las cosas desde el otro punto de vista. ¿Y si lo mejor para Tortuga es volver?

—¿Quieres decir volver ahora? ¿Para siempre?

—Creo que eso es lo que *ella* quiere decir, sí.

—¿Y no puede haber otra forma? —pregunta Gundi. Dice *foorrmaaa* y mueve la cabeza en una curva lenta, perezosa; el cabello leve se le desliza sobre los ojos. Los aros que usa son de cuentas que brillan como pequeñas chispas de metal. —El *I Ching* aconseja la forma más moderada —dice.

—Desgraciadamente, el color de piel no viene en "moderado". Viene en "blanco" y "otros".

—De eso no estoy tan segura. Cuando yo era chica, en Alemania, leímos una historia en la escuela sobre los hopi y yo quería ser india cuando creciera. Pienso que por eso vine a Arizona, por deseos inconscientes. Quería que los espíritus primordiales de la Tierra tocaran mis pinturas.

En la pared detrás de ella, justo frente a Jax, hay un retrato enorme de Gundi desnuda con un saguaro. Está de perfil, los brazos extendidos, tan cerca del cactus que el mentón y otras partes del cuerpo parecen tocar las espinas sin darse cuenta. La pintura es más realista que las de las series anteriores, que representaban los humores del agua. Seguramente se va vender por más dinero también.

—¿Crees que la gente como yo y como tú puede entender el valor de pertenecer a una tribu?

Ella lo mira, inclinando la cabeza:

—Claro que sí. Todos deseamos comunicarnos, conectarnos.

—¿Qué es lo que más quieres en el mundo? —le pregunta él.

—Que mis pinturas sean extraordinarias, grandes —dice ella sin dudarlo.

—Y escribes tu nombre en todas y cada una.

—Bueno, lo pinto con un pincel fino. Sí. ¿Eso significa que soy mala persona?

—Significa que eres de vuelo solitario. Charles Lindberg directo hacia Francia. No de un grupo de gansos en migración.

—Pero no hago las pinturas para mí, son para otros. Para el mundo. Quiero darle al mundo algo más que su luz de todos los días.

—Pero también quieres que el mundo sepa que la que hizo esa luz fue Gundi.

—Bueno, quiero que me paguen por mis pinturas, sí.

—De acuerdo —dice Jax, estirándose—. Digamos que soy un millonario excéntrico y te pago un salario estelar para que vivas en Rancho Copo y pintes esas pinturas maravillosas y las dones benevolentemente al universo entero. ¿No las firmarías entonces?

—Creo que las firmaría igual.

—¿Por qué?

—Porque querría que la gente supiera que ése fue el trabajo de Gundi, que no cayó del cielo.

—Gundi sola, apartada de todos los otros miembros afectuosos de la cofradía del pincel.

—Bueno, ¿y tú, Jax? ¿Tocarías tu música con. . . con una bolsa de papel cubriéndote la cabeza?

—En realidad, ya lo hice. Como cortesía al público presente.

Ella inclina la cabeza otra vez, sonriendo. Los aros de cuentas luchan en el aire como pececillos enganchados.

—¿Quieres bañarte? —le pregunta—. Tengo una bañera japonesa de un metro y medio de profundidad. Para flotar.

—No puedo flotar, me hundo como un Cadillac.

Gundi se ríe.

—No, en serio, te relaja totalmente. Yo la uso casi todos los días, siempre, desde que la terminaron los obreros. —Jax se imagina a Gundi besando a cada uno de los obreros el día en que se fueron. Ella se pone de pie y él descubre que está siguiendo una vez más la gravedad irresistible de una mujer.

La habitación con la bañera japonesa es del azul lustroso y profundo de una noche sin estrellas, totalmente azulejada excepto una ventana alta que se abre hacia una imagen occidental del desierto vacío. Gundi se saca la ropa, que de todos modos parecía sólo provisoria, así que no es un gran paso en realidad. Jax sigue su ejemplo mientras ella le vuelve la espalda y ajusta la temperatura del agua caliente. Se sientan uno de cada lado, esperando que termine de llenarse el agujero profundo, cuadrado, que hay entre los dos.

Jax tiene un aspecto increíblemente flaco cuando está vestido pero sin ropa, es otra cosa: miembros articulados, largos y finos sin exceso. Exactamente como sus manos. Gundi echa una mirada a esas piernas de hombre, extendidas en los azulejos azul oscuros mientras se ocupa del agua. La canilla humeante se pone demasiado caliente para tocarla y ella se enrolla un poco de cabello alrededor de los dedos para protegerlos cuando tiene que hacer algún cambio. Lo único que le queda puesto son los aros y una cadena de oro en el tobillo izquierdo.

—Es mucha agua —dice Jax mirando por la ventana los hormigueros secos y el único saguaro solitario, los brazos alzados en sorpresa o invocación. —¿No te sientes culpable con todas esas plantas sedientas mirándote?

Gundi se encoge de hombros.

—Son plantas. —Se sienta del otro lado, mirándolo con toda la munición de su cuerpo, la espalda muy recta. Un lago cuadrado y humeante se está levantando entre los dos. —En realidad, tú y yo no pertenecemos a este desierto —dice ella—. Cuando hayamos usado toda el agua y tengamos que irnos, las plantas y las víboras van a sentirse felices de haberse librado de nosotros.

—¿Y tus deseos inconscientes de hopi?

—A veces siento que pertenezco a este lugar. Otra veces, siento que me tolera apenas con los labios apretados.

Jax aprieta los labios.

—¿Viste el H_2O que pone esa rubia en la bañera? —pregunta con voz de cactus.

Gundi se ríe.

—Deberías escribir una canción con esa angustia.

—Creo que estaba por hacerlo. Antes de que tú y Bill el Cartero interrumpieran mis progresos.

Los dos miran la superficie del agua, golpeada por la corriente pero brillante e intacta todavía.

Jax pregunta:

—¿Cómo defines tu posición como ciudadana de la raza humana?

—No sé —dice ella, disculpándose—. ¿Como ciudadana registrada para votar?[17]

—¿Pero cómo puedes pertenecer a una tribu y ser tú misma al mismo tiempo? Imposible. Si eres una cosa, entonces no eres la otra. Eso es algo verificable.

—¿Y no se puede alternar? ¿Ser un individuo la mayor parte del tiempo y fundirte con los demás cada tanto?

—Yo lo veo así —dice Jax—: soy un chico blanco, sin aptitudes para la tribu. Mi estado natural es la soledad y para divertirme, me dedico a la iglesia o a las drogas o a arrancarles la cabeza a las gallinas a mordiscones o a lo que sea que hacemos para experimentar la sublime comunión.

—Por lo que sé, los únicos que experimentan la sublime comunión todo el tiempo son los yogas y los adictos a la heroína. —Gundi prueba el agua con la punta de un dedo—. ¿Crees que sea posible vivir sin querer poner tu nombre en tus pinturas? ¿Pertenecer a un grupo con tanta seguridad que no necesites elevarte por encima de él?

—Tal como yo lo entiendo, ésa es la política que le están ofreciendo a Tortuga.

—Suena muy romántica —dice ella—. Pero cuando yo fui a la Reservación Navaja a comprar joyas de plata, vi a la gente viviendo en casas de barro medio derruidas con antenas de televisión y botellas apiladas en la puerta.

—¿Y ésa es toda la historia? ¿La pobreza? ¿No podría haber habido pilas de otras cosas detrás de esas puertas?

Gundi se calla. El brazalete del tobillo parpadea en la luz inclinada.

—Creo que fue una mala idea que violaran la fianza de esa forma, escapándose —dice Jax.

—¿Fianza? ¿Arrestaron a Taylor?

—Legalmente no. Moralmente. Ella se sintió acusada y se asustó tanto que no pudo quedarse a esperar el juicio, y ahora son fugitivas. Así parece que la que está equivocada es ella.

—¿Entonces por qué se fue?

—Por la misma razón por la que las madres se tiran frente a un auto en marcha o a las balas para salvar a sus hijos. Esa pregunta no tiene respuesta.

Gundi pone los dos pies sobre la superficie del agua y los mira mucho rato.

—No tengo hijos —dice finalmente—. Supongo que no conozco ese tipo de amor.

—Supongo que yo tampoco. ¿Ponerse a uno mismo en segundo lugar, sin hacer preguntas? Suena como la santa comunión.

Gundi cierra el agua y se relaja, un cocodrilo pálido sobre una orilla oscura de azulejos.

—Se supone que te relajes. Ven al agua. Conozco un tipo de masajes para cuerpos que flotan en el agua.

Jax se ríe.

—El problema es que yo no floto. Ya te lo dije.

—Claro que sí flotas. Todos los cuerpos humanos flotan.

—Teóricamente, es posible que estoy muerto —dice él—. Tú decides. —Se desliza hacia el agua bien caliente, inhalando despacio. Empieza a hundirse gradualmente, primero los pies y las piernas, después el resto. Vacía los pulmones y los vuelve a llenar justo antes de que su cara desaparezca bajo la superficie.

—De acuerdo, no flotas —dice Gundi, poniéndole las manos debajo de los brazos y levantándolo, mientras él gotea y se ríe. Tiene el cabello pegado al cráneo y le brilla la frente. —Eres extremadamente denso para ser un ser humano.

—Eso me dicen —dice él. Se le juntan gotitas de agua en las pestañas. Gundi las toca muy despacio con los dedos, acariciándolo hacia abajo, por el cuello y luego el pecho. Los pezones de Jax están duros. Su boca y la de Gundi intercambian una presión amable y las lenguas se saludan, criaturas marinas, ciegas, sin armadura, que se tocan mutuamente las superficies suaves con reconocimiento esperanzado.

Jax se desliza detrás de ella, sosteniéndola contra su cuerpo, hundiendo la cara contra ese cuello suave. El cabello de ella es un velo suave a su alrededor, seco todavía excepto en las puntas, cientos de puntitos oscuros como cepillos para acuarela, listos para pintar el mundo con una luz que va más allá de lo común. Jax explora con las manos el vientre fuerte, resbaladizo de Gundi y piensa en delfines por segunda vez en el día. Pero después la da vuelta hacia él, le pone la mandíbula en una mano y le apoya la otra en la espalda, cediendo al impulso de copular cara a cara, ese impulso que sólo tienen los humanos entre todos los animales. Por lo menos, la primera vez. Por lo menos, con un miembro desconocido de la tribu.

16

A LA DERIVA

—Madre de cincuenta y cinco años, enloquecida por el sexo, se fuga con novio y prometido de la hija —informa Alice.

Barbie, que ha estado riéndose hasta el punto de arruinar el maquillaje, se derrumba en el asiento trasero. Tortuga pregunta:

—¿Qué es un noviopromedido?

—Ni se te ocurra contestar eso, mamá —advierte Taylor.

Alice vuelve a las páginas interiores de su diario.

—Ahí vamos, una historia educativa de la naturaleza. El casuario australiano es un pájaro que ha matado seres humanos. Mide más de dos metros de alto, y ataca saltando en el aire y cortando a su víctima con garras filosas como navajas.

—Mamá, eso no me parece demasiado educativo —dice Taylor, frunciendo el ceño para tratar de defenderse del brillo de la carretera.

Alice sigue leyendo; pronuncia las sílabas con mucho cuidado.

—Se los cría como mascotas y forman parte de la economía de ciertas culturas aborígenes como pago por las novias.

—Qué buen trato —dice Taylor—. Te cambio a mi hija por un pájaro de dos metros con garras filosas como navajas. —Instantáneamente las palabras "te cambio a mi hija" le atenazan el estómago. Mueve el espejo para buscar a Tortuga, que se ha quedado peligrosamente silenciosa en su nido de juguetes suaves y libros bien manoseados. Taylor ha tenido sueños sacudidos por el pánico en los que le parece que está dejando a Tortuga en un lugar que no le corresponde.

—Quiero oír lo de la madre enloquecida por el sexo —gime Barbie—. Prácticamente lo mismo me pasó a mí cuando estaba en tercer año. Mi mamá coqueteaba con mi novio Ryan y finalmente él dijo "Perdona, pero no quiero ni acercarme a tu casa". Yo me quedé tan deprimida que dejé de usar laca para el pelo por como tres semanas.

Taylor da un golpecito al espejo para ponerlo en su lugar.

—De acuerdo, lee lo de la madre enloquecida por el sexo —acepta, ya que puede ser la única forma de impedir otra de las historias de Barbie. Esa mañana ya escucharon lo de la nueva Barbie ecológica, Amante de los Animales, y el misterio del Ken transvestido que apareció en un negocio de Tampa en una caja sellada por la fábrica vestido en un delantal de puntillas y una minifalda. También se enteraron de que las medidas de las muñecas Barbie, trasladadas a escala humana son 94-61-92, las medidas de la misma Barbie excepto que se va un poquitito en el 61. Taylor le preguntó si la Eco Barbie es biodegradable.

—Aquí vamos. —Alice respira hondo, hace lo más que puede por mantener la paz. Ha estado leyendo los diarios en voz alta desde Tonopah. —Qué aventura. Tres hombres estuvieron a la deriva en su bote, después de salir de la costa de Florida y se quedaron sin comida durante treinta y seis días hasta que los rescataron.

Taylor tiembla de arriba a abajo.

—Seguramente ya estaban por comerse unos a otros.

—Ah, que *asco* —desde el asiento trasero.

—Taylor, shhh —dice Alice—. Seguramente jugaron un poco a las palabras.

—Correcto.

Sigue leyendo en silencio y una expresión de preocupación le cruza la frente.

—Bueno, no se comieron los unos a los otros pero no es muy lindo. Digamos, que se aprovecharon del que no les gustaba. Ay, Dios. Lo usaron de carnada.

El aire del auto queda en silencio. El único sonido que entra por las ventanillas es el siseo pegajoso de los neumáticos sobre el camino. Las mujeres lo absorben como si sus vidas dependieran de eso.

Alice dice abruptamente:

—Francis, el chancho prófugo de Canadá. Francis el cerdo se escapó del matadero en Ciervo Rojo, Ottawa, saltó un alambrado alto, atravesó la fábrica de fiambres y abrió la puerta trasera con el hocico. Los carniceros lo persiguieron pero no pudieron atraparlo. —Busca las mejores partes con la vista. —. . . Empezó a vivir en un gran parque salvaje. Una vez se lo vio luchando contra los coyotes. El caso se hizo famoso a nivel nacional cuando Francis, flaco y poderoso, evadió a los rastreadores profesionales durante seis semanas. Finalmente, le dieron con un dardo tranquilizante pero corrió durante kilómetros y desapareció entre los arbustos. Los chicos de las escuelas de todo el país contribuyeron con dinero para pagarle a los dueños del matadero, y pidieron que le perdonaran la vida. Los sicólogos explicaron este apoyo comparándolo con Jesse James o Butch Cassidy.

—Has recorrido un largo camino, Francis.

—¿Quién quiere almorzar? —pregunta Barbie.

—Francis, el chancho.

—Ah, por Dios, Taylor. Digo que quién quiere almorzar ahora. . .

Taylor tiene la extraña sensación de que el paisaje lunar del desierto quebrado y marrón que pasa por afuera del auto seguirá así para siempre. Que solamente ellas cuatro están vivas. Controla el reloj e informa a Barbie que sólo son las once.

—Bueno, díselo a mi pancita. Es como que "dame algo de comer, ¿sí? Me muero de hambre."

Alice mira a Taylor por encima del diario, una mirada significativa. Taylor pregunta:

—Tortuga, ¿tienes ganas de hacer pipí?

Tortuga asiente.

—De acuerdo. Paremos en la próxima salida.

—Ah, mierda, termina mal —dice Alice—. Finalmente le hicieron su propio Parque San Francis. Pero uno de los dardos tranquilizantes le había perforado el intestino y se le desarrolló una pe-ri-to algo. —Alice se ajusta los anteojos. —Y murió. Los veterinarios dijeron que era una extraña vuelta del destino.

—Mamá, esto es deprimente. Tus historias tienen finales morbosos. Todas. Eres casi tan mala como Lou Ann. Ella siempre piensa que Dwayne Ray va a desarrollar una perito-algo en cualquier momento.

—No son mis historias —dice Alice, levantado la mano hacia Taylor como si estuviera por hacer un juramento—. Te leo lo que está impreso aquí.

Taylor desearía con todas sus fuerzas que hubiera otra persona en el asiento del conductor. Incluso Jax. De pronto la visita un recuerdo súbito de Jax de pie con ella en la verdulería, inclinado para besarle la cabeza. Un gesto que es todo dar sin tomar nada.

—Disculpa —le dice Barbie a Alice—. Estoy en una situación muy incómoda y prefiero ser directa y decirlo. No sé tu nombre. Taylor me dijo que eras su mamá pero no te voy a decir "ma".

—Alice Greer —dice Alice.

—¿Greer? —pregunta Taylor.

—Nunca me gustó el apellido de Harland. Nunca me quedó bien.

—¿Estás recién divorciada, Alice? —pregunta Barbie, y suena exactamente como una animadora de televisión entrevistando a alguien.

—Bueno, todavía no tengo los papeles, pero ya terminé con eso. Terminé con todo menos los gritos.

—No me suena a que hubiera muchos gritos en ningún momento —dice Taylor.

—Ah, no, es una forma de decir, nada más. No sé lo que haría falta para hacer que Harland soltara un alarido. Ni siquiera se tiraría un pedo con ruido. Había días en que yo caminaba frente a su sillón ahí delante de su adorada TV y pensaba: "Bueno, ¿y si se me muriera? Ni siquiera me daría cuenta hasta que empezara el olor.".

—Ay, qué *asco* —dice Barbie.

No me tientes, piensa Taylor. Dobla hacia la derecha y toma una salida que dice Gabbs. Se pasaron la mañana trepando para salir del Valle de la

Muerte pero escapar de esa forma particular de muerte parece algo que se da gradualmente. El territorio sigue vacío. Sólo los rótulos samaritanos de cabeza cuadrada de la estación de servicio se alzan, amenazadores, sobre los campos muertos.

—Somos como Francis, el chancho —anuncia Tortuga de pronto—. Fugitivas.

—Cierto, somos heroínas. Pero nadie nos va a disparar con tranquilizantes —promete Alice.

—Ni empezar una colecta para instalarnos en nuestro propio parque —agrega Taylor.

—¿Crees que podríamos encontrar un lugar con batidos de leche? Como que yo me moriría totalmente por un batido en este momento.

A Taylor no le molesta demasiado la idea de que Barbie muera totalmente. Anoche hizo alusiones varias al hecho de que deberían separarse en la mañana, pero hasta ahora, Barbie ha absorbido las indirectas con la sensibilidad de una boca de agua de bomberos. Y Alice no hace nada para ayudar a su hija. Se detienen en un comedor interestatal y Barbie sale primero hacia el estacionamiento. Tiene puesta una minifalda amarilla y rosada con vuelo y arriba una malla ajustada celeste y calzas, con una chaqueta rosada de bordes plateados y botas de vaquero rosadas de tacón alto. Las botas hacen crujidos profundos sobre el asfalto y la falda se sacude como una campana.

El comedor tiene cortinas de zaraza en las ventanas y una exageración de flores artificiales: Barbie encaja perfectamente bien en ese conjunto del Oeste. Pero la cartera está fuera de lugar: no ha dejado de aferrarse a la misma bolsa cuadrada y negra como a un dolor de estómago desde que se fueron del Reina del Delta. Hasta se la llevó al baño cuando se duchó en la habitación del motel de Tonopah. Parece pesada.

—¿Qué crees que tenga ahí dentro? —pregunta Taylor, cuando Barbie se excusa para ir al "salón de nenitas", como lo llamó, después de deglutirse dos hamburguesas y un batido de frutillas.

—Maquillaje —dice Alice.

—Monedas —dice Tortuga—. Las oí tintinear.

—Lo único que puedo decir es que come por ella y por Ken juntos —observa Alice—. Me gustaría saber cómo hace para seguir midiendo sus 94-61-92.

—Actúa como si esa bolsa fuera el bebé que está cuidando —dice Taylor—. ¿Para qué vas a llevar la cartera al baño cada vez que vas?

—Ella tiene una relación especial con el baño, ¿no? Cada vez que come algo tiene que ir al salón de las niñitas.

A Taylor la alivia saber que ella y Alice están del mismo lado otra vez, unidas en la desconfianza frente a Barbie. Tortuga toma el lapicero que le ofrece Alice y escribe su nombre cuatro veces sobre la servilleta: dos de izquierda a derecha y dos al revés.

—Me gustaría echarle una mirada a esa cartera. Te apuesto lo que quieras a que está metida en drogas.

—Maquillaje —dice Alice con confianza.

—Tal vez —acepta Taylor—. Tiene que arreglarse tanto con tanto llanto. Parece nerviosa desde que nos fuimos de Las Vegas. Tal vez está deprimida porque las cosas no le salieron bien en el Reina del Delta.

—Bueno, no puede estar tan deprimida —señala Alice—. Todavía no dejó de usar laca.

—No, no. Creo que tenemos nuestro propio agujero personal de ozono de la Eco Barbie siguiéndonos por toda Nevada. Será mejor que nos fijemos bien dónde lo estacionamos.

Detrás de la cama de Gundi hay ventanas altas, abiertas para dejar entrar el perfume amarillo de los arbustos de creosota y cualquier pájaro o animal de patas largas que pase por allí. Gundi apoya la cabeza sobre un codo. Iluminado desde atrás, su cabello parece un mosquitero dorado. Jax se imagina un país donde la gente duerme bajo esas cosas para protegerse de diminutos mosquitos dorados que llevan una corriente dorada y bendita de malaria. Canta con los ojos cerrados.

Ella le acaricia el centro del pecho.

—Tienes un problema, ¿verdad?

—Sí. —Jax abre los ojos un segundo, luego los cierra de nuevo.

—Dime.

—¿Los problemas de los demás te interesan tanto como los míos? —pregunta él.

—No —dice ella—. Soy selectiva. Tú tienes problemas interesantes. Bill el cartero tiene urticarias. —Espera. —¿Y?

—Mi situación aquí es algo así como ser católico, cosa que fui en un momento de mi vida. Te aseguro que pierdes gran parte de la diversión del momento del pecado cuando sabes que vas a tener que confesarlo después.

Gundi lo mira.

—¿Tienes que confesarle a un sacerdote lo que hicimos toda la semana?

—No, a Taylor.

Gundi levanta la sábana y se tapa hasta los hombros.

—¿Por qué?

—Porque no puedo mentirle.

—¿Crees que ella te cuenta todo?

—Me cuenta todo. Puedes creerme.

Los ojos de Gundi se abren todavía más.

—¿Y tienes que contarle *todo*? ¿Detalles?

—Sólo el argumento en general, creo. Muchacho encuentra muchacha en bañadera japonesa, etcétera.

Gundi se sienta para encender un cigarrillo. Sacude el fósforo, irritada, inhala, y cruza los brazos sobre el sarong de sábana blanca.

—Bueno, tal vez no te pregunte.

—Sí, claro, por San Jorge. La próxima vez que me pregunte en qué ando, ésta va a ser una de esas cositas aburridas que no voy a decirle: Rucker rompió la cuerda del sol en el ensayo; naturalmente que ella no tiene ningún interés en oír eso, y lavé el baño, tuve relaciones sexuales despampanantes con Gundi. Después, volví a lavar el baño.

—Lavaste mucho en estos días.

—Jax lava hasta que caga. —De espaldas, los brazos a los costados del cuerpo, Jax tiene el aspecto de alguien que no flota ni siquiera en un colchón.

—¿A quién vas a lastimar si no se lo dices?

El se sienta, de frente a Gundi.

—Pero entonces, yo sé algo que ella no sabe. Tengo este huevo de petirrojo en la mano. Azul cielo, ¿lo ves? —Hace un hueco con la mano y los dos miran y Gundi ve claramente el huevo color azul cielo. —¿Se lo doy o no? —pregunta Jax, mirándose la mano—. Tal vez lo cocine, tal vez me lo tire en la cara, ¿quién sabe? —Mueve la mano con cuidado para ponérsela a la espalda, la palma hacia arriba, tan lentamente que ella ve cómo las cuerdas de tensión le ruedan unas sobre otras en la muñeca. —Así que me lo quedo en la mano, aquí. Y todos los días cuando hablo con Taylor y cuando estoy en la cama con ella, está ahí en mi mano y yo estoy pensando "Si me olvido por un minuto, vamos a rodar por encima, ah, ah, qué desastre." Hasta que pase. Lo sostengo y siento la cáscara tan delgada como si la tuviera entre los dientes. Estoy eligiendo qué debe saber Taylor y qué no. Tengo el poder. Yo voy a ser un tipo nervioso pero poderoso, voy a ser el que sabe y ella, la tonta.

Los dos miran la huella del humo del cigarrillo de Gundi que se ensancha en la habitación como un genio.

—Y si ella es una tonta —dice Jax—, entonces ¿cómo puedo seguir adorando el suelo que pisa?

—¿Qué es lo que estás haciendo en este momento?

—Qué es lo que estoy haciendo en este momento. Estoy siendo un chico malo pero los chicos malos también pueden confesar y pedir perdón de rodillas.

Gundi sopla el humo, dispersando la aparición.

—Hablas de Taylor como si ella fuera la catedral de Notre Dame.

—Es la catedral de Notre Dame. Y la estatua de la Libertad y Abbey Road y el mejor momento de la vida. ¿No lo sabías?

—No me parece. —Gundi aplasta el cigarrillo en el bol de porcelana roja que está junto a la cama y se pone de pie.

—Ey, ey. . . gatita. Rompí las reglas, ¿verdad?

—¿De qué reglas me estás hablando? —Gundi abre el armario laqueado y empieza a ponerse más ropa de la que se puso en todo el año.

—Reglas como la que dice que cuando estás en cama con una mujer, aunque sea nada más que cosa de un rato, le dices a esa mujer que es la Reina de tu Corazón. —Pliega las manos con decoro sobre el pene. —Me disculpo.

—No hace falta que me mientas, Jax. Los dos sabemos que esto no significa nada.

Jax se recuesta con las manos sobre la cabeza, probando la sensación del "esto no significa nada". Descubre que es sorprendentemente inocuo, que no le duele nada.

—Gracias, Jax. Ahora tengo que pintar. ¿Por qué no vas a lavar algún baño?

—Sí, señora —dice él, sin moverse de la cama.

—Y estás atrasado con el alquiler.

—Tirana —dice él y sale por la ventana del dormitorio con la ropa en la mano.

17

TESORO

En la habitación del motel de las afueras de Carson City, Barbie está de pie entre las dos camas dobles en el pijama de seda blanco, cepillándose el cabello, empecinada en llegar a las cien veces.

—Podríamos alquilar otra habitación, si pagas —dice Taylor—. Si no estás de acuerdo, entonces tendremos que compartirla. —Está usando un tono de voz más paciente del que usaría normalmente para una persona de su propia edad. Como Lucky Buster, Barbie no da en todas las cuerdas correspondientes a un verdadero adulto. Taylor se pregunta si no será una nueva tendencia nacional, como una epidemia. Fracaso en la maduración. Taylor maduró a la edad de nueve años, cree, un día que recuerda bien: un sábado en que Alice estaba limpiando la casa de la señora Wickentot. Uno de los Wickentot, un niñito, le dijo a sus amigos que entraban a la casa: "No tienen por qué hablarle, es la niña de la que limpia." Taylor aprieta la columna contra el cabezal de madera de imitación de la cama del motel, todavía en camiseta y vaqueros. Es delgada y flacucha como

Barbie, pero se siente miembro de una especie completamente distinta, una que usa zapatillas de lona con agujeros en los dedos en lugar de sandalias de tacones altos.

—Voy a compartir la cama con Tortuga —dice Barbie y vuelve al proyecto de cepillado, con el ceño muy fruncido.

Las cuatro tomaron una sola habitación, como la noche anterior en Tonopah, pero esta vez cuesta mucho hacer arreglos para dormir. El gerente dice que no puede poner una cama extra por los reglamentos anti-incendios, así que tienen que compartir dos camas. Barbie siente que lo más apropiado es que ella comparta con Tortuga y Taylor y Alice se acuesten juntas pero Tortuga no quiere saber de nada. Está sentada sobre las piernas de Taylor con un mechón de cabello de su madre enrollado en un puño como la correa de un perro.

—No te preocupes, querida, no muerdo —dice Alice, apagando la luz del costado y rodando hacia un costado—. Seguramente voy a estar levantada la mayor parte de la noche. No duermo bien desde que pasé por el cambio de vida.

Barbie se sienta, tira el cepillo con ruido cerca de la cartera negra sobre la mesa de luz y se saca las pantuflas, dejándolas acurrucadas como pequineses sobre la alfombra. Se tapa sin decir una sola palabra.

—Buenas noches —dice Taylor. Tortuga le suelta el pelo y empieza a prepararse para la cama, contenta.

Barbie busca la cartera negra, la mete debajo de la almohada y vuelve a acomodar la cabeza con varios suspiros irritados. Para cuando Taylor y Tortuga se hacen dos bollitos bajo las sábanas, está roncando con modestia.

Taylor siente presión en el hombro y la confunde con algo dentro de un sueño en el que la persiguen por un paisaje que desconoce, una ciudad donde llueve y llueve y las calles se elevan de pronto para convertirse en paredes. En un rincón contra los edificios oscuros, un grupo de caballos la mira, los músculos torcidos dentro de la tela de los hombros mojados. La presión vuelve y oye susurrar a Alice:

—Shhhh.

—¿Qué? —Los caballos, perdidos. ¿Dónde está Tortuga?

—Shh. Ven. Tienes que ver esto.

Taylor reúne lentamente su recuerdo de esa habitación. Desprende cuidadosamente la mano de Tortuga de la suya. La mano de la niña parece un guante de goma relleno de harina.

—Por Dios, mamá, ¿qué es? —susurra.

No ve nada excepto el perfil pequeño de Alice que se mueve hacia el baño. Taylor lo sigue y Alice cierra la puerta detrás de las dos. Enciende la linterna de Tortuga y entonces Taylor ve lunas de plata, bordes y círculos de plata. Dólares de plata. Cientos de ellos, en la cueva sedosa de la cartera negra de Barbie.

—A la mierda. Un tesoro escondido.

—Shhh. —Alice apaga la linterna y se sientan sobre los azulejos fríos en silencio total.

—Mamá, te dije que no era maquillaje.

—¿De dónde crees que pudo sacar mil dólares en monedas de plata una muchacha como ésa?

Taylor aferra a Alice. Resulta ser el brazo en la manga del pijama.

—Los robó del casino.

—De eso no estamos seguras.

—De acuerdo, ¿de dónde los sacó entonces?

Alice habla sin desearlo.

—Estuve estudiando eso durante un par de horas. Por ahora no encuentro ninguna historia que me convenza.

—Con razón salió de ese hotel como una rata que huye del infierno —chilla Taylor en un susurro agudo—. De acuerdo, todo el mundo. ¡Ya tengo mi Barbie Robabancos, vamos!

—¡Shhh!

—¿Qué vamos a hacer, mamá?

—Llamar a la policía, supongo.

—De ninguna manera. ¿Y que se metan en nuestro caso?

—Por Dios, Taylor, los que te persiguen *no* son de la policía.

—No, pero tendríamos que identificarnos. Y después estaríamos en los noticieros. Y te aseguro que ya sé cómo salen esas cosas. Yo y Tortuga y Francis el chancho renunciamos al negocio de ser héroes.

—Bueno, entonces la podemos dejar aquí.

—Mamá, tú fuiste la que dijo que teníamos que llevarla. Es un dolor de cabeza, pero... No podemos tirarla así, sola, en el medio del Valle de la Muerte. Sería como esos tipos a la deriva en el bote de pesca.

—No sería tirarla. Tiene dinero. No tendría ningún problema para llegar a una casilla de teléfono.

Taylor sonríe en la oscuridad.

—Seguramente ese gerente de hotel tuvo una buena rabieta. Era un desgraciado. Tú le mentiste, mamá. Y frente a tu nieta.

Alice se ríe.

—Sí que le mentí. Como una zorra.

—De todos modos, es dinero del juego. Mal habido. No era de ese hombre realmente.

—¿De quién era entonces? ¿Y cómo es que ahora estás del lado de ella? Hace diez horas estabas dispuesta a tirarla en una estación de servicio sin baño.

Taylor no puede contestar. Se estira en la oscuridad y como si tuvieran una guía secreta, sus dedos tocan la plata fría.

—Ese dinero pertenece a los desafortunados de Vegas —dice—. Parte de ese dinero es mío.

Incluso en el *lavadero automático* de Carson City hay máquinas tragamonedas alineadas en la pared, riéndose de Taylor.

—Tenemos que salir de este estado —dice, con amargura.

—Todos los lavaderos son antros de juego —dice Alice, fabricándose una casa entre los elefantes blancos de los aparatos—. Pones veinticinco centavos y esperas con toda el alma que esta vez funcione el centrifugado.

—Deberíamos haber traído el cambio de ya-sabes-quién. —Taylor echa una mirada a Tortuga, que está construyendo una torre con envases de detergente usados de brillante color naranja. Barbie dijo que tenía la ropa limpia, y que prefería seguir durmiendo. Preguntó si ellas no le lavarían una o dos cosas, que resultaron ser un conjunto de ropa interior tipo biquini y unas bombachas Spandex color morado.

—¿Cómo crees que piensa gastar ese botín? —pregunta Alice, sosteniendo un par de vaqueros de Tortuga bajo la barbilla y sacando una media rosada de cada pierna. Tira las medias entre la ropa blanca. —Noto que no se ofrece para pagar nada hasta ahora.

—¿No crees que eso sería muy sospechoso, mamá? ¿Apoyar la bolsa del botín del viejo Long John Silver sobre el mostrador de entrada del hotel y contar treinta monedas en dólares de plata?

Una mujer joven y pesada entra en el lavadero con una caja enorme de ropa y tres chicos de piel castaña y pelo anaranjado. El mayor extiende los brazos y empieza a correr entre las máquinas. Tira al suelo la torre de Tortuga y sigue corriendo, haciendo ruidos como de un motor en proceso de quemarse. Tortuga empieza a reconstruir sin decir una sola palabra.

—Tal vez deberíamos ir a un banco y hacer que las cambie por billetes —sugiere Taylor—. Se va a hacer una hernia cargando ese metal precioso por todas partes.

Alice la mira con los ojos muy abiertos.

—No entiendo nada, Taylor. Hablas como si fueras a dejarla seguir con nosotras.

Taylor juguetea con el borde enrollado de una de las remeras de Tortuga.

—Es que ahora pasa algo distinto, es como que la respeto. Ese robo agrega una nueva dimensión a su personalidad.

—Bueno, es tu auto. Si quieres usarlo para transportar al elemento criminal de la sociedad... —Alice empieza a separar la ropa oscura. —¿Ya pensaste adónde vamos a ir a parar? No podemos seguir manejando y leyendo diarios aburridos hasta que se nos termine el mundo.

—¡Pero mamá, eso ya lo sé! —Taylor siente cómo se sacude todo su frente a ese antagonismo pequeño, continuo de su madre. La boca se le dobla en los costados y rompe la tapa de una caja de detergente y sacude el contenido de olor verde dentro de la máquina. —¿Cómo no voy a saberlo? Empecé a rodar cuesta abajo pero no sé por qué y tampoco sé hasta cuándo va a seguir esto.

—¿No te parece que deberías hablar con esa mujer Seis-tiros? ¿Ver si no quiere entender las cosas?

—Matacuatro. No. Mamá. No me parece. Porque ¿qué pasa si no quiere?

Alice apoya la cadera contra el lavarropas y mira a su hija con dulzura.

—Ya lo sé, querida. Ninguna madre que haya amado a su hija puede discutir eso.

Taylor siente un océano de alivio. Ocupa las manos con la ropa.

—No sé hasta dónde seguir. Estaba pensando en California, en un pueblito donde tú y yo y Tortuga pudiéramos alquilar algo. Soy lo suficientemente inteligente como para que no nos muramos de hambre. Puedo encontrar trabajo. Y en dos o tres meses esta cosa tiene que terminar y entonces, vamos a volver a casa.

Alice sostiene la ropa interior de Barbie contra su cuerpo y se ríe. Apenas si tiene medio kilo de más en su estructura, pero contra ese fondo púrpura de Spandex parece un tronco grueso de árbol. Taylor se la pone frente a su cuerpo para medirla. Ella es delgada pero nada que se parezca al reloj de arena de Barbie. Tira la bombacha junto con los vaqueros.

—Creo que tengo que tachar la carrera de modelo de mi futuro. Desde que tengo a Tortuga estoy más gorda. —Se ríe de sí misma. —Y ni siquiera estuve embarazada. No sé lo que es. Supongo que tiene que ver con cuidar los horarios de comida para ella.

—Ah, vamos, Taylor, no lo puedo creer. . . Mírate, delgada como una serpiente. Eres perfecta.

Se oye un ruido leve, una catarata de cajas de cartón y las dos se dan vuelta. El chico del cabello anaranjado volvió a tirar la torre de Tortuga. Su madre no le presta atención; los senos redondos como masitas tiemblan de concentración dentro de la camiseta mientras ella carga una máquina tras otra de vaqueros arrugados. Cuando el muchacho se aleja como en un efecto de zoom, Tortuga lo mira un largo rato. Finalmente, empieza de nuevo desde el principio.

—Bueno, mamá, tal vez sea perfecta, pero estoy más gorda. Esta sociedad con Miss Estados Unidos en malla de baile te hace notar ese tipo de cosas.

—Taylor, vamos, nunca te oí decir esas cosas feas de ti misma antes. Prefiero que saltes de un puente a que empieces con eso. —Alice cierra una máquina y suspira. —Cuando yo tenía treinta años, tenía esas caderas cuadradas de las que estuvieron embarazadas y las odiaba. Pensaba todo el tiempo: "Antes, tuve un cuerpo glamoroso y no lo aprecié ni medio segundo porque creía que tenía un grano en la nariz." Y ahora que soy vieja, me duele el hombro y no duermo bien y se me hinchan los nudillos y pienso: "Antes, cuando tenía treinta y cuarenta, tenía un cuerpo donde todo funcionaba a la perfección. Y no lo aprecié ni medio segundo porque pensaba que tenía caderas cuadradas."

Taylor sonríe.

—Entiendo.

Tortuga hace otra torre, brillante y precaria, junto a la ventana, casi tan alta como ella. Se para frente a la construcción con los dedos tensos a los costados, siguiendo al chico con los ojos como una persona con un matamoscas e intención asesina. El gira alrededor de una fila de lavarropas y empieza a correr hacia ella. Tortuga espera hasta que los dedos de él están casi sobre la torre y entonces abre los brazos y la tira ella misma, esparciendo las cajas por el aire.

La voz de Jax en el teléfono no tiene humor. La voz misma asusta a Taylor, eso sin contar lo que le está leyendo, una carta de Annawake Matacuatro. No puede concentrarse en lo que está oyendo.

—"... es prematuro iniciar acciones legales" —dice él y Taylor se distrae con recuerdos de las confrontaciones con las asistentes sociales antes de la adopción de Tortuga, esas jóvenes llenas de confianza en sí mismas que no creían en una niña llamada Tortuga sin un certificado de nacimiento, no más de lo que creían en hadas.

—"¿Qué tiene ahora que pueda ayudarla a atravesar ese período hacia una pacífica madurez de mujer?" —pregunta Jax, pero no es Jax el que pregunta, es Annawake Matacuatro, que estaba sentada en la cocina tomando café hace menos de dos semanas, cuando el mundo de Taylor todavía estaba intacto. Su mente dibuja imágenes de Tortuga al azar, los ojos oscuros, malos del niño de la lavandería cuando ella le mandó las cajas volando directo a la cara.

Jax lee:

—"ella no puede pertenecerles a ustedes. Sinceramente tuya, Annawake Matacuatro."

Taylor se queda callada durante mucho rato, mirando a su madre y a su hija a través del vidrio rayado de la casilla telefónica. Están soltando presión en un patio de juegos del otro lado de la carretera mientras Taylor hace la llamada y Barbie atiende sus cutículas. Tortuga está en la hamaca y Alice está tratando de enseñarle cómo hacerlo sola. Tortuga hace bien los movimientos, pone las piernas hacia atrás y luego patea adelante pero los hace justo al revés y la hamaca no va a ninguna parte. Hay cosas que la mente puede aprender pero el cuerpo sólo hace cuando ha llegado el momento.

—¿Qué más, Jax? ¿Hay algo más? —pregunta Taylor. Detrás de la cabina telefónica hay una estación de servicio y algo más allá, un hombre maduro con cabello largo reclinado sobre un auto deportivo rojo, aparentemente esperando para usar el teléfono. A Taylor no le importa que espere. Seguramente se quedó toda la noche jugando a algo y está pensando una excusa para decirle a su esposa.

—¿De la carta? No.

—Ojalá pudiera leerla. No estoy segura de entenderla bien. ¿Qué significa?

—Creo que la carta es sobre Gabriel Matacuatro, el chico que se perdió.

—Pero eso del Departamento de Bienestar Social, lo de las acciones legales. ¿Quiere decir que tengo que hablar con el tipo o si no. . . ?

—Taylor, mi amor, no me parece. Pero yo no sé. Tú eres la que decide.

—No puedo decidir, no puedo pensar. . .

Finalmente Tortuga ha logrado hamacarse en un zigzag agudo. Alice toma las cadenas y endereza un poco el movimiento. La sombra de los pinos altos oscurece el patio de juegos y el parque, más allá, está vacío, excepto un campo celestial de pasto verde, probablemente la envidia de todas las vacas obligadas a pastar en el estado de Nevada.

—Te hice caso. Estoy trabajando en una canción sobre la Zona Crepuscular de la Humanidad —dice Jax, tratando de ser alegre y consiguiendo apenas eso: un intento.

—Jax, ¿ya pagaste el alquiler?

Pausa.

—En servicios prestados.

—¿Qué significa eso?

—Quiere decir que tengo que decirte algo.

Taylor mira a Tortuga, que salta de la hamaca y corre hacia el tobogán. Parece feliz, físicamente.

—Espera, ¿quieres? Voy a llamar a mamá. Quiero que le leas esa carta. Ella va a entender más que yo.

—Taylor, estoy enamorado de ti, estoy loco por ti —dice Jax, pero Taylor ya dejó caer cuatro monedas más en el teléfono y salió corriendo a través de la carretera. El teléfono se queda allí, colgado.

Taylor está sentada en una de las hamacas; Barbie ya salió del auto, se estiró cuidadosamente y zigzagueó elegantemente a través de la ruta para sentarse en la otra hamaca. Tortuga está juntando tapitas de latas del polvo y doblándolas cuidadosamente unas con otras para formar una cadena. Dice que es un collar para Mary. Seguramente la linterna más amada de todos los tiempos: Mary ya tiene una mamadera y ropas de muñeca, que naturalmente no le quedan nada bien. Taylor le ofreció a Tortuga comprarle una verdadera muñeca, pero la niña se ofende con esas sugerencias. Ya acumuló metros de collar y los arrastra detrás de ella; parece una fugitiva enganchada en cadenas. Hace mucho que Alice está en el teléfono.

La falda de Barbie ha perdido algo de su vuelo despampanante. La colita de caballo la golpea arriba y abajo en la espalda cuando se hamaca. Taylor ha descubierto que mira mucho a esa mujer, tratando de encontrar a la ladrona de casino oculta detrás de la imagen.

—¿Qué hora es? Ustedes dos son como E.T. llama a casa. ¿Por qué tiene que hablar tu mamá con tu novio? Si mi madre hablara todo eso con mi novio, yo estaría segura de que estába interesado en él. No quiero ofenderte, pero Alice no parece de ese tipo.

Taylor se queda sentada un rato en silencio bajo la lluvia de la charla de Barbie. Después dice:

—No sé cómo sacar el tema, pero mamá y Tortuga y yo no estamos de vacaciones. Y tú tienes algo más que lápiz de labios en tu cartera.

Barbie mira el libro de bolsillo negro que tiene sobre la falda como si de pronto se lo hubieran tirado desde el cinturón de asteroides, luego vuelve a mirar a Taylor.

—¿Cómo sabes lo que hay en mi cartera?

—Miramos. Invadimos tu privacidad cuando dormías, anoche.

—Mironas. —Barbie patea con las botas rosadas en el aire y va a la deriva en la hamaca.

—Me dio curiosidad porque siempre te llevabas eso al baño. Si la hubieras dejado enfrente de mi nariz, te juro que ni se me hubiera ocurrido mirarla.

—¿Y qué? De acuerdo, sí, tengo dinero ahí dentro.

El hombre del auto deportivo está sentado sobre el paragolpes delantero con los brazos cruzados, impaciente por el llamado.

—Dinero del casino —dice Taylor.

—Sí. De la máquina de los dólares de plata. Ese estúpido de Wallace guarda la llave en la caja. En los establecimientos de categoría la ponen en cajas de seguridad.

Taylor está sorprendida: Barbie no hace ningún esfuerzo por mentir.

—Bueno, eso es entre tú y Wallace —dice —. A mí, personalmente, me importa un bledo que lo hayas dejado en pelotas pero no estoy interesada en que me persiga la policía.

—Wally nunca llamaría a los canas. —Barbie entrecierra los ojos mirando hacia la carretera. —Controlarían las ganancias que tiene y lo mandarían directamente a San Quintín con las manos en la espalda.

Taylor entiende que Barbie no tiene ni idea de lo que está haciendo. Pero al mismo tiempo descubre que la prefiere a la versión anterior, en la que Barbie tenía algodón de azúcar en la cabeza.

—Bueno, y ahora viene *mi* confesión —dice —. No quiero tener a la policía detrás de nosotras porque Tortuga y yo nos estamos escondiendo de alguien. No de la policía exactamente. De alguien que podría conseguir la custodia de Tortuga.

—Ah, ¿tu ex? Ya vi eso en *Los más buscados de los Estados Unidos*.

—No. Es más complicado. —Taylor se pregunta si las disputas por la custodia de los hijos realmente llegan a *Los más buscados de los Estados Unidos*.

—Bueno, no importa —dice Barbie—. No me hagas preguntas y no escucharás mentiras.

Alice sale de la casilla de teléfonos. Taylor levanta la vista y la ve de pie junto a la carretera con las manos colgando a los costados y lágrimas corriéndole por la cara. Es como si un rayo o algo así la hubiera golpeado. Dos autos se detienen a mirarla.

—¿Podrías quedarte aquí un momento y echarle una mirada a Tortuga? —pregunta Taylor, que ya está empezando a correr. Pero cuando cruza la carretera, Alice ya está en el auto. Taylor se sienta en el asiento del conductor.

—Podría tomar el autobús desde Reno —dice Alice, mirando hacia adelante aunque su línea de visión no parece capaz de pasar del parabrisas.

—¿Tomar el autobús adónde? Tenemos el auto.

—Puedo ir a quedarme con mi prima Azúcar. Alguien tiene que hablarles, Taylor. Entiendo la razón por la que saliste corriendo cuando ellos gritaron "apunten, fuego" pero creo que hay otra forma de arreglar esto.

—Mamá, no voy a entregar a Tortuga.

—Creo que lo único que hacen es decirte que necesitan hablarte, que hay otra forma de ver las cosas. —Alice habla en voz baja y Taylor se siente sola.

—Ya le hablé. Quiere llevarse a Tortuga.

—Tal vez no. Está nerviosa, por su hermano. —Alice mira el cielo. — Ese pobre chiquito —arrulla, abrazándose, como si estuviera en un sueño.

—¿Qué chiquito?

—El que se llevaron.

—Por Dios, mamá, ¿de qué lado estás?

Alice se vuelve hacia Taylor y la abraza.

—Del tuyo. Estoy contigo y con Tortuga hasta el fin del universo, mi amor. Eso ya lo sabes.

Se sientan hamacándose junto a la carretera. Taylor se aferra a Alice, tratando de entender las malas noticias. A través de la ventanilla, ve perfectamente al hombre del auto rojo que se ilumina de pronto cuando ve a la mujer que seguramente es su esposa, saliendo de la estación de servicio. Se saludan con palabras en un idioma extraño. Taylor se sorprende. Ese hombre común en vaqueros, cuyos pensamientos creía entender, abre la boca y se transforma en un extranjero. Se le ocurre que hay una cosa que uno nunca entiende del todo con respecto a los demás: lo enteramente dentro de sí mismos que están.

18

SISTEMAS
NATURALES

A los costados de la carretera se extienden, pelados, los campos de maíz, kilómetro tras kilómetro, la piel verde afuera, con la carne de polvo de terciopelo anaranjado de Oklahoma al aire. Las colinas sin cultivar muestran un vestuario nuevo de flores silvestres veraniegas. Los rojos macizos salpicados de oro son la manta india; Cash recuerda el nombre con placer, como una posesión preciosa perdida y recuperada. Fija la radio en la voz dulce, desgarrada, de George Jones y respira hondo el aire de cerca del hogar.

Una mujer en la Estación de Bienvenida de Oklahoma le dijo que los chicos de las escuelas coleccionan monedas para comprar las semillas de las flores silvestres. Cash había creído que las flores crecían, simplemente. Lo piensa ahora, mientras maneja, y decide que tal vez lo que pasa es que le *dicen* a los chicos que usen el dinero para las flores. Así ellos pueden mirar por la ventanilla y pensar que hicieron todo eso con sus monedas.

Cash tararea con George, que está soñando con poner un anillo de oro en la mano izquierda de la persona indicada. Cash piensa un poco en Rose, allá en Jackson Hole, en Rose que admiraba los traseros de los chicos de MacDonald's; se pregunta por la rapidez con la que ella se olvidará por completo del suyo, cansado, chato. No le importa demasiado. Está volviendo al hogar que nunca debió haber dejado y en ese momento siente la posibilidad de un nuevo amor en su vida. Cuando se detuvo en el restaurante de la estación, miró la muestra didáctica de los siete tipos distintos de alambre de púas y sintió que hubiera podido saltar los siete de un solo salto.

Amedida que se acerca al río Arkansas y al condado cheroque, los campos pasan y empiezan los árboles y, al parecer, hay más variedad de vida: tijeretas saltando sobre las colinas para atrapar insectos y los martines pescadores de cabeza grande sentados sobre las líneas de alta tensión que miran sobre el río. Entra con el auto en los suburbios de Tahlequah, a través de la línea de moteles sobre la carretera Muskogee y luego a la parte antigua, linda, de la ciudad. Los viejos tribunales de piedra y el seminario y los robles antiguos no han cambiado. La calle principal lo lleva hacia afuera otra vez, hacia los bosques.

En una curva en el camino que sale de Acacias, Cash se conmueve al ver un campito con una fila impresionante de rosas silvestres de color rosado y un pequeño nogal dulce en el centro, sin cortar porque el hombre o la mujer cheroque que aró ese campo no quería cortar un nogal. Cash presta atención, tiene miedo de perderse algo mientras sigue adelante. Hay multitudes de pájaros para contar y cinco sabuesos están sentados uno junto al otro en el patio de alguien, reverentes como un coro, bendiciendo su retrasado regreso.

Annawake se da cuenta primero de un rectángulo de brillo alrededor de la sombra de la ventana, luego de la pila de mantas que discuten sobre su cama: gansos salvajes, doble anillo de bodas, vuelta alrededor del mundo, bordadas por tres tías que cuando estaban vivas, discutían sobre cuál era el mejor diseño. Y hay algo bajo las mantas, un bulto que se mueve en secreto como un topo bajo un jardín. Annawake busca debajo de su cabeza, empuja con las manos para sentarse a medias y golpea el bulto con la almohada. El bulto se achata y se ríe. Annawake extrae una Annie desnuda.

—Encontré una rata en mi cama. ¿Qué puedo hacer con ella? —Cubre de besos la cara de Annie. Cuando se extingue el asalto afectuoso, Annie se queda boca arriba junto a ella y se chupa el dedo con aire arrogante y satisfecho.

—Te sacaron a patadas de la cama de Millie, ¿eh?

Annie asiente.

—Eso es porque ahora hay otro bebé. Estás subiendo en el mundo. Ahora tú eres la mayor. ¿No te parece divertido?

Annie menea la cabeza.

—Te entiendo. ¿Quién quiere ser el mayor? —Annawake se acuesta boca arriba también. Durante un rato, las dos miran el techo, decorado con algunas sugerencias de humedad muy poco bienvenidas. Antes de que Annawake terminara la universidad y volviera a Tahlequah, Millie puso a los chicos en la habitación del frente, subió a una escalerita enclenque y rasqueteó la habitación hasta llegar a menos de un centímetro de su corazón. Pero desde entonces ha llovido, y el techo es más viejo que cualquiera de los que viven debajo de él.

Dellon saca la cabeza por la puerta.

—Ahí está, la prisionera fugitiva. —Entra con la ropa de Annie y Annie usa sus piernitas fuertes para esconderse otra vez bajo las colchas.

—Ey, Dell —dice Annawake. Se sienta, con los brazos alrededor de las rodillas cubiertas. —Cuidado, ¿eh?, que está presente la abogada de la prisionera.

Dellon se sienta al pie de la cama y sostiene las zapatillitas rojas de Annie, como pájaros rojos en sus manazas de hombre. Dellon trae su largo cabello suelto, su camiseta se parece a lo que le hacen las langostas a las cosechas, y esta mañana sus hombros robustos están como caídos con el peso de la paternidad. Entrecierra los ojos mirando a Annawake.

—Ey, esa camisa es mía. La estuve buscando.

Annawake mira con inocencia la franela marrón que usó para dormir.

—El color me queda, ¿no? —Muestra un perfil desafiante.

—¿Por qué no te consigues un novio, así le robas la ropa a él?

—Buena idea. Sabía que había alguna razón por la que las mujeres buscan la compañía de los hombres.

—Escucha, se supone que tengo que llevarme a los chicos para las diez. Millie tiene que ir a Claremore con el bebé por los pantalones cortos o algo así.

—Por Dios, ¿qué hora es? ¿Me estás diciendo que dormí hasta las diez?

—Sí, se me ocurrió que podrían decretar feriado nacional. El Día Nacional en que Annawake Durmió hasta las Diez de la Mañana.

—Mira, yo me quedo con los chicos. Ni siquiera vale la pena que vaya a la oficina. . .

—¿Que no vas a ir a la oficina? ¿El sábado? Sí, tiene que ser feriado nacional, ¿eh? —Se pone de pie a medias y busca detrás de la vieja cortina de encaje para levantar la persiana.

Annawake se tapa los ojos para protegerse de la luz.

—Fuera de aquí —le dice con afecto—. Annie y yo necesitamos dormir para seguir siendo hermosas.

Tira la almohada detrás de la cabeza y se recuesta. El bulto de Annie anima salvajemente los anillos de boda de la cocha en la región de las rodillas de Annawake.

—De acuerdo —dice Dellon—. Me llevo a Bebé Dellon y a Raymond a mi casa. Tú te quedas con ésta. —Se pone de pie y palmea despacio a Annie con las zapatillas rojas a través de las colchas. —La salvaje desnuda. Enséñale algo de mujeres, como usar ropa. . . , ¿sí?

—Hasta luego, Dell.

—Ah, escucha: ¿te contó Millie lo de la fritura de chancho?

Annawake se sienta.

—¿Otra? Este verano me voy a engordar. ¿Para quién es ésta?

—Cash Aguaquieta. Volvió de no sé dónde. Está en lo de Letty Cuerno en El Cielo.

—¿La señorita Letty, la que metía las narices en los asuntos de todos en la cafetería del colegio? No la veo desde que tengo senos.

—¿Tú tiene senos? Déjame ver. . .

Annawake hace una cara de furia.

—¿Vienes?

—Cash Aguaquieta —repite—. Creo que fui a la escuela con su hijo, ¿quién era, Jesse Aguaquieta? ¿Alto?

—No, Jesse es el hermano menor de Letty y Cash. Creo que había once o doce hermanos. Cash tuvo una hija. . . ¿te acuerdas de esa Alma, la que se metió con el auto en el río hace unos años?

—Ah, sí, en el puente. . .

—Son algo de Johnetta Cuerno, la que maneja el autobús del colegio. Están Johnetta y Quatie. Ella se casó con Earl Saltamontes.

—Quatie —piensa Annawake—. Sí, sí. Su madre era la amiga de mamá. . . ¿Te acuerdas de ella, la reina de belleza? Mamá guardaba la foto que salió en una revista. Todavía lo tengo en alguna parte.

—Vuelvo a las seis para llevarte. A menos que tengas una cita más divertida.

—Vamos, Dell. Tú eres la mejor de mis citas.

Annawake sonríe, mirando la silueta de oso de su hermano que se agacha para pasar por la puerta. Annie no hace ningún progreso con la ropa de mujer: se volvió a dormir. Annawake alisa las mantas, y recuerda a las tías ruidosas que las bordaron: vivían en una sola casa y nunca pudieron ponerse de acuerdo en nada excepto en el hecho de que el amor es eterno.

Lou Ann está sentada en el piso de piedra del estudio de Jax con las piernas cruzadas, golpeando los dedos de los pies entre sí enfundados en sus zapatillas deportivas mientras Jax frunce el ceño mirando su nuevo amplificador. Levanta un cable eléctrico y lo examina de cerca.

—¿Crees que esto debería estar enchufado en algo?

—No me preguntes a mí. ¿Me parezco a Mozart acaso?

—No —dice Jax. Hoy no tiene ni siquiera la poca energía que hace falta para reírse de Lou Ann.

—Dwayne Ray, querido, no toques las cosas de Jax.

Dwayne Ray, un niño decidido con el cabello color barro claro, está tirando un conjunto de flautas de bambú, sacándolas de un portaleches y poniéndolas una detrás de la otra para formar una fila.

—Estoy haciendo una nave espacial —explica.

—No hay problema —dice Jax—. Llévalas al pasillo, si quieres. Ahí puedes alinear toda la flota del espacio, si quieres.

Dwayne Ray arrastra el envase de flautas por la puerta, alegremente. En el pasillo acompaña la industria que acaba de inventar con sonidos de tipo

Los cazadores del arca perdida. Lou Ann mira a Jax con los ojos muy abiertos. El busca un enchufe para la máquina y luego levanta la vista. Ha sentido la mirada.

—Jax, antes no le dejabas ni acercarse. Le habrías cortado el pitito si tratara de usar esas cosas musicales como si fueran juguetes.

Jax vuelve a los cables.

—¿Y qué? Hoy me siento generoso. Tu línea masculina de la familia se ha salvado del desmembramiento.

Los ojos de Lou Ann se abren todavía más.

—Jax, querido, yo también la extraño, pero tienes que controlarte.

El baja los cables al suelo y la mira seriamente por primera vez. El sol de la ventana del este ilumina la cara de Lou Ann y las calzas azul eléctricas y la bolsa de mandarinas que trajo y Jax tiene ganas de llorar. Todo ese color, toda esa preocupación enfocados en su bienestar y van a desperdiciarse. Se sienta junto a ella.

—¿Sabes? —dice, enroscando sus dedos largos alrededor de los de Lou Ann—, toda su ropa cabía en dos cajones del escritorio. ¿Puedes creer que Dios haya hecho una mujer así? ¿Y que ella haya considerado que estaba bien vivir conmigo?

—Por Dios, Jax, yo nunca podría ser tu novia —dice Lou Ann, con tono herido—. Me descalificarías sólo por los zapatos.

—Te quiero igual. Pero tienes que dejarme sumirme en mi sufrimiento, sólo. Esta no es una situación que pueda resolverse con tecnología del buen vecino que recibe al recién llegado con regalos. —Se inclina de costado y le da un beso de despedida.

Lou Ann se pone de pie y con una última mirada de preocupación, lo deja solo. Camina sobre los cables como si fueran serpientes listas para morderla. En el pasillo recoge a Dwayne Ray y a las flautas. Jax oye el sonido del vacío de madera de los instrumentos cuando ella los apila otra vez en su lugar. Se pone de pie de nuevo, mirando la ventana y de pronto, se da cuenta que en estos días, está oyendo con mucha claridad el vacío que hay dentro de las cosas. Deja que sus manos caminen sobre el teclado, mudo, los círculos internos de energía interrumpidos en alguna parte por algún cable fallado e imperceptible. El teclado no hace ningún sonido mientras los dedos modulan sus lamentos en una tecla tras otra.

Jax se siente completamente separado de sus manos mientras mira por la ventana. Sus ojos siguen la forma dorada, estrecha, de lo que finalmente distingue como un coyote que gira alrededor del tronco de un palo verde. Las manos se quedan quietas. El vientre del coyote cuelga bajo con cachorros inminentes, o tal vez leche, imposible saberlo porque el animal se mantiene siempre entre los arbustos.

De pronto, con un esfuerzo violento, salta hacia el árbol y cae otra vez, rebotando un poco sobre las patas traseras, con un nido de palitos entre los dientes. Una paloma vuela en ese mismo instante, asustada como un corazón. La hembra coyote se agacha en la base del árbol y come los huevos en bocados feos, poderosos. Se detiene un momento lamiéndose los labios, luego se aleja, arrastrándose.

Jax está llorando. Se siente profundamente confundido, no sabe a quién acusar de las pérdidas. La predadora parece estar haciendo sólo lo que tiene que hacer. En los sistemas naturales no hay ni virtud ni culpa, sólo éxito o fracaso, medidos por la supervivencia y nada más. El tiempo es el juez. Si uno consigue pasar lo que tiene a la generación siguiente, entonces lo que hizo estaba bien hecho.

19

MASTICANDO

HUESOS

Alice marca Información desde una habitación de un motel en Sacramento, buscando a los Cuerno.

—¿No encuentra ningún Robert? No, espere —ordena a la operadora mientras cambia el teléfono a su mejor oído—. Es Roland, creo. Roland Cuerno. Búsquelo así. —Espera, haciendo rodar los ojos por la habitación hacia Taylor, que le devuelve una versión menos irritada, más preocupada de la misma expresión. Alice nunca se ha recuperado de la impresión inicial de ver sus propios rasgos faciales tallados sobre otro ser humano, con planes propios.

—¿Te preocupa Tortuga?

Taylor asiente.

—¿Qué le pasa?

—Sabe que te vas. Odia que la dejen. Entré y encontré todos nuestros zapatos y las sandalias de Barbie en el baño. Ahora está en la bañera.

—Voy a hablar con ella —dice Alice—. Le voy a decir que voy para que tú y ella puedan seguir juntas.

—Ya se lo dije. No le importa que haya una razón lógica.

—Bueno, entonces, pruebe con Rocky Cuerno —le dice Alice a la operadora. Le susurra a Taylor: —¿Tiene la linterna? No quiero preocuparte, pero la hermana de Harland se mató escuchando "Jesús te ama esta mañana" en la radio mientras se bañaba.

—Ah, no te preocupes, no hay agua. Se mete con la ropa puesta y se tira una manta sobre la cabeza y dice que está enterrada.

Alice dice en voz más fuerte:

—¿No? Bueno, entonces déme los datos de todos los Cuerno de El Cielo, Oklahoma.

Taylor se pone de pie para examinar las sandalias de Barbie, que se están secando mal frente a la unidad de aire acondicionado.

—Ocho Cuerno con teléfono. Uno tiene que ser Azúcar, ¿no es cierto? Tal vez se casó de nuevo.

—Pero entonces no se llamaría Cuerno —señala Taylor.

—¿No te parece lo más tonto del mundo eso de que la esposa aparezca bajo el nombre del marido? Un marido no me parece la cosa más confiable del mundo para que te rastreen los amigos.

—Nadie te pone un revólver en la cabeza, mamá —dice Taylor—. Aunque yo me casara con Jax, cosa que no pienso hacer, ¿para qué querría su estúpido nombre? Cuesta un Perú hasta aprender a leerlo.

—Voy a llamar a toda esta lista. Por lo menos uno de ellos tiene que conocerla. —Alice respira hondo y disca.

—No creo que ni él lo escriba igual dos veces seguidas.

Alice levanta la mano en el aire.

—Llama —dice. Las dos esperan. Después de un momento, esperan sin tanta ansiedad. Alice cuelga, luego marca el número siguiente de la lista.

—Estuviste hablando de ese chico todo el día, Taylor —dice en voz baja, como si el teléfono pudiera oírla aunque todavía está llamando—. O es tu novio o no es tu novio. No creo que esté bien que te sientes encima del caballo y te dediques a hablar mal de él todo el tiempo.

Taylor se deja caer en la silla giratoria que hay junto a la ventana y se calla, retorciendo la silla un poco hacia atrás y hacia adelante, mientras Alice intenta con dos números más.

—Creo que tiraron la bomba en El Cielo —anuncia después de no recibir respuesta en el cuarto. Estudia la lista con cuidado y luego a Taylor, que está mirando por la ventana con lágrimas en los ojos.

—Ey, mi amor, ¿qué te pasa? ¿Es lo que dije de Jax?

—No sé si es mi novio o no. ¿Cómo voy a tener un novio si duermo en moteles y vivo en un auto? Con razón Tortuga quiere un funeral en la bañera.

—Esto va a mejorar —dice Alice mientras empieza a marcar de nuevo—. Sé que es difícil. Pero tú y Tortuga tienen una casa esperándolas allá.

—No nos espera demasiado —dice Taylor sin mirar a Alice—. Cuando llamé anoche me dijo que se había acostado con la mujer que nos cobra el alquiler.

La boca de Alice se abre de par en par. Después, la cierra de nuevo, mirando a su hija con los ojos muy abiertos, luego parpadea de pronto y dice:

—¿Hola? Soy una prima de Azúcar Cuerno, hablo de larga distancia, sí, la estoy buscando. ¿Ah, sí? Por Dios. Sí, por favor, por favor.

Taylor levanta la vista, los ojos todavía húmedos pero cambiados, contenidos y curiosos.

—No abandones el barco todavía —dice Alice—. Encontramos a Azúcar. Suena como si todo El Cielo estuviera en una gran fiesta.

Azúcar Cuerno cuelga el teléfono y se queda fría al ver a niños de labios azules, una multitud, corriendo como una multitud de fantasmas que se escapan de la fiesta. Letty los echa de las tortas de moras y de la cocina, y Azúcar parpadea lo que le pareció un mal presentimiento.

—¿Quién estaba en el teléfono? —pregunta Letty.

Azúcar retrocede varias puntadas en el bordado de sus pensamientos.

—Lo más raro del mundo. Una prima que no veo desde mil novecientos cuarenta y cinco. Quiere venir de visita. Tiene algo que negociar con la Nación pero no me dijo qué.

A Letty se le despierta la curiosidad y aparece por la puerta.

—Bueno, ¿qué podría ser, digo yo? ¿Algún tipo de reclamo?

—Lo dudo. No es de por aquí. Medio como que crecimos juntas en Mississippi, como hermanas. ¿Estuviste en el Sur?

—No. Me dijeron que hace calor.

Azúcar se ríe, preguntándose qué puede ser más caliente que los bosques de Oklahoma en verano.

—¿Me darías una mano con estas cebollas, querida? —pregunta Letty, que no está dispuesta a dejarla escapar de la cocina con esas noticias emocionantes. Cruza la habitación hacia el congelador, caminando como una osa; Letty es cuadrada, con piernas que salen desde debajo del vestido y parecen colocadas a veinte centímetros de distancia una de la otra. Abre el congelador y se inclina encima; arriba, se ve el comienzo de las medias marrones y gruesas enrolladas hasta las rodillas. Una nube de vapor se le enrosca alrededor de la cara y le toca el cabello con plata.

—¿Para qué te fuiste hasta Mississippi a que te criaran allá? —Letty nunca se va de El Cielo; por lo que a ella concierne, Mississippi podría estar en la India.

—Era la Depresión —dice Azúcar—. La mamá de Alice tenía una granja, criaba cerdos.

—¿Cerdos? Hay dinero en eso, supongo.

—Ah, vamos, nunca teníamos ni tres dólares juntos. Pero no la pasamos tan mal. . .

Letty gruñe un poco mientras se inclina un poco más dentro del freezer.

—Bueno, claro que no. . . Oí hablar mucho de los derechos civiles que tienen por ahí en el Sur.

Azúcar toma, uno por uno, los bloques congelados que le da Letty y los coloca como leña fría contra su pecho. Se acuerda de haber ayudado a Letty a recoger esas cebollas salvajes en primavera para guardarlas para una fritura de chancho en el verano u otoño.

—No era como lo hacen sonar ahora. Estábamos todos más o menos en el mismo barco, blancos y negros. O tal vez éramos ignorantes pero parecía como que nos llevábamos más o menos bien. Lo que más me gustaba en el mundo era ir a Jackson a ver los festejos de primavera y la Feria Estatal. Había cientos de niñitos negros vestidos como ángeles, marchando por la calle, cantando himnos. Te juro que era lo más lindo que he visto en mi vida.

—Mmmm. —Letty está perdiendo interés.

—Nadie tenía ni un peso partido al medio, era como aquí. No se notaba que no tuvieras porque nadie te lo pasaba por la cara.

—¿Cuándo viene?

—Dice que apenas pueda tomar el Greyhound.

Letty Cuerno es la persona más ruidosa del condado. Azúcar sabe la razón por la que va a llevar un pastel, por la misma razón por la que le ayuda a Cash: para fisgonear. Seguramente está revolviendo sus cosas para ver si se hizo rico en Wyoming y no quiere decirlo. Azúcar le ayuda a llenar un balde de agua caliente y echarlo sobre las bolsas congeladas de cebollas silvestres. Letty las va a mezclar con huevos revueltos y Cash va a jurar que nunca más se va de casa. No, no hay manera de que Letty sospeche que su hermano se hizo rico y lo mantenga en secreto frente a sus parientes. Seguramente volvió con la misma nada que se llevó hace tres años y nadie se lo va a reprochar. Especialmente no después de los funerales que tuvo que tolerar. Cuando terminan con las cebollas, Azúcar se escurre con rapidez. Va a buscar a su marido y contarle lo de Alice.

Los chicos que Azúcar vio adentro se unieron a otros bajo la gran morera de Letty. Azúcar se ríe de sí misma y su visión de fantasmas. Las manos y las caras y las plantas de los pies de los chicos están teñidas con las moras aplastadas y masticadas.

El patio de Letty es un claro pequeño y cuidado rodeado de bosques de nogales. El esposo de Azúcar, Roscoe, está de guardia con otros viejos junto a la tina de hierro que usa Letty para lavar, que está sentada como una gallina sobre un nido blanco de carbones. El fuego agrega más calor a ese día caliente, tiembla en el aire alrededor del cuero de las botas de los hombres y se eleva hacia los brazos de los árboles. Adentro de esa enorme olla, mil pedacitos de lo que ayer fue un chancho gordo y vivo giran hacia arriba en el aceite que cruje. Azúcar piensa: Un ciudadano más de El Cielo que hace su contribución. Roscoe y sus amigos estudian el calor del fuego y el nivel de aceite en la olla con la actitud que toman los hombres en ocasiones como ésas, como sintiendo el peso de sus poderes de supervisión. Azúcar sonríe. Una mujer sabe que puede alejarse de la olla y atender otra cosa y que la olla no dejará de hervir por eso; si no fuera así, el mundo se acabaría en un instante.

Se queda sola de pie bajo los duraznos de Letty, esperando por un minuto afuera de la multitud antes de que la multitud la atraiga. ¿Qué sentirá su prima Alice, qué entenderá de un lugar como éste? No puede imaginárselo. Azúcar mira con cariño las largas trenzas negras que cuelgan sobre las espaldas de los hombres, los zapatos de las mujeres levantados hasta muy arriba sobre el pasto alto e irregular. Hay niños por todas partes. Los que son demasiado bajitos para subirse a los árboles corren entre los adultos; las cabezas suaves, oscuras pasan bajo todas las manos. Azúcar se siente acunada por el regazo de la familia. Toda esa gente está emparentada de alguna forma con Roscoe y con ella y con sus hijos. Seguramente podría elegir a dos personas cualesquiera del condado cheroque y rastrear el sendero humano que une a sus familias. En realidad, ése es el pasatiempo favorito de los viejos cheroques en reuniones de todo tipo. Aunque no nació allí, Azúcar ha sido una Cuerno el tiempo suficiente como para hacerlo tan bien como cualquiera: rastrea como nadie a los Cuerno y a los Pluma Negra, a los Piedra y a los Jabón y a los Matacuatro. Se acuerda de cuando se mudó allí por primera vez con su nuevo esposo, de cómo sintió que entraba en una reunión familiar interminable.

Sus hijas, Quatie y Johnetta, están de pie, hombro con hombro en la cocina exterior que usa Letty en verano. Johnetta revuelve el guiso de porotos y Quatie trabaja por lo menos igual de duro en algún tipo de historia que tiene que contar. La madre del esposo de Quatie, Boma Saltamontes, cruza el patio en un vestido de satén azul brillante y una gorra de lana de hombre. Camina de costado como un cangrejo, con los ojos arriba, en las nubes. En El Cielo es bueno estar emparentado con Boma porque ella es capaz de ver cosas que los demás no ven.

Antes, Azúcar vio a Boma de pie entre los hombres, charlando muy entusiasmada con Cash. Ahora cruza hacia la parra para hablar con tres chicos y una chica que eran de Bonnie Matacuatro, una querida amiga de Azúcar, ahora fallecida. La chica tiene un corte de cabello muy raro pero sigue pareciéndose a Bonnie. Azúcar no se acuerda de ninguno de los nombres de los hijos, excepto, cosa rara, del primer bebé que murió, Soldado, y del más joven, Gabriel, que desapareció en Tejas y murió, supone Azúcar, aunque no se acuerda del todo. Hoy puede imaginarse a esos chicos perdidos apareciendo por ahí, altos ya; ve cómo sus hombros encajarían perfectamente entre los de sus hermanos y hermanas.

La multitud también extraña a la madre de Cash y Letty, que murió hace unos años. Estaría ahí, ordenando a los chicos que salieran de entre los pasteles y a los viejos que se dejaran de holgazanear. En sus últimos años, siempre organizaba el canto sagrado en las frituras de chancho. Antes de eso, fue durante toda su vida a los bailes ceremoniales de Acacias, y nadie podía convencerla de perdérselos por nada del mundo hasta que se le pusieron malas las rodillas; entonces, se convirtió a la religión bautista. Dijo que arrodillarse y rezar era un problema pero menos que saltar en los bailes. Así era ella. Así que tenían que cantar "Gracia Divina" y "Sangre santa" en todas las reuniones grandes con las palabras cheroques, que por lo menos eran menos espantosas que las del inglés. El sentido práctico obstinado de las viejas desgarra y fortifica a estas familias como clavos de acero hundidos en paderes de cemento. A Azúcar le sorprende sentir que se está convirtiendo en una de esas viejas. Todavía se siente linda y joven.

Da un salto de sorpresa de pronto, porque Boma Saltamontes está junto a ella, leyéndole la mente.

—¿Estás contenta? —pregunta Boma, mirando de costado a Azúcar desde debajo de la gorra de lana y el velo de cabello blanco.

—Sí, Boma. Hubo veces en que no estuve contenta, pero ahora sí.

—Bueno, entonces, no te atormentes por el *kolon*. No siempre es algo malo.

Azúcar levanta la vista.

—¿El pájaro?

—El que vuela cuando alguien va a morir. ¿No lo oíste llamar? Suena como si estuviera masticando huesos.

Un niñito desnudo —tiene puesto solamente un par de zapatos rojos— se mueve de un grupo de adultos a otro; ninguno de ellos lo mira pero todos honran la cabeza redonda del chico con una mano extendida hacia abajo, como si fuera un melón maduro que hubiera rodado hasta allí desde el campo. Azúcar mira a Boma, cuyos ojos son claros, castaños y sin perturbaciones.

—No quiero que nadie se muera por aquí —dice finalmente.

Boma parpadea.

—Es una tribu grande. Siempre hay alguien que se está muriendo.

Azúcar mira a la gente reunida en ese único lugar verde y entiende el precio del amor.

—De acuerdo —dice—. Pero que no sea uno de los chicos.

—No —dice Boma—. A estos chicos los vamos a retener.

20

LA GUERRA DE
LOS PAJAROS Y
LAS ABEJAS

En opinión de Alice, El Cielo ha ido a parar a los chanchos y a los silbatos. No tiene idea de la promesa que pudo haber contenido el pueblo en otros días, pero en la mañana en que alguien le puso El Cielo no pudo haber habido, por ejemplo, un lío de perros malvados enroscados bajo el corredor del Correo.

—Mira ese cachorro con la cola mocha —dice Azúcar, bailando un poco en las escaleras y sacudiendo la cartera para espantar a los perros—. Se llama Cortado.

Alice no distingue a Cortado en la línea de sus hermanos y hermanas amarillos; todos saltan por el aire como atrapados por la boca con anzuelos. Los dos más grandes se limitan a mirar, cavilando si el valor de la comida de ese par de viejas vale la pena el trabajo de molestarse.

—¿Por qué no los echan? —pregunta Alice, poniendo la pregunta en un marco de tacto tan grande como puede mientras navega de costado por las escaleras con las manos en los pantalones, mirando hacia atrás por si acaso.

—Ah, mi amor, viven aquí —explica Azúcar. Abre la puerta mosquitero y presenta a Alice a su hija Quatie, administradora de correos de El Cielo antes de que Alice termine de vigilar para cuidarse de ataques por la espalda.

El Correo vende cigarrillos y estampillas y tiene un fuerte olor a atún. Quatie tiene un cigarrillo Camel y un sandwich en una mano y se la seca antes de tendérsela a Alice.

—Encantada de conocerla —dice, después de limpiarse los dientes de adelante con la lengua. Quatie tiene la cara ancha, marrón de su padre pero los ojos de su madre, un poquitito inclinados hacia abajo en los bordes, que le dan un toque de tristeza a su sonrisa.

—Nuestra prima de los viejos tiempos —le dice Azúcar a Quatie, levantando las manos para mostrarle que pasaron más años de los que puede contar.

Quatie pone los ojos en blanco, un gesto amistoso hacia Alice.

—Mamá habla de Mississippi como si fuera el paraíso.

—Pero claro que sí —exclama Azúcar—. Yo y Alice éramos las más lindas del baile. Esta mañana decidimos que vendríamos al pueblo a tirarnos una cana al aire.

Quatie guiña un ojo.

—Supongo que van a tener que buscarla mucho.

—¿Perdón? —pregunta Alice, nerviosa todavía.

—La cana.

—Ah, bueno, gracias. Estoy acostumbrada a los pueblos chicos. No es algo nuevo para mí. —Pero en realidad, lo que quiere es ser amable. Mientras salen del Correo y caminan hacia la casa de Azúcar, piensa que el lugar tiene problemas que van más allá del tamaño. Parece que todo el mundo está desocupado desde hace cuarenta años por lo menos, y Azúcar dice que eso no está muy lejos de la verdad. Antes, afirma, la parte este del estado era una reservación y bastante próspera. Pero el gobierno federal dividió la tierra en pequeños lotes y le dio uno a cada familia; como el pueblo no pensaba en la tierra como algo que se da o se toma permanentemente, hubo inversores inteligentes que los persuadieron de cambiar los papeles de posesión por una mula o una estufa o, en un caso que Azúcar conoce, una canasta de duraznos y una copia de las novelas de Fenimore Cooper sobre la frontera. Desde entonces, la mayor parte de la población de Oklahoma del este ha estado más o menos desocupada. Azúcar vino cuando estaba recién casada con Roscoe en 1950; a Alice le parece que desde entonces vivieron más que nada de la fama local de Azúcar como la chica de los pósters de "Bienvenido á El Cielo", aunque eso no puede haber pagado todas las cuentas.

Roscoe dejó a Azúcar y a Alice en el centro; iba de paso para arreglar una bomba de agua de unos parientes en Acacias. A Alice le gustó la idea de volver caminando. Quería conocer el lugar, situarse. Ahora tiene más conocimientos de los que le interesan. Pasan casas que ella espera que hayan tenido mejores tiempos; patios donde las gallinas corren libres y autos sin ruedas que disfrutan de la pátina rica, oxidada de la vida eterna. Se detienen para descansar un minuto en el lugar en que la Principal se cruza con lo que Azúcar llama el "camino de la colina" (y que, piensa Alice, seguramente algunos definen como el camino de los valles) bajo la sombra de grandes robles de cuyas ramas cuelgan lianas gruesas como en la jungla de Tarzán.

—¿Cómo fue lo de ese marido? —pregunta Azúcar, evitando cuidadosamente la pregunta más obvia de por qué ha venido a El Cielo. Alice quiere mencionar a Tortuga, pero no puede. Todavía no se siente cómoda con Azúcar. Hace toda una vida que no se ven. . . La Azúcar que acaba de conocer es una mujer flaca, jorobada, en zapatillas de lona y un vestido de algodón azul que le cuelga, vacío, en el pecho. Alice se acuerda de charlas sobre hijos que se metían en problemas y luego salían de ellos, y en la última correspondencia, de hace diez años más o menos, un cuento sobre cirugía para el cáncer del pecho, pero Azúcar todavía tiene una sonrisa linda y ojos que hay que mirar dos veces. Usa el cabello blanco como la nieve, arreglado como cuando era una niña: en un moño como el de las Hermanas Andrews sobre la espalda, y tiene una forma de hablar casi juguetona, coqueta, que hace que Alice piense en las Hermanas Andrews cuando sacudían los dedos, haciendo "oes" gigantes con la boca. "¡No, no, no, no te sientes bajo el manzano con ningúna otro que yoooo!"

—Harland, se llama —confiesa Alice—. El tipo con el que me casé. No salió muy bien. No pude aguantar la tranquilidad.

—Ah, querida, no sé. . . Yo creo que Roscoe usó todo el vocabulario que tenía el día que me pidió que me casara con él. Lo único que le queda ahora es: "¿Dónde está?" y "¿A qué hora comemos?"

Alice respira un poco más hondo. La simpatía y la comprensión por el comportamiento de los hombres es la levadura de las amistades entre mujeres, lo que las hace burbujear y levantarse.

Levantan los pies del suelo como si fueran paquetes y pasan junto a una estación Shell y un edificio con un rótulo amarillo borroneado que anuncia MAQUINAS HERRAMIENTAS DE EL CIELO, NUEVAS Y USADAS. Después ya están más allá del límite de lo que Alice llamaría el pueblo. Es chico, sí, pero sigue creyendo que Quatie las halagó demasiado con el problema de la cana: les va a costar tirarse una al aire en ese lugar.

—¿De dónde sale el nombre El Cielo? —pregunta a Azúcar.

—Bueno, es por el agujero azul. Un gran agujero con agua en la quebrada. A los chicos les gusta ir y saltar y pescar y todo eso. Atrapan cangrejos, ese tipo de cosa. A los grandes también les gusta, en realidad. Es el mejor lugar que hay por aquí. Antes lo llamaban "el mejor lugar", en cheroque, y cuando pasaron eso al inglés alguién pensó que la gente hablaba del Cielo, el Paraíso. Pero no era eso, lo único que querían decir era el mejor lugar "por aquí".

—Ah —dice Alice. Se siente aliviada al saber que "El Cielo" como juicio de valor es solamente relativo.

—¿Y tu hija? —pregunta Azúcar—. ¿Dónde está?

Alice se queda de una pieza cuando se da cuenta bruscamente de que no tiene ni la menor idea. Y no puede explicárselo bien a Azúcar, lo cual la pone todavía más triste.

—Vive en Tucson, en Arizona. Taylor es mi orgullo. . .

—Ah, claro, siempre lo son. Cuando no te dan problemas, son una bendición.

El camino se convierte en sendero y pasa bajo un túnel de acacias. Una quebrada corre junto a ellas en los bosques espesos; Alice oye el ruido satisfecho del agua rápida. Hay pájaros que cantan con fuerza entre los árboles y tal vez docenas de tortugas. Los camiones que pasan giran para evitarlos y ellas meten la cabeza adentro y se sientan como piedras, mientras seguramente les laten los corazoncitos. Pero seguramente cruzan bien, o los caminos estarían sembrados de trágicas cajitas de tortuga.

—Mira eso, ahí hay grana —dice Azúcar, animada de pronto. Saca una bolsa de plástico doblada de la cartera y la sacude para abrirla mientras camina al lado del camino. Ahí, en la zanja se agacha y levanta manojos de hojas verdes. Pasa un camión y Azúcar lo saluda con la mano. Alice no sabe qué hacer consigo misma y le da la espalda, como si su prima estuviera por hacer pis allá abajo. Sabe que la grana se come, lo ha sabido toda su vida. Pero también sabe lo que diría la gente si la viera recogiendo ensalada del costado del camino.

Azúcar trepa despacio y con cuidado, triunfante, la bolsa hinchada al tamaño de una pelota de baloncesto.

—Antes había un campo entero de eso ahí detrás de la casa, donde sacaron los árboles debajo de los cables de electricidad —le cuenta a Alice mientras se pone a caminar junto a ella, jadeando—. Pero hace unos años empezaron a tirar algo venenoso debajo de los cables y eso mató las plantas. ¿Para qué lo harían? —pregunta.

Alice no dice nada.

—Para matar las semillas, supongo —dice al final—. ¿Calor, no?

Azúcar se seca la frente.

—Estaba pensando en el calor que hacía esos veranos cuando éramos pequeñas Los grandes vivían en el corredor de enfrente y ni se movían.

—Sí que hacía calor —dice Alice—. Estábamos en Mississippi.

—Mamá no quería que le pusieran el bebé en la falda porque hacía demasiado calor. Nosotras sí hacíamos upa a los bebés porque nos encantaba jugar a ser mamás. Supongo que no sentíamos tanto el calor, igual que no entendíamos ni la mitad de lo que era ser mamás en realidad.

Adelante, una gran serpiente negra abre las espigas y empieza a deslizarse por el camino, luego lo piensa mejor, retrocede como un cordón de zapato que se dobla para hacer un nudo y se mete otra vez entre los arbustos.

Alice habla abruptamente desde sus pensamientos.

—¿Conoces a alguien que se llame Matacuatro?

—Ah, querida, no se puede caminar ni diez segundos por aquí sin tropezarte con algún Matacuatro. Está Anzuelo Matacuatro, el jefe, el hombre más bueno que conozco, en serio. Se ocupa de las ceremonias en Acacias y vive en un barco. Vive ahí en el lago desde la Segunda Guerra, dice Roscoe. Tiene un amarradero de neumáticos viejos. Es algo lindo de ver.

Caminan en silencio hasta que Azúcar pregunta:

—¿Te acuerdas de las fiestas de primavera en Jackson?

—Ah, claro. Los chicos todos de zapatos blancos, caminando en círculos alrededor de los palos cubiertos de flores. Los hombres en una dirección y las mujeres en la otra.

Azúcar se toca el cabello.

—La Feria Estatal —dice—. Y los desfiles. Nunca voy a olvidarme de eso. ¿Y te acuerdas de la feria de diversiones?

—¡La vaca con cara humana! —exclama Alice.

—¡El hombre de goma! ¡El hipnotizador!

—Los terneros siameses, dos cuerpos y ocho patas. . .

—Tú querías que te devolvieran el dinero de ése —dice Azúcar—. Porque estaban muertos y embalsamados.

—Y lo conseguí —señala Alice, con orgullo.

—Eras muy atrevida, eso no se puede negar.

—Bueno, al fin y al cabo, si estaban muertos y embalsamados podrían haberlos cosido. . .

—Hace cuarenta años que pienso en eso, Alice.

—¿En los terneros muertos?

—No. En ti. En cómo le dijiste al hombre que te devolviera la moneda. Ojalá yo hubiera tenido más de eso en mí. Creo que no le mostré a mis hijas de qué estaba hecha.

Alice se sorprende al oír esa admiración en boca de su prima, esa mujer tan llena de vida.

—Parece que te salieron bien.

—Ah, sí, claro. Los chicos son todo un problema pero las chicas están bien. Todavía no te presenté a Johnetta. Vuelve en cuanto termine con el autobús. Ella sí que es algo serio. Es de las que consiguen que les devuelvan el dinero. —Azúcar se ríe. —Ella habría subido por encima de la soga para ver si eran dos terneros cosidos o dos siameses.

Alice tiene puestas las zapatillas de correr y está acostumbrada a llegar adónde quiere ir pero tiene que caminar con pasos más cortos por Azúcar, que pierde el aliento fácilmente.

—Podías conseguir un buen plato de sopa por una moneda —dice Alice—. No se podía tirar una moneda así como así.

—No. Ahora tampoco se puede.

Las dos caminan por la sombra, los codos tocándose apenas. Cada vez que pasan por una casita y un patio abierto en los bosques, Azúcar saluda a la gente que está en el corredor. Y pueden ser de cualquier edad: una abuela que saca verduras de un balde, o un hombre de veinte con manos grandes, engrasadas, arrodillado sobre un motor como si estuviera por ayudarle a dar a luz a un bebé. Y niños, muchos niños. Todos le devuelven el saludo, la llaman por su nombre. Ya ha presentado a Alice a docenas de personas, y todos parecen saber mucho sobre ella. Los nombres se inclinan y se hamacan en la cabeza de Alice como imágenes en un viejo libro de niños: Matacaminos, Pasto, Pacto, Aguaquieta, Doscabezas. Muchas veces no le resulta fácil distinguir los nombres de los apellidos, ni saber dónde termina el nombre del abuelo y empieza el del nieto. El joven del motor se llama Cabal Nadador. Todos parecen ser parientes de Azúcar por matrimonio o alguna otra catástrofe, o las dos cosas. Azúcar le dice por ejemplo:

—Flossie Pacto y yo estábamos en los tribunales de Tahlequah el día que se cayó su hijo del hotel que estaban construyendo y se le reventaron las entrañas. El otro hijo se casó con la hermana del esposo de Quatie.

Azúcar camina todavía más despacio cuando empiezan a subir la colina y suspira un poquito.

—Esa Feria Estatal me encantaba. Me parece como que cada vez que nos sentábamos en esas gradas, el cielo estaba totalmente limpio.

—Había dos ferias. Primero la Estatal y después la del Estado Negro.

—¿En serio? Nunca supe que estaban divididas.

Alice se acuerda de que muchas veces le parecía que su amada prima era un poco inocente y necesitaba mucha protección.

—Nosotras íbamos a la Negra. Nos gustaba más, había más música.

—Sí. Y las carrozas de la iglesia.

—Y la gente vestida para eso, con sombreros y todo. A mí me encantaban los sombreros.

—¿Te acuerdas de esos chicos vestidos de ángeles?

Alice piensa.

—No. Me acuerdo de mujeres vestidas de pájaros, con pantalones oxford azul francia. Y me acuerdo cuando encendían esas luces en la calle, como bombitas bajo platos aflautados, y de que bailábamos abajo.

—¿No te acuerdas de los chicos? Cantaban "Cuando los santos vienen marchando". A mí me encantaba.

Azúcar y Alice pasan junto a una casa que parece un poquitito más próspera que la mayoría aunque también menos interesante: un rectángulo amarillo de ladrillos en un gran parque chato sin ninguna planta. Un tractorcito cortapasto se muestra, orgulloso, en el garage.

—Eso es de Les y June Courcy, son blancos —dice Azúcar, sin apoyo ni desprecio, como si dijera simplemente "Ahí pasa un gallo blanco por el camino". Las dos siguen adelante.

El terreno se empina. Adondequiera que mira, Alice ve largas hogazas de colinas oscuras cortadas por agujeros selváticos. Alrededor de las casas, casi todos tienen una cabra para que mantener la maleza bajo control, aunque de vez en cuando un patio enseña una cortadora de césped anaranjada junto al disco redondo de la antena de satélite.

Cuando llegan a la cima de la colina, de pronto se ven frente a un campo cortado rodeado de cercos blancos, exactamente como los granjas con caballos que Alice vio en Kentucky. Un rótulo de bronce sobre el portón blanco dice CRIADERO ESCONDIDO. Un camino de asfalto brillante sube con orgullo por la loma hacia una casa de piedra decorada de blanco. La aldaba de bronce que brilla sobre la puerta principal es enorme, como si quisiera sugerir que para molestar a los de adentro hay que ser una persona de buen tamaño. Alice pregunta:

—¿Qué es ese lugar, una pista para carreras de caballos?

—Avestruces —contesta Azúcar.

Alice se ríe del buen humor de su prima.

—¿Se paga bien por la carne de avestruz? —pregunta.

—No, por las plumas. Para sombreros y cosas de señora. . .

Alice mira, pero Azúcar no se ríe. En realidad, parece irritada.

—¿Avestruces? —pregunta Alice—. ¿Un criadero de avestruces?

—Es lo que te estoy diciendo.

—Nunca supe de nada igual.

—Yo tampoco —admite Azúcar—, no antes de que ese tipo que se llama Green viniera desde New Mexico o New Hampshire, uno de los estados nuevos, y dijera que uno se puede hacer rico criando avestruces. Está tratando de hacer entrar al gobernador. Pero el asunto es que si quieres criar avestruces, tienes que ser rica antes de empezar. Cuestan unos veinte mil dólares el par.

—Dios —se asombra Alice—. Entonces cada pluma vale mil o más.

—Más o menos, sí. El tipo estaba tratando de vender los huevos a cien dólares y le decía a la gente que si los ponían a empollar, entrarían en el negocio. —Azúcar empieza a reírse. Pone el puño delante la boca. —El amigo de Roscoe, Cash, que acaba de venir de Wyoming, le dijo que le iba a comprar uno si el señor Green prometía sentarse encima en persona.

Alice siente una curiosidad inmensa. Nunca vio un avestruz y examina cuidadosamente el acantilado buscando un manojo insolente de plumas, un cuello largo y rosado pero lo único que ve es terciopelo de pasto.

—No creo que estén afuera hoy —dice, finalmente, desilusionada.

—Ah, algunos días los ves —insiste Azúcar—. A los chicos les encanta molestarlos, tratar de hacerlos correr. O escupir. Dicen que si se enojan, escupen. No sabía que hubiera pájaros que pudieran escupir, pero es que estos son pájaros muy raros. No esconden la cabeza en el suelo, eso es mentira. El señor Green dice que va a tirarles a los chicos con piedras y eso *no* es mentira, estoy segura de que lo haría. En la verdulería, dijo en voz alta que le gustaría ver a Boma Saltamontes muerta mañana mismo.

—¿A quién?

—A Boma Saltamontes. —Azúcar hace un gesto hacia una gran casa destartalada acuchillada como en un nido entre los bosques justo del otro lado de la cerca del Criadero Escondido. La casa es pequeña en sí misma, con tejas de madera, pero tiene cosas adosadas que aumentan los espacios habitables, por ejemplo, un autobús escolar, muy oxidado. Alice ve sillas y un tubo de chimenea dentro del autobús, y tantas plantas que las ramas dan contra las ventanas y el parabrisas como las de los invernaderos. Hay tráilers para llevar caballos y heladeras, todos estacionados en el patio entre los arbustos. Un trío de gallinas camina con orgullo y cuidado entre las patas manchadas, extendidas de un sabueso que parece muerto.

—¿Qué tiene ese tipo contra Boma? —pregunta Alice, aunque cree que le sería fácil adivinarlo. La cerca blanca entre las dos propiedades podría ser la Cortina de Hierro. Sin embargo, a Alice no le queda claro en cuál de los países querría quedarse si tuviera que elegir.

—Bueno, lo que más odia son sus abejas. Boma tiene abejas en el tejado. El del criadero dice que van a matar a sus pájaros, pero no lo creo. Son buenas abejas si las quieren, y Boma las quiere. Un pájaro no tiene suficiente cabeza como para odiar a una abeja. . . ¿no te parece?

Alice ya ha decidido que El Cielo está bastante más allá del límite de su comprensión.

—No sabría decirte —dice, y es verdad. Nada en su vida la ha preparado para emitir un juicio sobre una guerra entre abejas y avestruces. Mientras pasan lentamente junto al buzón de Boma, fabricado con un trozo de caño y una canasta blanca para huevos, Alice oye el zumbido distante, leve, de la colmena. Decide que durante el tiempo que dure su misión, por lo menos en esta parte del camino de El Cielo, va a ser buena idea querer mucho a las abejas de Boma.

OTOÑO

21

CUESTA ABAJO

Taylor dobla la Handi-Van por Yesler Way y trepa por la larga colina junto al agua. Las calles están rodeadas de plátanos de troncos moteados. Entre los edificios se ven imágenes quebradas y frías de agua quieta. Hay una pasajera ciega en el asiento detrás de Taylor. Le dice que se está olvidando de los colores. Perdió todos menos el azul.

—*Creo* que me acuerdo del azul —dice la mujer—. Pero hace cuarenta años que no lo veo, así que no tengo idea de hasta qué punto me alejo de la realidad.

Taylor se detiene con cuidado en un semáforo. Esta mañana frenó de golpe frente a una barrera y el perro lazarillo de alguien se deslizó por todo el pasillo desde el fondo. Ella oyó las uñas del perro resbalándose sobre las ranuras de la goma del suelo. Cuando se detuvo la camioneta, el perro se puso de pie y caminó otra vez hasta el fondo y Taylor se sintió muy mal, como la gente cuando una les pisa el pie y suspiran pero no dicen nada.

—Nunca pensé en eso, no se me ocurrió que una puede olvidarse de los colores —dice Taylor, tratando de concentrarse en

manejar sin dejar de ser amable con la pasajera ciega, aunque la conversación la está deprimiendo mucho. Reconoce a la mujer como una cliente
regular: martes y viernes, para diálisis.

—Ah, sí, sí, una se olvida —insiste la mujer—. No es como olvidarse
del nombre de alguien. Es más como que una tiene una idea de un cierto
color pero tal vez hay variaciones, ya sabe. . . Como cuando uno varía una
nota de una canción, la cambia un poquito.

La radio de Taylor se enciende en un ataque de estática y exige saber la
localización.

—Recién pasé la Plaza Pioneros y voy diez diecinueve al Martin Luther
King —dice—. Tengo dos menos en el Hospital Sueco.

—O.K., Taylor, diez, veintisiete después —dice la radio.

—Diez, cuatro —contesta ella.

Para conseguir el trabajo con Handi-Van, lo único que necesitaba Taylor
era una buena reputación como conductora, una licencia del estado de
Washington y tres semanas de entrenamiento, más un curso de CPR. Lo
peor fue aprender a usar el código de radio, que ella sigue considerando
innecesario. No es cierto que así se ahorren sílabas, piensa: por ejemplo,
"diez-veinte-siete" no es más fácil que decir "volver a la base". Tal vez es
menos embarazoso decir "diez-doce" que "necesito unos minutos para ir
al baño" pero ella ya sabe que el código no tiene secretos. Ayer la radio
anunció un 10-161, y los seis pasajeros levantaron la vista y preguntaron,
ansiosos: "¿Y eso qué es?" Taylor tuvo que buscar en la cartilla del código
en el parabrisas para saber que 10-161 quería decir intersección obstruida
por animal herido. Se imaginó a todos los conductores de Handi-Van de la
ciudad mirando la cartilla al mismo tiempo.

En el camino a Yesler, Taylor pasa junto a su apartamento: una caja
larga y marrón con veinte puertas idénticas en el frente, espaciadas unos
quince metros, como vagones de carga. El edificio es sombrío, deprimente, con un linóleo que ya tuvo que sobrevivir a duras batallas y
paredes precarias y angostas y vecinos de los dos lados que gritan en
algo que suena a chino; a veces, Taylor tiene la sensación de que hay dos
equipos de vecinos que se gritan *mutuamente* y usan su departamento
como conducto para insultos o extrañas instrucciones. Pero es un techo,
por ahora, y ella se siente un poco más optimista con respecto a las

finanzas. Necesitó sólo dos tercios de los 1200 que le dio Alice para pagar el primer mes, conseguir la conexión eléctrica y mudarse. El resto, lo escondió en un cubo de plástico de la mesa de noche que tiene fotos sonrientes de familia en cada una de las seis caras: Jax y Tortuga en casa en el Desierto Retrasado; Jax en su traje de baño con una bolsa de papel sobre la cabeza; una muy vieja de Alice vendiendo limas; ese tipo de cosa. Taylor supone que es el último objeto de la casa que podría querer llevarse un ratero. Barbie sigue con ellas, y fue responsable en parte de que terminaran ahí: insiste en que el Noroeste del Pacífico está por volverse muy popular. También aceptó poner algo de su botín para ayudar en los gastos. Por ahora, cuida a Tortuga de día, y desde esta semana, Taylor está haciendo ocho dólares la hora.

Decidió que le gusta la ciudad, con ese aspecto absolutamente opuesto al de Tucson, un lugar donde nadie pensaría en buscarlas. Hay agua en todas direcciones y montañas triangulares, nevadas se acurrucan en el horizonte, ayudándola a orientar la brújula mental mientras dobla y gira por calles urbanas desconocidas. Varias veces por día cruza el lago con la camioneta por uno de los puentes flotantes que se sacuden como una barca estrecha y larga. Aparentemente no pudieron anclarlos como se hace con los puentes porque los lagos son demasiado cenagosos y profundos para hundir raíces de cemento en ellos. Taylor consiguió toda esa información y un mundo de otras cosas de boca de Kevin, un conductor de la Handi-Van que le pidió siete u ocho veces que saliera con él. Kevin no es exactamente lo que prefiere Taylor: es un joven rosaducho con vaqueros que siempre parecen nuevos y nunca le quedan del todo bien. Su mayor interés parece ser el bigote pálido que está tratando de dejarse crecer. Habla en código de radio hasta cuando no está trabajando. A pesar de todo, Taylor está por ceder. Hace tanto que no se divierte que tiene miedo de olvidarse de cómo se hace. No le molestaría nada decirle a Jax que está saliendo con alguien la próxima vez que hablen. Toma la decisión mientras ayuda a la mujer que se olvidó de los colores a llegar a la puerta rojo fuego del hospital: ese sábado, Taylor y Tortuga irán a alguna parte con Kevin. Y si él no pensaba en la compañía de la niña, peor para él. Puede aceptar la idea o darse media vuelta y 10-27.

*   *   *

Cuando Taylor vuelve a casa del trabajo, Barbie y Tortuga están en el patiecito detrás de la cocina. Barbie tiene puesta una biquini rosada y está tirada en una reposera, trabajando en su color de verano. Parece algún tipo de pájaro exótico trágicamente atrapado en una jaula que se pudre. Taylor desliza la empeinada puerta de vidrio y arrastra una de las sillas derruidas de la cocina, recordándose que tiene que pedir prestado un destornillador y algunos tornillos del garage del trabajo. La luz de la tarde parece demasiado débil para penetrar la piel humana, pero es la primera vez que sale el sol después de dos semanas lluviosas y Barbie dice que no puede perderse esa oportunidad. Dice que el broncearse es un elemento importante en su identidad personal. Puso a Tortuga a cortar estrellas doradas de metal y pegarlas en una falda corta de dril que encontró en un negocio llamado Segunda Mano Rosa.

—Eso se va a caer la primera vez que la laves —observa Taylor.

Tortuga deja de cortar estrellas. Apoya las tijeras con cuidado sobre el patio de cemento y va a sentarse sobre la falda de Taylor.

—Ah, eso ya lo sé. —Barbie está boca abajo y la voz llega como de desde lejos. —Por no pienso lavarla. Mira, Taylor, esto es un disfraz, no ropa.

Por lo que Taylor ve a su alrededor, todo lo que usa Barbie es un disfraz.

—¿Y si se ensucia?

Barbie se da vuelta de costado, la mira con algo de irritación.

—Mira, yo soy cuidadosa. . .

—De acuerdo, es tu falda.

—Va a ser para el conjunto Estados Unidos —dice Barbie con paciencia —. Va con un top de rayas rojas y blancas y una enagua de encaje. Acaba de salir. Lo vimos hoy cuando investigábamos lo que hay de nuevo en la sección Barbie. Es como que. . . es tan perfecto, pero no va a ser fácil conseguir puntillas como ésas. Eso va a ser todo un desafío.

Taylor está sintonizando otra cosa: ya aprendió cuándo dejar de escuchar a Barbie. Sabe que no va tener que dar examen sobre el conjunto Estados Unidos. Kevin, el loco de las computadoras, diría que Barbie es toda output y nada de interfase. Taylor acaricia el cabello de Tortuga. La niña tiene puesto el mismo enterito verde que usó para el programa de Oprah Winfrey, aunque en mucho peor estado después de todo un verano de uso, y, Taylor lo nota ahora, le queda corto en las piernas y angosto en la cintura. Tiene los dedos gordos como dos centímetros más largos que las zapatillas que usa; Taylor se horrorizó al saber que los doblaba ahí adentro sin quejarse. Ahora usa las chinelas amarillas de Barbie. Va a tener que conseguirle ropa nueva antes de que empiece la escuela en una semana. Más costos. Taylor se siente derrotada. El talento de Barbie para los disfraces podría usarse para ropa civil.

—¿Qué hicieron hoy? —le pregunta a Tortuga —. ¿Además de ir a la juguetería y cortar estrellas?

—Nada.

Taylor no cree que Barbie sea la niñera ideal pero obviamente no puede elegir. Espera que la escuela empiece antes de que Tortuga quede atrapada en un mundo de diseño de modas.

—¿Quieres ir a la playa o algo así el sábado? —pregunta.

—Sí. —Tortuga se reclina contra el pecho de Taylor. Toma las dos manos de su madre en las propias y las cruza delante de ella.

—Decidí salir con Kevin —le dice Taylor a Barbie.

—¿Quién? —pregunta Barbie con interés genuino.

—Ese tipo medio conejo, el del trabajo. Para que deje de pedírmelo.

—Ah, bien, Taylor. Como si salir con alguien fuera la mejor de las formas de pasarle el mensaje de que no estás interesada.

—Entiendo lo que quieres decirme.

—¿Trajiste un diario? —pregunta Barbie.

—Me olvidé.

—*¡Taylor!* Es como la quincuagésima vez que te lo pido. Quería buscar en los avisos.

—¿Para camarera? Pero piénsalo, Barbie, no vale la pena. No ganarías ni lo que yo tendría que pagarle a una niñera.

Tortuga echa una mirada a Taylor; los ojos oscuros tienen un borde blanco bajo las pupilas y la boca fija como una cama recién hecha.

—Ah, tengo formas de hacer dinero —dice Barbie —. Pero no me refiero a camareras. Lo que necesito es un trabajo en una oficina donde tengan una máquina de fotocopias color.

Taylor tiene miedo de pedir más detalles, así que no lo hace. Pero después de un minuto o dos, Barbie rueda sobre la panza y se sienta a medias. Los músculos le forman acantilados sobre el abdomen estrecho.

Se hace sombra sobre los ojos y mira a Taylor con curiosidad.

—¿Quieres saber por qué me fui de Bakersfield?

—Dijiste que no había suficientes oportunidades para tu carrera de imitadora de Barbie.

—Bueno, te mentí —dice Barbie con simpleza, la voz despojada de su esfuerzo amistoso habitual—. Me buscaban por falsificación.

—¿Falsificación de *dinero*?

—¿Qué otra cosa se puede falsificar? ¿Eh?

—¿Cómo lo hacías?

—Con una máquina de fotocopias color. Es tan fácil. . . Voy a la oficina temprano, pongo unos veinte en el vidrio, copio de un lado y del otro y ya, lista para ir de compras.

Taylor la mira fijo.

—¿Me estás tirando el pelo?

—Escucha, no sé por qué no lo hace todo el mundo. Mi jefe lo descubrió sólo porque dejé unos billetes mal hechos en el basurero.

Taylor siente que le tiemblan las piernas. En esos momentos, cuando la superficie de Barbie se quiebra de pronto, los sentimientos internos que afloran parecen poderosos y aterrorizantes. Taylor se pregunta lo que debe de haber costado convertir a la hija común y corriente de alguien en esa huraña, perfecta para personaje de película.

—¿No es un crimen federal? —pregunta.

Barbie examina el final de su cola de caballo.

—Ah, seguramente. . . No sé.

—¿Vamos a empezar a ver tu foto en el Correo?

—De ninguna manera. —Barbie sacude la colita sobre la espalda y vuelve a acostarse. —Mi jefe no va a presentar cargos. Yo le diría a su esposa lo que trató de hacerme un día en su oficina.

Taylor echa una mirada a Tortuga, que desgraciadamente está prestando atención y entendiendo todo.

—No creo que tengas que preocuparte por tu jefe. Creo que tienes que preocuparte por el Departamento del Tesoro de los Estados Unidos.

—Bueno, pero ¿no crees que ya tienen bastante criminales que atrapar? Quiero decir, no es que yo haya matado a alguien. . . Lo único que hice fue estimular la economía.

Taylor nunca está segura de cuándo discutir con Barbie, que se comporta como una turista de otro sistema solar que se limitó a leer los prospectos sobre juguetes antes de venir. No se puede discutir valores familiares con alguien así. Pero Taylor desearía que Tortuga no estuviera escuchando. El robo del casino parecía una aventura, un acto de piratería o de Robin Hood, pero fotocopiar dinero suena a un crimen de simple avaricia.

Barbie, con los ojos cuidadosamente cerrados, seguramente para tostarse parejo en los párpados, busca con los dedos a su alrededor el vaso de plástico que tiene cerca del codo y hace ruido con los cubos de hielo para metérselos en la boca.

—¿Y por qué te fuiste de Bakersfield? —pregunta Taylor.

—Empezaron a poner esos rótulos en los centros de compras, como "Tenga cuidado, tenga cuidado". Supongo que empezaron a notar los billetes en las cajas. Tal vez cuando quisieron cambiarlos en el banco. No sé. . . Así que como que me dije olvídalo. . . Tendría que irme de la ciudad nada más que para gastar el dinero. . .

Taylor no sabe qué decir. Le gustaría discutir con Barbie, pero está agotada de tanto manejar la Handi-Van, bajando sillas de ruedas y manteniendo conversaciones poderosas y deprimentes y soportando la superioridad de los perros lazarillos. Se siente oprimida en ese patio feo, apenas lo bastante grande como para que un perro dé una vuelta, con una cerca alta y marrón que lo separa de los patios idénticos de los vecinos. Se pregunta si el marrón no será algún tipo de código internacional de la pobreza. Un geranio rojo en una maceta, o una planta de tomates, algo para usar la luz del sol, que es gratis, y devolverle algo. Pero pasarán semanas antes de que tengan tres dólares para gastar en algo así. Mientras tanto, piensa, ¿quién sabe? Tal vez Barbie tenga razón. Usar la luz del sol, que es gratis. Usar todo lo que una pueda usar.

El sábado, Kevin y Taylor y Tortuga compran helados en la Plaza de los Pioneros para celebrar el primer cheque de Taylor. Taylor no está de humor para fiestas: el cheque fue mucho menor de lo que esperaba, por los descuentos de obra social e impuestos. Está trabajando todo el día, y no tiene idea de cómo va a hacer para pagar el alquiler y la comida a menos que Barbie la ayude. Y tampoco la entusiasma la idea de usar el dinero de Barbie, considerando su origen.

—Mira, Tortuga, lame el lado que tienes más cerca, así. —Taylor lame la corona de su pistacho para mostrarle. Tortuga asiente, pero sigue dando vuelta el cono para lamer del otro lado. Una humedad creciente se esparce desde su mentón hacia la camiseta como una barba verde, grande. Kevin, inescrutable como un policía de tránsito en sus anteojos oscuros, ha ignorado a Tortuga todo el tiempo.

Hace calor pero los plátanos, con los troncos manchados de blanco y marrón como cuellos de cansadas jirafas, parecen saber que casi es otoño. Las hojas se están poniendo castañas en los bordes, como en un velorio. Algunas ya cayeron. Se enrulan en pilas como bolsas de papel para llevar sandwiches y Tortuga patea esas multitudes ruidosas mientras los tres cruzan el parquecito bajo una larga pérgola de hierro forjado. Hay hombres y mujeres apáticos sentados en los bancos en todo tipo de ropa —algunos en sobretodos abrigados, algunos en remeras de algodón de manga corta— y a pesar de la ropa se parecen, las caras agotadas y el cabello revuelto, como si todos esos estilos fueran meras variaciones del uniforme de los sin hogar. Kevin lleva a Taylor lejos de los bancos hacia la calle, junto a un auto estacionado que seguramente vino de un lugar menos lluvioso porque está cubierto de un profundo pelaje de polvo tostado. Alguien escribió LAVAME sobre la ventana de atrás. Kevin aprovecha la oportunidad para explicarle a Taylor que la parte oriental del estado es virtualmente un desierto.

—Ma, mira —dice Tortuga, levantando los restos grumosos de su helado.

—¿No quieres más?

—No me gusta el helado.

—Pero Tortuga, claro que te gusta. Y te hace bien. Tiene calcio y le ayuda a crecer a tus huesos. ¿Adónde se vio una niña que no quiera helado?

Tortuga mira a su madre con ojos tristes.

—Bueno, ahí hay un basurero. —Taylor toma la ofrenda empapada y la tira.

Cruzan la calle bajo la sombra de un gran tótem que preside el parque.

Por primera vez en varios días, Taylor piensa en Annawake Matacuatro. Se imagina un examen sobre qué indios tallaban tótems, cuáles vivían en tipis, cuáles cazaban búfalos, cuáles les enseñaron a los Peregrinos a poner dos pescados en el fondo del agujero en que plantaban cada futuro maíz. Se siente avergonzada. No tiene idea de qué decirle a Tortuga acerca de sus antepasados. En estos días, apenas si tiene la energía necesaria para decirle que coma bien y se vaya a la cama en horas razonables.

—Yesler Way se llamaba Cuesta Abajo —explica Kevin. Taylor nota que el helado verde hace su bigote más visible. —Le cambiaron el nombre hace poco. Por ahí mandaban los troncos cuesta abajo hasta el agua para cargarlos en los barcos y supongo que era el lugar natural de reunión para leñadores sin trabajo, en busca de algo que hacer. —Se ríe un poco. —Como ves, lo sigue siendo.

Del otro lado de la calle, unas formidables pinturas de Jesús adornan las vidrieras de un comedor para indigentes. Tortuga empuja a Taylor tirándole del dedo, hacia la colina, hacia la playa imaginada.

—No puedo creer que haya tanto sol —declara Taylor —. Y dos días seguidos. Me estaba volviendo loca con tanta lluvia.

—Pensaron que si le cambiaban el nombre a la calle, eso alegraría el lugar —dice Kevin—. Pero esos proyectos del otro lado de la colina no ayudan mucho.

Kevin no sabe que Taylor vive en uno de esos "proyectos". El vive con sus padres. Sus ocho dólares la hora menos impuestos van sobre todo a su computadora, supone Taylor.

Para llegar al auto de Kevin, cruzan otro pequeño parque con dos tótems más: un perro y un hombre de madera, gigantescos, mirándose con los brazos extendidos. Podrían estar bailando una danza imaginaria pero no parecen felices. Las bocas abiertas, pintadas, son enormes, como si fueran a tragarse el mundo. Los ojos de Taylor se deslizan hacia una mujer en un banco con dos niños de mirada atónita junto a ella. La mujer tiene los nudillos hinchados y una blusa manchada de rojo y sigue a Taylor con los ojos, sin inmutarse ni disimular. Taylor baja la vista, se siente como si llevara algo robado entre las manos.

Siguen el recorrido por la calle Yesler en el Camaro azul eléctrico de Kevin.

—Esa es la torre Smith —anuncia él—, el edificio blanco con la punta. Dicen que es el rascacielos más viejo al oeste del Mississippi.

—¿Dicen?

—Es el más viejo, mejor dicho.

Taylor no dice nada. Pasan frente a una verdulería especializada en delicatessen, frente a la escuela a la que tendrá que ir Tortuga muy pronto, y a muchos rótulos en chino, luego ven la calle Martin Luther King, donde las casas tienen techos en punta y patiecitos de flores altas. Ella conoce esas calles. Un hombre de su ruta va a Rogers Thrifway día por medio a buscar Coca Cola Clásica, pochoclo para microondas y algunas otras cosas. Kevin no tiene que decirle que unas cuadras más allá, cerca de la orilla de lago y sobre Cuesta Abajo, los valores de las propiedades suben drásticamente.

Toman la avenida Rainier hacia el sur y pasan por un barrio en el que Taylor no entiende ni uno solo de los carteles. Según Kevin, están en thai y en chino.

—No te gustaría vivir aquí —dice desde detrás de sus anteojos espejados—, pero en Mekong tiene la mejor sopa de fideos.

—Nos gastamos toda la suerte con este sol —dice Taylor—. No sé si voy a poder acostumbrarme de nuevo a las nubes. Estaba pensando que puedo llegar a tener esa enfermedad que tienen los esquimales por no ver el sol. Cuando se vuelven locos y empiezan a comerse los zapatos. . .

—Nunca supe nada de eso —dice Kevin, pasándose una mano sobre el cabello entre rubio y blanco—. Este sí es el lugar perfecto para vivir.

Taylor no puede negarlo. El barrio que está frente al lago deja a cualquiera sin aliento: casas complicadas con techos de cedro y jardines con bonsai y árboles floridos en los patios, una tras otra en la calle inclinada. Una diría que para cruzar desde el otro lado de la colina, hace falta un pasaporte.

Salen del auto y cruzan un área de pasto hacia el lago. Tortuga está entusiasmada. No tenía malla, pero Barbie, en un momento de generosidad, sacrificó un pedacito de seda que había estado guardando para un conjunto de Baile de Promoción y le cosió una biquini a una velocidad impresionante. Taylor estaba en contra de una biquini para una niña de seis años, pero Barbie la ignoró. Ahora Tortuga corre delante de las dos; los pies se le sacuden como los de un pato en las correas de los zapatos de

Barbie. Se saca la camiseta mientras corre y deja ver su torso marrón y huesudo y dos bandas suaves de tela azul brillante. Parece alguien que todavía no se dio cuenta de que ya se terminó el carnaval. Taylor la sigue mientras la niña baja por los escalones de cemento hacia el lago y se para con el agua hasta la rodilla sobre el fondo de cantos rodados mirando hacia arriba con rodillas temblorosas y alegría en la cara.

—¿Te gusta?

Tortuga respira a través de dientes que castañetean y asiente.

—¿No está demasiado fría? Cuando tengas los labios tan azules como la malla, te saco.

—De acuerdo —acepta Tortuga, abrazándose.

—Kevin y yo estamos aquí mismo. Yo te vigilo, ¿eh? Quédate donde están los otros chicos. No vayas más adentro.

Tortuga sacude la cabeza vigorosamente.

Taylor vuelve a la toalla que Kevin extendió bajo el sol de la playa, sin sacarle los ojos de encima a Tortuga. Hay chicos de todos los colores corriendo alrededor de ella, gritando y saltando por los escalones, pero Tortuga está inmóvil excepto por el temblor. Solamente mira.

—¿No sabe jugar en el agua? —pregunta Kevin.

—Siempre se toma un minuto o dos para ubicarse bien.

—¿Es una de esas coreanas adoptadas o qué? —Kevin saca cuatro tubos distintos de bronceador y una manzana de la mochila y muerde la manzana.

—Es adoptada, sí. —Taylor ve su propia cara asombrada en los anteojos de él, estupefacta por la falta de amabilidad de una persona que es capaz de traer una sola manzana a una cita con otra. Su impresión no parece penetrar los anteojos y llegar hasta Kevin.

—Bueno. . . —dice él—. Por lo menos, esa gente es trabajadora.

Taylor saca los sandwiches que trajo para compartir. Está realmente resentida cuando piensa en que usó cincuenta y cinco centavos en una lata de atún para ese tipo, después de que ella y Tortuga comieron sandwiches de manteca de maní toda la semana.

—¿No crees que se puede ser bueno y decente y no llegar a ninguna parte? —pregunta.

—Claro, claro. Hay gente que no nace con mucho en el techo. Pero, por Dios, si uno sabe abrir la canilla, lo menos que puede hacer es limpiarse, ¿no te parece?

El estómago de Taylor se encoge, como antes de una gripe fuerte. Deja pasar el comentario con un odio creciente contra Kevin y nervios porque Tortuga está en el agua. Calcula mentalmente el número de segundos que le llevaría correr por el pasto y bajar los escalones si la niña se cayera.

—Ya sabes lo que quiero decir —dice Kevin, con la boca llena de manzana—. Con todas las oportunidades que hay, y alguien se sienta y se mira el ombligo en un banco de plaza. . . bueno, creo que tienen que admitir que en gran parte están así porque eso es lo que quieren.

Este debería haber salido con Barbie, piensa Taylor. *Podrían parlotear todo el día sin correr el riesgo de acercarse a una conversación humana.* Mira cómo Tortuga baja despacio al escalón más hondo y salta hacia el agua. Aterriza con las piernas duras, siguiendo a dos niñitas cuyas mallas son casi tan raras como la de ella. Taylor querría decirle que tiene que doblar las rodillas cuando aterriza.

—¿Te gusta la ensalada de atún? —le pregunta a Kevin.

—Está bien —dice Kevin, mordiendo el sandwich como un lobo sin echarle una mirada, luego lamiéndose los dedos como si no le hubiera gustado nada. Se limpia las manos sobre la ropa y luego se saca los anteojos para frotarse un bronceador claro, brilloso que huele a champú de perro. Usa un tubo distinto, blanco, para los brazos y las piernas. Taylor mira con leve sorpresa. Él se saca la camisa y le da a Taylor otro tubo más, que tiene marcado el número 28.

—Gran parte no es más que falta de habilidad para manejar el dinero —dice, acostándose boca abajo sobre la toalla y cruzando los brazos bajo la barbilla—. ¿Entiendes? ¿Podrías tener cuidado con el bronceador? No te pases ningún lugar. Una vez me olvidé de un triangulito abajo y estuvo ahí todo el verano y el otoño.

—¿Falta de habilidad para manejar el dinero?

—Bueno, sí, es cuestión de poner esfuerzo y tener cuidado en los gastos, ¿no? Y tener la actitud básica de salir a conseguir lo que quieres.

—Si lo soñaste —dice Taylor—, entonces es que puedes llegar a tenerlo. —Juega con el tubo de bronceador en las manos y toma una decisión que hace que su estómago se sienta mejor inmediatamente.

—Básicamente, ésa es la realidad estadounidense —dice Kevin. Cierra los ojos y ella tiene la impresión de que se va a dormir.

Taylor frota las manos secas sobre la espalda traspirada de Kevin. Se toma su tiempo. Finalmente, él empieza a roncar. Entonces ella abre el tubo de bronceador, se pone un poco en un dedo y escribe cuidadosamente en la espalda: LIMPIAME, SUCIO.

Cuando vuelven a casa, el apartamento está a oscuras. Taylor enciende todas las luces para tratar de sentirse menos oscura por dentro.

—Supongo que Barbie salió, ¿eh?

—Seguramente fue a comprar bocaditos de queso con su dinero para el colegio —dice Tortuga.

—Esa es una buena apuesta. ¿Tienes ganas de un sandwich de manteca de maní? Mañana vamos a la verdulería, te lo prometo. ¡Tengo un cheque, mi amor! Podemos comprar lo que queramos. . .

—¡Galletitas de chocolate!

—¡Patas de cordero! —dice Taylor.

—¿Qué es eso?

—De oveja. Ya sabes. . . , ovejas chiquitas.

—¿Le duele a la oveja cuando le sacas la pata?

Taylor cierra la puerta de la heladera sin ganas. Casi no hay nada adentro, pero no quiere perder la luz que viene de ahí. Tortuga está de pie en el umbral, las cejas levantadas en un signo de pregunta permanente.

—Sí —dice Taylor—. Lo lamento pero sí. No sé si les *duele* mucho a los animales, pero los matan antes de que los comamos. De ahí viene la carne. ¿Nunca te lo dije?

Tortuga se encoge de hombros.

—No sé. Tal vez.

—¿Qué te parece el sandwich de manteca de maní y mermelada?

—¿Matan a los maníes para que los comamos?

—No. —Taylor lo piensa—. Bueno, sí, supongo. Pero un maní no es un animal. . .

—No, es una planta. Semilla. Si la comemos, no crece.

—Tortuga, esto se está poniendo demasiado triste. No podemos dejar de comer. ¿Te hago el sandwich?

—No tengo hambre, mamá.

—Por lo menos un vaso de leche, ¿eh? No matan nada para conseguir la leche, la sacan de una mamá vaca, que siempre está contenta.

—Ma, me duele el estómago.

—Bueno, mi amor. Si quieres, ve a cambiarte para la cama. Después te leo un cuento.

—Ya leímos todos los cuentos.

—Entonces, mañana vamos a la biblioteca. Te lo prometo.

Tortuga se va de la cocina. A Taylor le duele el estómago otra vez. El cielo que se ve por la ventana es de un tono de azul oscuro que podría imaginar un ciego.

Tortuga está otra vez en el umbral, los ojos muy grandes.

—Mamá, ¿por qué está todo tan limpio ahí?

Taylor trata de entender. Sigue a Tortuga hacia la sala.

—No lo puedo creer, por fin Barbie decidió juntar todas sus cosas. . .

Las dos se quedan calladas un minuto; no quieren seguir mirando. Después, Tortuga va a la puerta de la habitación de Barbie.

—También limpió su cuarto —dice—. Se llevó las sábanas, todo. . .

—¡Mierda! —dice Taylor. Se sienta en el sofá roto y trata de no llorar. Necesita todas sus fuerzas. Las sábanas eran de Taylor, las había traído desde Tucson.

—¿No dejó una nota, Tortuga?

Durante un largo rato, sólo se oye el sonido de Tortuga que abre y cierra los cajones de las mesitas. Después, vuelve a la sala.

—No hay notas —dice—. ¿Te acuerdas de cuando encontramos esa nota en el auto? ¿Que decía Lo lamento si no te vi en Enanito's y aquí tienes cincuenta dólares?

Taylor empieza a reírse o a llorar, no está segura de cuál de los dos.

—Sí —dice—. Barbie debería haber dejado una nota así, ¿no te parece?

Tortuga se sienta junto a ella en el sofá, pero mira la oscuridad con los ojos muy abiertos.

—Mamá, ¿yo la hice enojar?

Taylor se pone a Tortuga en la falda.

—Tortuga, tú no tuviste nada que ver con esto. Mírame, ¿sí? —Le acaricia el cabello y le vuelve la cabeza hacia ella. —Mírame bien. ¿No puedes mirarme? No te vayas.

Con gran esfuerzo, Tortuga pone el foco fuera de la oscuridad y lo fija en la cara de Taylor.

—Eso es. Quédate aquí conmigo y escucha. Le gustabas mucho a Barbie. Pero está media chiflis. Es el tipo de persona que sólo puede pensar en sí misma y decidió que quería mudarse. Siempre lo supimos, ¿te acuerdas? Decidimos que la ayudaríamos a irse de Las Vegas, pero siempre supimos que no iba a venir con nosotras toda la vida, ¿te acuerdas?

Tortuga asiente.

Taylor se hamaca despacio con Tortuga entre los brazos.

—No te preocupes, tú sabes que yo no voy a dejarte sola. Te vas a quedar conmigo. Mañana es domingo. No tengo que ir a trabajar. Y tal vez el lunes te dejen venir en la camioneta. Me puedes ayudar a manejar, ¿sí?

—Yo no sé manejar.

—Ya sé, pero ya se nos va a ocurrir algo. —Taylor no tiene ni idea de qué se le puede ocurrir. Sabe que traer miembros de la familia a bordo va contra todas las reglas de la Handi-Van. —Y antes de que te des cuenta, vas a estar en primer grado —dice.

—Mamá, ¿te acuerdas de Lucky Buster?

—Claro que sí.

—Yo lo salvé, ¿no?

—Le salvaste la vida.

—¿Y lo vamos a ver de nuevo?

—No veo por qué no. Claro.

Tortuga afloja un poquito la mano con que tiene aferrada a Taylor.

—¿No crees que deberíamos cambiarnos e irnos a la cama? Yo creo que ya es tarde hasta para mí —dice Taylor. Suspira con fuerza cuando Tortuga finalmente la suelta y se va al dormitorio.

Taylor se levanta y enciende las luces. No quiere mirar la habitación de Barbie pero tiene que hacerlo, tiene que hacerlo para creer. Y sí, la cama de dos plazas está desnuda, reducida al horrible colchón de rayas azules. Por lo menos ahora ella y Tortuga pueden tener dormitorios separados, piensa. Se mudará ahí y le dejará a Tortuga la habitación de camas gemelas.

Tendrá amigos en la escuela, podrá invitarlos a dormir. Será una familia estadounidense normal. Taylor siente menos optimismo en cuanto a las posibilidades de compartir su propia cama de dos plazas. Extraña a Jax.

Cuando va a darle el beso de las buenas noches, Tortuga está en la etapa de charlar consigo misma, justo antes del sueño.

—Buster tiene que ir a casa, Mamá, esa casa del agua.

—Buenas noches, Tortuga. Duérmete.

—Me duele el estómago. ¿Esos árboles reales o estaba hablando el perro? ¿Está lloviendo?

—Sí —dice Taylor con suavidad—. Está empezando a llover de nuevo.

Se desviste y se sube a la otra cama. Va a tener que pensar cómo conseguir sábanas grandes para la cama de dos plazas antes de mudarse al otro dormitorio. Hay mucho más en qué pensar. Nunca se imaginó que sería tanto problema perder a Barbie. Debería haberlo pensado. No se adopta un animal salvaje y se lo cuenta como un miembro de la familia. Taylor apaga la luz, se estira sobre la mesa de noche para mirar a Jax con su conjunto de bolsas de papel.

El cubo de fotos ya no está.

22

BIENVENIDO
A EL CIELO

—Bueno, Taylor, sí que elegiste un buen mercado para vender tus chanchitos. ¿Cómo fue que perdiste el teléfono?

—El teléfono no, mamá. La electricidad. No podían sacarme el teléfono porque no tenía. El número al que me llamaste es un teléfono público.

—Ah —dice Alice, cambiando de mano el aparato. Acababa de decidir que oía mejor por el oído malo que por el bueno. —Bueno, ¿y qué es el otro número que tengo escrito aquí?

—Es de la Handi-Van. Lo que estoy tratando de decirte es que no puedes llamarme ahí porque tuve que renunciar.

Alice está confundida. El hecho de que Azúcar entre y salga de la habitación todo el tiempo haciendo preguntas no le ayuda mucho. Y la sala tiene muebles que podrían llenar dos o tres casas. La primera vez que Alice espió dentro del armario de porcelana de Azúcar, esperaba ver platos finos o cosas de Jesús pero no, son cosas indias de todo tipo. Tallas antiguas, cabezas de flecha, niñitos indios de cerámica muy chillones y vulgares. Por lo menos no hay faros de autos.

—¿Dejaste el trabajo? —pregunta Alice, cuando le entra en la cabeza lo que Taylor le dijo—. ¿Después de entrenarte en recomunicación artificial y todo eso?

—Sí, tuve que renunciar, porque Barbie se fue. No había nadie que se encargara de Tortuga. Pregunté si podía tomarme una semana hasta que empezara la escuela, pero la verdad es que todavía estaba en período de prueba y me dijeron que no, gracias, que en ese caso tendrían que prescindir de mis servicios.

—No es justo, me parece.

—Eso ya lo sé. No importa. Acabo de conseguir algo como cajera en Penney's. Por lo menos ahora Tortuga puede venir después de la escuela y quedarse en el Departamento de Damas hasta que termino. —Taylor se ríe.—Hasta que alguien la note y se dé cuenta de que no va a comprar ni uno solo de los vaqueros de nuevo diseño. . .

Una niña alta, flaca con el pelo muy largo aparece bruscamente por la puerta y grita:

—¡Abuela!

Azúcar entra corriendo:

—¿Qué diablos. . . ?

—Mamá dice que no se puede bailar si una está indispuesta. Cuentos de viejas. . .

—Bueno, amor, si una se pone a pensarlo, sí, es cuento de viejas. Y además todavía no te terminé los grilletes de cuentas. Ven, te voy a mostrar lo que hice hasta ahora.

La chica se deja caer en el sillón. Alice tiene dificultades para concentrarse.

—Bueno —le dice a Taylor—, estuviste deseando que desapareciera esa Barbie desde el día en que la conocimos. . .

—Cierto. . . Pero ahora era como que la necesitaba.

Azúcar vuelve a entrar con lo que parecen dos masas de caparazones de tortuga. Crujen unas contra otras cuando ella se sienta en el sillón junto a su nieta.

—¿Cómo es el trabajo nuevo? —pregunta Alice.

—Un poco por encima del salario mínimo, por lo menos. Apenas por encima. . . Unos seiscientos por mes, creo, con los descuentos. Eso paga el alquiler y unos tres frascos de manteca de maní, pero no más, no puedo ahorrar. Voy a tener que pensar en algo y pronto. Pero por lo menos tengo descuento en la ropa del colegio para Tortuga. Empieza primer grado, mamá. ¿No es increíble?

—¿Le compraste ropa para el colegio en lugar de pagar la electricidad?

—Pero mamá, tenía que hacerlo. No quería que los otros chicos se burlaran de ella. Parecía una niña de la calle. . .

—Así que supongo que es mejor *ser* una chica de la calle que parecerlo. . .

Taylor se queda callada y Alice se siente muy mal; entiende que lo que acaba de decir no es ninguna broma. Las dos están atónitas, mudas. Pasa bastante estática por la línea antes de que alguna tenga ganas de hablar de nuevo.

—No estamos viviendo en la calle —dice Taylor finalmente—. Pero ya me siento bastante mal de todos modos, no hace falta que me digas que arruiné las cosas, mamá. . .

—Lo lamento, Taylor, me parece terrible que estés así. ¿Por qué no vienes y terminas con esto?

—Mamá, no tengo dinero ni para la gasolina. Y no te pido que me lo mandes porque ya me dejaste todo lo que tenías.

—¿Y qué pasó con eso? Con los mil doscientos.

—Es difícil de explicar. No los tengo más. Me gasté la mayor parte para conseguir el apartamento porque hay que pagar un depósito y todo lo demás.

Alice se da cuenta de que Taylor no le está diciendo toda la verdad pero lo deja pasar. La confianza sólo crece a partir de la confianza.

—¿Ya viste a Annawake Matacuatro? —pregunta Taylor, la voz cambiada.

—Mañana. Estoy tan nerviosa que me muerdo la cola como un perro. —Alice echa una mirada a Azúcar y a la chica, agachadas y juntas sobre el sillón con la mañana brillante de Oklahoma parpadeando desde la ventana sobre las dos cabezas. Baja la voz. —No se lo dije a nadie todavía, ya sabes, lo del asunto. Pensé que me iban a hacer soltar todo enseguida pero parece que aquí están dispuestos a dejar que cada cosa se tome su tiempo.

Hablan de mí, todos, parece. Tal vez tienen sus propias explicaciones y no necesitan la mía.

—¿Cómo encontraste a la señorita Matacuatro?

—No me costó nada. Vive en Tahlequah, un poco más abajo. Aquí todo el mundo conoce a todo el mundo. Acabo de llamarla.

—¿Y qué te dijo?

—Nada. Gracias por venir. Quiere invitarme a almorzar para hablar del asunto. Dice que está muy preocupada por ti y por Tortuga.

—Ah, sí, preocupadísima, claro. . .

La chica se levanta del sillón y sale por la puerta.

—Chao, abuela —dice por encima del chirrido de los goznes de la puerta.

—Bueno, no veo por qué no puede ser cierto —dice Alice —. No me pongo de su lado, pero sonaba capaz de preocuparse en serio.

—No le digas dónde estamos, ¿eh?

—Taylor, querida, lo único que me diste fue un número de teléfono de un teléfono que no es tuyo. Por mí, podrías estar en el Polo Norte.

—Ojalá. Tal vez ahí Papá Noel me tiraría unos cables y nos devolvería la luz.

Alice siente la vieja frustración conocida de amar a alguien por teléfono. Tiene ganas de abrazar a Taylor, quiere eso más que nada en el mundo pero no puede. Tanta voz y tan poco roce real es algo antinatural, algo que tal vez podría desollarla de a poco si no tiene cuidado.

—Bueno, buena suerte cuando hables con ella, mamá. Voy a colgar porque vas a tener que comprarte la compañía telefónica.

—No te preocupes. Lo estoy pasando a la cuenta de Azúcar. Dijo que podíamos arreglarlo después.

—Bueno, mamá. Chao.

Alice espera.

—Chao —dice y después: —Te quiero —pero el espacio claro del otro lado de la línea, el espacio que contenía a Taylor, ya está cerrado.

Alice se desploma en la silla, casi paralizada. Siente a los muchos nietos de Azúcar que le sonríen desde sus marcos en la pared. Los que terminaron la secundaria —sobre todo, chicas— están arriba, en la fila superior y debajo, como una fila de dientes rectos, los varones, buenos mozos, sonrientes, traviesos.

Azúcar levanta la vista.

—Alice, querida, se diría que acaban de atropellar a tu perro con un auto. ¿Cómo está esa hija tuya?

—Bien. Le cuesta pagar las cuentas de la luz y todo eso a tiempo.

—Como a todos —dice Azúcar, como si el detalle fuera una vieja broma—. Ven. Quiero mostrarte lo que estoy haciendo para Reena.

Alice se sienta junto a Azúcar y echa una mirada: caparazones de tortugas con agujeros en el medio y sonajeros de cantos rodados adentro.

—Son los grilletes para la danza —dice Azúcar—. Las jóvenes se los ponen en las piernas. Ella cree que es lo mejor. La mayoría de los chicos prefiere los powwows,[19] porque ahí pueden tomar cerveza pero Reena está realmente interesada en las danzas de conchillas.

Alice toma uno de los grilletes en las manos. El peso la sorprende. Los caparazones, del tamaño de un puño, están cosidos con cuerdas de cuero a la punta cortada de una bota de vaquero: algo así como una pulsera para el pie. Se atan por delante con hilos vegetales.

—¿Y no se va a cansar con todo ese peso en las piernas? —pregunta Alice, sin ver el punto.

—Bueno, va a tener que practicar, sí. Se atan toallas en las piernas antes de ponerse eso, para que no se quiebren las caparazones. Estos que hice son grilletes de entrenamiento, con cuatro caparazones en cada uno. Cuando mejore, se va a poner más, hasta trece.

Alice oye la tos de una cortadora de césped no muy decidida que arranca y luego muere.

—¿Por qué trece?

Azúcar piensa.

—No sé. Tal vez Roscoe sí. Es el número correcto. —Se pone de pie y mira afuera, con la mano sobre los ojos para protegerse del sol. —Ahí llegó uno de mis nietos a cortar el pasto. Desde aquí, no lo reconozco. ¿Quieres café?

—No, gracias —dice Alice —. Ya estoy bastante nerviosa así.

Azúcar la mira.

—Te veo, sí. Vamos a caminar hasta el agujero azul. Te hace falta mirar algo de agua.

Alice está sorprendida. Su prima la sorprende. Azúcar está doblada en dos por la artritis y no se mueve rápido, pero se diría que nunca deja de moverse. Hoy tiene puesto un delantal floreado que parece un catálogo de semillas, y chinelas de algodón en lugar de zapatillas de tenis. En el desayuno, le dijo a Alice que siempre sabe cuándo va a venir una tormenta porque no puede ponerse los zapatos.

Alice la sigue y bajan juntas por un sendero muy transitado que atraviesa el patio hacia el sitio en el que un chico alto en zapatillas desatadas manosea la máquina de cortar pasto sin quedarse quieto ni un instante. De pronto, se pone de pie y baja la cabeza para que Azúcar lo bese. Una diminuta mariposa azul aterriza sobre el hombro de la abuela.

—Eso quiere decir que voy a tener un delantal nuevo —dice Azúcar, volviendo la cabeza y doblando los labios para ver a la mariposa antes de que salga volando, espantada. La risa de Azúcar es pequeña pero maravillosa y llena de entusiasmo.

Ella y Alice bajan la colina sin mucha seguridad en las piernas, pasan junto a la cocina de verano, un horno de madera con una pila de leña al lado para cocinar y hacer conservas cuando hace demasiado calor adentro.

—Sembramos esta morera cuando nos mudamos —le cuenta a Alice —. Lo primero que teníamos que hacer, dijo Roscoe.

—¿Le gustan las moras?

—No, le gustan las peras. Los pájaros prefieren las moras así que nos dejan las peras a nosotros. Estas son peras indias, así las llaman. Rojo sangre en el medio. —Azúcar se detiene y mira las moras oscuras esparcidas por el suelo. —¿Por qué no se las comerán las gallinas?

—Tal vez prefieren las peras —dice Alice.

Azúcar se ríe.

—No, una gallina nunca es tan inteligente. Ahí está el pozo, ahí hacemos el fuego para las frituras de cerdo.

—¿Fríen cerdos?

—Sí, claro. Los cortamos primero. Para fechas especiales. Hicimos una fritura para el aniversario de nuestro casamiento. Es una pena que te la hayas perdido. La organizó Quatie, ella es la directora social. Nos comimos todo un chancho, y uno grande. Vino todo el mundo, los chicos y los nietos y los esposos y los primos y primas. Los únicos que no vinieron fueron los muertos. —Azúcar se ríe.

Alice trata de imaginarse lo que haría falta para unir a toda su familia en un solo patio.

—¿Y vinieron de lejos? —pregunta.

—Supongo que no más lejos que Tahlequah. Mis hijos viven todos por aquí. —Azúcar señala los bosques. —¿Ves esos tráilers? Ese es de Johnetta; ése, de Quatie; los dos chicos del otro lado de la ruta se fueron a vivir juntos cuando los dos se divorciaron de sus mujeres. —Se detiene y se muerde el labio. —No, uno está divorciado y el otro no. A ése se le murió la esposa. Así que tenemos a los chicos aquí mismo. Todos cerca.

—¿Por qué no se van?

—Bueno, porque de todos modos terminarían volviendo, aquí está la familia. ¿Para qué mudarse si después vas a dar media vuelta y volver al lugar del que saliste? Demasiado lío para nada. . .

—Nunca oí de una familia tan unida.

—Escucha, antes ni siquiera cruzaban el patio. Agregaban una pieza a la casa. Cuando se casaban, la hija y el esposo construían una habitación junto a la casa de los padres de ella. Roscoe dice que las casas se hacían más y más largas hasta que no quedaba ningún lugar donde tirar el polvo. Creo que el tráiler fue un gran invento.

El sendero se une a un camino viejo, dos huellas embarradas que corren a través de los bosques. Cada charco está rodeado por un grupo de mariposítas azules, como una cofradía que reza en la mañana. Alice está fascinada por esas alas crispadas. Se pregunta si las mariposas también están emparentadas unas con otras.

—¿Cuánta tierra tienen ustedes? —le pregunta a Azúcar.

—Era la tierra de la familia de la madre de Roscoe, sesenta acres. Cuando repartieron, le dieron sesenta acres a cada uno. La mayoría los vendió o los regaló o se los dejó robar de alguna forma. No sé por qué a ella no le pasó, tal vez porque nadie ofreció nada. Así que vinimos a parar aquí. Cuando los chicos se hicieron grandes, les dijimos que cada uno buscara un lugar para el tráiler y listo. . . Tienen que pagar impuestos. Nosotros no. No sé por qué, supongo que porque es la tierra de la familia. Ah, mira, ahí hay grana.

Alice espía los brotes morados reunidos en un lugarcito soleado junto al camino.

—Tenemos que acordarnos de buscarla cuando pasemos de vuelta —dice Azúcar—. Roscoe me dijo que había mucha por aquí. El vino el otro día, buscando huevos. Tenemos una gallina que siempre trata de esconder el nido. Y es muy buena en eso. No podemos encontrar los huevos.

—Eso parece tabaco —dice Alice, señalando con el dedo.

—Seguramente es eso. Tal vez también haya marihuana. —Azúcar se ríe.

La selva se abre frente a ellos en una zona de pasto verde con una gran ladera que cae hacia la hondonada. En la parte profunda, el agua es de un azul frío, turquesa. Detrás de la hondonada se levanta un acantilado de arcilla, muy empinado, agujereado de cuevas, y por encima, una colina boscosa. Alice y Azúcar se quedan de pie allí largo rato, mirando.

—Apuesto a que ahí hay cangrejos. —Azúcar señala las partes bajas del río.

Alice siente que se relaja mirando el agua. Libélulas de brillante color naranja se deslizan hacia arriba, se zambullen y clavan la cola en sus propios reflejos, luego aterrizan en los arbustos, transformando toda esa energía en la quietud más completa. La luz del sol, reflejada hacia arriba por el agua, ilumina la parte inferior de las caras de Alice y Azúcar y las hojas anchas de los nogales, como en un escenario.

—Me doy cuenta de por qué lo llaman El Cielo —dice Alice.

—Ah, éste no es El Cielo. A éste lo llaman agujero de visón. Supongo que atrapaban a muchos de esos bichos por aquí. El bueno está un poco más allá, por el camino —dice Azúcar y empieza a caminar de nuevo, arroyo arriba.

Cuando Alice llega por fin a El Cielo, casi sin aliento, se preocupa instantáneamente: le parece que los chicos se van a romper el cuello. Azúcar tiene razón, este agujero azul es mucho más claro, mucho más grande y profundo y el acantilado de arcilla está lleno de vida con los chicos que se tiran como ranas hacia el agua. Azúcar se queda de pie sin un rastro de preocupación en la cara, mirando cómo esos niños chiquitos —la mayoría seguramente sus descendientes— se tiran desde rocas de seis o siete metros de alto. Algunos tienen menos de ocho años y les cuesta mucho más subir por la orilla que saltar. Alice está atónita.

—¿No tienes miedo de que les pase algo? —pregunta.

—En ese agujero nunca se ahogó nadie —dice Azúcar—. Alguna vez pasó algo así en el río, pero aquí no.

Los chicos ya notaron a las dos mujeres: sacuden las manos en el aire formando grandes arcos y gritan.

—¡Hola, abuela!

Azúcar contesta el saludo, sin demasiada energía, piensa Alice, como si el hecho de que un nieto la reconozca a una fuera de la casa y la salude no fuera algo especial. Muchos de los más grandes están un poco más allá, de pie, con el agua a la rodilla, pescando. Ellos también saludan a Azúcar. Uno cruza el arroyo y se les acerca con un hilo del que cuelgan muchos pescados. Los deja en el pasto frente a Azúcar, como hacía el viejo gato de Alice cuando traía un pájaro muerto al umbral. Alice no consigue creer del todo lo que está viendo: adolescentes amables. Más que amables: capaces de demostrar amor.

Azúcar señala los pescados.

—¿De dónde los sacaste? ¿Qué? ¿Estás aquí desde el viernes?

—No —dice él, con vergüenza. Es un adolescente grande, de cabello largo, hombros anchos y una navaja dorada que le cuelga de una cadena sobre el pecho desnudo.

—¿Qué peces son? —pregunta Alice.

—Los rojos son percas —le dice él, con amabilidad—. Y esos, son ojos saltones. Se meten debajo de las piedras. Los de las aletas rosadas son galleguitos. —Se vuelve hacia Azúcar, animado. —Atrapamos una tortuga mordedora en el barro. Leon metió un palo y la tortuga mordió y no se soltaba por nada del mundo. La sacamos del agua. Esas cosas sí que son empecinadas.

—Y te dan un mordiscón bien empecinado si no las dejas en paz.

—Voy a limpiarlos y después te los llevo, abuela.

—Bueno, Stand. Tráeme algo de berro también, veo algo por ahí, en las piedras rojas.

—De acuerdo. —Stand se va con sus trofeos.

Azúcar se tambalea hacia un par de decrépitas sillas plegadizas de aluminio apoyadas contra un árbol y las sacude para abrirlas y ponerlas en la sombra.

—A ese Stand le encanta emborracharse pero es buen chico. Le gusta mucho cazar. Todas las semanas me trae algo. "Abue, te traje esto", dice. No se queda en casa. Junior siempre se lo lleva a alguna parte y lo deja y a eso de las tres lo va a buscar y siempre vuelve con algo. Ardillas, o algo verde, algo. . .

—¿Es hijo de tu hijo mayor?

—No, no exactamente. Es de Quatie, pero ella ya tenía seis o siete cuando él nació, así que Junior lo adoptó. Ya sabes lo que hace la gente. Compartir los chicos.

Alice no sabe mucho de eso, pero puede suponerlo.

—Ojalá no bebiera tanto, eso sí. Juro que es exactamente igual a Roscoe cuando lo conocí.

—Seguramente te enamoraste mucho de Roscoe —dice Alice —. Me escribiste que lo habías conocido en el tren y acto seguido, me entero de que te casaste.

—Bueno, yo estaba furiosa porque tú te escapaste y te casaste primero. Y además estaba asqueada del trabajo en la fábrica.

—Te digo, no tenías por qué estar celosa de Foster Greer. Tuviste mucha más suerte que yo en el amor.

Las dos se quedan sentadas, quietas, mirando cómo los cuerpos delgados y marrones se deslizan por el aire hacia el agua como si no estuvieran hechos para ninguna otra cosa que ese único acto anfibio. Azúcar suspira.

—Tenía los hombros así, justo así. Roscoe, digo. De llevar traviesas.

—¿Traviesas de ferrocarril? Ese sí que es un trabajo.

—Ajá. Cortaba traviesas y postes. Después, cuando nos casamos y volvimos aquí, se dedicó a cortar leña. La cortaba de unos bosques de por aquí. La vendía por cincuenta centavos el atado. Ahora te dan hasta veinticinco dólares por lo mismo.

—¿No te parece increíble, lo que pagábamos por las cosas?

—Ay, sí. ¿Te acuerdas cuando trabajábamos en esa fábrica de colchones a quince centavos por día?

Alice se ríe.

—Pero era divertido. Más divertido de que lo una hubiera supuesto.

—No, lo que era divertido era cuando íbamos a las cervecerías, juntas, o a ver las peleas que organizaban en los graneros.

—Ah, eso sí que me gustaba —dice Alice—. Las que dan por la televisión ahora son estúpidas. Como una fiesta de disfraces de adultos. A mí me gustaban esos chicos brutos en pantalones cortos todos flojos.

—Hasta te enamoraste de uno. . . ¿Cómo se llamaba?

—Ludwig, Fuerte y Tira le decían. Y no me enamoré. —Las dos se cubren la boca y se ríen.

—¿Sabes lo que realmente me gustaba? —pregunta Alice de pronto—. Cuando íbamos a la iglesia de los negros con esa chica Arnetta, la de la fábrica.

—Tu mamá nos puso la cola colorada por eso —dice Azúcar.

—No me importó. Igual seguí yendo. Incluso cuando nos fuimos de la granja. Cantaban los salmos el miércoles y había una mujer que siempre hablaba en dialecto. . .

—Eso lo vi, hablar en dialecto y todo eso —dice Azúcar—. No me impresionó mucho.

—Esta era diferente —dice Alice aunque sabe que no va a poder explicárselo a Azúcar. Se inclina, cerrando los ojos y recordando; siente cómo la luz de la quebrada le juega en la cara. Esa mujer de la iglesia era alguien con quien se podía contar. Se le ponían los ojos suaves y lejanos, no agitados, y apoyaba la mano sobre la cabeza de un chico, cualquiera que tuviera cerca, porque nadie tenía miedo y hablaba en una voz lenta, carnosa. ¡Beeeelseeebuuu aaah deeejaaammmmm! ¡Iemmiiii saalll aaaooor! y una entendía lo que decía, Sí, hermana, gritaban todos. Nadie dudaba que ella estuviera recibiendo al espíritu santo. En los años que pasaron desde entonces, Alice también ha visto algunos que se sacuden y gritan y ponen los ojos en blanco como si los hubiera picado una serpiente, pero siempre dudó de la sinceridad de todo eso. Todo el mundo puede expresarse de esa forma si tiene la intención de hacerlo. Lo que es difícil de conseguir intencionalmente es la *paz*, la *tranquilidad*.

Annawake revuelve el café. A través de la ventana, ve el árbol botella de Boma Saltamontes, con cientos de botellas de vidrio colgadas del extremo de las ramas. Está un poco menos poblado en la punta donde no llega nadie pero una vez cada tanto, alguno de los bomberos voluntarios trae una escalera y pone algunas botellas en las ramas de arriba para emparejar un poco el asunto.

Annawake se estira para tomar la crema y tira el bol de azúcar justo en el instante en que ve a la mujer que seguramente es la abuela. Viene caminando con zapatillas y pantalones de poliéster y una camisa brillante, como africana, y está tratando de no parecer perdida. Annawake golpea la ventana del café y mueve la mano para saludarla. La mujer levanta la cabeza como un animal asustado y cambia el curso: ahora atraviesa la calle hacia el café. Annawake trata de poner el azúcar de vuelta en su lugar con la cucharita. Cuando llega Alice, hay un cráter en la montañita blanca del centro de la mesa.

—Se me cayó el azúcar —dice Annawake.

—El azúcar es barata —dice Alice—. Hay cosas mucho peores.

Annawake siente como si la hubieran tomado desprevenida, demasiado distraída.

—Siéntese, por favor —dice. Se saca los anteojos que usa para leer y se pone de pie para darle la mano a Alice justo en el momento en que la mujer se está sentando. Las dos se inclinan para franquear la diferencia de altura y Alice se ríe. Las dos están incómodas.

—Lo lamento. Estoy más nerviosa que un gato salvaje —dice, sentándose en un banquito frente a Annawake.

—Yo también —confiesa Annawake—. ¿Hace cuánto que está usted en El Cielo? ¿Ya se ubicó bien en las tres cuadras que tenemos?

—No puedo quejarme. Azúcar me cuida bien. Mi prima. Se la mencioné por teléfono, ¿no es cierto?

Annawake se preocupa. La mujer había dicho Azúcar Cuerno pero no había dicho *prima*.

—¿Así que usted y su hija tienen parientes aquí en la Nación?

—No, no. . . Azúcar y yo crecimos juntas en el Sur. Pero yo no conocí a Roscoe hasta que dijo mi nombre con ese vozarrón, aquí, en la estación hace tres días.

—Ah —dice Annawake y se miran a los ojos.

Alice deja escapar el aire lentamente.

—Bueno. Tenía todo un discurso, lo practiqué mientras venía. Se suponía que empezaría con mucha autoridad y confianza pero la verdad es que nunca me quedó bien esa pose.

Annawake sonríe. Ha visto a tanta gente aparecerse por la corte enfundada en un traje y muchas mentiras. . . Pero esta vieja dama chiquita de ojos brillantes se aparece en Greer vs. Matacuatro con una camisa de diseño africano de Wal-Mart, y una actitud que va perfectamente bien con ella.

—Creo que sé lo que me va a decir —le dice Annawake—. ¿Puedo intentar?

—Adelante.

—Señorita Matacuatro, usted no tiene ningún derecho a meterse así en nuestras vidas. Tal vez piense que lo que hace es por el bien de la niñita, porque ella es india y usted también, pero eso es solamente una pequeña parte de lo que es. Usted no estaba ahí cuando ella estaba creciendo, y es demasiado tarde para reclamarla porque ella ya es toda una persona en nuestra familia.

Alice frunce el ceño.

—Bueno, bueno.

—¿Café, querida? —pregunta la camarera mientras llena la taza de Alice. Es una mujer muy baja, muy ancha, con el cabello cortado y negro y una cara redonda y aplastada como un plato. —No creo que te conozca. Soy Earlene.

—Earlene, ella es Alice Greer —dice Annawake—. Vino a la ciudad por un asunto personal.

—Ajá —dice Earlene, notando el volcán de azúcar.

—Sí, ya sé, hice un poco de lío —admite Annawake.

—Eso significa algo, ¿sabes? Significa que alguien está por conseguirse un nuevo novio. —Earlene mira a las dos mujeres, una sonrisa de oreja a oreja. —¿Cuál de las dos, me pregunto? Sé que Annawake está en el mercado. ¿Y tú, querida, eres casada? —le pregunta a Alice.

—No lo notarías —contesta Alice. Earlene se ríe tanto que se le sacude el pecho y el café se mueve peligrosamente en la jarra de vidrio.

—Voy a traer un trapo y enseguida lo arreglamos —dice—. Lo lamento pero voy a tardar un rato en volver. Hoy estoy sola. ¿Las dos quieren la sopa del día? Es de carne, buena en serio.

—Excelente —dice Alice y Annawake asiente. Los vasos de agua vibran con los pasos de Earlene que vuelve a la cocina.

—Hay algo que usted no dijo —dice Alice—. Sobre lo que yo quería decir.

—¿Qué? —Annawake sopla el café.

Alice mira por la ventana cuando habla.

—Abusaron de ella. Sexualmente.

—Lo sé. Lo lamento.

—¿Lo lamenta? —Alice recupera la fuerza. —Eso no es suficiente. No tiene ni la menor idea de lo que esa niña tiene que aguantar. Todavía no lo superó. Cada vez que siente que hizo algo malo, o si cree que Taylor se va. . . No sé cómo decirlo. Es como que el cuerpo todavía está ahí pero la mente se le desconecta. Es algo horrible de ver.

—Seguramente —dice Annawake.

—Lo que creo —dice Alice, plegando la servilleta —es que su pueblo tuvo una oportunidad y ahora le toca a Taylor. Y lo está haciendo muy bien.

Por primera vez, Annawake siente despertar una de animosidad.

—Cuando usted dice "su pueblo", ¿a quién se refiere exactamente? ¿A los indios en general o a la Nación Cheroque?

—No lo sé. Lo único que me pasa es que no entiendo cómo pudo pasarle algo así a una niñita tan chiquita.

—No sé cómo pudo pasar aquí porque nosotros amamos a nuestros hijos más que al dinero. Y casi siempre hay suficiente gente con corazón en la familia como para solucionar casos de emergencia.

—Todo el mundo ama a sus hijos, eso no es nuevo —afirma Alice—. Excepto los que no los aman, claro. . .

—No creo que usted entienda lo que quiero decir. —La mandíbula de Annawake se tensa con esa frustración familiar: explicar su cultura a alguien que cree que los Estados Unidos es un sólo país. Piensa en lo que quiere decir y ve en la mente *familia*, un color, una noción tan fluida como *río*. Le dice a Alice: —Una vez trabajé en un hospital de Claremore: le tomaba los datos a la gente que ingresaba. A veces nos llevaba años entender quién era la madre de un chico porque lo traían distintas personas. Tal vez la madre era demasiado joven o había otro miembro de la familia que se había hecho cargo. Aquí no es importante quién es la verdadera madre.

Alice parpadea, tratando de digerir eso.

—Así que con todo ese amor alrededor, ¿cómo es que alguien va hasta al auto de mi hija una noche y le da un bebé como si nada?

Annawake mira pasar dos chicas por la calle. Las nietas de Flossie Trato, cree. Caminan rápido, con las cabezas hamacándose, llenas de ansiedad, como sólo pueden moverse dos chicas adolescentes. Annawake también tenía discursos dándole vueltas por la cabeza y ella también se los ha olvidado o por lo menos ha perdido las partes introductorias.

—Dios sabe por qué —dice—. Lo que nos pasó a nosotros fue que la cadena de amor se quebró. En la generación de mi mamá. —Siente que se le encoge el estómago—. La ley federal los puso en internados como estudiantes. Les cortaron el pelo, les enseñaron inglés, les dijeron que amaran a Jesús, y los hicieron pasar toda la infancia en dormitorios comunes. Veían a su pueblo unas dos veces por año. La familia siempre había sido el mayor de nuestros valores pero esa generación no aprendió a estar en familia. El pasado se rompió de pronto.

—Bueno, me parece una vergüenza —dice Alice.

—Sí, y las bajas se dieron entre la gente que tiene mi edad. Tenemos que mirar hacia atrás, pero más hacia atrás que nuestros padres, a veces, para saber cómo comportarnos. —Annawake siente que no está del todo equilibrada, que no lo controla todo—. La mujer que entregó a Tortuga, creo yo podría contarle su historia, una historia triste, del alcoholismo de un-hombre-malo-tras-otro... Entregó a Tortuga porque no tenía ni la más mínima idea de cómo hacer para salvar a su beba de repetir su historia. Pero también sé que esa beba quedó fuera del alcance de una familia que la amaba y la extrañaba.

La expresión de Alice cambia.

—¿Está segura? ¿Hay parientes que la quieren aquí?

Annawake mete la punta del dedo índice en el azúcar de la mesa, hace un círculo perfecto, mientras decide cuánto puede decir.

—Sí —dice finalmente—. Se lo podría haber dicho antes de enterarme de este caso específicamente: le podría haber dicho que alguien estaba extrañando a esa niña, que la querían. Y tengo razón, así son las cosas. Lo descubrí hace poco, por accidente más o menos. En una fritura de cerdo. La gente habla de cosas en esos lugares, las cosas se transmiten.

—Bueno, bueno —dice Alice, mirando a su alrededor, nerviosa de nuevo.

—Y en realidad, no cambia nada. La ley es la ley y la adopción de Tortuga es inválida, haya parientes de la niña o no. Nuestro trabajo es pensar cuál es el siguiente paso.

—¿Tortuga tiene algún derecho de opinión en esto?

—Claro que sí. Y estoy segura de que diría que quiere quedarse con Taylor. Eso lo entiendo. —Annawake empieza a empujar el azúcar formando otra cosa, un punto en el fondo del círculo—. No vamos a decidir nada hoy. Creo que nuestra mayor esperanza es conocernos.

Alice toma la ofensiva.

—¿Qué le pasó a su mamá después del internado?

Annawake mira la forma de corazón que ha dibujado en azúcar sobre la mesa y se pregunta qué diablos hace allí.

—Bonnie Matacuatro —dice—. Trató con todas sus fuerzas de ser la chica estadounidense perfecta pero tenía todas las desventajas y nada a favor. Embarazada a los dieciséis de mi hermano Soldado, que según me dicen nació azul y murió poco después. Se casó con un Kenwood que tenía menos talento para hacer dinero del que tenía ella para concebir hijos. Tres hermanos más, y después yo y mi hermano gemelo, Gabe. Lo que me acuerdo es a papá siempre buscando trabajo en alguna parte y a mamá pidiéndonos piedad y bebiendo seis días por semana. El domingo de mañana tomaba colonia para no oler a alcohol en la iglesia.

—Por Dios —dice Alice.

—La pusieron en una institución a los treinta y cinco años. Pero tuve suerte, había mucha gente para cuidarme. Mi papá y mis hermanos, y sobre todo mi tío Anzuelo. Es un brujo, un hombre que cura. No un doctor. Como un pastor o algo así. ¿Oyó hablar de los bailes rituales?

—Vi las conchas de tortuga. Me parece que bailar con eso en las piernas es toda una hazaña.

Annawake se ríe.

—Cuesta mucho, sí, pero no es una hazaña. Yo lo hice. Pero el tío Anzuelo decidió que yo iba a ser de las que aprendería a vivir en el mundo blanco. Mis hermanos podían hacer todo lo que quisieran, descuidarse y divertirse, pero yo tenía que aprender a escuchar a mi cabeza, siempre. Me hizo hablar en inglés y me empujó en la escuela. Pensaba que necesitábamos una embajadora.

—¿Embajadora? ¿Es éso lo que eres? No sé qué le dijo a mi hija Taylor pero sea lo que sea la enloqueció de miedo, se lo aseguro. Está hecha un desastre, sin raíces, y ahora ni siquiera puede pagar las cuentas de luz.

—No se me ocurrió que se iría de esa forma.

—Pero eso fue lo que hizo. La última vez que hablamos me pareció que ella no era ella misma. Está deprimida. Es horrible lo que pasa cuando la gente se queda sin dinero. Empiezan a pensar que no sirven para nada.

—¿Ve ese tipo? —Annawake señala del otro lado de la calle hacia la ferretería. Ahí, en la puerta, está sentado Abe Charley en un traje de cuero de caballo, hablando con Cash Aguaquieta.

Alice se inclina y mira.

—¿Qué es eso que tiene puesto, cuero de vaca?

—Cuero de caballo. Hay una planta en Leech donde se consiguen restos de caballos bastante baratos. Abe se hizo el traje él mismo. Está orgulloso de él.

—El novio de Taylor usa algunas cosas raras, por lo que me dijo. Pero no creo que sean tan feas como ese traje de caballo. . . Taylor le compró ropa nueva para la escuela a Tortuga en lugar de pagar las cuentas. Tenía miedo de que Tortuga pareciera pobre. Ya sabe. . .

—Por suerte, no, no sé. Quiero decir, cuando una crece por estas partes, no hay que molestarse mucho en fingir que una no es pobre.

Alice está rastreando el cuero pomposo de Abe Charley mientras el hombre cruza la calle. Annawake refina la punta de su corazón de azúcar.

—La gente dice que los indios reciben el dinero de Bienestar Social y no lo agradecen pero lo que quieren decir en realidad es que no actuamos como si tuviéramos vergüenza de que nos ayuden. Los jóvenes como yo, los radicales, decimos que es porque nos robaron todo y ahora nos merecemos las migajas que nos devuelven. Y es cierto, pero ése no es el punto. Los viejos de por aquí no están pensando en la masacre de Wounded Knee, simplemente aceptan lo que se les da. Para nosotros, pedir ayuda si la necesitamos es lo más natural del mundo.

Alice ha conseguido acercar los dedos a la sábana de azúcar que se expande sobre la mesa. Dibuja un cerdo, luego un cerco alrededor.

—Lo estuve notando con mi prima Azúcar —dice—. Estábamos caminando y vio un poco de grana en la zanja y bajó y la recogió. Ni se le ocurrió preocuparse por que pudiera pasar alguien conocido y verla. Yo estaba pensando: "Ah, sí, yo soy capaz de comer grana si hace falta pero me molestaría mucho que alguien me viera en ese brete."

Annawake sonríe recordando veranos de cosecha de verduras con su tío.

Alice pone otra cerca alrededor del chancho.

—Su prima Azúcar fue la mejor amiga de mi mamá —dice Annawake —. Pregúntele alguna vez si se acuerda de Bonnie Matacuatro.

—¿Usted tenía ese hermano que sacaron, no?

Annawake se sorprende al sentir lágrimas en sus ojos.

—¿Cómo lo supo?

—Estaba en la carta que le escribió a Jax. El me la leyó por teléfono.

Annawake se pasa la servilleta por la nariz.

—Mis otros hermanos están por aquí y también un montón de sobrinos y sobrinas. Mi papá vive. . . , está en Adair. ¿Y usted? ¿Hay otros hijos además de Taylor?

—No, nadie. Ni hijo, ni papá y no tiene sentido hablar de marido.

—¿Nadie?

—Bueno, me conseguí un marido hace poco. Harland. Pero nunca hablaba. Era como tratar de conversar con la tabla de planchar. Lo único que quería él era ver la tele todo el día. Eso fue lo que lo arruinó, supongo. La televisión habla en lugar de uno y después de un tiempo, uno ya no sabe cómo se hace.

Annawake sonríe.

—Una teoría interesante.

—Así que lo dejé. Dudo que lo haya notado, es demasiado pronto. Ahora somos de nuevo Taylor y yo y Tortuga. Parece que estamos condenadas a ser una familia sin hombres.

—Podría ser peor. Podrían ser una familia sin mujeres; yo crecí en una así.

—Ah, sí, sí, eso sería peor.

Se quedan en silencio. La ventana les da un lugar donde poner los ojos cuando necesitan descansar una de la otra.

—Si no le importa que le pregunte —se anima Alice—, ¿qué está pasando con ese árbol de ahí?

—Ese es el árbol de botellas de Boma Saltamontes —dice Annawake—. Nuestra cosita de belleza. Boma. . . no sé, supongo que usted diría que es la loca del pueblo.

—Entonces, me parece que la vi. ¿Con vestido y gorra de esquí?

—Sí, era Boma. Hay que tener mucho cuidado para no atropellarla con el auto. A veces se para en medio de la calle y conversa con los gansos. Pero todo el mundo está loco por ella.

—¿Ella hizo todo eso?

—No. Ella lo empezó. Cuando yo era chica, empezó a colgar botellas vacías de las ramas de ese ciclamor. Y pronto empezaron a venir otros a hacer lo mismo y después todo el mundo entró en el juego y así aprendimos a tener los ojos siempre abiertos para algo especial. Una vez descubrí una vieja botella de leche, una botella azul, en una zanja y otra vez, una de esas cosas que son como tazas de vidrio, tan lindas, que ponían en los cables de luz. Le juro que no podía de la impaciencia: quería que el tío Anzuelo me llevara en el camión enseguida para poder ponerla en el árbol.

—Bueno —dice Alice—, no hay duda de que es algo diferente.

—Aquí no. Aquí es como normal. —Annawake se ríe—. Una vez en la universidad discutimos el concepto de los llamados dependientes irresponsables. Eso de que una persona que está bajo la tutela de la sociedad no puede ser ciudadana responsable. Yo tenía ganas de pararme y contarle a toda la clase lo de Boma y el árbol de botellas. Decir que hay otra forma de ver las cosas.

—¿Y cuál es?

—Que se puede amar a los locos que uno tiene, hasta admirarlos, en lugar de resentirse porque no saben arreglarse solos.

—¿Y por qué no lo hizo?

Annawake se encoge de hombros.

—Hay cosas que no se les pueden explicar a los blancos. Las palabras no bastan. . .

—Bueno, ése es el problema, ¿no? —dice Alice—. Si pudiéramos hacer que el mensaje llegue al otro lado, no estaríamos sentadas aquí ahora.

Earlene vuelve con dos boles de sopa, sonriendo de oreja a oreja.

—Ah, vaya —dice—. Me olvidé de que hay que limpiar esa cosa. —Se aleja, corpulenta como siempre, cantando: "¡Ahí viene la novia!"

Annawake mira fijamente a Alice, la mujer de la familia sin hombres y concibe el plan más imprudente de su vida.

23

NEGOCIO SECRETO

Cuando Annawake llega con el auto, Letty está de pie en el jardín con un cuchillo de carnicero en la mano. Tiene un aspecto formidable, pero Annawake apaga el motor de todos modos y se le acerca a través del campo de habas. Sacude el plato de la torta de Letty en la mano.

—Vengo a devolverte esto —dice.

Letty pone una mano frente al sombrero de su esposo muerto y entrecierra los ojos para ver mejor a Annawake. La estudia hasta que se le ilumina la cara con el reconocimiento.

—Annawake, ah, juro que si no hubieras estado en la fritura de cerdo, no te reconocería. Con ese pelo cortado. . .

—Bueno, Letty, ahora me lo estoy dejando crecer. En un año o dos, voy a estar más presentable.

—Claro que sí. —Ahora Letty mira el plato. —¿Cómo fue que conseguiste eso?

—Me llevé algo de tu pastel de batatas de la fritura de Cash. Para Millie, ¿te acuerdas? Es su favorito.

—Bueno, ella debería haber venido a la fritura. Se perdió una buena.

—Quería ir pero el bebé estaba muy caprichoso con lo de las vacunas.

—Ah, qué lástima. . .

—Ya lo superó. Millie te da las gracias por el pastel. No te iba a devolver el plato hasta que pudiera recuperar un poco el aliento y cocinar algo para mandarte pero no creo que llegue a eso hasta dentro de unos doce años así que te lo traje yo. Pensé que podrías necesitarlo.

Letty se ríe.

—Sí, así son las cosas con los chicos. Se te trepan encima como una urticaria. . . Pero la verdad es que yo extraño a los míos ahora que crecieron.

Annawake mira a su alrededor buscando alguna evidencia de las razones por las que una persona cualquiera pueda estar de pie en el jardín con un cuchillo de carnicero en la mano. No hay peligros a la vista, según le parece.

—Se diría que estás cazando un cerdo para matarlo.

—Lo haría si pasara uno por aquí, en serio. O un avestruz. ¿Escuchaste lo de la pluma de avestruz de Boma Saltamontes?

—No.

—Dice que se cayó de su lado del cerco. Ese tipo, Green, cree que ella pasó de su lado y se la llevó, y quiere que se la devuelva. Dice que le va a hacer un juicio. Ayer Cash vio a Boma en el pueblo con esa pluma en el sombrero.

Annawake lamenta haberse perdido ese espectáculo.

—A propósito, ¿cómo se está sintiendo Cash?

—Supongo que bien. Creo que está meditando o algo así. Hice que me arreglara el techo a ver si eso le mejoraba el ánimo.

—Por eso lo vi ayer hablando con Abe Charley en la ferretería. . . Tú ya sabes que tiene una admiradora secreta. . .

Annawake ve que las orejas de Letty suben por lo menos unos tres centímetros a los costados de su cara.

—¿En quién estás pensando?

—Hay una mujer en la casa de Azúcar y Roscoe. . . Es algo de Azúcar.

—Ah, querida. De eso estoy enterada, sí. Estaba aquí en esta cocina el día en que esa mujer llamó por teléfono y le dijo a Azúcar que tenía que venir con apuro. Tiene un negocio secreto con la Nación. . . Un reclamo grande. No te puedo decir más. En realidad, ni siquiera debería haberte dicho eso.

Annawake sonríe.

—Bueno, se muere por conocer a Cash Aguaquieta, eso me dijeron.

—Deberíamos decírselo a él, ¿no te parece?

—No, no, no creo —dice Annawake—. Se sentiría incómodo, supongo.

—Seguramente. Por supuesto que no pienso meterme en lo que no me importa. ¿Y qué tal es esa prima?

—Se llama Alice Greer. Es linda, divorciada. Odia la televisión, eso es lo único que sé de ella. Dice que necesita un hombre que le dirija la palabra.

—Bueno, Cash es capaz de dejar sorda a cualquiera de tanto hablar. Soy testigo de eso.

—Supongo que esa Alice se va a quedar un tiempo en el pueblo —dice Annawake—. De alguna forma se van a encontrar, supongo.

—Claro, claro —dice Letty. La hoja del cuchillo refleja el sol y parpadea en los ojos de Annawake—. Ya se van a encontrar, sí. . .

Annawake decide no volver a preguntar nada sobre el cuchillo. Piensa dejar el plato e irse, dejando las cosas en manos de los recursos de Letty.

24

ADMINISTRACION DE LA VIDA SALVAJE

El hombre que le cobra el alquiler a Taylor se detuvo delante del departamento justo cuando ella salía para llevar a Tortuga a la escuela. El camión está cargado de cosas raras: redes grandes de manija larga por ejemplo, y embalajes navales. El hombre sale del camión y se le pone en el camino para que ella no pueda fingir que no lo vio.

—Hola —dice ella—. Iba a ponerlo en el correo mañana.

—Bueno, quieren que se los lleve hoy si no le importa. Ya tiene una semana de atraso.

—De acuerdo. Voy a buscar mi chequera.

El administrador, un joven cuyo nombre Taylor desconoce, usa anteojos anchos, de paneles chatos, que reflejan la luz y le dan un aspecto como de casa con frente de vidrio, como la vidriera de un negocio. Taylor siente un poco de lástima por él: qué trabajo más feo. Una vez le dijo, casi pidiéndole disculpas, que su verdadero trabajo es el mantenimiento del parque de la ciudad; cuando su esposa tuvo el bebé, él tuvo que ponerse a administrar departamentos para conseguir algo de dinero extra. Tiene una barba pálida, nada impresionante, en las mejillas y parece demasiado joven para tantas preocupaciones.

Taylor acaba de pagar para que le devuelvan la electricidad así que hace el cheque con fecha de la semana que viene, una fecha que es posterior al día de pago, y trata de pensar en algo que decir para distraerlo y que no mire demasiado.

—¿Qué es eso que tiene en el camión? —pregunta.

—Para cazar gansos —contesta él.

Ella mete la chequera en el bolsillo trasero de sus vaqueros y vuelve la mano hacia la palma de Tortuga, suspendida en el aire.

—¿Usted caza gansos?

—Hoy tenemos el gran rodeo de gansos.

Taylor lo mira bien, desde la cara de vidrio hasta el camión y otra vez desde el principio. No tiene demasiada idea de qué decir frente a un cosa como ésa.

—Gansos canadienses —agrega él, como para iluminar un poco el asunto.

—¿Qué es eso. . . como un deporte?

—No, es una crisis urbana —dice él, tirándose la chaqueta marrón de Parques y Recreaciones sobre los hombres con aire de un hombre que se considera algo así como un experto en gansos—. Tenemos esos gansos canadienses que vienen desde la orilla del lago —explica con aire de entendido—. Se supone que están en camino a algún otro lugar y paran a descansar un poco. Pero todo el mundo va al lago con su hijito o hijita y una bolsa de sobras a darle de comer a los gansos y acto seguido, los pájaros no tienen intención de seguir adelante. Ninguna intención, se lo aseguro.

Tortuga tira un poquito de la mano de Taylor y se mira las puntas de las zapatillas nuevas, con un deseo evidente de marchar hacia la escuela. Pero Taylor necesita ser amable. Ese tipo tal vez parezca de diecinueve años, pero en este momento tiene un poder infinito sobre la vida de las dos.

—Bueno, supongo que para usted no es bueno que todos los gansos de Canadá se queden por aquí en el puerto.

—No, claro que no, señora. Hay bosta de ganso apilada hasta el cielo. Pero en realidad, nuestro mayor interés es proteger a los pájaros. Es mala administración de vida salvaje permitir que un pájaro viva de sobras. Muchos de estos pájaros, y no le exagero, señora, muchos están tan gordos que no pueden volar.

Taylor aprieta los dientes para no sonreír con tanta fuerza que tiene miedo de provocarse un calambre.

—¿Adónde los van a llevar cuando los atrapen?

—Los mandamos por barco al este de Washington —contesta él con satisfacción—. Y no es ninguna fiesta ahí, en serio. No llueve mucho. Esos gansos van a tener que adelgazar y aprender a defenderse. Es trabajo duro, así que van a olvidarse de sus malos hábitos enseguida.

—¿Y si son demasiado perezosos como para aprender? —pregunta Taylor en voz solemne —. ¿Cree que puedan volver al oeste caminando?

—Ah, no, claro que no, señora, no pueden volver. No hay ninguna posibilidad. No desde donde van a estar. Este viaje va a separar las aguas entre hombres y muchachitos, diría yo.

—Ovejas y carneros —dice Taylor, asintiendo, con las cejas fruncidas.

—Correcto —dice el administrador. Pliega el cheque de Taylor sin echarle ni una mirada y lo pone en el bolsillo de la camisa. —Tengo que irme —dice.

—Claro, claro —dice ella—. Así va a atrapar a todos los malhechores.

Entusiasmado con la confianza de Taylor, el administrador prácticamente salta de vuelta al camión, arranca y se va a toda velocidad.

—Ojalá alguien nos diera algo de pan viejo a nosotras —dice Taylor a Tortuga—. ¿No sería lindo?

Ella asiente.

—Con mermelada de frutilla.

Las dos dan vuelta sobre los talones y fingen que son gansos obesos en un camino zigzagueante hacia la escuela.

La mañana del sábado, Taylor va hacia el sur a través de la lluvia. En el camino al aeropuerto quisiera ser la que va a volar en lugar de llevar a un hombre en silla de ruedas hacia el avión. Todavía está en las listas de la Handi-Van como sustituta y esa mañana está reemplazando a Kevin. El no le dirige la palabra pero le permitió manejar en su turno del sábado —no había ninguna otra persona disponible— porque quería ir a una feria de computación. Taylor está inquieta con los arreglos que tuvo que hacer para dejar a alguien a cargo de Tortuga; la niña está con una vieja vecina, una china que usa peluca roja y medias negras con sandalias de plástico. La mujer cose uniformes en su casa para las chicas que cantan y bailan en los partidos de béisbol y también para los jugadores y parecía una buena apuesta. Por desgracia, no habla inglés así que Taylor no tiene ni idea de lo que va a cobrarle por su tiempo y reza por tener suficiente dinero.

En este momento, tiene solamente un pasajero: el hombre que va al aeropuerto. A Taylor le gusta su aspecto: un hombre de más o menos la misma edad que ella y ojos lindos que le hacer acordar un poquito a Jax.

—¿Va a algún lugar donde brilla el sol? —le pregunta.

—No es muy probable —dice él —. Trabajo en la torre de control de tránsito del aeropuerto.

—¿En serio? —Ella se siente incómoda; había pensado que era un pasajero, no un trabajador. —¿Y cómo es? Oí decir que ese trabajo produce ataques al corazón.

—Solamente si los aviones que uno está dirigiendo chocan en el aire o algo. Y eso es algo que tratamos de no alentar.

—¿Pero cómo hace para tener los ojos en todo? Yo sería muy mala para ese tipo de cosas, me parece. Si suenan el teléfono y el timbre al mismo tiempo, ya me pongo rara. . .

—Tenemos radares. Debería venir a la torre y ver cómo es. Pregunte por Steven Kant.

Ella baja la velocidad para dejar pasar a un auto que viene demasiado pegado. Los limpiaparabrisas golpean contra el vidrio como el reloj de un hipnotizador que estuviera instruyéndola para que se sintiera muy, muy cansada. Taylor trata de no pensar en Tortuga sentada en el departamento oscuro de la señora Chin sin nadie con quien hablar, testigo muda de una TV parpadeante mientras la máquina de coser de la señora chapotea atravesando capas y capas de satén chillón. Si Tortuga pudiera ir a ver una torre de control aéreo, eso le mejoraría mucho el día.

—De acuerdo, me parece bien —dice Taylor.

—Excelente.

La carretera está llena de autos pero vacía de interés, simplemente húmeda y vacía; todos estuvieron aquí antes en este planeta. El hombre que controla el tránsito aéreo no parece tener nada más que decir, y a Taylor eso no le gusta. Para ella, Steven Kant es probablemente el pasajero más animado de la historia de la corporación Handi-Van, y además es guapo.

—Me llamo Taylor —le dice—. Generalmente no manejo en esta ruta. Supongo que lo sabe.

—No, no lo sabía. Yo tampoco hago esto a menudo. Tengo el MG en el taller.

—Ah, lo lamento.

—No me molestar usar este tipo de autos cada tanto. —La mira a través del espejo retrovisor y sonríe—. El servicio es muy amable.

—De lo mejor. Se puede sentar ahí atrás y servirse un vaso de champán, señor.

—En mi trabajo fruncen un poco el ceño si uno va un poco chispeado. . . Pero tal vez en otro momento. . .

Ella mira por el espejo otra vez, preguntándose si esa última frase es una invitación de algún tipo. Decide que sí pero el hombre la hizo con tanta amabilidad y gentileza que si ella la deja pasar ninguno de los dos se sentirá incómodo. Taylor supone que vivir en silla de ruedas puede ser un buen entrenamiento para ese tipo de cosas.

—¿En serio maneja un MG?

—Sí. Convertible. Amarillo, con volante especial y controles de mano y atrás, una rampa deportiva para la silla de ruedas.

—¿Tiene apoya cabezas?

—Claro que sí. Y un bar.

—Uau. Supongo que el motor es una delicia.

—Usted sabe mucho de autos deportivos.

Taylor sonríe.

—Nada de nada. Antes los vendía, por pedazos, claro.

Steven Kant se ríe.

—Suena a una vida de crimen.

—No, nada tan rentable, le aseguro. Un negocio de repuestos. —Taylor descubre que apenas si se acuerda del trabajo en el negocio de Mattie. Todavía es capaz de imaginarse a sí misma en el negocio, bromeando con los hombres entre todos esos pedazos metálicos de sueños. Pero esa vendedora sabrosa le parece una confiada hermana mayor, y no ella misma. Alguien que controla su propia vida.

—¿Y qué le parece si cuando tenga el MG arreglado, me lleva usted a pasear a mí? —dice—. No a trabajar, claro. Mi otro trabajo es en la tienda más horrenda del mundo.

—De acuerdo. ¿Le parecen bien las esclusas?

—¿Esclusas?

—Sí. ¿Nunca las vio?

—Ni siquiera sé muy bien lo que son.

El se ríe.

—Las esclusas entre el lago y el canal, por donde pasan los barcos. ¿En serio no ha ido nunca?

—Soy nueva aquí, marinero.

—Bueno, entonces, arreglado. Voy a mostrarle las esclusas. Y después la voy a llevar a comer el salmón más fresco de su vida. ¿Qué le parece el próximo sábado?

El estómago de Taylor da un salto cuando escucha lo del salmón. La frescura no le interesa mucho; si en este momento encontrara un salmón muerto en la calle, no dejaría de llevárselo a su casa. Está tan cansada de la manteca de maní que ya dejó de fingir que le importan los maníes asesinados cuando está con Tortuga.

—El sábado está bien —dice, después de dejar pasar un ratito como si lo estuviera pensando—. Pero creo que tiene que saber algo. Tengo una niñita y a ella también le gustaría venir. Ni marido ni nada, pero sí la niña. ¿Le importa?

—Dos citas por el precio de una —dice él—. Mejor todavía.

Taylor piensa: por el precio de una, no: ella también come.

Jax volcó toda una botella de cerveza sobre el sintetizador en el medio de "Bailando en el Zoo de los Zombies". Se las arregla para terminar hasta el último acorde, tocando las teclas con nerviosismo, sin entrar en el final tipo tour de force. Espera no electrocutarse. Mientras el final se extingue de a poco en el aire, hace una señal a su guitarrista pidiendo una pausa. Cuando las luces se apagan sobre el escenario y empiezan a pasar música grabada por los amplificadores, se saca la camiseta y empieza a limpiar el teclado. Va a tener que desarmarlo todo. No sabe si empezar ahora, antes de que la cerveza tenga la oportunidad de acomodarse entre los micro-procesadores, o esperar hasta más tarde. Una joven con una postura espantosa y cabello lacio, rojo cereza, que le cuelga desde exactamente la mitad del cráneo sigue bailando en el escenario. O mejor dicho, dobla un poquito, no mucho, las rodillas, y se hamaca en una rotación lenta con los ojos cerrados. Hace más o menos una hora que se está hundiendo en el mismo punto, y a Jax le molesta sin razón particular. Levanta la botella de cerveza que cometió el crimen contra la música y la hace rodar hacia la chica. Espera que se caiga del escenario y quiebre el sueño en el que está sumida la chica. Se saca el teclado de las rodillas y patea algunos cables de amplificación para hacerle lugar en el suelo.

Rucker, el primer guitarrista, cruza el escenario y se para frente a él.

—Lo ahogaste, hombre.

—Sí, pero en cerveza, así que espero que esté contento. ¿Sabes CPR?

—No, hombre, ni siquiera pago los impuestos. . .

—Rucker, tu coeficiente intelectual no es muy apreciable, supongo.

—No entiendo qué ven las mujeres en ti, Jax. Esa rubia que trabaja en el bar te mandó esta nota. Dice que es urgente.

—Dile que estoy enfermo de algo contagioso, ¿quieres? —Jax toma el destornillador guardado en un escondite del tablero y empieza a sacar la placa trasera.

—No me parece gracioso.

—Me pagan para entretener a la gente con música. Nada más.

—¿Qué te pasa, hombre? Pareces un perro. ¿Te robaron el hueso o qué? ¿La viste? Es luminosa.

—Ah, muy linda, sí.

Rucker despliega la nota escrita con tinta sobre una servilleta de papel.

—Si no vas a leer esta cartita de amor, la leo yo, hombre.

—No sabía que supieras leer. —Jax se arrodilla con la cabeza cerca del suelo y espía dentro de la máquina. El sintetizador lo sorprende siempre:

es capaz de producir los sonidos de un piano o los de un órgano Hammond, o los de un cuerno de caza francés, de voz sorda; hasta el sonido de un vidrio que se quiebra o de una bolita que rueda dentro de un caño y sin embargo, adentro no hay casi nada. Se acuerda de haber sentido el mismo asombro infinito la primera vez que desarmó una TV.

—¿Quién es Lou Ann?

Jax levanta la vista.

—A ver, dame eso.

—Llamó Lou Ann —lee Rucker—. Emergencia super urgente, llamar a Taylor a este número.

Jax le arranca la servilleta de la mano y sale corriendo del escenario, tropieza con la bailarina mareada medio calva pero no la despierta. Avanza en una línea zigzagueante, como de abeja, hacia el teléfono público entre el bar y la cocina. En ese lugar, no hay esperanza alguna de tranquilidad pero él no puede esperar a llegar a casa. Taylor levanta el teléfono a la primera llamada.

—¿Jax?

—Me voy a morir si no te doy un beso en el ombligo en una hora. Dime que estás llamando desde la parada de ómnibus del sur de Tucson.

—No. Pero el lugar se parece. Estoy en un teléfono público del estacionamiento entre un Kwik Mart y un festival de drogadictos al aire libre, creo. . .

—¿Dónde está Tortuga?

—Dormida en el auto. Ey, escucha, ni siquiera sé si ya te perdoné por ligar con Gundi. ¿Por qué iba a dejar que me dieras un beso en el ombligo?

—Bueno, Taylor, por lo menos ahora te reconozco un poco. Seguramente estás mejor, ¿eh?

—No sé. Me siento en el infierno. ¿Hay que pagar el alquiler y los servicios en el infierno?

—No. Creo que pagas todas las cuotas antes de llegar.

—Jax, tengo mi vida hecha un lío.

—Te escribí otra canción. Escucha.

—No sé si puedo aguantar otra canción de amor desesperado.

—Esta no es tan mala. Escucha:

Te hice feliz
te hice el desayuno
Lo único que hiciste es volverme loco.
Te di flores.
Me diste dolores de cabeza.
Y desde hoy vas a decirme adiós. . .

—Sí que es una canción de amor desesperado —diagnostica Taylor—, o peor todavía: de amor *despechado* y desesperado. Ya hablamos de esto, Jax. Yo no te dejé a ti, dejé una situación.

—¿Te molestaría escribírmelo en el pizarrón quinientas veces?

La voz de ella está tranquila.

—Te extraño, Jax. Mucho. A veces me hace doler la garganta y no estoy segura de que seas real. Hace tanto que no te veo. —Jax la oye sonarse la nariz, el sonido más desesperado que haya oído en su vida. Ojalá pudiera programar ese sonido en el sintetizador, piensa—. Ni siquiera tengo tu foto —dice ella—. Me la robó esa mierda de Barbie.

—Eso es un crimen contra la naturaleza —dice Jax—. ¿Te robó mi fotografía?

—Bueno, hay dinero involucrado en el asunto. Es difícil de explicar.

—¿Le *pagaste* a alguien para que robara mi fotografía?

Una camarera con la camisa anudada bajo las costillas pasa junto a Jax con una bandeja de platos sucios; lo mira de arriba a abajo, recorriéndole el torso desnudo con los ojos.

—Sacrifiqué mi camiseta por una emergencia médica —susurra él.

Ella pone los ojos en blanco mientras gira en redondo y abre la puerta de la cocina con la cola.

—Debería haberme imaginado que iba a pasar algo así —dice Taylor—. Esa Barbie era el robo mezquino al acecho. Te juro que no entiendo cómo pude hacer las cosas tan mal, Jax. Parece que hice siempre elegí el peor camino.

—Suenas como un choque de siete autos en la carretera.

—Es que eso es lo que soy, Jax. Y eso no es ni el principio. Perdí el trabajo de chófer. No conseguí que nadie se quedara con Tortuga. Me tienen como sustituta, pero no me llaman demasiado. Ahora soy cajera en una tienda. En el departamento de Ropa Intima de Mujer, para ser exacta. Seis dólares la hora.

—No me parece tan mal. Cuarenta y ocho dólares por día por vender calzoncillos. Son casi mil al mes.

—Muy bien, genio de las matemáticas, pero no. Se llevan una parte para impuestos y seguridad social y ese plan de seguro obligatorio que ni siquiera puedo usar hasta dentro de seis meses. Saco más o menos setecientos al mes.

—Ey, seguramente con eso es fácil derretir los kilos que tanto te preocupan.

—Me estuve armando un presupuesto general: el alquiler es de trescientos noventa, así que con la luz y el agua y el gas (te aclaro que todavía no prendimos la calefacción y no sé cuánto puede llegar a ser cuando lo hagamos), digamos quinientos en total para el alquiler y los servicios. Unos cincuenta por mes para tener el auto en funcionamiento e ir a trabajar. Si pudiéramos arreglarnos con cien por mes para la comida, eso nos dejaría unos cincuenta para emergencias. Pero Jax, la verdad es que me atraso con los pagos, me atraso y me sigo atrasando. Ahora viene un pago del seguro del auto y hoy en mi caja faltaron cuarenta y cuatro dólares y dicen que me lo van a sacar del pago. Y yo pensé, ¿qué pago?

—Eso es una estafa.

—No, seguramente fue culpa mía. Me distraigo tratando de vigilar a Tortuga en el negocio. Tienen ese programa especial de guardería en el colegio, para después de hora, para gente con bajos ingresos. Supongo que pertenezco a esa clase pero hasta eso cuesta tres dólares por día. Sesenta por mes. No tengo tanto dinero.

—¿Estás comiendo por veinticinco a la semana?

—Sí. Un dólar por comida para las dos, más el dinero de la leche de Tortuga que tiene que llevar al colegio. No comemos demasiado cerdo, como diría mamá.

—No. Yo diría que están comiendo poco y nada de eso. Diría que te estás comiendo las pezuñas del cerdo, en todo caso.

—Jax, la pobreza consume, te lo aseguro.

—¿Puedo citarte? ¿Ponerlo en una calcomanía en el auto o algo así?

—Tú tampoco eres rico, pero allá era diferente, por lo menos compartíamos los gastos del alquiler. Y Lou Ann que siempre estaba por ahí para cuidar a la niña.

—Deberías ponerte las botas y volver a casa enseguida. . . como decían en las películas del cuarenta.

—Ah, me olvidé de contarte lo más divertido. Ahora me dicen que tengo que vestirme mejor para el trabajo. Mi supervisora dice que una camiseta y vaqueros no es aceptable para una cajera de la sección Damas. Yo tuve ganas de decirle que le devolvía los corpiños y que me mandara directamente a la sección Repuestos de Auto. Pero si pierdo el trabajo, vamos a vivir en el banco de una plaza o en el auto y eso no me hace gracia. Juro que ya estuve pensando en robar algo del departamento de Niñas.

—Taylor, léeme los labios. Vuel-ve-a-ca-sa. Te mando el dinero. No creo que esa Annawake venga a perseguirte de nuevo.

—¿Ah no?

—Parece más del tipo de acecha-entre-los-arbustos y hace-ruidos-raros.

Taylor se suena la nariz otra vez.

—Si pudiera llegar sin pedir dinero, Jax, te juro que volvería. Estoy muy cansada. Podría acostarme y dormir cien años seguidos. Pero tú no puedes mandarme dinero. No tienes ni para el alquiler del mes que viene.

—No me insultes. Le puedo pedir prestado a Mattie.

—¡Eso no! —exclama Taylor.

—Bueno, por Dios, que no se te caigan las medias por eso. A Mattie no le importaría.

—A mí sí —dice ella—. Voy a hacer que las cosas funcionen, Jax. Tengo que hacerlo. No soy estúpida y no soy haragana. Estoy trabajando tanto, tanto, pero no consigo salir adelante.

—No es culpa tuya, Taylor.

—¿Y de quién entonces? Si hiciera las cosas bien, debería poder mantener un techo sobre mi cabeza.

—Eso es mentira. Te estás juzgando según el gran mito cultural estadounidense, pero Horatio Alger es bosta, mi amor. Esas ideas ya no se aplican a la realidad.

—Correcto. Dile eso al propietario de la casa.

—Lo que necesitas es que te cuide un lindo músico.

—Ah, eso sí que es un mito. ¿Dónde viste que un músico cuidara a alguien?

—En este momento, ni siquiera saben cuidar a sus muy amados sintetizadores MI. Acabo de volcar una cerveza entera en el teclado y lo dejé soltando sus últimos suspiros en el escenario. Ahora estamos descansando.

—Bueno, adivina a quién conocí. . . A un hombre que trabaja en control aéreo de vuelos.

—Mierda, ya lo sabía. Estás enamorada.

—No. Pero Tortuga y yo vimos la sala de control ayer. Es una habitación oscura llena de pantallas de radar, con una persona a cargo de cada una. Se sientan ahí todo el día inclinados sobre esos puntos parpadeantes y tomando café y hablándole a los pilotos para que no choquen unos con otros. ¿Qué vida, eh? Parece un submarino.

—¿Así son los submarinos? Siempre me dieron mucha curiosidad.

—Bueno, no sé. Pero parece eso. Se llama Control de Acercamiento Terminal por Radar. Tortuga lo llamaba todo el tiempo Control Grasiento Terminal. No estoy segura de que entienda bien los conceptos.

—No te sorprendas si los entiende. No creo que se le escapen muchas cosas.

—Cierto. Eso del control me tranquilizó bastante. Por lo menos alguien controla algo en este mundo.

—A mí me suena a amor verdadero —dice Jax, con voz desdichada.

—Jax, no estoy enamorada de Steven Kant.

—Bueno, asegúrate de que Steven no haga nada al respecto.

—Ah, genial. Me pides que sea una monja mientras tú te las arreglas para que la propietaria de tu casa se interese en plomería.

Jax se ríe a pesar de sí mismo.

—Ya perdió interés. Te lo juro. Nuestro baño sigue desafiando las leyes de la termodinámica.

—Bueno, me alegro mucho de saberlo. No me gustaría enterarme de que te está haciendo favores especiales o algo así.

—¿Sabes? Me alegro de que estés celosa. Me va a remorder menos la conciencia cuando piense en lo que voy a hacerle a ese Steve el Filósofo en cuanto localice su torre de control.

—No estoy enamorada, Jax. Es buen hombre pero no sabe reírse de mis bromas como tú. —Se queda callada pero Jax reconoce la cualidad del silencio y entiende que tiene que seguir escuchando—. Odio decir esto, después de lo que te dije sobre que tengo que arreglármelas sola, pero me llevó a Tortuga y a mí a un restaurante en el aeropuerto y me quedé sentada ahí pensando que cualquier cosa del menú costaba más que mi presupuesto de una semana entera para comida. Fue un alivio comer, solamente comer. A veces es difícil diferenciar eso del amor.

Jax ve el escenario a través del bar. Su banda se está reuniendo de nuevo. Rucker y el baterista están de pie sobre el sintetizador como parientes desolados en un velorio. La mujer que se hamaca sigue hamacándose en su círculo lento. De pronto, mientras Jax la mira, se derrumba como un maniquí y golpea el suelo con un sonido casi de terror. Jax se da cuenta de que la desprecia solamente porque es alguien frente a quien es fácil sentir lástima.

—Te voy a mandar dos boletos de avión para que vuelvas. Dame la dirección.

Taylor no dice nada.

—Me está costando un poco leerte los labios.

—No. No mandes boletos. No puedo dejar el auto aquí en una zanja.

—No se trata de un auto.

—Jax, no. No.

—Maldita campesina orgullosa.

Ella no dice nada, y Jax retiene el aliento. Tiene terror de que ella le cuelgue. Después, la voz vuelve.

—Si eso es lo que te parece que soy, bueno, no me importa. Casi nunca tuve mucho dinero pero siempre supe que podía contar conmigo misma. Si fallo ahora, no voy a tener ni eso.

—Me estás rompiendo el corazón —le dice él.

—El corazón que estoy rompiendo es el *mío*, Jax. No puedo creer que mi vida haya llegado a esto. Me miro en el espejo y veo un espantapájaros.

Jax contempla la servilleta que tiene en la mano, la que dice: "Emergencia super urgente, llama a Taylor." Por una vez, Lou Ann no exageraba. Él daría el mundo entero por saber cómo contestar el ruego.

*   *   *

Hay algo en las esclusas de Seattle que hace acordar a la Presa Hoover. Taylor lo nota enseguida cuando se acercan a través de un parquecito. La puerta y el edificio de entrada tienen el mismo aspecto antiguo, austero. Tortuga también lo nota.

—¿Te acuerdas de esos ángeles? —pregunta.

—Claro que sí —dice Taylor—. Justamente estaba pensando en ellos.

—¿Qué ángeles? —pregunta Steven.

—Los ángeles guardianes de la Presa Hoover —le dice Taylor—. Están sentados sobre ese monumento a la memoria de los que murieron en la construcción. Tortuga y yo estuvimos ahí hace poco.

—Te gustan las obras públicas, ¿eh? —le pregunta él a Tortuga.

—Ajá. Vi cómo Lucky Buster se caía en un agujero grandote. Lo salvamos, pero después tuvimos que escaparnos de los indios.

Steven se ríe.

—Va a ser escritora —le dice a Taylor.

—Tal vez. —Taylor aprieta la mano de Tortuga, un mensaje secreto. Sostiene el paraguas de Steven en la otra mano, y trata de darle a los tres alguna protección contra la llovizna. Se siente un poco incómoda. Es la primera vez que sale a una cita con dos personas cuyas cabezas le llegan más o menos a la cintura. No sabe dónde poner la mano en la silla de Steven, o si caminar al lado y nada más. Se alivia cuando él abre el paraguas automático y se lo entrega a ella.

Pasan por la entrada y Tortuga corre unos metros adelante, excitada por una vez; las colitas negras hamacándose como sogas de saltar fugitivas. Parece alta y flaca hasta lo imposible en los nuevos pantalones bermuda y la camiseta y las pesadas zapatillas blancas. A Taylor le da la impresión de que algo le tira de los pies a Tortuga en las noches: se pone cada vez más alta pero no se llena por dentro. Y esa piel no tiene buen aspecto. La preocupación aparece en la superficie de la mente de Taylor sólo en momentos como éste, cuando puede mirar a Tortuga con atención.

Los tres esperan cerca de la soga dentro del área de las esclusas; miran hacia abajo, a un largo canal de agua con un portón enorme en cada extremo. A pesar de la lluvia, hay alegres parejas pescando: dos botes están ya dentro de la esclusa, sostenidos por sogas y una lancha delgada, de aspecto agresivo que maniobra para salir del canal. Un hombre en suéter azul dirige la operación. Una vez que todos están asegurados adentro, hace sonar un timbre, el portón se cierra y el agua entra en la esclusa desde abajo, a borbotones. Los botes se elevan lentamente en la cresta de la marea artificial, del nivel del mar al nivel del lago. Taylor mira cómo suben y bajan los pasajeros, parecen juguetes en una bañera.

—Supongo que aquí nadie espera que haya sol para ir a pescar.

—Habría que esperar mucho —dice Steven —. Deberías haber visto este lugar el cuatro de julio. Llovía a baldes y el tránsito era increíble. El tipo tenía unos treinta o cuarenta botes al mismo tiempo, como autos en un estacionamiento, todos atados unos con otros.

—Suena muy hogareño y apretado.

—Sí. No había ni cinco centímetros de agua libre. Podrías haber caminado de un lado a otro saltando de cubierta en cubierta. Ese tipo es increíble —dice Steven, señalando al hombre del suéter—. Sabe cómo meter cuarenta botes en un área de un cuarto de cuadra y después sacarlos de nuevo, sin perder un minuto ni un centímetro. Tiene habilidades espaciales que podrían hacerlo entrar en el MIT.

—¿En serio? ¿Te parece que ese tipo del suéter es brillante?

—Bueno, es irónico lo brillante que es, considerando lo que le pagan.

—¿Cuánto crees que le pagan?

—No lo sé, pero estoy seguro de que es poco y nada.

Taylor ya sabía la respuesta, aunque no entiende por qué.

—Supongo que debería haberse ido al MIT —dice, y se siente herida aunque sabe que tiene derecho porque Steven no ha dicho nada ofensivo contra ella.

Los botes ya están cerca del nivel del lago. La puerta se abre lentamente y el agua entra en una correntada, curvándose en olas que sacuden a los botes de la proa a la popa. Steven lleva a Taylor y a Tortuga por el puente, hacia el otro lado.

—Ahora, vamos a ver cómo lo hacen los salmones —dice.

—¿Hacen qué? —pregunta Tortuga, mirando a Taylor.

—Suben desde el mar hasta el lago —dice Steven —. Viven en el mar todo el año pero tienen que subir por los ríos de donde vinieron para poner los huevos.

—Ya oí hablar de eso —dice Taylor —. Oí que tienen que volver exáctamente al lugar donde nacieron.

—No sé si *tienen* que hacerlo —dice Steven—. Parece que *quieren*, siempre. Como todos nosotros, supongo.

—Yo no. Me escapé de Kentucky apenas pude poner las ruedas del auto con la goma para abajo.

—¿Y no vas a volver?

—Tal vez. Supongo. . . No hay que olvidarse de las cosas que la hicieron a una.

—¿Y tú, Tortuga, dónde naciste? —pregunta él.

—En un auto —dice ella.

Steven mira a Taylor.

—Un Plymouth —dice ella —. Es todo lo que sé. Es adoptada.

—No quiero volver a vivir en un auto —afirma Tortuga.

Taylor piensa: Espero que no tengas que hacerlo.

Toman el ascensor hacia el área panorámica de los peces. Steven explica que para llegar al lago, los peces tienen que subir catorce escalones contra una corriente muy fuerte. A través de una ventana muy gruesa, alta como la pantalla de un cine, ven a cientos de peces de panzas pálidas, aletas rosadas y rostros casi torcidos en una mueca; todos trabajan en la misma dirección, tratando con todas sus fuerzas pero avanzando apenas unos centímetros. Parecen pájaros volando en contra de un huracán.

—La mayoría son salmones plateados —dice Steven—. Esos pocos de ahí, los que son un poco más grandes, esos son salmones reyes.

Parecen vencidos, las aletas destrozadas.

—Pobres, ¿para qué entran? —pregunta Taylor—. Sería lógico que buscaran la forma más fácil de hacerlo. Una pasada gratis por las esclusas, por ejemplo.

—No, la corriente fuerte de agua que sale del fondo es lo que los atrae, lo creas o no. El cuerpo de ingenieros se dio cuenta hace unos años. Estrecharon el canal para aumentar el flujo y entonces vinieron muchos más peces. ¿Sabes qué es lo más triste?

—¿Qué?

—Hay un par de leones marinos gordos que los esperan arriba; se la pasan relamiéndose mientras ven cuándo llegan estos pobres tipos después del día de trabajo.

—Eso sí que es triste.

—Bueno, supongo que es la vida. La ley de la jungla.

Los peces se curvan y saltan y se arrojan con fuerza contra la corriente, muriéndose por subir y pasar y seguir adelante. Taylor se queda de pie flanqueada por Tortuga y Steven. Durante un largo rato, los tres están así, muy quietos, frente al vidrio, enmarcados por una luz verdosa y una pared de esfuerzo sólido.

—Sé cómo se sienten —dice Steven, la voz divertida —. Es como entrar en un lugar que no está preparado para gente en silla de ruedas.

Yo sé cómo se sienten, piensa Taylor, y no es como entrar en ningún lugar. Es como trabajar con toda tu alma para salir adelante y seguir deslizándose hacia atrás. Sostiene a Tortuga contra el cuerpo para que no levante la vista y vea las lágrimas que le corren por las mejillas.

25

RECOLECCION

Alice tiene una cita. Cash Aguaquieta va a venir a llevarla a dar un paseo a los campos de bayas silvestres cerca de la casa de Leech. Alice no entiende por qué pero así son las cosas. Un desconocido completo la llamó y le dijo:

—Vamos a recoger bayas.

Azúcar insiste en que no es un desconocido, dice que Alice lo conoció el día que fueron a la ciudad. Jura que lo vieron abrirle la puerta a Pearl Pasto, que salía del Mercado Sanitario, y que se le acercaron para saludarlo. Seguramente es así, supone ella, porque la cuñada de Roscoe, Letty, dice que Cash tiene sentimientos hacia Alice y ¿cómo sería posible si no se hubieran encontrado? Alice tiene que aceptar que la cosa sería bastante improbable.

Está de pie en la ventana del frente cuando llega el camión de Cash. Unas piernas largas salen primero, en vaqueros y botas campestres con la punta levantada. Después, el resto. Tiene la cara chata y ancha bajo los ojos, la piel oscura más agrietada que arrugada. Usa anteojos de borde de oro y eso le da un aspecto amable, titilante. Alice jamás ha visto a ese hombre antes. Pero eso no quiere decir que no vaya a salir a dar un paseo con él, por lo menos esta vez. Si alguien tiene sentimientos hacia una sin haberla conocido, razona, una le debe por lo menos eso.

Se encuentran en la puerta. Alice se aferra a su bolso para darse coraje.

—¿Estás lista? —pregunta él. Parece mirarla con tanta atención como ella a él.

—Absolutamente —afirma ella, mirándose la camisa de trabajo y el pantalón rústico—. ¿Te parecen bien estas zapatillas de tenis? Si vamos a meternos en el barro, mejor le pido unas botas a Roscoe. Las de Azúcar no me sirven, calza menos que yo. Siempre tuvo los pies más pequeños del pueblo.

—No creo que nos metamos en el barro, hoy no. Creo que estás bien así.

Alice lo sigue hacia el asiento del pasajero del camión. El le abre la puerta y le da la mano para ayudarla a subir. El camión es de un color extraordinario, como cobre mantecoso aunque parece tan viejo como puede ser una cosa con motor. El parabrisas está dividido en dos paneles chatos con una costura oscura en el medio. Alice se acuerda del consejo de Azúcar, de que le dijo que Cash es muy charlatán y se apresura a empezar algún tipo de conversación.

—¿Hace mucho que tienes este camión?

Cash arranca.

—Toda la vida, supongo. Le pongo motor nuevo cada tanto y sigue adelante. Ojalá pudiera hacer lo mismo con mi cuerpo. —Se golpea el pecho levemente con la mano derecha, después se agacha para cambiar de marcha. El motor hace un ruido como el que se escucha cuando se cierra de golpe un cajón lleno de cucharas.

—Ahora hacen eso —señala Alice—. Ponerle corazones o hígados nuevos y otras cosas así a la gente.

—Cierto. Y no me parece bien, eso de cambiar partes con los muertos para seguir aquí, molestando a los jóvenes. Si uno está gastado, diría que ésa es una señal clara de que es hora de irse.

—De acuerdo —dice Alice. Nota una especie de flor en la zanja, una flor que parece una dalia medio enloquecida, grande como la cabeza de un chico.

—Pero claro, si me lo vuelves a preguntar dentro de diez años, tal vez diga otra cosa —dice Cash, riéndose.

—Ah, sí, claro. Es difícil admitir que ya se llegó a viejo, ¿no? ¿Cómo pasó esto?, pienso siempre. ¡Sesenta y uno! Cuando era joven, me parecía que la gente de esa edad debía sentirse distinta por dentro. Tan distinta de mí como un perro o un caballo. Pensaba que tenían que sentirse como arrugados y doblados y lejos... Me parecía lógico.

—Pero no es eso lo que se siente, ¿no?

—No —dice Alice, pasándose la mano por el pelo corto—. Se siente como siempre...

Los árboles se amontonan junto al camino, cada uno de un verde distinto. Los robles son los más oscuros. Las hojas se les curvan hacia abajo y parecen chupar más luz. El camión de Cash rueda sobre un puentecito y por debajo, Alice ve una quebrada rodeada por un mundo de helechos, las hojas todas apuntando hacia arriba.

—Eres pariente de Azúcar o algo así, ¿no?

—Somos primas —contesta Alice—. Crecimos juntas, pero perdimos contacto cuando me casé.

—Bueno, tenías que ser pariente de Azúcar y no de Roscoe. Si fueras pariente de él, yo te hubiera conocido porque mi hermana Letty es viuda del hermano de Roscoe. ¿Tenían una familia grande tú y tu marido?

—No. Mi hija solamente. Y él ni siquiera se quedó como para llevarla a casa desde el hospital. —Alice se ríe—. Tuve que conseguir una enfermera que me llevara. Era una mujer enorme con un Chevrolet grande como un granero. Me dijo: "le puedo llevar todos los bebés que quiera a su casa, señora Greer". Nunca me lo voy a olvidar. Me dieron ganas de tener doce más, ya que estaba.

—Yo también quería eso. Tener más, digo. Tuvimos a las dos niñas y el doctor le dijo a mi esposa que ni uno más. Tenía la sangre mal o algo así. Negativa, es lo que dijo. Siempre se quedaba más días internada.

Alice se siente incómoda y sorprendida. Le parece increíble que apenas diez minutos después de conocer a alguien, ya hayan pasado al tema de los problemas femeninos de la esposa muerta de Cash Aguaquieta. A él no parece molestarle, sólo está triste. Ella siente que la tristeza se levanta desde Cash en ondas, como el calor en un chico con fiebre.

—Azúcar me dice que acabas de mudarte desde no sé dónde.

—Wyoming —dice él.

Pasan por un viejo cementerio con las paredes de piedra cubiertas de rosales y luego por una vieja iglesia blanca de madera en medio de los bosques. Ven un rótulo medio lavado ya, clavado en un árbol por el centro y rotado un poco en la dirección de las agujas del reloj. Anuncia, en tono torcido: FLESTER AGUAMALA, AL CONSEJO TRIBAL.

—¡Flester Aguamala! —dice Alice, y espera que no sea mala educación reírse del nombre de alguien que sin duda es pariente de algún pariente de Cash.

Aparentemente no.

—Perdió la elección —dice Cash, sonriendo.

—¿Por qué te fuiste a Wyoming?

Cash se estira un poco detrás del volante, pero no saca los ojos de la ruta.

—Me puse inquieto después de la muerte de mi esposa. Se me ocurrió que se podía salir adelante en un lugar donde todo el mundo fuera rico. Que estar cerca de los buenos tiempos es *tenerlos* realmente. . .

—Mi segundo esposo era así. Pensaba que si veía algo de amor en TV, era lo mismo que haberlo hecho. —Alice se cubre los ojos apenas termina de decirlo: siente que eso es ir demasiado rápido, pero Cash sólo se ríe.

—¿Cuánto tiempo estuviste allá? —pregunta ella, recobrándose. Andar por los bosques con un hombre charlatán la está poniendo risueña.

—Unos dos años —dice él—. Y me pareció despreciable. Todos ricos, todos tratándote como si fueras un perro callejero. Y ni siquiera eran felices con lo que tenían. Hice adornos indios de cuentas para un negocio y el dueño se levanta un día, toma un montón de pastillas y listo, se mata, así como así. Dicen que tenía más de un millón.

—¿Por qué querría morir, entonces?

—Creo que estaba deprimido porque ya no había indios. —Cash señala el parabrisas con la mano gruesa—. Tendría que haberse dado una vuelta por aquí para saber cómo son las cosas.

Pasan por una casucha con una pajarera chiquita en un poste a un lado y Alice piensa: Si hubiera venido, se habría tomado las pastillas y se habría disparado un tiro encima para estar más seguro. Pero sabe que no está siendo del todo justa.

—Antes había un negocio aquí —dice Cash, de pronto, como si se hubiera olvidado de ese dato hace ya mucho—. Un almacén de ramos generales. Me pregunto qué le habrá pasado. Vivíamos aquí mismo, en los bosques. Veníamos a buscar grasa. Teníamos que llevar todo un balde. Y yo y mami llevábamos pichones, los cazábamos y los atábamos y nos íbamos caminando al negocio. Y huevos.

—Ah, me acuerdo de cómo era llevar huevos —exclama Alice—. Es criminal hacerle eso a un chico o una chica, hacerlos cargar huevos.

—Se diría que eres experta en el tema.

—Ah, sí. Crecí en un criadero de cerdos en Mississippi. Y no eran chanchos solamente. Teníamos una huerta muy grande y pollos y vacas para la leche. Vendíamos leche y crema. La gente venía en carro a buscarlas.

—Extraño eso —dice Cash—. Manejar el carro con la mula. Teníamos un par de mulas y un carro.

—Sí, claro —dice Alice, sintiendo que finalmente han llegado a terreno más seguro—. Todavía usábamos todavía caballos o mulas y carros en los años del cuarenta. Se veían autos en Jackson pero no era lo más común. Pensábamos que eran más bien para divertirse. Para llegar a alguna parte, o para llevar carga, lo que hacía falta era un carro y un par de mulas.

—¿No fue ése el mejor de los tiempos para ser chico? —pregunta Cash—. Nuestros hijos tuvieron que ver qué hacían con cosas como el licor y los autos rápidos y las películas rápidas y todo eso. A nosotros, lo peor que podía pasarnos era romper un huevo.

—Ah, estoy de acuerdo —dice Alice—. ¿Sabes lo que me parece gracioso cuando pienso en los viejos tiempos? Nos emocionábamos por cualquier cosa aunque fuera insignificante. Un hombre que tocaba el violín y bailaba con una muñequita de madera, una marioneta que manejaba con el pie. . . Hasta los adolescentes se paraban y admiraban ese tipo de cosas. Ahora los adolescentes no se paran ni con un accidente de tránsito. Ya vieron demasiado.

—Así me sentía yo en Jackson Hole. Por eso quise volver. Todo el mundo actuaba como si hubiera visto el espectáculo varias veces y lo único que le interesara fuera terminarse el pochoclo.

—Bueno, ahora que conozco a los nietos de Azúcar, me parece que hasta se interesan por pescar para su abuela. Son más buenos de lo que yo esperaría que fuera cualquier adolescente de este mundo.

—Los chicos cheroque conocen a la familia, eso te lo puedo asegurar —dice Cash—. Se saben qué día cumple años la madre, cuándo es el aniversario de casamiento, todo eso. Siempre hacemos una gran fritura de cerdo para esas fechas.

—Seguramente disfrutas mucho de tus hijas.

—Bueno, tuvimos una mala época. Mi hija mayor, Alma, murió.

—Ah, lo lamento mucho —dice Alice y casi al mismo tiempo, se da cuenta de que pudo habérselo imaginado por los hombros caídos de Cash. Deja de tratar de hablar por un rato: no hay nada que decir sobre un hijo perdido, nada que pueda cambiar ni una sola estrella en el cielo solitario del padre.

Pasan manojos de casitas de techo de chapa y tráilers apretados unos junto a otros en los claros de los bosques. Hay tanques de gas propano en los patios y a veces una lavadora a rodillo o un horno en la galería o un banco para levantar pesas en el camino de entrada. No se puede predecir lo que una va a ver en un lugar como éste. Una casa parece estar albergando una reunión familiar y hay seis o siete chicos alineados sobre un viejo tanque de propano como sobre un caballo viejo y muy paciente.

—Hay sasafrás —dice Cash, señalando unas hojas anchas, con forma de mitón, que crecen entre cedros oscuros al costado del camino —. Las usan para el té curativo de los bailes rituales.

—¿Y para qué sirve?

—Ah, para levantar el ánimo sobre todo. —Cash parece estar mirando lejos, al camino, mientras habla—. Mi papá conocía todas las raíces silvestres que sirven para hacer remedios. Trató de enseñarme para qué era cada una pero me lo olvidé todo. Cuando era chico, nunca supe que la gente se operara de los riñones o de la vesícula o eso, como ahora. ¿No te pasa lo mismo?

—Cierto —dice Alice—. La gente no se operaba tanto. O se curaban o morían. Una de dos.

—Cuando me dolía la panza, mi papá buscaba una bolsa de harina, ponía cenizas adentro y me la ponía a un lado y con eso, se me iba el dolor. La gente siempre venía a verlo, a mi papá. Murió el día de año nuevo, en el cuarenta, y yo ni siquiera lo supe: Tuve que esperar dieciséis días para saberlo. Estaba en uno de esos colegios de pupilos.

—¿No te lo dijeron?

Cash no contesta por un rato. Alice espía un caballo Appaloosa blanco y negro de pie en los bosques cerca del camino, solo y aparentemente suelto; el animal levanta la cabeza cuando los ve pasar.

—No puedo explicar lo del colegio. Los maestros eran blancos, no hablaban cheroque, y me parece que uno se acostumbraba a no saber nunca qué estaba pasando realmente. Uno se olvidaba de su familia. Dormíamos en una gran habitación, todos juntos, y después de unos años, era como que uno terminaba sintiendo que así es como se hacen todos los chicos. Que aparecen en camitas alineadas como galletitas en una fuente cuadrada.

—Eso suena horrible. Suena a una especie de prisión para chicos.

—Era eso, más o menos. Medio día de escuela y el otro de trabajo: habitación de costura, comedor, cocina, lavadero. Los varones lavábamos. No nos mezclábamos con las chicas. Excepto el domingo, en la escuela dominical. Pero a veces yo no podía ir. Tenía que quedarme en la cocina.

Alice trata de imaginarse una manada de varoncitos sumisos lavando y revolviendo ollas. No puede.

—¿Y no aprendiste a cocinar, por lo menos?

—No mucho. ¿Pero sabes lo que me conmovió al final, cuando murió papá? Tenían una ventana grande al oeste, en el comedor, y la señorita Hay, jefa de la cocina era, tenía un naranjo de medio metro en una maceta. Lo había hecho crecer de semilla. Yo lo vigilaba. Cuando me fui, tenía dos naranjas, ese árbol. No estaban amarillas todavía, estaban verdes.

—¿Te escapaste? Yo me hubiera escapado.

—Traté, una o dos veces. Pero finalmente mi mamá dijo que me necesitaban en casa así que me dejaron volver. Fui hasta séptimo grado solamente, nada más. Ni siquiera aprendí mucho inglés aunque eso sí que trataron de enseñármelo, te lo aseguro.

—Bueno, ahora sabes inglés, eso te lo aseguro —dice Alice, sorprendida. Cash Aguaquieta habla más que cualquier hombre adulto que ella conozca. No puede imaginarse cómo sería si tuviera mejor inglés.

—Ah, claro, al final uno lo aprende, de oírlo. . . En casa dejamos de hablar cheroque cuando las chicas llegaron a cierta edad.

—¿Por qué?

—No sé. Yo les hablaba en cheroque cuando eran bebés, y lo hablaban bien. Pero después de un tiempo, desapareció. Nada. Cuando ya tienen metro y medio y empiezan a mezclarse con otros chicos, bueno, tú ya sabes, en dos semanas, se olvidan de todo. Yo siento que les fallé, de alguna forma. Como que hubiera algo que estaban esperando que les dijera y a mí nunca se me ocurrió hacerlo.

Alice siente la tristeza de ese hombre otra vez; le gustaría poner una mano sobre esa garra agrietada y marrón que se apoya en la palanca de cambios. Ya salieron del bosque y ruedan entre colinas altas de fleo sin cortar. Al comienzo de un camino de tierra hay un rótulo escrito a mano: leña, árboles de navidad, moreras, recolección de bayas. Justo cuando doblan, ven un grupo de codornices que cruza el sendero y termina despegado en vuelo dificultoso.

Alice se entusiasma como si hubiera puesto proa a una playa desconocida. No entiende la razón. Unas cabecitas bamboleantes de flores doradas se mueven en el viento y los bordes del campo están bordados de pimpollos blancos y altos que ella recuerda de su infancia: lazo de la Reina Ana, los llamaban. Son tan lindos como el nombre que tienen pero si una trata de mirarlos de cerca, le lastiman los ojos hasta hacer brotar las lágrimas.

Casi es de noche cuando vuelven a casa de Azúcar con dos baldes enteros de bayas en la parte trasera del camión. Alice se comió algunas mientras las recogían, aunque eso es como robar: se paga sólo por lo que se lleva en los baldes. Cash se burlaba de ella, diciéndole que la lengua azul la delataría enseguida. Ella se siente niña de nuevo.

En el caminito de entrada de la casa de Azúcar, un gallo Bantam amenaza con meterse debajo de las ruedas del camión. Alice retiene el aliento.

—Se va a correr —dice Cash—. Y si no se corre, vamos a hacer una buena sopa.

Apaga el motor pero el auto sigue ronroneando un momento. Como Cash, que no puede parar de hablar.

—Una semana antes de Navidad, esos gallos cantan toda la noche —le cuenta. Busca en el bolsillo y pone algo en la mano de Alice. Es seco y chato y agudo como un diente. Ella lo examina.

—¿Una punta de flecha? ¿De dónde sacaste eso?

—La encontré. Mientras tú comías bayas.

—Llévatela a tu casa, entonces —dice ella aunque el contacto de ese mordisco ondeado sobre el dedo pulgar le parece hermoso, y no quiere devolverlo.

—No, quédatela. Tengo como cien en casa.

—¿Las encontraste a todas?

—No. Algunas las encontré; muchas, las hice.

Alice hace girar la hoja delgada en la mano.

—¿Cómo aprendiste a hacer puntas de flecha?

—Bueno, es una historia un poco larga. Encontré la primera cuando tenía cinco años. Una blanca como ésa. Estaba rota y no era muy buena. Me bajé del caballo para levantarla y después levanté otro pedazo de piedra blanca y empecé a golpearlo para sacarle pedazos. Me enseñé a mí mismo o algo así. Trabajé un tiempo en Tahlequah haciendo puntas de flecha para un negocio de recuerdos turísticos.

—No puedo creerlo. Eso sí que es algo raro. . .

—Ah, no, no. Antes hacíamos de todo; cuando yo era chico, digo. Cerbatanas con cañas del río. Las calentábamos en un fuego, las enderezábamos. . . Uno puede soplar una flechita a través de eso y matar un pájaro o una ardilla. —Cash se ríe—. No es del todo efectivo, claro. Ahora uso rifle.

Alice se pregunta lo que sería tener un hombre que salga a matar comida para una. Abre la puerta y baja del camión para no pensarlo demasiado. Cash también sale y levanta uno de los baldes de la parte posterior del camión.

—Hay un baile ritual el sábado —le dice.

—Ya lo sé. Azúcar habla de eso todo el tiempo.

—¿Piensas ir?

—Podría, sí. . .

—¿No quieres ir conmigo? Me gustaría llevarte.

—De acuerdo —dice ella—. Hasta pronto.

Siente los ojos de él sobre ella mientras retrocede hacia la puerta de la casa de Azúcar. Cuando oye que el camión arranca de nuevo con una patada, se vuelve y sacude la mano en el aire. Los anteojos de Cash parpadean mientras él se aleja con el brazo totalmente afuera.

Alice no se acuerda de la sensación del amor romántico. Hace tanto tiempo que no sabe si era algo que mordía y pateaba como un caballo. Lo único que sabe es que ese hombre, Cash Aguaquieta, la eligió a ella. La vio en alguna parte y la eligió. Esa sola idea la llena de una combinación de calidez, esperanza, e indigestión que tal vez podría ser amor.

26

ANTIGUA LLAMA

En la noche baile, Cash viene a buscar a Alice a las doce menos cuarto. A Alice le parece una hora tardía para empezar una cita, pero Azúcar le aseguró que los bailes empiezan tarde y siguen toda la noche.

—Cenicienta no tendría ni una sola oportunidad con esta gente —le dice Azúcar—. Se pondría toda harapienta antes de que empezaran a llegar los importantes.

Alice cierra los aros de perla y se desea suerte. En el camión de Cash, bromea sobre la hora mientras recorren los bosques.

—No estoy segura de conocerte lo suficiente como para quedarme toda la noche contigo —dice.

—Vamos a tener unos doscientos chaperones —dice él y una sonrisa le ensancha la cara ancha—. Si no me equivoco, cualquiera que conozca a mi hermana Letty, te diría que todos van a estar vigilándonos.

Alice siente una extraña excitación ante la idea de que la gente esté hablando de ella y Cash.

—¿Puedo preguntarte algo? —pregunta.

—Adelante.

—Espero que no te moleste que te pregunte: lo lamento pero no me acuerdo de la primera vez que nos vimos.

El la mira y las luces del tablero brillan sobre la parte inferior del marco dorado de sus anteojos.

—La primera vez que *yo* te vi fue en el corredor de la casa de Azúcar Cuerno, el día que fuimos a recoger bayas.

—Pero, ¿cómo diablos. . . ?

—¿Se me ocurrió invitarte? —pregunta Cash.

—Sí.

—Letty me lo dijo. —El la mira de nuevo, detiene el camión sin necesidad en una intersección tranquila, totalmente desierta. Alice tiene la ventanilla baja y oye cómo se mueven los pájaros en la selva, susurrando en medio de alguna actividad nocturna de pájaros, sea cual fuera—. Me dijo que tú estabas interesada —dice Cash finalmente.

Alice está estupefacta.

—Claro que *habría* estado interesada si te hubiera conocido más que a uno de esos actores de películas, pero no. Azúcar me dijo, dijo que Letty dijo. . . —No puede terminar la oración.

Cash empieza a reírse. Se pone el sombrero de vaquero bien para atrás en la cabeza, golpea el volante con las dos palmas y se ríe más todavía. Alice se limita a mirar con los ojos muy abiertos.

—Ah, tendrías que conocer a mi hermana Letty. —Cash se pasa el dedo índice por los párpados, bajo los anteojos—. Por favor —dice—, si ella estuviera dirigiendo el mundo, seguramente sería muy capaz de enganchar a ese Papa con alguna linda viuda.

Alice se sonroja en la oscuridad.

Cash se estira y le roza la mejilla con el dorso de la mano antes de seguir adelante.

—Y de vez en cuando —dice—, la vieja consigue meter a dos en el corral que les corresponde. . .

Hay un rótulo en el portón del Lugar Ceremonial: VISITAS BIENVENIDAS, PROHIBIDO ALCOHOL, NO SE ACEPTAN LO RUIDOSO. Alice y Cash están callados. Hay varios camiones adelante y una especie de carreta detrás, todos en marcha hacia el portón y luego un pequeño bosquecillo de robles jóvenes. Pasan una docena de refugios abiertos con techos de madera de cedro y hornos adentro, donde hay mujeres reunidas en grupos ocupados, apretados, siempre en movimiento. Sobre los techos, las chimeneas soplan como chicos escondidos en los bosques que revelan así su posición.

El camino de tierra termina en el borde de un claro y en el centro, Alice ve el altar redondo, elevado, de cenizas. Tiene medio metro de alto y unos dos y medio de diámetro. En el centro, el fuego ya está encendido y brilla dentro de un tipi de troncos firmes. En el borde hay un largo tronco que señala hacia cada una de las cuatro direcciones, dándole a todo un aspecto serio, bien orientado, como el de una brújula. Cash ya le dijo a Alice que el fuego es especial. Es tan viejo como el pueblo cheroque; alguien se lleva las cenizas en un balde al final de cada ceremonia y las mantiene vivas hasta el baile mensual siguiente. Alguien trajo ese fuego durante toda la Huella de Lágrimas, dijo, cuando los echaron hacia este lugar desde el este. Alice sólo tiene una comprensión leve de lo que significa eso, pero sabe que es mucho tiempo para mantener viva una antigua llama.

El altar está rodeado de un anillo de tierra desnuda de un diámetro de veinte metros y en el perímetro hay un círculo de robles maduros graciosos y rectos; las ramas superiores apenas se tocan. La gente está empezando a reunirse, se sientan en bancos tallados y largos bajo los robles, mirando el fuego. Cash busca un par de sillas plegadizas en el camión y se sientan frente al radiador. Alice oye suspiros y estallidos de motor por encima de su cabeza y el zumbido de una abeja que se ha enredado allí con el metal, una desgracia.

—¿Te parece que será alguna de las abejas de Boma? —le pregunta a Cash.

—Tal vez. Pasamos justo delante de su casa.

Era verdad. Alice vio a Boma de pie en el patio, con un enorme sombrero de ala ancha y una pluma de avestruz como una cascada en curva detrás del hombro izquierdo. El sombrero le daba un aspecto deslumbrante, como uno de los tres mosqueteros que se ha detenido a controlar la presión de un gas de propano. Alice se siente un poco culpable por lo de la abeja atascada y retorciéndose en el radiador.

—Azúcar dice que Boma ama esas abejas —dice ella.

—Ah, sí, sí. Las abejas se quedan a vivir en las colmenas sólo si uno tiene buenos sentimientos hacia ellas. —Cash se saca el sombrero y mata a la abeja para librarla de su desdicha ruidosa.

Un viejo se acerca en zigzag a conversar con Cash. Tiene una cara maravillosamente redonda y como todos los demás hombres usa un sombrero de paja estilo vaquero que se ha oscurecido y adaptado a su dueño en el borde. Cash lo presenta como Chato Arbusto y deja que Alice se las arregle sola para averiguar si Chato es parte del apellido, un nombre o las dos cosas. Los dos hablan en cheroque durante un rato. Alice se sorprende cuando ve que puede seguir el sentido general de la conversación por palabras como "Maquinarias de primera" o "tapa del distribuidor" que aparecen brillantes y puntiagudas cada tanto en la música suave y extraña de lo cheroque.

La gente está empezando llegar en grandes números. Estacionan los camiones y camionetas en un círculo, de frente al fuego, y Alice siente que le hacen acordar una tropilla de caballos amistosos atados unos con otros. Echa una mirada a las viejas que anidan en sillas de jardín de asientos muy hundidos. Todas usan vestidos de algodón bordado, medias oscuras, zapatos oscuros y suéteres negros o rojos. Tienen las cabelleras blancas levantadas hacia atrás con lazos de cuentas y los brazos cruzados sobre el pecho. Alice espera no haber hecho nada malo al ponerse pantalones, o tener el cabello corto. Pero eso es una tontería: todos han sido dulces y amables con ella y nadie la miró más de una vez. Escucha la conversación de las viejas y ahí también pasa lo mismo, excepto que las palabras duras, brillantes son "riñón" y "vesícula" y "Crisco".

Hay bandas vagabundas de adolescentes que se mueven de aquí para allá a través de los bosques: chicas de pelo largo en vaqueros y zapatos o botas, varones de pelo largo en vaqueros y zapatillas atléticas y complicadas. Algunos de los varones parecen rudos, con pañuelos negros sobre las frentes, atados hacia atrás. Se saludan unos a otros en inglés, en medio de los bosques, pero cuando se dirigen a los viejos, hablan en cheroque. Hasta los chicos de cinco años o menos, cuando se cruzan con faldas negras y manos nudosas, abren las boquitas y dejan escapar cancioncitas mordidas en cheroque. Alice está fascinada. Piensa en las iglesias negras de Mississippi, donde la gente habla en dialecto, aunque claro que en ese caso la conversación era de cada uno consigo mismo, mientras que aquí se escuchan y se entienden unos a otros. No tenía idea de que hubiera tanta lengua extranjera viva aquí mismo, bajo el rojo, el blanco y el azul. La idea la maravilla y la excita. Siempre quiso tener el valor necesario para viajar a tierras extrañas y lejanas. Cada vez que se lo sugería a Harland, él le recordaba que todo lo que puede verse en persona se ve mejor en tv porque las cámaras llegan mucho más cerca. Ella sabe que él tiene razón pero siempre sintió que él no quería entenderla en el fondo.

De pronto, hay una sensación de silencio aunque la gente todavía está hablando. Los hombres se mueven hacia sus camiones. Cash se inclina cerca de Alice al levantarse.

—Anzuelo acaba de llegar —explica.

—¿Quién?

—Anzuelo Matacuatro. Nuestro jefe de curaciones,[27] está ahí, junto al depósito.

Alice lo busca con la vista: es un hombrecito en vaqueros, con sombrero y camisa de franela; nadie que se distinga de la multitud. Ella no sabe lo que esperaba, seguramente no una cara pintada para la guerra, pero. . .

—¿Adónde vas? —pregunta.

—A ninguna parte. A buscar mi pluma de águila.

Los otros están haciendo lo mismo: cada uno saca una pluma larga y marrón de la guantera y se la pone en la banda del sombrero. A Alice le gustaría ver a Boma Saltamontes pero no la encuentra. En lugar de eso, una mujer con un andar como el de un oso se le acerca en zigzag con dos tazas de café. Dice algo como "Siyo" a Cash. Cash presenta a su hermana Letty.

—Encantada de conocerla —dice Alice aunque en realidad, siente cualquier emoción conocida excepto que está "encantada". Pero toma el café con agradecimiento. La noche está fría y clara contra sus brazos desnudos.

—Todos parecen muertos de frío. Pensé que les haría falta un poco de café caliente. —Letty mira a Cash significativamente pero Alice no entiende el sentido de la mirada. Otra mujer, todavía más baja y ancha que Letty, viene detrás y se estira alto para palmearle el hombro a Cash.

—Esta es Alice —le dice Letty a la mujer—. Está en casa de los Cuerno.

—La hermana de mi papá se casó con un Cuerno —le dice la mujer a Alice—. ¿Lo sabías? —le pregunta a Letty.

—Claro que sí, Leona Cuerno.

—No, Leona no. Leona era Paloma de soltera. Hablo de Cordelia.

—Claro, Cordelia, tu tía. Eso lo sabía.

—Era una Pasto. Cordelia Pasto.

—Querida, eso ya la sé. Estoy emparentada con los Pasto a través de mi hija mayor.

—No, esos son los Pasto de Adair. Yo hablaba de los de Tahlequah.

Alice escucha cómo la discusión va de los Pasto a los Serpiente Andariega, a los Matacuatro y los Cola de Caballo. En ese punto, Cash toca el brazo de su hermana y señala hacia el círculo del fuego. Las dos mujeres pegan un saltito de alarma y empiezan a moverse hacia allí. Cash se inclina y toca la mano de Alice.

—Voy a fumar esa pipa. Hasta luego.

Los bancos ya están totalmente llenos y el jefe está de pie junto al fuego. Es un hombre de cuerpo delgado y leve, de unos sesenta años, que se distingue de los demás por el hecho de que lleva una bolsita de cuero larga y pálida colgando del cinturón. A Alice le hace acordar al órgano sexual de un toro.

De pronto aparece Azúcar, jadeando, en la silla plegadiza que está junto a Alice. Se inclina y toma el brazo de Alice como una amiguita de primaria.

—No quería interferir.

Alice ya tuvo bastante de la Nación Cheroque en pleno organizando su vida amorosa.

—¿Qué tiene en el cinturón? —dice, haciendo un gesto con la cabeza hacia el jefe—. ¿Pelotas?

—No, tabaco y cosas así, nada más. Plantas. Es su medicina. Todos fuman de eso. No es nada malo.

—Bueno, yo no estaba insinuando que fuera *malo* —dice Alice. No esperaba drogas; ya le llamó la atención la falta de alcohol. Huele el café y la leña que se quema y ese delicioso perfume animal de la grasa cocinándose sobre el fuego, pero ninguno de los otros olores familiares en los picnics. Es raro, en cierto modo. Cien camiones y camionetas en una noche de sábado y ni una sola cerveza.

De pronto, el jefe levanta la cabeza y lanza una bendición clara, aguda, hacia las ramas de los árboles. Su voz es tan clara que parece venir de algún lugar por encima de sus orejas. Cuando camina hacia el este, parece hacerse más alto, sólo por las zancadas largas. Toma algo de tabaco de la bolsa y se lo ofrece al fuego, hablándole directamente, como alguien hablándole a un perro muy querido para que convencerlo de que tome un hueso de la mano. El fuego acepta la ofrenda y el jefe camina otra vez, hablando todo el tiempo. Llena una pipa flaca y blanca, tan larga como el brazo de Alice. Los viejos se mueven hacia el fuego, luego casi todo el resto de la gente se pone en fila detrás de ellos, formando una línea que da la vuelta a todo el claro.

Azúcar se inclina para levantarse.

—Tengo que ir a fumar —susurra—. Después, vienes a sentarte conmigo a los bancos del Clan del Pájaro. No puedes sentarte con Cash; el no es Pájaro, es Lobo. —Guiña el ojo a Alice—. Mejor. Nadie puede casarse dentro de su propio Clan.

Se aleja con rapidez hacia la línea, dejando a Alice sorprendida y un poquito irritada. No tenía ni idea de que pertenecía a un clan. Y además parece ser la única persona en kilómetros a la redonda, además de Cash, que no está haciendo planes de matrimonio.

El jefe entrega la pipa al primer viejo, que aprieta los labios sobre el pico, cierra los ojos y respira hondo. Luego hace rotar la pipa una vez, un círculo entero, paralelo al suelo. Es un gesto extraño y necesita las dos manos para terminarlo. Le da la pipa a la mujer que está detrás de él en la línea, la que estaba debatiendo a los Pasto con Letty. Luego, camina cinco o seis pasos cuidadosos hacia el este y ocupa un lugar al borde del claro. Cuando la mujer termina de hacer los mismos movimientos, se une a él. Todos toman la pipa uno por uno, hasta los chicos.

Alice descubre a Annawake en la línea detrás de un chico con pecho en forma de barril y una multitud de niñitos y ahí está Cash también, como un hierba alto, amistoso en medio de un montón de mujeres con forma de crisántemo. Parece un hombre de espalda caída, en paz consigo mismo, cuando da sus pasitos hacia adelante. El proceso es lento. Alice tiene el ojo puesto en dos gemelas, dos niñitas vestidas en faldas idénticas de tela a cuadros, que se mueven pacientemente acercándose al final de la fila. Cuando les llega el turno, la madre se pone la pipa en la boca primero, después la sostiene frente a la de las niñas y les ayuda a rotarla después. Cuando la última persona de la fila termina de fumar la pipa y todo el mundo está sentado, Azúcar hace un gesto a Alice para que se acerque a lo que, según dice, son los bancos del Clan del Pájaro.

—El tercer grupo contando desde el este en dirección contraria a la de las agujas del reloj —señala con el dedo—. Para que los encuentres después.

—Bueno, es un buen banco, sí, pero no veo qué me da derecho a sentarme en él.

Azúcar la mira con los ojos muy abiertos.

—Alice Faye, tú eres tan Pájaro como yo. Abuela era de sangre pura. Y el clan viene por línea materna.

Alice no conoció a la madre de su madre, una mujer de reputación más que dudosa, que murió en un bote en alguna parte. Tal como se cuenta su historia, ni las ropas en que se ahogó eran suyas; Alice no había pensado que pudiera heredar de ella el derecho a pertenecer a un clan. Pero no discute, claro, porque el jefe ya ha empezado a hablar, o rezar, de nuevo. Camina de un lado a otro con los brazos cruzados, sobre el círculo de tierra desnuda, mirando al cielo a veces pero sobre todo dirigiéndose al fuego. Sus palabras parecen muy tranquilas, más parecidas a una charla, piensa Alice, que a un sermón. Pero Azúcar dice que está rezando.

—Dice que hay que ser bueno y cómo, más o menos eso. Las cosas malas de todos los días y las grandes. No ser celoso, ese tipo de cosas —le confía—. Lo que dice siempre.

Sin embargo, Alice se siente transportada. Las palabras del jefe se funden en una canción sin rupturas, tan suave como el agua sobre las piedras. Es un poco como en esas iglesias negras que amaba, donde, cuando alguien se lanzaba a hablar, una *sentía* realmente lo que eso significaba; una lo sentía en el paladar y en las puntas de los dedos, y no hacía falta separar las palabras una por una.

Un sabueso azulado camina por el claro frente al jefe y se acuesta con un grupo de perros cerca del fuego. Todos tienen las cabezas levantadas y lo miran con atención. De vez en cuando un camión atrasado se detiene en el bosque, uniéndose al círculo y baja las luces con respeto. Toda esa atención enfocada en el claro es algo que Alice siente que podría tocar, un jarrón de cristal, chico en el suelo y cada vez más ancho cuando sube a encontrarse con las ramas de los árboles.

De pronto, el jefe levanta la voz en un alarido y algo así como un gruñido de asentimiento se levanta sobre la multitud y el cristal se quiebra. Sólo queda el silencio. Luego los bebés empiezan a chillar de miedo y los viejos se levantan para darle las manos a las mujeres mayores que no habían saludado antes y los perros se levantan todos juntos y se van caminando hacia las cocinas.

—Ahora vamos a bailar —dice Azúcar, llena de emoción. Una docena de niñas adolescentes sale de un costado, revisándose con seriedad, ajustándose lado a lado en un círculo alrededor del fuego. Usan faldas sueltas de zaraza que les llegan a la rodilla y las pulseras que hacen ruido en las piernas, los grilletes de caparazones de tortugas rellenas de piedritas. A Alice le sorprende mucho el tamaño de esas pulseras, tanto más grandes que las de entrenamiento que le mostró Azúcar; sobresalen como colmenas de las piernas de las chicas, más abajo de los vestidos. Todas empiezan a moverse de costado con pasitos dobles, rápidos, que producen un siseo resonante. Varios viejos entran en la línea detrás de ellas, asintiendo y cantando una imitación rápida, perfecta de un atajacaminos. Alice siente que un escalofrío le baila en la columna. Los viejos empiezan una canción y las jóvenes caminan, caminan, caminan de costado alrededor del fuego en dirección contraria a las agujas del reloj. A medida que más gente entra en el círculo, se toman de las manos detrás de los cantores y las bailarinas, formando una larga serpiente que se enrolla, lánguida, alrededor del fuego. De pronto, cuando el jefe levanta la mano, los pies de todos se detienen en la tierra y las bailarinas aúllan. Es el sonido del júbilo.

—Eso parece muy divertido —exclama Alice hacia Azúcar—. ¿Tú no puedes entrar?

—Ah, sí, a su tiempo. Y tú también deberías. No tienes que esperar a que te lo pidan; ve a bailar cuando sientas que tienes ganas.

Empieza otro baile. La canción suena un poquito distinta pero el baile sigue siendo el mismo caminar en círculos suaves. Sólo las chicas con las caparazones hacen el paso raro, sin movimiento desperdiciado en la parte superior del cuerpo, concentrándose con fuerza; el resto de la gente solamente arrastra los pies, viejos y jóvenes, levantando un poco los brazos, como corredores aeróbicos en cámara lenta. Hay varios anillos de gente bailando alrededor del fuego y la multitud sigue creciendo. Alice está fascinada por las chicas que siguen en el primer círculo junto al fuego, en el lugar de honor, trabajando tan duro. Este bosque parece estar a miles de kilómetros de distancia de las modelos de las revistas con esas piernas largas de pajaritos flacos. Estas chicas de las caparazones han conseguido una gracia extraña, piensa Alice, una especie de feminidad de piernas torcidas.

El baile sigue y sigue. Un viejo saca un tambor y la música se hace con ese cuero y voces masculinas profundas y por encima de todo, el siseo de las caparazones de tortuga como un viento alto, agitado. Cuando Alice le preguntó a Cash, antes, sobre el baile y la música, él dijo que sería música que suena como los bosques y Alice decide que tenía razón. No hay sabores artificiales. Es la primera vez que ha visto un espectáculo indio que no tuviera nada que ver con el turismo, piensa. Es simplemente gente que la pasa bien en compañía de otros porque quieren hacerlo.

—¿De qué hablan las canciones? —le pregunta a Azúcar. A ella le suenan a algo así como "a-a-o-ie" y a veces el jefe canta también en una especie de falsete. La voz se le quiebra y se eleva llena de belleza y la multitud contesta con las mismas palabras.

—No podría decirte, en realidad —le dice Azúcar, finalmente—. Es más difícil de entender que una conversación. Tal vez no significan nada.

—Bueno, tendrían que significar algo, ¿no te parece?

A Azúcar no parece preocuparle la idea de que no tengan sentido.

—Vamos —dice de pronto, tomando a Alice de la mano—. Tu sigue a las caparazones, eso es todo —le dice como instrucción—. No te metas frente a las chicas. —Alice nunca se atrevería.

Sigue a Azúcar al círculo, temblando de nervios, y después, ahí está, bailando y caminando como todos los demás. Al principio no se da cuenta de nada, más allá de su propio cuerpo, su yo, y mira a los demás, imita la forma en que sostienen los brazos. Pero también se da cuenta de que está haciendo una cosa rara e increíble. La hace sentir terriblemente viva, en el paladar y en las puntas de los dedos. Entiende inmediatamente, con un sacudón, lo que siempre necesitó decirle a Harland: estar ahí en persona no es lo mismo que mirar. Tal vez las cosas se *vean* mejor en la televisión, pero una nunca sabe si mientras miraba, estaba viva o no.

Una vez cada tanto, Alice recuerda a Cash con una puntada en el estómago. Mira alrededor y lo busca pero lo único que ve es gente frente a ella y junto a ella en las otras curvas y vueltas de la serpiente. La canción es corta y Alice se desilusiona al ver que cuando termina, todo el mundo abandona el claro y vuelve a instalarse en los bancos de sus clanes respectivos. A pesar de que el tiempo que pasó fue muy corto, le duelen un poco los tobillos. Es como trabajar toda la noche en uno de esos aparatos de gimnasia que vio en el canal de compras de Harland. Un aparato con un elemento espiritual.

Mientras las bailarinas descansan, un joven estira una manguera retorcida entre los árboles y conectada a una canilla de uno de los refugios con cocinas, y le agrega una lluvia de las que se usan para regar las huertas. Moja cuidadosamente el piso de tierra del área de baile, empezando por el este, donde el jefe estuvo de pie al principio, y luego da toda la vuelta alrededor del claro. No tira nada de agua al fuego.

A Alice el fuego le parece una conciencia tranquila que lo preside todo. No es como un perro viejo, en realidad, porque exige una atención más prolongada. Es más como una abuela vieja que nunca se levanta de la silla.

Azúcar está ocupada masticando una pata de pollo y presentándole a Alice a todos los que se le acercan. Alice está demasiado cansada para acordarse de los nombres pero nota que Azúcar está orgullosa de señalar la relación de su prima con el Clan del Pájaro.

—Sé que tuvimos la misma abuela —le dice Alice finalmente cuando ya se alejaron todos los Cola de Caballo y los Oreja Levantada—. Pero te olvidas de que yo no soy india.

—Eres tan india como yo. Papi era blanco, y mamá también, excepto por lo que venía del lado de la abuela.

—En cuanto a la sangre, tal vez —dice Alice—, pero tú te casaste con Roscoe y viviste aquí toda la vida, o casi. ¿No hay que firmar algo para ser cheroque?

—Para votar sí. —Azúcar sostiene el pollo lejos, con el brazo estirado, y lo da vuelta para un lado y para otro como si fuera una escultura en la que estuviera trabajando—. Tienes que registrarte. Y es fácil. Lo único que hay que hacer es demostrar que vienes de alguien que está en el Registro del Censo, el del siglo pasado por lo menos. Y tú puedes hacer eso.

—Bueno, pero no me parecería correcto aunque fuera así. No me siento india.

Azúcar pone los huesos del pollo en una bolsa en su cartera y se seca un poquito la boca con la servilleta.

—Bueno, eso es cosa tuya. Pero no es como un club o algo así. Es familia. Es como entrar a una iglesia. Si te decides y te sientes cheroque, Alice, eso es lo que eres.

Alice no puede creer que sean las dos de la mañana y la gente siga llegando. La multitud es de varios cientos ahora. Las chicas de las caparazones de tortuga se reúnen otra vez alrededor del fuego y cuando empieza el baile, Azúcar y Alice están entre las primeras que se levantan. Alice siente que la fuerza para seguir entra en ella gradualmente. Esta vez la canción es más larga y ella se olvida de sus brazos y sus piernas. Es sorprendentemente fácil. La música y el movimiento son reconfortantes y repetitivos e hipnóticos, y el cuerpo de Alice se desliza en su lugar en ese movimiento infinito. Por primera vez en su vida, Alice se siente completamente incluida.

Apenas termina el baile, vuelve tener consciencia de su cuerpo, sus músculos, su cansancio. Entiende que si siguiera bailando, podría seguir bailando. El olvido del cuerpo viene acompañado de una energía fuerte, relajada. Alice entiende la forma en que esto podría seguir toda la noche.

En la mitad de la canción siguiente, se da cuenta de que Cash está en la línea de atrás. Alice le sonríe mientras mueve el cuerpo a través del ruido de las tortugas. El está ahí por un rato, y para cuando empieza otra canción, es otra persona. Alice ve a Annawake a un costado, una vez. Le parece ver a Boma Saltamontes también, sin la pluma. Durante un rato, trata de no perderle el rastro a Cash pero después se olvida porque no puede siquiera terminar de localizarse *a sí misma* en ese grupo. Lo único que sabe es que está *adentro*.

Al final de cada canción las voces se detienen y queda sólo el siseo de las caparazones, vibrando dentro de una jarra cristalina de silencio. Es un sonido que pierde sus partes individuales, como cuando el aplauso individual se transforma en huracán en las manos de una multitud. Son tantos cantos rodados como los que hay en una playa. La vida y la soledad de Alice y las cosas que la trajeron allí se le caen del cuerpo de pronto y se siente inundada de algo imposible de contar. Siente un amor profundo, cansado, por las brasas rojas en el centro de este mundo. El viejo fuego amado ha soportado todo desde el principio: que alguien lo llevara a lo largo de Camino de Lágrimas, y que alguien lo haya traído allí y que alguien vaya a llevárselo a su casa ahora y lo vuelva a traer a la iglesia del siempre fue y siempre será. Lo ha soportado todo y lo seguirá haciendo, basta con que lo cuidemos.

En casa, con la luz de la mañana deslizándose en gotas bajo las cortinas amarillo-blancas en la habitación que le tocó en la casa de Azúcar, Alice se queda en cama abrazando su corazón acelerado; tiene miedo de dormirse. Se relaciona con el lugar en el que está sin creer nada de lo que hay en él. La valija negra bosteza contra la puerta del armario y deja afuera un enredo de cuerdas internas, y la tabla de planchar de Azúcar está de pie cerca de la cama bajo una pila de ropa arrugada, cargada como una mula que se inclina hacia adelante.

Si se duerme, la magia podría haber desaparecido cuando despierte otra vez en esa habitación. Podría estar solamente ahí, en la habitación de planchado de una prima, sin recuerdos de lo que pasó a la noche. Parece un cuento de hadas y las historias dicen que los encantamientos se rompen y la magia no dura. La gente no se ama realmente ni baila en los bosques sólo para prometerse bondad y perder el rastro de sí misma y mantener ardiendo una vieja llama.

27

HISTORIAS DE
FAMILIA

Una joven con muchas cuentas y un peinado complicado lleva a Alice y Azúcar a través del vestíbulo del sótano del Centro de Herencia Cheroque. Abre una puerta que da una habitación con una gran mesa de roble en el medio.

—¿Necesita ayuda para encontrar a alguien? —pregunta. Alice nota que la chica está tratando de no masticar el chicle que tiene en la boca mientras ellas la miran. ¿Así es como ven las jóvenes a las viejas? ¿Como a la maestra de quinto grado?

—No gracias, querida. Ya sé cómo se hace —contesta Azúcar.

La guía las deja, masticando el chicle a toda velocidad para recuperar el tiempo perdido mientras vuelve al negocio de regalos y recuerdos. La gran mesa está cubierta de archivos viejos y marrones, abiertos al azar uno sobre el otro como peones que descansan en una granja. Hay una pared cubierta con un mapa de la Nación Cheroque que parece muy viejo y algún tipo de máquina de cine acecha en un rincón. Alineados del otro lado de la habitación, se ven varios gabinetes de madera del tipo que usaría un viejo médico rural. Alice siente exactamente el tipo de nervios de quien está a punto de recibir una inyección por su propio bien.

Azúcar se sienta en una de las sillas de plástico.

—Este es el índice de los Registros Dawes —dice, levantando una carpeta lo suficientemente gorda como para que un nene de cinco años la use como banquito para comer—. 1902 a 1905 —lee. Se endereza los anteojos, se lame el dedo gordo y empieza a pasar las páginas.

—¿Estás segura de que está bien que hagamos esto?

Azúcar mira a Alice por encima de los anteojos.

—Te juro, Alice, que no entiendo lo que te pasa. Antes me llevabas en secreto a los bares para vernos con un chico que ni conocíamos y ahora tienes miedo de que tu sombra haga lo más común del mundo.

—No quiero romper ninguna regla.

—Por el amor de Dios, siéntate y mira. Esto es una lista larga de nombres. Nada más. Es toda la gente que vivió y tuvo tierras aquí entre dos fechas determinadas.

Alice se sienta y arrastra la silla hacia Azúcar, que sostiene el mentón alto para ver la escritura diminuta a través de la ventanita de abajo de los bifocales. Parece un pajarito orgulloso con un peinado de la década del cuarenta.

—Lo único que voy a hacer es mostrarte el nombre de tu abuela. Te juro que ella no va salir de la tumba a hacerte cosquillas en los pies.

—Tal vez salga si se entera de que estoy por engañar a los cheroques.

—Alice Faye, no estás engañando a nadie.

Alice se levanta y se mueve, inquieta, por la habitación, dejando que Azúcar siga con su búsqueda a través de los registros.

—¿Qué es esto? —pregunta, levantando un diario amarillento, aparentemente antiguo, cubierto de extraños caracteres curvos.

Azúcar la mira por encima de sus anteojos.

—El *Defensor Cheroque*. Es viejo, no existe más. Es la escritura cheroque. Es linda, ¿no? Nunca aprendí a leerla. Roscoe sí.

Alice estudia los titulares, tratando de conectar esa redondez cursiva con las voces suaves, guturales, que oyó en el baile.

—¿Tenían un diario?

—Claro que sí —dice Azúcar, sin mirarla—. Fue el primer diario de Oklahoma. Los cheroques organizaron todo aquí mientras el resto del mundo era apenas unos vaqueros que comían con los cuchillos de caza y las manos, me dice Roscoe. ¿Viste esos edificios de ladrillo que pasamos en Tahlequah, esta mañana?, ¿los viejos? Ese era el capitolio cheroque. Ah, mira, aquí está. —Le hace un gesto a Alice, y sostiene a la abuela entre los dedos—. Escribe el número de registro: 25844.

Alice busca un lápiz al fondo de su cartera, le lame la punta y cumple, anotando el número en su libreta de teléfonos bajo la "Z", ya que le parece difícil que alguna vez conozca a alguien cuyo nombre empiece con esa letra. En realidad, la libreta está bastante vacía, excepto tres páginas de números tachados, los sucesivos números de Taylor.

—Ahora lo único que tienes que hacer es probar que eres descendiente de ella. Lo mejor es la partida de nacimiento pero ella no tenía. Así que tenemos que escribir a los registros de la tribu y explicarles a los de la oficina que ella era mi abuela y eso es todo. Creo que ya les mostré algunas fotos de familia y todo eso. Y en general, son muy comprensivos.

Alice mira el libro de nombres con los ojos muy abiertos. No puede decidir a quién siente que está engañando. Para empezar a todo el mundo en esa lista y el hecho de que estén muertos no ayuda mucho. Ojalá Azúcar no hubiera mencionado eso de salir de la tumba y hacerle cosquillas a los vivos.

—No me parece bien —dice—. Siempre supe que éramos indios en parte, pero nunca pensé que fuera sangre suficiente como para registrarme.

—Con una gota basta. Estamos tan diluidos, además. . . ¿No viste a esos chicos rubios en el baile, los Hilo de Araña? Están registrados. Roy, el de la estación de servicio, él también, y no tiene más que un porcentaje de uno en doscientos. Y sus hijos. En cambio, su esposa, ella es cuarterona y como es metodista, no quiere registrarse. La cantidad de sangre no tiene importancia. Ser cheroque es más o menos una disposición mental.

—Bueno, tal vez yo no tengo la disposición que corresponde. ¿Y si lo estoy haciendo sólo para conseguir algo que quiero?

—Querida, lo más que vas a sacarle a la Nación es un techo nuevo, por lo menos en cuanto a dinero, y tal vez tengas que esperar tanto que al final lo vas a arreglar por tu cuenta. Están los hospitales y todo eso, pero nadie va a negarte eso de todos modos. Si tienes seguro, van a cobrarle al seguro, no importa quién seas.

Alice siente que su secreto se hincha contra su diafragma desde abajo, como al final de los embarazos. Está empezando a sentir acidez.

—Azúcar, eres una buena amiga —dice —. Te agradezco mucho que nunca me hayas preguntado a qué vine.

—Supuse que era por un mal matrimonio, o algo así. Después, cuando me preguntaste por los Matacuatro, pensé que buscabas a Anzuelo para algún tipo de cura... —Azúcar mira a Alice directamente a los ojos y le pone una mano sobre el brazo—. Todo el mundo tiene problemas y razones para empezar de nuevo, desde el principio. La gente siempre quiere los detalles pero yo creo que es solamente porque esperan que la vida de los demás sea más difícil y retorcida que la suya.

Alice siente un deseo duro y directo de quebrarse directamente sobre los registros y decirle todo. Pero tiene tanto miedo. Azúcar podría retirar esa mano de su brazo y todos los afectos de la infancia que van con ella. Hace un mes, Alice no hubiera creído que nadie pudiera decir nada que la convenciera de que Tortuga pertenecía a nadie excepto a Taylor. Ahora ve que hay muchos.

—Mis razones para venir son diferentes de las de cualquiera que tú conozcas —le dice a Azúcar—. Quiero decírtelas pero no puedo, todavía no. Y lo que estoy pensando es que si me registro como cheroque, eso podría ayudarme mucho.

Azúcar dobla la cabeza un poco, mirándola.

—Bueno, entonces deberías hacerlo. No creo que tengas que disculparte por pasar y sacar una manzana de un árbol.

Alice sabe que tiene que sacar la manzana. Pero en su corazón, o más abajo todavía, en el estómago irritado, sabe que eso va a lastimar al árbol.

La tarde está húmeda y llena de insectos. Alice sacude la mano a su alrededor mientras camina, para espantar los mosquitos que parecen salir del aire mismo. Hubiera debido traerse los pantalones cortos. Aunque cuando se imagina una vieja dama en pantalones cortos en el camino de tierra que baja hacia el río, y la ve sacudiendo las manos en el aire con desesperación, se le ocurre algo parecido a Boma Saltamontes. No, suerte que trajo los pantalones tejidos. Quiere dar buena impresión.

Le preguntó a Annawake si podían encontrarse en otro lugar que no fuera el café del pueblo; no tiene ganas de que todos los Cola de Caballo escuchen lo que quiere discutir. Annawake sugirió el bote donde vive su tío Anzuelo. Ahora Alice se siente segura de que no está perdida. Justo en el momento en que realmente empieza a preocuparse, ve el brillo chato del lago a través de los árboles y luego el techo de lata corrugada de lo que parece una casa flotante con una galería de madera alrededor. Hay sogas gruesas que la amarran a la orilla y líneas más delgadas que pasan del bote a las copas de los árboles como el comienzo de una tela de araña. De esas líneas, cuelgan todo tipo de cosas: vaqueros de hombre con las piernas abiertas como si pensaran saltar al suelo desde allí y baldes y cucharas de madera muy largas. Alice ve a Annawake sentada en el borde de la galería con las piernas hundidas en el agua.

—Iujú —llama Alice, que no quiere asustarla. En este momento, la abogada le parece una niña perdida en la tierra de la fantasía. Annawake levanta la vista y sacude el brazo con fuerza y Alice se da cuenta, asustada, de lo linda que está la sobrina del jefe, así, en pantalones cortos y una camiseta roja en una tela tipo terciopelo. La última vez, en el café, Annawake mostró bordes filosos de pronto, una cruza entre un conejo asustado y el perro que lo está persiguiendo, y tenía el pelo como deliberadamente descuidado. Entre entonces y ahora, se lo cortó hasta convertirlo en un matorral brillante a la altura de las orejas y tiene la piel, de color arce, realmente hermosa.

Alice camina por el puente de planchas de madera hacia el bote, colgándose de la soga rústica que hace de baranda para no caerse al agua. El costado del bote está rodeado de neumáticos viejos, que funcionan como paragolpes.

—¿Esto es un lago? —pregunta Alice—. No parece. Se podría tirar una piedra hasta el otro lado.

—Bueno, supongo que se podría decir que aquí es un río glorificado —admite Annawake—. ¿Tuvo problemas para localizarnos?

—No. —Alice mira a su alrededor tratando de localizar al "nos" pero lo único que ve es a Annawake y un montón de libélulas. Annawake había dicho que Anzuelo tenía que ir a bendecir un camión nuevo en Locust Grove.

—¿Le molesta sentarse aquí? Pronto van a llegar los mosquitos pero el agua está linda.

—No me vendría mal. —Alice se sienta junto a Annawake y recupera el aliento, después se saca las zapatillas de tenis y enrolla los pantalones hasta más allá de las rodillas. Cuando mete los pies en el frío, siente que la vida le da una nueva oportunidad. —Ese corte le queda muy bien —le dice a Annawake, con un espíritu maternal que surge siempre en ella, a pesar de sí misma.

Annawake se pasa una mano por el pelo.

—Gracias —dice—. Cuando fui a la universidad, me volví como loca y me lo corté todo. Creo que fue en señal de duelo o algo así. Ahora ya está creciendo de nuevo, parece.

—Fue buena idea encontrarnos aquí. Es lindo.

—Bueno, es privado. Veníamos aquí a pasar el verano cuando éramos chicos y nos sentíamos como si hubiéramos ido a California. Pensábamos que la casa del tío Anzuelo quedaba a cientos de kilómetros. Si alguien me hubiera dicho que se llegar a la ciudad en media hora de caminata, no lo habría creído. Porque nadie camina.

—No me llevó tanto tiempo. Veinte minutos, tal vez.

—Usted camina rápido, entonces.

—Siempre fue así. Si una va a alguna parte, supongo que lo mejor es llegar cuanto antes.

Ella y Annawake se miran un momento a los ojos, después retroceden.

—Así que tiene algo que decirme.

—Que preguntar, más bien —dice Alice.

—De acuerdo.

Alice respira hondo.

—¿El problema de quién se queda con Tortuga sería distinto si yo. . . si su madre y yo estuviéramos registradas?

Annawake mira a Alice con la boca un poquito abierta. Después de un momento, la cierra y pregunta:

—¿Usted tiene sangre cheroque?

—Sí. Ayer encontré a mi abuela en el registro.

—El registro Dawes —dice Annawake. Parpadea, mirando el agua. —Esto es una sorpresa. Pensé que sabía lo que me iba a decir pero no pensaba en esto.

—Bueno, ¿sería diferente? ¿Eso nos haría indias?

—Déjeme pensar un momento. —Annawake se pasa la mano por el pelo para sacárselo de la cara. Finalmente, mira a Alice con una cara que tiene algo más del aspecto de una abogada—. Antes que nada, sí, si usted se registra, será cheroque. No creemos en eso de la pureza racial, como supongo que habrá notado. Es raro lo que pasa con nosotros, los de las tribus del este: somos mestizos desde hace tanto tiempo, incluso los sagrados, los líderes históricos. Como John Ross. El era medio cheroque nada más. Para nosotros no es una marca de deshonor ni nada por el estilo.

—A mí me parece raro que una se pueda registrar tan tarde. ¿No sería como comprar el billete de lotería cuando ya se cantó el número ganador?

—Bueno, supongo que en su caso puede parecer oportunista. —Annawake mira a Alice con la más extraña de las sonrisas, los extremos de la boca un poco hacia abajo—. Pero generalmente no hay razón por la cual restringir el registro a los de sangre pura, o media, o donde quiera que una quiera hacer pasar el corte. Cualquiera que viva nuestro modo de vida debería tener la oportunidad de pertenecer a la tribu. Y no creo que los de afuera tengan derecho a decirnos quién puede registrarse y quién no.

—¿Eso no diluye las cosas? Digo, ¿dejar entrar a todos?

Annawake se ríe.

—Créame, la gente no hace cola en la carretera a Muskogee para unirse a la tribu.

—Así que si yo me registrara, sería tan cheroque como cualquiera de los que viven aquí.

—Legalmente sí. Y para ser sincera, eso no puede hacerle ningún daño a su caso.

—Bueno, entonces, voy a registrarme.

—Pero eso es como mirar para otro lado, ¿no?, en cuanto a su abuela. Usted sería cheroque legalmente, pero no desde un punto de vista cultural.

—¿Y ése es el punto?

Annawake aprieta los dedos de una mano contra los de la otra y los mira fijo.

—Cuando ponemos chicos cheroques con padres no indios, les damos una lista de cosas que pueden hacer para enseñarle al chico su propia cultura. Llevarlos al Centro de Herencia Cheroque, conseguir y comprar cintas habladas en cheroque, llevarlos a las fiestas nacionales cheroques, cosas así. Pero eso es como hacer lo mejor que se puede en base a una situación muy mala. Es como decir: "Usted va a adoptar a este bebé elefante: prométame que va a llevarlo al zoológico de vez en cuando." En realidad, un bebé elefante debería criarse entre elefantes.

—Ella no es un elefante. Es una niñita.

—Pero si se cría en medio de una cultura totalmente blanca, se va a terminar sintiendo elefante. Y no va a salir con chicos. Y va a volver de la secundaria, se va a tirar en la cama y le va a preguntar a todos: "¿por qué tengo esta nariz tan grande?"

Alice tiene ganas de decir que le parece que hay cosas mucho peores que ésa pero en este momento no se le ocurre ninguna. Sin embargo, no quiere comprar lo que dice Annawake, no todavía.

—Si yo soy cheroque, y Taylor también, un poco, y nunca lo supimos pero vivimos para contar el cuento, ¿por qué ella no?

Annawake pone una mano sobre la muñeca de Alice.

—Por el color de la piel. ¿No le parece que la vida es simple, después de todo? Ustedes tienen la opción de la blancura, pero Tortuga no. Con diez segundos de mirarla por televisión, ya sabía que era cheroque.

Alice cruza los brazos sobre el pecho.

—Hay algo más que tengo que decirle, Alice. Iba a llamarla en un par de días. Parece que ahora tenemos razones muy poderosas para llenar los formularios y exigir que se anule la adopción. —Mira a Alice con cuidado mientras lo dice—. Alguien vino a pedirme que ayude a localizar a un pariente perdido que podría ser Tortuga. —Sigue mirando a Alice a los ojos.

—Ah —dice Alice, y siente que el corazón le late con fuerza.

—¿Usted no sabía nada?

Alice siente la boca seca.

—No, nadie me lo diría, no hay razón. Ni Azúcar ni nadie: no hay ni un alma que sepa por qué vine aquí, nadie excepto usted.

—Ya veo. —Annawake vuelve a mirarse las manos. —Bueno, no estamos seguros. Lo único que tenemos es la edad de la menor y las circunstancias en las que abandonó la familia. Podría ser otra niña. Pero a decir verdad, creo que hay muchas posibilidades de que sea Tortuga. Tengo suficientes pruebas como para citar a Taylor y pedirle que la traiga aquí para identificarla.

Alice mira el río chato donde los árboles bailan cabeza abajo y las espadañas buscan el cielo azul más abajo. Hay todo un mundo vivo dado vuelta a sus pies.

—Pensé que usted ya le había dicho que tenía que venir aquí con Tortuga.

—No. Se lo sugerí, pero no hice nada legalmente hablando. Realmente, me gustaría que Taylor hiciera lo correcto de motu propio. Por el bien de la niña. Me gustaría manejar esto con el mínimo posible de antagonismo.

—Bueno, Taylor ya está reaccionando como antagonista. Vive huyendo. Esa es la verdad. Tengo que esperar que ella me llame. Ni siquiera sé en qué estado está.

Annawake sacude la cabeza lentamente.

—Sigo pensando que tiene que haber una forma en que esto pueda explicarse de manera que no parezca que estamos tratando de arrancar a una beba de los brazos de su madre.

—Si no es eso lo que están tratando de hacer, ¿qué entonces?

Annawake parece pensativa.

—¿Se acuerda de ese caso de alquiler de vientres hace unos años? ¿En el que la mujer que dio a luz a la beba quiso quedársela? Pero el juez le dio la custodia al padre biológico y a su esposa.

—¡A mí me puso furiosa! Nunca lo entendí.

—Le voy a decidir en qué se basó la decisión. Yo leí el caso. El padre biológico se levantó y le contó al jurado la historia de su familia. Había perdido a todos sus parientes en los campos de concentración de la Segunda Guerra: no le quedaba nadie. Esa beba era la última persona en el mundo con los genes de su familia y estaba desesperado. Quería quedársela y contarle su origen, decirle de dónde venía. —Annawake mira a Alice de costado—. Así somos nosotros. Nuestra tribu. Pasamos por un holocausto tan devastador como el que tuvieron que enfrentar los judíos, y necesitamos estar con lo que queda de nuestra familia, necesitamos tenerlos a todos con nosotros.

Alice mira el agua, donde docenas de pececitos se congregan alrededor de sus tobillos. Retuercen los cuerpitos violentamente, corriéndose a un lado y otro, luchando por el privilegio de chuparle los pelitos de las piernas. Es una sensación extraña y agradable ésa de sentir los besos de peces celosos y diminutos.

—¿Usted piensa que estoy exagerando el caso? —pregunta Annawake.

—No lo sé.

—¿Alguna vez leyó sobre el Camino de Lágrimas?

—Sí. Pero no conozco la historia.

—Fue en 1838. Nos sacaron de nuestras tierras en el sur de los Apalaches, en Carolina del Norte, Tennessee, por ahí. Todas nuestras historias son de esas montañas: vivimos allí desde el comienzo hasta que los inmigrantes europeos decidieron que nuestro derecho a esa tierra estaba interfiriendo con sus granjas. Una mañana, el ejército golpeó en nuestras puertas, robaron la comida y las cosas y después quemaron las casas y se llevaron a todos a campos de detención. Dividieron a las familias, nadie entendía lo que pasaba. La idea era hacer que todos se fueran al oeste, a un pedazo de tierra que no valía nada y que nadie reclamaría jamás.

—¿Caminando? —pregunta Alice—. Yo suponía que los habían llevado en tren.

Annawake deja escapar una risa nasal.

—No, caminaron. Viejos, bebés, todo el mundo. Una pared de gente caminando y muriendo. Los campos tenían mantas sucias y zanjas cubiertas de moscas en vez de baños. La dieta era algo que nosotros, un pueblo del bosque, nunca habíamos comido antes, carne con gusanos y cerdo salado, así que todo el mundo tenía diarrea, además de malaria por los mosquitos del río, porque era verano. Los mayores de la tribu le rogaron al gobierno que esperara unos meses hasta el otoño para que la gente tuviera más oportunidad de sobrevivir al viaje, pero ellos no quisieron. Hubo sarampión, y agotamiento. Los viejos y los bebés que mamaban murieron primero. Las madres llevaban en brazos a sus hijos muertos durante días, por locura o por soledad, y porque había lobos siguiendo la caravana.

Alice cruza y descruza los brazos sobre el pecho; entiende más de lo que quiere. Sabe que está escuchando la historia que Annawake ha llevado con ella toda su vida. Pasa una lancha, lejos, del otro lado del río. Mucho después de que desaparecen el bote y el ruido, las sacude la onda que corta el agua.

—Dicen que unos dos mil murieron en los campos de detención —dice Annawake con voz tranquila—. Y muchos más en la Huella. Nadie sabe cuántos.

Una avispa brillante y amarilla se sostiene sobre el agua cerca de los pies de las dos y luego baja, delicada como un helicóptero. Flota con las alas abiertas, claras, como pequeñas velas duras.

Annawake se ríe. Una risa extraña, amarga.

—Cuando yo era chica, leí todo lo que se escribió sobre el Camino de Lágrimas. Era mi proyecto permanente. En la secundaria, en Civismo, le leí a la clase entera la forma en que el presidente Van Buren le contó al Congreso cómo había sido la remoción, y le pregunté al maestro por qué no nos hacía memorizar eso en lugar del discurso de Gettysburg. Dijo que yo me estaba mostrando rencorosa y sarcástica.

—¿Y era cierto?

—Por supuesto que sí.

—Bueno. ¿Y qué dijo el presidente Van Buren?

—Dijo: "Me produce verdadero placer informarles que se ha llevado a cabo la remoción de la Nación Cheroque de Indios a sus nuevas tierras al oeste del Mississippi. Las medidas han tenido el mejor de los efectos posibles, y los indios han emigrado sin aparente resistencia."

Alice siente que si se deslizara al agua, no haría ningún esfuerzo por detenerse. Es monstruoso, lo que una persona puede hacerle a otra.

Annawake y ella se sientan sin hablar mirando el cuerpo estirado del lago Matadiez y sacando sus conclusiones.

—Alguien tiene que haberse resistido —dice Alice finalmente—. Usted está aquí. Leí en los diarios y eso, que había habido resistencia.

—En realidad, lo bueno fue que por un tiempo pudimos manejar el lugar que nos dieron nosotros mismos. Para fines del siglo pasado teníamos todo organizado. Si realmente piensa en ser cheroque debería ir al museo y echar una mirada. Tuvimos el primer sistema de escuelas públicas del mundo. Para varones y nenas. En la secundaria enseñaban sicología, música, historia, álgebra, Virgilio.

—Eso no me lo enseñaron en la escuela, se lo aseguro.

—En 1886, instalamos el primer teléfono al oeste del Mississippi y lo llevamos hasta Tahlequah. Los de la Nación no querían tener que ver siempre esas líneas feas tendidas en el aire así que llevaron los cables por los bosques, de árbol en árbol.

Alice se ríe.

—Suenan a gente fina.

—No es broma. Teníamos la mayor tasa de alfabetización del país.

—Eso es lindo, esa escritura. —Alice casi puede sentirle el gusto a las misteriosas letras curvadas que mantienen su secreto sobre el diario amarillento que vio en el registro—. ¿Es difícil de leer?

—Dicen que no, pero yo no sé. No se lo diga a nadie, por favor. Me molesta muchísimo que el tío Anzuelo nunca me haya enseñado.

—Está bajando el índice de alfabetización.

—Ya lo sé, y se lo dije. Aunque el índice está bajísimo ahora. . .

—¿Y qué pasó? Si no le molesta que le pregunte. No quiero ofenderla, pero Azúcar me mostró todos los viejos edificios de ladrillos, el capitolio, y eso, y estaba pensando que es como si los hubiera tumbado un huracán.

Annawake estornuda.

—El huracán Yonega.

—No puede acusar de todo a los blancos —dice Alice suavemente.

—En 1902, llegó el ferrocarril —contesta Annawake, con la misma suavidad—. Gee Dick y su banda tocaron en un baile ritual para celebrar la llegada del primer tren. Los primeros blancos que bajaron del tren y empezaron a mirar a su alrededor seguramente no podían creer que tuviéramos un lugar tan hermoso. Nada de líneas telefónicas colgando en el cielo. En cuatro años, disolvieron el gobierno tribal por orden federal. El gobierno de los Estados Unidos inauguró las escuelas para pupilos, dividió a las familias, vendió las tierras. Dígame, ¿a quién le parece que podemos culpar?

—No lo sé. A la época. A la ignorancia. A que la gente siempre piensa que sabe qué es mejor para los demás. Por lo menos, eso terminó. Ahora nadie los echa a ninguna parte.

—No, solamente tratan de llevarse a nuestros chicos.

Alice siente vergüenza.

—A Tortuga prácticamente la dejaron por muerta —dice—. Mi hija la salvó de morirse de hambre en un estacionamiento o algo peor. Creo que ustedes deberían estar agradecidos.

—Me siento agradecida de que esté viva. Pero no estoy contenta con las circunstancias.

—Entonces, tal vez usted y yo vamos a tener que ser enemigas —dice Alice.

—No lo creo. Pero quiero que entienda lo profundo que son estos sentimientos. Durante todo este siglo, hasta 1978 que fue el año en que conseguimos la Ley para el Bienestar de la Infancia Indígena, los trabajadores sociales venían aquí sin tener ni la menor idea de la forma en que funcionan nuestras familias. Veían un chico fuera del núcleo de la familia, y lo llamaban indiferencia. Para nosotros, esa forma de razonar es una locura completa. Nosotros no distinguimos entre padre, madre, tío, abuela. No pensamos que tenemos familias extensas. Los miramos a ustedes y pensamos que las familias de los blancos están *contraídas*.

—Eso es cierto —dice Alice, pensando en la libreta de teléfonos vacía. No puede negarlo. Se dio cuenta allá en Kentucky cuando quiso dejar a Harland y no encontró una casa a la que ir a refugiarse.

—No entendíamos por qué nos separaban. Mi hermano Gabe fue a parar a la casa de un hombre y una mujer en Texas. Y aquí tenía toda una familia. Yo vi cómo se llevaban bebés como si fueran premiecitos. Las familias mormonas *aman* a nuestros chicos porque creen que somos la tribu perdida de Israel. ¡Bebitos paganos que criar y escoltar al paraíso!

Los ojos de Annawake están húmedos, las lágrimas le corren por las mejillas. Mira el cielo, cada vez más oscuro.

—Eran chicos nuestros —le dice a Alice y al cielo—. Miles. Perdimos más de un cuarto de nuestros chicos.

Hay toda una flota de avispas amarillas sobre el agua. Una brisa demasiado leve para que Alice la sienta las lleva despacio a través de la superficie, todas en la misma diagonal. Una por una, se elevan en el aire.

Annawake se limpia la cara con el dorso de la mano y mira a Alice.

—Acepto que a Tortuga la abandonaron, sí. No la robaron, estaba perdida y alguien la encontró, hasta ahí estamos de acuerdo. No es la primera vez que un padre indio entrega un hijo a alguien de afuera, sea quien sea. Hay un caso importante, la tribu Choctaw vs. Holyfield, en el que pasó exactamente eso. Pero la ley tiene otra forma de considerarlo. Para la ley, la madre o el padre no tienen derecho a esa entrega. Es como si yo quisiera darle a usted algo que. . . no sé, una parte del edificio de la corte de Tahlequah, digamos.

Alice ofrece un pañuelo Annawake. Los jóvenes nunca se tienen pañuelos, eso es algo que ella siempre nota. Todavía no aprendieron que el dolor y la angustia pueden atraparnos en cualquier momento.

Annawake pliega y despliega el cuadrado de algodón sobre la falda.

—Vemos tantas imágenes negativas de nosotros, Alice. Especialmente fuera de la reservación. A veces estas chicas van a ciudad; creen que van a aprender a ser rubias, supongo, pero desarrollan tal desprecio por ellas mismas que abandonan a sus bebés en hospitales o departamentos de seguridad social. O estacionamientos. Cualquier cosa menos confiar en la familia.

—Es una historia muy triste —dice Alice—. Pero si ustedes hacen que Tortuga deje a la única madre que conoce ahora, van a romper un par de vidas.

—Eso ya lo sé. —Annawake mira hacia abajo y se pone un mechón de cabello detrás de la oreja. El mechón se le cae de nuevo casi inmediatamente—. Aunque yo podría decirle que si lo hago, tal vez se arreglen algunas vidas destrozadas. La respuesta no es fácil. Le aseguro que estoy intentando de todo para no llegar a la acción legal. Creía que tenía algo así como un plan alternativo a medio cocinar pero no me parece esté saliendo bien. —Vuelve a estudiar a Alice cuidadosamente, buscando algo.

—¿Qué dice la ley?

—Ah, eso sí es fácil. La LBII dice que un chico tiene que estar con sus parientes, si existen; si no, con otros miembros de su tribu, o en tercer lugar, con algún miembro de otra tribu india estadounidense. La ley es clara.

—¿Y su conciencia? —le pregunta Alice.

Annawake levanta los pies del agua y patalea un poco, los mosquitos se alejan.

—La cosa es que en realidad yo no soy cínica y no estoy agotada ni apunto de darme por vencida. Mi jefe cree que soy una idealista ciega y que ésa es la única razón por la que sigo en el caso en lugar de ocuparme de lo mío. Antes de conocer a su hija, nunca había experimentado una crisis de fe.

Alice levanta la vista hacia el cielo, tanto más brillante y silencioso que el cielo del reflejo.

—Yo tampoco estoy segura de lo que es correcto, no siempre. Ojalá pudiera —le dice a esa muchacha misteriosa.

Annawake roza la mano de Alice tan tanta suavidad que la madre de Taylor siente que pudo haber sido un movimiento imaginario.

28

ENTREGUEN A DOROTHY

El relámpago truena en la distancia y la lluvia cubre el parabrisas del Dodge en sábanas grandes como una gota enorme contra la cortina de baño. Taylor golpea con el puño sobre el volante.

—¡Esto no es una ciudad, es un lavadero de autos!

Tortuga mira lejos, por la ventanilla. Están estacionadas frente al Kwik Mart, rehenes de la lluvia, esperando que aclare lo suficiente como para que Taylor haga una llamada desde el teléfono público.

Taylor aprieta el volante con las manos hasta que la debilidad le corre desde los antebrazos hasta los hombros y el cuello como un arroyo lento de agua tibia. Sopla un poco.

—Lo lamento, mi amor. No estoy enojada contigo. Estoy enojada con la lluvia.

Tortuga murmura algo y hace rodar a Mary en su regazo.

—¿Qué?

La niña pronuncia las palabras pero sigue sin mirarla:

—Siempre estás enojada con algo.

—Ay, Tortuga. —Taylor tiene que morderse la lengua para no ladrarle.

—¡No es cierto! —Si no se sintiera tan mal, se reiría de sus malas cualidades como madre. Con los ojos fijos y abiertos, mira por la ventanilla el estacionamiento vacío de esa noche. Aparentemente el elemento criminal ha tenido el buen sentido de quedarse en casa con este clima. Seguro que tienen casas lindas, piensa Taylor, y video caseteras. Y ganan decentemente, como vendedores de droga. Probablemente están en el sillón mirando *Los más buscados de los Estados Unidos* con la calefacción a veinticinco grados.

—¿Qué tal la escuela hoy?

—Bien, supongo.

—¿Bien, nada más?

—Sí.

Taylor se vuelve en el asiento para mirarla y pone los pies debajo del cuerpo. Le toca el hombro con dulzura.

—Escucha, quiero hablar de eso un poquito.

Tortuga da vuelta la cabeza lentamente con las cejas alzadas en signos de pregunta.

—¿Qué fue lo más lindo que te pasó?

Tortuga lo piensa.

—No hubo nada más lindo.

—Bueno, ¿y lo más feo?

—Lisa Crocker se burló de mis pantalones.

—¿De tus pantalones? ¿Los que son para andar en bicicleta? ¿Qué tienen de malo? Todos los chicos los usan, yo los vi.

—Dice que me los pongo todos los días.

—Pero no es cierto, Tortuga. Algunos días te pones los vaqueros.

Tortuga pone las palmas contra las caderas.

—Los otros chicos tienen más que dos pantalones.

—Ya lo sé, Tortuga. A mí también se me burlaban en el colegio. Mamá limpiaba las casas de otra gente y le daban ropa que me quedaba demasiado grande. Pensaban que me estaban haciendo un favor pero la verdad es que yo iba al colegio vestida de payaso.

Tortuga pone los ojos a un costado y suprime una sonrisa.

—¿Con una nariz colorada?

—No, eso no, pero debería haberme puesto una. En lugar de eso me puse un escudo.

—¿Qué es eso?

Taylor nota que la lluvia cambia a un tono menor, tal vez esté aflojando un poco.

—¿Ponerse un escudo? Ah, quiere decir que fui dura. Hacía como que *quería* que me vieran con esa ropa, y pensaba que los demás eran ridículos con esos suéteres y pantalones bien combinados.

Tortuga lo piensa un poco.

—No creo que pueda ponerme un escudo.

—No deberías tener que hacerlo. Una niña de tu edad no tendría por qué saber nada de ropa. Deberías estar rodando por el barro y tirando todo por el aire.

Tortuga parece atenta pero escéptica.

—Y te lo digo —insiste Taylor—, esa Lisa Crocker no me parece del todo normal.

—Es como las demás, ma.

—Por Dios, ¡todas se están criando como Barbie! ¿Te imaginas lo que eso significa para el futuro de nuestro planeta?

—Yo quiero que sean mis amigas.

Taylor suspira y le acaricia el cabello.

—Creo que ahora es más difícil que antes ser una niña pobre.

—Una vez usé los pantalones del colegio —dice Tortuga—. Los pantalones grises de lana con letras. Cuando tuve el accidente.

—Bueno, cierto. Pero no fue muy divertido.

—No.

—Me alegro que te sientas mejor del estómago.

Tortuga no dice nada.

—¿No te sientes mejor?

—No —dice Tortuga finalmente.

—¿No? —Taylor siente una onda de pánico.

—Me duele casi todo el tiempo.

—Ay, Tortuga. Eso no tiene sentido. Nunca te enfermaste.

—Perdona, mamá. Me duele. Es así, no puedo hacer nada.

—Tortuga. . .

—Mamá, dejó de llover, mira.

Es cierto, el asalto ruidoso terminó pero el parabrisas está todo borroso. Sigue cayendo una llovizna seria.

—Pobre niña, ya te olvidaste de lo que es el buen tiempo. Seguramente crees que un día de sol es cuando basta con un impermeable y te dejas el paraguas en casa.

—No. No. Me acuerdo del sol.

—¿Te acuerdas de Tucson?

—Sí.

—¿Y qué te gusta más de lo que te acuerdas?

Tortuga cierra los ojos un rato largo.

—No hay nada mejor —dice finalmente—. Me gustaba todo.

—Pero tampoco teníamos mucho dinero allá. En Tucson no tenías más que uno o dos pares de pantalones.

—Pero teníamos a Jax. Y a Lou Ann y a Dwayne Ray y a Mattie, en tu negocio.

—Cierto. Los teníamos a ellos.

—¿Nos van a dejar volver?

—No tenemos dinero para la gasolina. Y no podemos decirles dónde estamos a los de allá.

—Pero si tuviéramos gasolina, quiero decir. . . ¿Jax y los demás quieren que volvamos?

—Creo que él sí quiere.

—¿No está enojado porque nos fuimos?

Taylor baja la ventana y cierra los ojos y deja que la noche llena de siseos le lama la cara como un gato.

—Eso es estar en casa, Tortuga —dice ella—. Aunque se enojen, siempre tienen que aceptarte cuando vuelves.

Alice contesta el teléfono aunque tarda mucho.

—Mamá, traté de hablarte varias veces hoy. ¿Dónde estabas?

—Con la ley, Taylor. No puedo decírtelo. Un lugar que se llama Calambre de Labios de Piedra o Calambre de Mejilla de Piedra o algo así. En un picnic.

—¿En un *picnic*? Pensé que se suponía que estabas tratando de convencer a esa Matacuatro.

—Sí. Pero fuimos de picnic.

—¿Hablaron y después fueron de picnic?

—No, con ella no. Tengo novio ahora.

—Mamá, por Dios, no puedo dejarte sola ni un minuto. . . —Taylor oye amargura en su voz, como una cáscara de papa verde, y no puede dominar el lugar que la hace crecer.

Alice se queda callada.

—Me alegro por ti, mamá. En serio. ¿Cómo se llama?

Sólo las palabras imprescindibles, nada más.

—Cash.

—Suena bien. ¿Es rico?

Alice se ríe, finalmente.

—Ah, Taylor, éste no es el mejor lugar del mundo para buscarse un magneto.

—Magnate, mamá. Un magneto es un imán, creo. No estoy segura. O ese metal raro que no sé si no tiene que ver con la bomba. . .

—Bueno, aquí hay más metales que no sé qué. Y víboras, y otras cosas por el estilo. Pero magnates no. El tipo más común del pueblo es uno que usa un traje de cuero de caballo. Es todo un espectáculo. Te da la sensación de que se levantó demasiado temprano y se puso la alfombra de baño en lugar de la ropa. —Hace una pausa—. ¿Cómo están ustedes? Estaba esperando que llamaras.

—No tanto como para sentarte junto al teléfono, me parece.

La voz de Alice cambia.

—Taylor, tienes ratones en la cabeza. No sé por qué estás enojada conmigo.

—No estoy enojada. Tortuga me dijo lo mismo hace un minuto. Dijo que siempre estoy enojada. No es cierto. Acabo de pisar un poco de mala suerte y aterricé de cabeza. —Taylor mete la manos en los bolsillos de los vaqueros buscando un pañuelo, pero no. Arranca una página amarilla de la guía que hay debajo del teléfono—. Creo que me estoy resfriando.

—¿Todavía tienes el trabajo?

—Sí, pero no dejan que Tortuga vaya al Departamento de Damas. Tiene que ir al estacionamiento y sentarse en el Dodge un par de horas hasta que yo termino.

—¿En el auto? Por Dios, ¿no tienes miedo de que se sienta sola y se vaya a México o algún otro lugar, sola? ¿Te acuerdas cuando leímos eso en el diario, en Nevada? ¿Ese chico de seis que se fue a México en el auto de la familia?

—Eso no era un diario, mamá, era una de esas cosas de supermercado con Liz Taylor en la tapa. Esas historias las inventan.

—Bueno, sé de cosas más raras que ésa.

—Sí. Pero no creo que Tortuga esté pensando en México.

—Mejor entonces. Por lo menos, deberías darle algo con que jugar mientras te espera.

—Sí, claro, le doy cajas y cosas así del negocio. No se queja, ya la conoces. Pero yo me siento una asesina. Todo lo que hice en este verano terrible fue para poder quedarme con ella. Pensé que era lo único que importaba: estar juntas. Pero ahora siento que tal vez no sea así. La quiero muchísimo, pero las dos solas no es suficiente. No somos una familia completa.

—No sé. Parece que la mitad de las familias que una se cruza hoy en día son una mamá y los hijos.

—Bueno, mala suerte. Yo soy de esa clase. Y el problema es que cuando es así, no hay respaldo.

—¿Qué es ese ruido?

—Ah, nada, las páginas amarillas. Acabo de sonarme la nariz con la mitad de los rematadores de tierras de la ciudad.

—Les vas a dar una lección con eso sí que les va a dar una lección.

—Mamá, estoy pensando en volver a casa.

—¡No te dejes vencer!

—No, quiero decir a Tucson. Estoy al final de la resistencia, te lo juro. Jax me ofreció mandarme dinero para la gasolina. Si me aguantan los neumáticos. Estoy preocupada por los neumáticos.

—Ah, por Dios, Taylor.

—¿Qué?

—Tengo malas noticias.

Taylor siente que se paraliza.

—¿Qué?

—Hablé con Annawake Matacuatro. Dice que hay alguien, parientes de una niñita perdida, y que creen que es Tortuga y quieren verla. Annawake dijo que iba a mandarte... ¿qué era? Algo que suena a italiano. ¿Una citadina? Papeles, quiero decir. Diciendo que tienes que venir aquí, a la corte.

—¿Una citación?

—Eso es.

—Dios... Entonces no puedo volver a casa... —Taylor siente que se le agolpa la sangre en el corazón y luego le parece que la corriente le sube a los miembros como una gran marea irresistible. Mira las líneas simétricas de agujeros en la parte metálica del receptor. Siente que su vida tiene exactamente la misma falta de significado.

Através de la línea, le llega la voz de Alice, una voz maternal, que trata de ser convincente.

—Mira, Taylor, no te enojes conmigo por lo que voy a decirte.

—¿Por qué será que todo el mundo piensa que voy a enojarme? No me enojo. Dime.

—Creo que tú y Tortuga deberían venir.

Taylor no contesta. Da vuelta la espalda a los agujeros y mira el auto a través de la lluvia. Sabe que Tortuga está ahí pero las ventanillas vacías, oscuras, están tan brillosas como ojos sin amor y no revelan nada.

—Pide algo prestado y ven. No es difícil encontrarnos. Toma la interestatal a Tahlequah, Oklahoma. Pregunta por El Cielo. Todo el mundo conoce el camino.

Taylor sigue sin hablar.

—Sería sólo para hablar.

—Mamá, no tengo nada que decirle a Annawake Matacuatro. No tengo nada que negociar: lo único que está en juego es Tortuga. Y yo. Eso es todo.

Taylor cuelga.

Hace tanto que espera con Tortuga en la clínica que está segura de que tuvieron tiempo de pescarse todas las enfermedades infecciosas conocidas por la ciencia. Un niñito se lame la mano y viene a ponerla delante de Tortuga, seguramente para darle una visión franca de sus gérmenes. Cada vez que lo hace —y van varias— Tortuga retrocede la cabeza sobre el cuello como una mujer miope que trata de enfocar la escritura del diario. El niñito se ríe y se va con su madre, corriendo como loco. El pañal descartable le cruje entre las piernas.

De vez en cuando, se abre la puerta de la sala de espera y todo el mundo mira a la enfermera con esperanzas mientras ella lee un nombre en una planilla. En el pasillo brillante que hay adelante, Taylor oye correr a la gente en pasitos breves, como ratitas; dicen cosas como "La oreja está en el número nueve. Te dejo el tobillo en el dos." Cuando más esperan, tanto más fácil le resulta imaginarse partes de cuerpos humanos esparcidas por ahí.

Finalmente, la enfermera dice el nombre de Tortuga con vergüenza o algo parecido, como hacen siempre los desconocidos, como si esperaran que una niña con ese nombre tuviera un defecto, tal vez incluso una caparazón. Mientras sigue a Tortuga por el pasillo, Taylor se pregunta si no hizo mal al legalizar ese nombre. No tiene paciencia con la gente que carga a sus hijos con nombre como Arco Iris o Girasol, para adecuarse a alguna agenda extraña que sólo ellos entienden. Pero "Tortuga" es un nombre fabricado por la misma Tortuga y le cuadra, eso nadie podría dudarlo.

Terminan en una habitación sin partes de cuerpos humanos. Los frascos de la mesada contienen sólo pelotitas de algodón y bajalenguas de madera. Tortuga se trepa a la camilla cubierta de ese tipo de papel blanco que usan en las carnicerías mientras Taylor recita una lista de síntomas y la enfermera los escribe sobre la pizarra. Cuando las deja solas y cierra la puerta, la habitación parece muy chica de pronto.

Tortuga se acuesta boca arriba, y hace ruiditos con el papel.

—¿Me van a pinchar?

—No. Hoy no hay inyecciones. No creo.

—¿Operarme?

—Claro que no. Eso te lo puedo garantizar. Esta clínica es gratuita y nadie te opera gratis.

—¿Los bebés son gratis?

Taylor sigue los ojos de Tortuga hacia un póster en la pared, trazado en sombras débiles y rosadas, como de dibujo animado. El rótulo muestra lo que parece ser la mitad de una mujer embarazada con un bebé cabeza abajo adentro, enroscado en la cápsula oval del útero. A Taylor le recuerda una vez que cortó un durazno en dos y el carozo duro también se abrió, revelando una almendra chiquita y desnuda adentro, una almendra que ocupaba en secreto el espacio limpio, pequeño, dentro de las paredes de carne del durazno.

—¿Que si son qué? ¿Si los bebés son gratis?

—Sí.

—Bueno, tengo que pensarlo. No tienes que comprarlos. Casi todas las mujeres podemos hacer crecer uno adentro. En realidad, cuanto menos dinero tienes, más fácil consigues uno, parece. Pero cuando salen, hay que comprarles muchas cosas.

—Comida y pañales y todo eso.

—Cierto.

—¿Será por eso que no me quería la mamá verdadera que me hizo crecer dentro de ella?

—No, ella murió. ¿Te acuerdas? Su hermana, la mujer que te puso en el auto, me dijo que tu mamá había muerto y que por eso tenían que entregarte. Tú me dijiste una vez que te acordabas del entierro de tu primera mamá.

—Sí que me acuerdo —dice Tortuga. Sigue estudiando el bebé durazno. Taylor levanta una revista y se asusta cuando lee noticias de una guerra hasta que se da cuenta de que la edición ya tiene varios años.

—Hola, soy la doctora Washington —dice una mujer alta en casaca blanca. Entra como una brisa en la habitación, como si hubiera corrido mucho y no viera razón alguna para detenerse. Tiene los pies largos y chatos metidos en mocasines negros y un peinado corto, estilo afro, que se le curva alrededor de la cabeza como un casco de bicicleta. Mira la habitación con rapidez como si estuviera anticipando un golpe en la nuca. Sus ojos se fijan en Tortuga un momento pero el resto de su cuerpo sigue tenso. Sostiene la pizarra en una mano y el lápiz en la otra, entre dos dedos, colgando en el aire.

—¿Dolor de estómago? —le dice a Tortuga—. ¿Cómo te duele? ¿Son calambres, diarrea? ¿Hace dos o tres meses?

Tortuga asiente, solemne, aceptando todo.

—A ver, echemos una miradita. —En realidad, mira al techo, y se diría que pone toda su concentración en él mientras le saca la remera a Tortuga y le toca el vientre con manos de dedos largos, que parecen muy fríos.

—¿Aquí?

Tortuga asiente, y deja escapar un crujido mientras aprieta la cabeza contra el papel blanco.

—¿Y aquí? ¿Te duele?

Tortuga sacude la cabeza.

La doctora Washington vuelve a ponerle la camiseta y mira a Taylor.

—Cuál es la dieta de la niña —Es una afirmación más que una pregunta.

Taylor siente que se le pone la mente en blanco, como en el colegio cuando le tomaban exámenes de historia. Trata de calmarse.

—Me aseguro de que coma proteínas —dice—. Comemos mucha manteca de maní. Y atún. Y siempre toma leche. Todos los días.

—Bueno, tal vez ése sea el problema.

—¿Cómo? ¿La leche?

La doctora se vuelve hacia Tortuga.

—¿Te gusta la leche, querida?

—La odio —dice Tortuga al techo.

—¿Qué tipo de leche le da?

—No sé —dice Taylor, a la defensiva. Siente como si la doctora y Tortuga la estuvieran atacando al mismo tiempo. —La de los negocios. Dos por ciento.

—Trate de no darle nada de leche. Creo que va a notar la diferencia enseguida. Tráigala en una semana o dos, y si el problema no se soluciona con eso, vamos a intentar otras cosas. Pero creo que si le corta la leche, va a andar muy bien. —Escribe algo en la pizarra.

Taylor tiene la sensación de que la doctora Washington está por mudarse a otra oreja u otro tobillo.

—Perdóneme, pero no entiendo —dice —. Yo creía que la leche era la comida perfecta. Vitaminas y calcio y todo. . .

La doctora Washington se apoya sobre la mesada y pierde uno o dos de sus impresionantes centímetros. Cambia visiblemente a una marcha más lenta.

—La leche de vaca es muy buena para los blancos —dice, mirando directamente a Taylor—. Pero hay entre un sesenta y un noventa por ciento del resto de nosotros que es alérgico a la lactosa. Eso quiere decir que no tenemos las encimas que hacen falta para digerir parte del azúcar de la leche de vaca. Así que la leche fermenta en el intestino y causa todo tipo de problemas.

—No sabía eso.

—Yogurt tal vez sí y quesos duros. Puede intentar con eso. Y algún tipo de jugo de naranja fortificado con calcio, que la ayude en ese sentido. Si está decidida a darle leche, consígase una con menos lactosa. Hay una gran población de origen oriental en esta ciudad así que esa leche está en todos los supermercados.

—Mi hija no es oriental. Es cheroque.

La doctora se encoge de hombros, con naturalidad.

—Orientales. Indios. Africanos. Estamos todos en el mismo bote. La alergia puede no aparecer hasta la madurez, o empezar justo a la edad de ella.

Taylor no entiende cómo puede habérsele pasado por alto una verdad tan incontestable como ésa.

—Siempre creí que la leche era la comida de la salud. La gente parece tan saludable en esas propagandas.

La doctora se da un golpecito en la mejilla con la goma del lápiz y mira a Taylor con algo que podría definirse muy en general como sonrisa. Tiene los ojos tan oscuros que el iris parece casi azulado en los bordes y los labios medio cerrados le dan el aspecto general de una lagartija.

—¿Quién cree que hace las propagandas?

—Los guardianes de la verdad —dice Taylor, la voz opaca—. Lo lamento. No había pensado en eso.

Por primera vez, la mirada de reptil superior de la doctora Washington se derrite en simpatía genuina.

—Escuche, *nadie* piensa en eso. Yo repito esta gran novedad unas diez veces por semana frente a padres de todos los colores. Usted hacía lo que le parecía mejor, eso es lo importante.

La casaca blanca se endereza otra vez, luego desaparece.

Tortuga se desliza para bajar de la camilla y sale de la habitación a saltos como un perrito al que sueltan de la perrera. Taylor siente que no puede levantarse de la silla. Está paralizada por el recuerdo de la advertencia final de Annawake Matacuatro en Tucson, antes de que ella y Tortuga se fueran en el auto. "Le apuesto a que odia la leche."

Taylor alcanza a Tortuga fuera de la clínica. La niña se protege los ojos con la palma y mira el cielo, que por una vez está milagrosamente limpio. Un avión ha dejado la grieta blanca, medio borrada, de sus huellas, fea como un graffiti.

—El que hace eso es un avión —le informa Tortuga y Taylor se pregunta cómo lo sabe. Es uno de los varios millones de cosas de las que todavía no hablaron, no directamente. ¿Lo habrá aprendido en la escuela? La idea de criar a Tortuga hace que Taylor se sienta exhausta o tenga ganas de acostarse o vivir en un mundo más simple. Le gustaría que las dos vivieran en uno de esos dibujos animados antiguos que tenían animales de cabezas redondas que se sacudían con la música todos juntos y nada de fondo sobre el que caminar.

—Tienes razón —dice—. Un avión a chorro.

—¿Por qué hace eso?

Taylor se pregunta qué nivel de respuesta le están pidiendo. ¿Por qué los aviones a chorro escupen polvo blanco en el cielo? (Taylor no lo sabe.) O, ¿cuál la motivación de ese avión a chorro en particular? (Eso, tal vez nadie lo sabe.)

—¿Te acuerdas de Dorothy, cuando la bruja escribió en el cielo?

—Sí, me acuerdo —dice Taylor—. En *El mago de Oz*. Escribió: Entreguen a Dorothy.

—¿Se supone que eso significaba que iban a entregar a Dorothy a la bruja?

—Eso era lo que la bruja pedía, sí.

—¿Me vas a entregar a los indios?

—No. Nunca. Pero creo que vamos a tener que volver y hablar con ellos. ¿Tienes miedo?

—Sí.

—Yo también.

29

EL SECRETO DE LA CREACION

Cash se mueve por la cocina como se movería una ardilla flaca que supiera cocinar: caminando con rapidez de la pileta a la cocina, deteniéndose, oliendo el aire. En comparación, Alice se siente como la esposa haragana de la ardilla, sentada en la mesa separando las nueces de sus cáscaras.

—Más despacio, Cash —le dice, sonriendo—. Me estás mareando.

—Yo siempre mareo a las mujeres —dice él—. Soy feo, es por eso.

—Cállate, no eres feo. —Alice levanta una nuez casi entera de las cámaras enroscadas de su cáscara y la deja caer en el bol. Por razones que no podría explicar, las nueces desnudas, enroscadas, le recuerdan a bebés que quieren nacer.

Cash le dijo que esa cabaña de troncos era la casa original de su familia. Estaba vacía desde hacía años y cuando volvió de

Wyoming, le pareció que tenía el tamaño justo para él. Es una sola habitación, con una cocina de un lado y un par de sillas flanqueando una cortina de puntillas, del otro. Como es verano, la cama está en la galería donde le da el aire. El rifle, el cepillo de dientes y una herradura de buena suerte cuelgan sobre la chimenea. La cabaña parece lo bastante fuerte como para seguir de pie después de un tornado y lo bastante pequeña como para que todos la pasen por alto y se dediquen a la casa más grande y más nueva, donde vive Letty. Los hijos de Letty ocuparon la cabaña, todos, cada uno en un momento distinto; ellos instalaron los caños de plomería y conectaron la electricidad que ahora ofrece a Cash unas cuantas bombitas y —para horror de Alice— la pequeña televisión agazapada en la mesada de la cocina entre los boles y los paquetes de harina. Eso sí, Cash la apagó inmediatamente cuando la vio entrar. Alice piensa reconocerle eso.

—No las peles todas, sólo las grandes —le dice él—. ¿Estás mirando cómo se hace? Si vas a registrarte como cheroque, tienes que aprender a hacer *kunutche*.

—¿En serio? ¿Qué? ¿Me van a tomar un examen?

—Ah, seguramente sí. Y si decides que no vas a registrarte, no te molestes en aprender. A ningún *yonega* le gusta perder el tiempo tonteando con algo que cuesta tanto hacer.

—Entonces, tal vez no debería mirar. Tal vez sería mejor que te dejara hacer todo el trabajo. —Alice está casi asustada de lo que acaba de decir, palabras que contienen algo así como una idea de futuro. Cash no da señales de haberlo notado. Deja caer las nueces con un ruido audible dentro de un balde de metal y las golpea hábilmente con una maza de madera, que cruje como una vaca que mastica pasto. La maza parece un bate de béisbol serruchado. Alice vio una en la cocina de Azúcar y no tenía ni la menor idea de qué tipo de implemento de cocina podía ser ése. Parecía tan lleno de fuerza. . .

—Las golpeas hasta que las haces polvo, literalmente. Así se empieza —la instruye Cash—. Después las haces rodar y formas unas pelotas así de grandes. —Sigue golpeando y hablando con ritmo levemente agitado por encima del sonido de las nueces, que ahora es un siseo—. Cuando ya estás lista para seguir, rompes un pedacito de la pelota y la agregas al agua hirviendo y después la pasas por una buena media bien limpia para sacarle los pedazos de cáscara que hayan quedado y la mezclas con arroz, o harina de maíz. Es de una consistencia como de sopa. . .

—Suena rico —dice Alice, con reverencia. Nunca en su vida ha experimentado a hombres que hablaran mucho ni cocinaran, y aquí hay uno haciendo las dos cosas al mismo tiempo. Hubiera pagado por ser testigo de algo así y no se hubiera arrepentido del gasto.

—A mí me encanta con maíz —agrega él—. Cuando uno huele a *kunutche*, es como se pone de humor para el otoño.

—¿Tu mujer te enseñó a hacerlo?

—Bueno —dice él y mira el calendario—. Supongo que fue mi mamá. Mi esposa cocinaba, sí, casi siempre, pero yo siempre golpeaba el *kunutche*. Ella decía que tanto crujido le hacía mal a los huesos.

Alice se pone de pie y vaga por toda la cabaña; quisiera ver fotos de familia o alguna otra clave de que está en el lugar al que pertenece Cash. Sus ojos se apoyan en el cepillo de dientes, que parece chico y bastante arruinado ahí arriba, cerca del arma.

—¿Matas algo con ese rifle?

—Bueno, una ardilla de vez en cuando, si se queda quieta el tiempo suficiente. Mi vista ya no es lo que era. Generalmente fallo unas tres o cuatro veces hasta que la ardilla se muere de un ataque al corazón.

Alice tiene ganas de darle un abrazo. Si los hombres supieran que la modestia hace caer a las mujeres mucho más rápido que toda la pedantería del mundo. . . Se toca los aros; las cuentas se le deslizan, escapándose, bajo los dedos. Llegaron una mañana en un sobre que decía solamente: "De tu admirador secreto". Azúcar, que respiraba sobre el hombro de Alice mientras ella lo abría, identificó instantáneamente el trabajo de Cash en esas cuentas turquesas y plateadas. Dijo que él vendía ese tipo de cosas en un puesto de comercio del Centro de Herencia.

Alice le mandó una nota que decía: "Gracias y un abrazo especial de tu cita secreta". Se la dio a Azúcar para que la mandara en el correo y después se sintió mortificada cuando Azúcar dijo que se había encontrado con Letty y le había pedido que la llevara en mano.

—Azúcar dice que haces adornos para el puesto. ¿Cierto?

—Un poco. Me relaja de noche.

—Alguien me mandó estos aros. ¿Te imaginas? El tipo seguramente piensa que puede comprarme con una pluma. . .

Cash sonríe.

—Recibí tu nota.

—Supongo que Letty la abrió y la leyó primero.

—Me pareció que sí. No es tan profesional como antes. —La cara de Cash se ensancha bajo los ojos con una sonrisa que parece estar entrando en ella y poniéndose cómoda.

—Supongo que debería intentarlo yo —dice ella, parándose junto a él para reemplazarlo—. O eso o cantar para ganarme la cena. De los dos, tú ganarías el concurso de canto con el ruido de las nueces aplastadas.

El le pone las manos sobre la maza, después retrocede para mirar.

—No estoy seguro. Tienes una hermosa voz cuando hablas. El otro día estaba pensando: si tuviera un teléfono, llamaría a Alice nada más que para escuchar su voz. Apuesto a que cantas como un pájaro.

—Sí, un buitre —dice Alice—. O un pavo.

—Ey, ey, eso no. No te creo. Te doy un dólar por cantar, "Dulce Jesús" o "Alrededor del árbol". Mira, te va a salir mejor si pones un poco más de hombro.

Se pone de pie detrás de ella, con los brazos sobre los de Alice, le toma las manos y empuja hacia abajo. El sonido preciso del siseo envuelve la cocina otra vez, polvo de nuez contra metal. Alice siente un sonido similar en el pecho.

—Cuando terminara de cantar, tendrías que pedirme que te pagara la apuesta —dice ella.

Cash disminuye un poco la presión de las manos.

—Claro que no. Aunque sonaras como un buitre, no me importaría.

Alice inclina la cabeza hacia atrás, contra él y en ese mismo momento, él levanta los brazos hacia el pecho y la sostiene allí y deja caer la cabeza sobre la corona del pecho de ella.

—Cash —dice ella.

—¿Mmm? —El la da vuelta, sin abrir el círculo de sus brazos. Ella levanta la vista y lo mira a la cara, que de cerca, sin los anteojos de lectura, está borrosa, excepto las luces de los ojos, que parecen ventanas.

—Tal vez sí puedas comprarme con una pluma —le dice—. Valdría la pena intentarlo.

*   *   *

La cabaña de Cash está en medio de los bosques, a medio kilómetro de la huerta de Letty. Desde la cama de hierro de él en el corredor, Alice se pregunta cómo sería despertarse todas las mañanas y ver solamente hojas y más hojas.

—¿Oíste lo que le pasó a ese señor Green?

—¿El del criadero de avestruces? —pregunta ella—. Oí que los animales se dedican a salir de excursión y tirar las plumas del otro lado del cerco.

Cash le pasa un dedo por la nariz. Sin los anteojos, tiene los ojos suaves y esperanzados, como si necesitaran algo. Honestamente, Alice no se acuerda de la última vez que estuvo desnuda bajo las sábanas con un hombre despierto, pero aún así, ni ella ni Cash parecen estar apurados. Es un placer darse cuenta de que llegaron hasta ahí; basta con eso. Y escuchar hablar.

—Trató de entrar en casa de Boma sin permiso a buscar la pluma —le dice Cash.

—¡Por Dios! ¿Y ella estaba ahí?

—No. Estaban todos en una boda. ¿Te das cuenta? Seguramente, leyó lo de la boda en el diario, porque te aseguro que no estaba invitado. Y va y roba la casa de la abuela del novio. ¿Qué te parece?

—Bueno, ¿encontró lo que buscaba?

—Claro que encontró lo que buscaba. —Cash rueda, se pone boca arriba y se ríe, después hace chasquear la lengua—. No debería reírme: el pobre está en el hospital.

—¿Por?

—Nueve mil picaduras de abeja.

Alice abre la boca.

—Y sin pluma, supongo.

—Sin pluma, y sería típico de Boma mandarle un gran ramo de flores. Con una tarjetita deseándole que se mejore de parte de las abejas.

—Tú eres como la *miel*, querido ladrón —recita Alice y se ríe.

—Somos malos.

—Muy malos —dice Alice —. ¿Qué pensarían nuestros hijos de esto?

Las arrugas que rodean los ojos de Cash se suavizan y él parece más lejos durante un momento. Ella sigue la curva del hueso del pecho de él con el dedo, y se siente profundamente triste por lo que se lo lleva lejos, a veces, cuando ella menciona a la familia. Haría cualquier cosa para aliviarlo de ese peso. Encuentra la mano que descansa sobre su cintura y se la lleva a los labios.

—Lo lamento —dice—. Lamento lo que sea.

Cash se le acerca para besarla. Huele como a humo de leña y color de las hojas. Cuando le toca el pecho, ella siente que la piel del pezón se reúne, se endurece. La sacude un recuerdo agudo, dulce, de dar la teta a Taylor y cuando él pone la boca en ese lugar, ella desea otra vez darse por completo, desea que alguien la vacíe. Lentamente, Cash se mueve contra ella y luego, despacio, adentro y ella siente todavía el mismo deseo que sube desde el cuerpo de él hacia ella. Se hamacan uno contra la otra, abrazándose, y los pájaros en el bosque levantan sus voces para ahogar el secreto de la creación.

30

SEIS CERDOS
Y UNA MADRE

Alice se despierta con el sonido de voces en la cocina. Aparece la mitad de Cash en el umbral del corredor, la camisa salida, una sonrisa en la cara. Levanta una espátula en la mano izquierda, en la posición de un matamoscas.

—¿Cómo te gustan los huevos? —le pregunta.

Alice, confusa, mira alrededor como si hubiera puesto unos cuantos huevos sin darse cuenta.

—¿Quién está en la cocina?

—Kitty Carlisle.

—¿Kitty Carlisle vive en Oklahoma?

—No. . . Está en *Buenos Días, Estados Unidos*.

Alice se pasa una mano por el pelo, tratando de entender dónde está realmente. Hace un momento, estaba en un sueño con agua y animales peludos.

—¿Para qué necesitas la televisión?

Cash se encoge de hombros.

—No sé. Por la compañía, supongo.

—Bueno, entonces me levanto y te hago compañía yo. —Alice revisa un poco sus miembros, asegurándose de que cada uno está en su lugar.

—No, tú te quedas aquí un ratito. Te voy a traer el desayuno a la cama. Te traigo el café apenas me digas si quieres los huevos fritos, con la yema bien cocida o más bien cruda, o revueltos.

Alice lo piensa.

—Fritos con la yema bien cocida. Por Dios, ¿el desayuno en la cama? Supongo que si yo fuera Kitty Carlisle, tendría una bata despampanante para ponerme.

—Te presto mi salida de baño —dice él, y desaparece. Alice se pasa la lengua por el paladar, y mira las hojas apretadas contra la pantalla como caras de espías felices. Siente que ha muerto y ha ido a parar al Planeta de los Hombres que Cocinan. Cash vuelve con una vieja bata de baño de franela a cuadros azules, y se la pone en los hombros. Ella la envuelve a su alrededor como una dama en la iglesia con un abrigo de piel, y acepta la taza de café con la mano libre. El primer trago de café le despierta la garganta y los pulmones.

Cash está ocupado moviendo cosas. Pone una mesa para el café al lado de la cama, y la cubre con platos de huevos, jamón, tostadas, manteca y mermelada de bayas. Acerca un banquito del otro lado. Alice pasa los brazos por las mangas de la bata y se sienta en el borde de la cama, mirándolo, para no sentirse inválida.

—No estoy acostumbrada a que me suministren comida —dice, sonriéndole al plato—. Pero voy a tratar de aguantarlo, claro.

Durante un rato se quedan en silencio, y se oyen los soniditos con los cubiertos. Cash sopla el café. Un pájaro pregunta en alguna rama:

—¿Chit? ¿Chit? ¿Chit?

—Me estuve preguntando cuánto tiempo piensas quedarte por aquí —dice él finalmente.

—¿En casa de Azúcar? No sé. Supongo que voy a seguir hasta que me echen. En realidad no vine a visitar a Azúcar. Tenía un asunto que tratar aquí.

—¿Con tu familia?

—No, con la Nación Cheroque. Aunque no sé si es con la Nación, exactamente. —Corta los huevos, que están perfectos. La mayoría de las personas no termina de creer que una realmente los quiere crudos y los dejan enteros y bien blanditos como si fueran para ellos mismos—. Tenía un asunto con Annawake Matacuatro. Es algo que tenemos que arreglar sobre mi hija y mi nieta. —Le late el corazón. No tenía planeado decírselo a Cash, pero ahora sabe que va a hacerlo—. Tengo una nietita que ella vio en la televisión. ¿Conoces a Annawake?

—Claro, claro. Su tío Anzuelo es el jefe de curaciones. Lo viste en el baile, ¿no?

—Sí.

—Esa Annawake lo seguía como un perrito faldero cuando era chica. —Cash mastica una tostada. —En el baile, cuando él se levantaba para hablar, ella se ponía enfrente y empezaba a aullar sermones.

Alice descubre que es una escena que se puede imaginar. Con Cash, es fácil desviarse de una confesión.

—Supongo que va a ser la próxima jefa, ¿no?

—No, alguien más joven. No sé quién todavía, pero ya lo eligieron. Empieza cuando uno es demasiado joven para acordarse. El jefe de curaciones pone la medicina en uno y después cuando uno es mayor, no se acuerda, pero esa medicina influye en la forma en que uno crece. Más tarde, viene el entrenamiento.

—Bueno, parece peligroso, ¿no? ¿Y si el chico que eligieron resulta ser un loco de las motocicletas?

Cash parece muy serio.

—Eso no pasa nunca. El jefe se da cuenta de cómo va a ser el chico. No quiere a nadie muy violento, o muy gritón ni a un peleador ni nada así. Siempre quiere al más callado.

Vuelven al desayuno. Alice escucha cómo Kitty Carlisle, o alguna otra persona murmura consigo misma en la cocina.

—¿Cuánto tiempo estuvieron casados tú y tu esposa? —pregunta.

—Ah, cuando nos casamos, éramos tan jóvenes que no sabíamos distinguir un pájaro de un chancho. Me la encontré en un baile como el del otro día después de que volví de la escuela. Venía desde Kenwood. —Todo el cuerpo de Cash se inclina un poco con el placer del recuerdo. —Ah, no te lo puedo explicar. . . Empecé a ir a los bailes por las chicas, y por la comida. Nada más. Entonces hacían buena comida en los bailes: albóndigas de porotos, carne de ardilla. Huevos. La gente se quedaba todo el día. Venían en carretas y a caballo. Levantaban una carpa, ponían bancos y mantas y dormían ahí. Yo siempre iba temprano para jugar a la pelota.

—¿A la pelota? —pregunta Alice.

—Antes del baile, juegan un partido de pelota. ¿Viste ese palo alto con un pez en la punta, tallado en madera? Ahí, en el claro del baile, donde el polvo está todo pisoteado. . .

Alice asiente porque tiene la boca llena. Lo bueno de Cash es que una puede comer mucho mientras lo escucha.

—Siempre chicas contra chicos, hombres contra mujeres. Así se juega. Tiras la pelota o la estiras con un palo y tratas de darle al pescado. Es demasiado difícil para los nenes y los viejos. Es serio y divertido. No sé cómo explicarlo. . . Mantener el cuerpo en forma también es ser buena persona, podría decirse. Pero entonces, yo le prestaba demasiada atención a ser el mejor. Cada vez que le das al pescado, tu equipo gana un punto.

—¿Y no ganan siempre los chicos?

—No, señora, no. Deberías ver a algunas de las chicas. Esa Annawake es una asesina. Mi esposa también era así. Así nos conocimos, jugando a la pelota. Gané un punto, después ganó uno ella, y así seguimos todo el partido así que supusimos que tendríamos que casarnos.

Alice se ríe.

—Me parece una razón mejor que la tienen muchos chicos de hoy en día.

—Dejé de ir cuando ella murió. No te lo dije, pero el otro día, cuando fuimos juntos, era la primera vez en mucho tiempo.

—¿Y por qué?

—No sabría decirte. Me fui y después, cuando volví, me parecía demasiado duro. Me acordaba de los funerales.

—¿Hacen los funerales en ese lugar?

—Bueno, sí, claro. Llevan el ataúd tres veces alrededor del fuego, en la misma dirección que vamos cuando bailamos, y después lo llevan para atrás otras tres veces. Supongo que se sale de la vida por la misma puerta por la que se entró. Y después vamos al cementerio para el entierro. Hay baldes de té afuera, así uno puede lavarse la cara y las manos en el té, y lavar el dolor y dejarlo allí.

Cash parece hundido en la desdicha.

Alice dice con dulzura:

—No me parece que tú lo hayas dejado allí.

—Bueno, tal vez era demasiado dolor todo al mismo tiempo. Hace cuatro años, tuvimos cuatro funerales en la misma estación: mi mamá, bueno era vieja, es cierto. Después mi esposa, por el cáncer. Y después mi hija mayor, Alma. Llevó el auto a un puente y aterrizó cabeza abajo en el Arkansas. Tenía una nenita. Esa noche la dejó con su hermana, la que se fue a Tulsa con un chico de mala muerte y no me habla más. Yo la seguí llamando por un tiempo. Era mala pero tenía que llamarla porque estaba preocupado por la beba de Alma. Lacey, se llamaba. Y a la mierda si la hermana no va un día y entrega la niña a no sé quién. Entra en un bar una noche y se la da a una chica que pasaba en un auto.

Alice siente que no puede respirar, como si se hubiera caído de un techo. No puede hacer entrar ni un milímetro de aire en los pulmones.

—La gente joven tiene problemas serios. Soy el primero en aceptarlo. Sí. El lunes de mañana están todas las cárceles llenas de jóvenes. Muchos de esos chicos creen que el alcohol se hizo sólo para una cosa: emborracharse lo más rápido posible.

—¿Cómo sabes que entregó a la niña?

—Me lo dijo. ¿Qué te parece? Me lo dice y listo: "Papi, me voy a Ponca, ¿puedo usar el camión el fin de semana que viene? Le di la beba de Alma a alguien." Me sentí tan mal que empaqué ese mismo fin de semana y me fui con camión y todo. No podía ni mirar a la cara a mis propios parientes.

Alice se pone una mano sobre el pecho y respira de nuevo. Tiene que decirlo antes de ponerse a pensar.

—Cash, mi hija tiene a esa niña.

Cash baja la taza de café y la mira. Le cree.

—Para eso vine —le dice ella—. Annawake vio a Taylor y a la niñita en la televisión. Contaron cómo la adoptó. Annawake se dio cuenta de que era cheroque, no sé cómo pero lo hizo, así que las rastreó. Taylor se escapó. No sé dónde están viviendo ahora. Ella no quiere devolverla. La ama, Cash. Mi hija fue la mejor madre que esa niña pudiera tener.

—Por Dios Santo —contesta Cash.

—No se me ocurre qué hacer —dice Alice.

—A mí tampoco.

—Se me secó el cerebro. ¿Estás pensando en ponerte furioso? Porque voy a decirte lo que pienso, de qué lado estoy. Mi hija no hizo nada malo, Cash. Nada. Está protegiendo a esa niña como cualquier madre viviente, sea humana o animal.

—No —dice Cash—. No hizo nada malo. Lo que estoy tratando de hacer es imaginarme que Lacey está en alguna parte, entera. Vivita y coleando, supongo. Dios, ¿qué estoy diciendo? Haciendo de todo, hablando, levantando palos del suelo, corriendo. Y ya tiene que tener seis y medio.

—No es Lacey. ¿Lacey? Por nada del mundo. Se llama Tortuga.

—¿Qué clase de nombre es ése, por favor?

—¿Y qué clase de nombre es Cabal Nadador? —replica Alice—. ¿O Recto Cuerno? ¿O, o, Aguamala o el tuyo?

Cash la ignora.

—No lo creo —dice—. Cuando volví de Wyoming hace un tiempito, hablé con las chicas de Bienestar Social para la Infancia, para que la encontraran. Dijeron que tal vez sabían algo pero yo no esperaba mucho. Por Dios. Y nosotros que empezamos a vernos así, sin saber. . .

Mira a Alice con los ojos muy abiertos mientras los árboles crecen afuera.

—Letty arregló esto —dice Cash—. Ella lo sabía. . . Tiene que haberlo sabido.

—No, no, Cash. Nadie sabía nada excepto Annawake. Ni siquiera se lo dije a Azúcar.

—Y entonces, ¿cómo diablos. . . ?

—No sé —dice Alice—. A mí los milagros me resultan sospechosos. Casi siempre hay algo raro detrás.

—¿Azúcar no sabía?

—No. Te lo puedo jurar sobre la Biblia.

—Yo suponía que las que habían cocinado lo nuestro eran Azúcar y Letty. Porque sin eso, ¿cómo hizo Letty para saber que tú eras buen partido?

—Entonces fue Annawake —dice Alice de pronto—. Sí, sí. Fue ella.

Dijo que estaba trabajando en el Plan B. ¡Te juro que podría matarla ahora mismo! Esa chica estaba tratando de encontrar la forma de cumplir con su deber para con Tortuga.

Cash parece preocupado.

—¿Y cuál es su deber?

Alice lo mira fijo, tratando de aceptar su posición de abuelo en el asunto.

—Nada está arreglado, ¿no?

Cash pone el cuchillo el borde del plato.

—No. Nada está arreglado.

Alice se pasó toda la tarde del domingo buscando a Annawake con los dientes apretados en la boca y malas intenciones en la cabeza. Se siente como una de esas estranguladoras de Boston que aparecen en los diarios. Lo primero que hizo cuando volvió a casa de Azúcar fue soltar toda la historia, de principio a fin, excepto los detalles de la última noche con Cash, que no son asunto de nadie. Azúcar estuvo de acuerdo en que había que hablar seriamente con Annawake, por meterse en asuntos que no le importaban. Enrolaron a Roscoe para llevarlos a Tahlequah, a casa de Annawake. Azúcar se sentó en la cabina entre Alice y Roscoe, apretando la mano de su prima como si ella estuviera a punto de dar a luz a un bebé en lugar de perder uno.

En Tahlequah, Azúcar y Roscoe esperaron en el auto mientras Alice golpeaba la puerta y hablaba con una muchacha robusta que sostenía un bebé entre las manos y que le dijo que Annawake estaba en las oficinas de la Nación. Fueron por la carretera hasta el cuartel central de la Nación y lo único que descubrieron fue que el lugar estaba desierto. En todo el edificio había una sola secretaria que les señaló la oficina de Annawake del otro lado de la calle. Estaba cerrada con llave. Alice trató de espiar pero lo único que vio fueron plantas de interior. Se retorció en el camión una hora, esperando, antes de decidir que era mejor volver y hablar otra vez con la muchacha robusta, que, a decir verdad, era todo lo amable que podía. Dijo que Annawake había estado por ahí y se había vuelto a ir, esta vez a casa de su tío, a pescar. Alice subió otra vez al camión y sorprendió a Azúcar y a Roscoe diciendo que sabía cómo llegar a la casa de Anzuelo

Matacuatro. La dejaron en el sendero que corría hacia el río y le dijeron que esperarían, pero Alice hizo un gesto de rechazo.

—Sé dónde es. Si no está, vuelvo caminando.

—Bueno, pero son kilómetros y kilómetros, querida —protestó Azúcar antes de que se fueran—. Y a oscuras. Te puedes cruzar con alguien peligroso.

Pero Alice está decidida. Si se cruza con alguien peligroso, esa persona tendrá que correr el riesgo. Realmente no está pensando en estrangular a Annawake cuando la encuentre pero no ha descartado del todo la posibilidad.

Annawake ha dejado de fingir que está pescando. Ahí abajo nadie tiene hambre y además, para ser sincera, ella tampoco; le parece razonable decretar una tregua. Hace girar las piernas en el agua y mira cómo tiemblan las estrellas reflejadas que se acompañan unas a otras. El agua está más tibia que el aire y se mueve contra su piel como si le tuviera cariño. Ella trata de no pensar en el tiempo que ha pasado desde que recibió un abrazo de alguien que no fuera un pariente.

Oye pasos en el puente de madera o más bien, siente las vibraciones que se acercan, de la misma forma en que una araña conoce el comercio de su red.

—¿Anzuelo? —dice en voz alta.

Una silueta humana aparece al borde de la galería, en la oscuridad, y no es Anzuelo Matacuatro. Más chica, más agresiva, fuera de lugar. El corazón de Annawake le late más rápido en el pecho.

—¡Ah, así que aquí está la Señorita Corazones Solitarios! —Annawake conoce la voz. Piensa con rapidez—. ¿Fue usted, verdad? Usted arregló las cosas entre Cash y yo. . .

—¿Alice Greer?

Alice se acerca tan despacio como un perro fuera de su territorio. Queda de pie a unos metros, las manos sobre las caderas, furiosa y sin decidirse del todo al mismo tiempo.

—¿Está enojada? Los vi a ustedes dos riéndose como adolescentes en el Mercado. . . Pensé que iba a mandarme una tarjeta para darme las gracias.

—Lo que usted hizo con nosotros fue rastrero y cobarde. Pensó que

Cash me gustaría y que entonces no querría llevarme a su beba.

Annawake siente la furia de esa mujer como un cuchillo de caza bien afilado.

—¿Y nunca pensó que podría ser al revés? ¿Que él podría quererla a usted?

—No creo que eso fuera lo que *usted* pretendía.

—¿Podemos sentarnos y charlarlo un poco?

Alice se queda de pie un momento como si fuera una libélula hembra a punto de comprometer su futuro y dejar los huevos en el agua. Finalmente, se lanza. Se sienta y se saca los zapatos.

Annawake rema hacia adelante y hacia atrás con las piernas en el agua.

—A decir verdad, Alice, no puedo decirle lo que pretendía. No creo que pretendiera nada *conscientemente*, por una vez. Le hice caso a mis instintos. Pensé que mi proyecto de relaciones entre indios y blancos necesitaba un toque humano.

—Y yo y Cash entramos por el tubo como ovejas camino al sacrificio.

—No creí que les llevara tanto tiempo descubrir lo que tienen en común. Supuse que usted se lo diría enseguida.

—Bueno, tal vez los viejos no saltamos sobre las cosas como hacen ustedes los jóvenes.

—A mí me parece que es al revés. Estaban tan ocupados salteándose etapas que se olvidaron de poner el asunto en palabras.

Annawake no puede creerlo: oye cómo Alice se traga una risita.

—Pero supongo que me excedí —le dice a Alice—. Lo lamento.

En el silencio largo, un búho llama, río arriba. Annawake se imagina esos ojos muy abiertos en la caza. Ojos que le roban retazos de imágenes a la oscuridad.

—Supongo que no quería hacernos mal.

—No, créame. Y Letty me ayudó mucho.

—Esa Letty —está de acuerdo Alice, con humor pero a regañadientes—. Metería su nariz en una tumba si pensara que todavía hay esperanzas de conseguir algún chisme fresco.

La adrenalina que corría por los miembros de Annawake cuando vio la furia en la oscuridad está cediendo ahora, y siente que el cuerpo le responde con un deseo de estirarse por completo. Arquea la espalda.

—Todo pueblo necesita una Letty —dice—. Alguien que lubrique las cosas y cuente para atrás desde nueve cada vez que una pareja de recién casados tiene un bebé.

—Margie Spragg. Así se llamaba en Pittman. Era la operadora telefónica que más duró en el puesto. Casi se muere cuando pusieron el tono de marcar.

—Lo que hacen esas mujeres es un servicio público. A veces la gente tiene problemas de comunicación con su propio corazón.

—Bueno —dice Alice—. Nada está arreglado todavía.

—Lo sé.

—Taylor ya viene para aquí. Me llamó desde una parada de camiones en Denver.

—¿En serio? —Es curioso: Annawake siente algo parecido al miedo. Hace meses que no puede acordarse del aspecto de Taylor: se vieron durante tan poco tiempo... Pero ahora, de pronto, la ve. La cara confiada, de rasgos finos, el cabello largo y oscuro, la forma en que se quedó totalmente quieta mientras la escuchaba. Se acuerda de Taylor de pie en la ventana enroscada hacia adelante con un miedo animal y se la imagina en una cabina telefónica de Denver, enroscada con el aparato bajo una sábana de cabello oscuro.

—Yo pensaba que usted se iba a poner a saltar de alegría con la noticia —dice Alice.

—Ah, no salto mucho en general. Yo también tengo problemas de comunicación con mi corazón.

—¿Y Letty nunca trató de ayudarla en eso?

Annawake sostiene la mano en el aire.

—Ni pregunte. Letty Cuerno trató de engancharme con todos los seres de este condado que hacen pis en dos patas. Desgraciadamente, ése no es el problema.

—Ah.

Alice hace girar las piernas en el agua, crea corrientes cruzadas que amontonan las estrellas en el agua hasta que Annawake siente que casi las oye tintinear.

—Mire. Ahí está la Osa Menor en el medio del río, cabeza abajo. ¿La ve?

—No veo bien de noche.

—Pero sí en el cielo. Arriba de ese roble muerto que parece blanco, en la orilla.

—Creo que la veo —dice Alice en una voz cambiada y aguda por el esfuerzo de mirar hacia arriba.

—No la mire directamente. Mire un poco a un costado y le va a parecer más brillante. El tío Anzuelo me enseñó eso.

—Cierto —dice Alice un minuto después. Y después—: Juro que si hago eso puedo ver a las Siete Hermanas, una por una.

—¡Ah, ustedes! Seguramente ésa es la razón por la que los blancos conquistaron el mundo. Son capaces de ver a todas las hermanas, las siete.

—¿Qué, ustedes no?

—Nosotros las llamamos los Seis Cerdos en el Cielo.

—¿Los qué? ¿Los chanchos?

—Es una historia. Sobre seis chicos malos que se convirtieron en cerdos.

—Bueno, seguramente eso les enseñó bien la lección. ¿Qué hicieron para que los transformaran en chanchos?

—Ah, ya sabe, lo de siempre... No le hicieron caso a su mamá, no cumplieron con sus tareas, jugaban a la pelota todo el tiempo. Así que las madres cocinaron algo muy feo para darles una lección. ¿Vio esas pelotas de cuero que usamos para jugar con el palo?

—Cash me mostró una. Estaba toda abollada y se le salía el pelo por los costados.

—Eso mismo. Pelo de animales. Las madres cocinaron un guiso con eso y se lo dieron a los chicos cuando volvieron a almorzar. A los chicos les dio asco. Dijeron: "¡Esto es comida de chanchos!". Y las madres dijeron: "Bueno, entonces seguramente ustedes son chanchos." Los chicos se levantaron de la mesa y fueron al lugar donde se hacen las ceremonias y corrieron en círculos alrededor del fuego, gritando. Las madres corrieron tras ellos, dispuestas a perdonarlos, a olvidarse del asunto, pero ahí, frente a sus ojos, los chicos empezaron a transformarse en cerdos.

—Dios —dice Alice, ansiosa—. Eso sí que es feo.

—Claro que sí. Las madres trataron de atrapar a sus hijos por la cola y rogaron a los espíritus que los trajeran de vuelta, pero era demasiado tarde. Los chanchos corrían tan rápido que pronto fueron casi un borrón de luz y empezaron a elevarse hacia el cielo. Los espíritus los pusieron allí para siempre. Para recordar a los padres que deben amar a sus hijos no importa lo que hagan, supongo, y dejarles libertad para ser quienes son, darles un poco de soga.

Alice levanta la vista hacia el cielo un rato largo.

—Juro que son siete —dice.

El búho vuelve a chillar, esta vez más cerca.

—Tal vez —dice Annawake—. Los Seis Cerdos en el Cielo y la única madre que no soltó al suyo.

31

MANZANAS
DE GALLINA

En el camino, allá adelante, hay una mulita muerta acostada con las cuatro patas señalando directo al cielo. La curva dura, expectante del cuerpo hace que Taylor piense en un oso de peluche, abandonado ahí de espaldas sobre la ruta. Busca los anteojos oscuros en la guantera para que Tortuga no le vea los ojos.

Alice está manejando con ella, en el asiento de adelante, porque conoce los caminos. Tortuga se acostumbró al asiento delantero en el largo viaje desde el Noroeste y se ha marcado un territorio entre su madre y su abuela. Se negó totalmente a irse atrás cuando Taylor se lo sugirió. Hace un rato, Taylor le confió a Alice que Tortuga parece haber entrado en una fase nueva y desconcertante: ahora siempre quiere salirse con la suya. Alice contestó: "Ya era tiempo."

—Ahí tenías que doblar. Te perdiste —dice Alice.

—Bueno, genial, mamá. ¿Por qué no me dejaste seguir unos dos o tres kilómetros más antes de decírmelo?

Alice se queda callada mientras Taylor gira el volante, brazo sobre brazo, exagerando el esfuerzo que necesita para hacer que el Dodge dé una vuelta sobre sí mismo. Taylor no aguanta los momentos en que ella y su madre se llevan mal. Las tres están sentadas mirando hacia adelante por la carretera a Muskogee, desgarradas, sin idea de adónde va la familia.

Alice habla de nuevo, esta vez antes de que aparezca el lugar donde hay que doblar.

—Esa señal de STOP ahí adelante. Entras en el estacionamiento que viene después. La oficina está al lado de una peluquería, dice Turnbo Leyes, o algo así en la puerta.

Taylor se detiene en un restorán de comida rápida antes del semáforo.

—Voy a dejarlas a ustedes aquí, ¿eh? Necesito hablar con ella primero. Si quieren, pueden tomar algo y jugar, y venir a la oficina en un cuarto de hora. ¿Te parece bien, Tortuga?

—Sí.

—Nada de batidos con leche, mamá. Tortuga es alérgica a la lactosa.

—¿Que Tortuga es qué?

—No puede tomar leche.

—Es porque soy india —dice Tortuga con satisfacción.

—Bueno, bueno. . . —dice Alice, ayudándola a salir del auto, cariñosa y solícita como siempre, desde que las dos llegaron a Oklahoma. Se comportan las dos como ladronas, piensa Taylor.

—Quince minutos, ¿eh, mamá?

—Sí, sí. Hasta luego. —Alice se detiene un momento antes de cerrar la puerta de un golpe. Se inclina sobre la ventanilla para decirle a Taylor—: Todas estamos nerviosas, querida. Pero tienes que saber que estoy contigo. Nunca dejaste que se te escapara nada de lo que querías. Sé que puedes.

Taylor empuja los anteojos por encima de la frente y se limpia los ojos, inundados de lágrimas, de pronto.

—¿Tienes pañuelos de papel?

Alice sacude un puñado de papeles celestes que saca de la cartera.

—Ahí van. Para el camino.

—Mamá, eres lo mejor que hay.

—No, te parece porque eres mi hija. —Alice se estira y aprieta el hombro de Taylor, luego se levanta. Tortuga ya está lejos, las colitas al aire mientras corre hacia la caja transparente del restorán. Taylor respira hondo y recorre las dos últimas cuadras que le faltan para llegar a su destino.

Encuentra el estudio de abogacía en la fila de frentes comerciales, entre una inmobiliaria y un lugar que se llama Peluquería de Killie. Parece desierto pero cuando golpea la puerta de vidrio, aparece Annawake detrás del brillo. La puerta se abre bruscamente. La cara de Annawake es un libro abierto de nervios al desnudo y tiene el pelo diferente, como una falda negra que se le sacude alrededor de la frente.

—Me alegro de que viniera —dice, mientras estudia el estacionamiento durante un rato hasta que ve el Dodge, desierto.

—Enseguida viene —dice Taylor—. La dejé con mamá en un restaurante para poder charlar sobre algunos temas primero.

—Está bien, no hay problema, adelante. Taylor, él es Cash Aguaquieta.

Taylor tiene que mirar dos veces para ver al hombre del rincón, sentado bajo el gomero. Las botas muy usadas, en punta, están plantadas sobre el suelo y los hombros se inclinan tanto que parece como caído, casi una planta él mismo, una planta que necesita más luz.

—Taylor Greer —dice ella con amabilidad urgente y nada sincera, tendiéndole la mano. El se inclina hacia adelante y la busca en la mitad del camino, luego vuelve a dejarse caer en su silla como una bolsa de papas. Su cara oscura parece metida en sí misma por timidez o por dolor, detrás de los anteojos de borde dorado.

Taylor se sienta en una de las sillas de cromo y Annawake se aclara la garganta.

—Cash nos pidió que lo ayudáramos a encontrar a su nieta, Lacey Aguaquieta. Supongo que Alice ya se lo contó.

—Mamá dijo que tal vez había un pariente. No sé cómo puede probar algo como eso.

—Bueno, están los análisis de sangre. Pero no creo que tengamos que llegar a eso en este punto. Cash quiere que yo le dé a usted la información que él tiene sobre el caso. Su nieta tendría seis años, siete en abril. Cuando la hija mayor de Cash, su madre, murió en un accidente de auto, dejaron a la nieta bajo la custodia de la hija menor, una alcohólica. La niña fue a parar a manos de una desconocida en un bar al norte de la ciudad de

Oklahoma, hace tres años, en noviembre. Tenemos razones para creer que la desconocida puede haber sido usted.

—No puedo decir nada sobre eso —dice Taylor.

—No tenemos nada en su contra. Pero sea quien sea su hija, aunque no fuera la nieta de Cash, la adopción es ilegal. Usted no conocía la ley y yo no la hago responsable de esto. Estoy furiosa contra los profesionales que le dieron malos consejos porque han causado muchos problemas para todos.

Taylor está tan lejos en el dolor que podría reírse en voz alta. Tiene miedo de que se le pare el corazón en este mismo instante.

—¿Por qué no lo dice así terminamos con esto? ¿Tengo que entregarla o qué?

Annawake está sentada con la espalda hacia la ventana y cuando se pone el pelo detrás de las orejas, las tiene rosadas como las de un conejo.

—No es un simple sí o no. Primero, si ella es cheroque, el destino de la niña entra dentro de la jurisdicción de la tribu. La tribu podría decidir cualquiera de las dos cosas: permitir que usted se quede con ella o volverla a poner en nuestra custodia. El precedente importante aquí es un caso que se llama Banda Mississippi de los Choctaw contra Holyfield. Le voy a leer lo que dijo la Corte Suprema.

Levanta los anteojos y un documento grueso y sellado del escritorio, y lo hojea, volviéndolo de costado de tanto en tanto para leer las anotaciones de los márgenes.

—La Suprema Corte de los Estados Unidos no decidirá si el trauma de separar a estos niños de su familia adoptiva, con la que han vivido tres años, debe pesar más que los intereses de la tribu, y tal vez los de los niños mismos, en cuanto a que se los críe dentro de la comunidad tribal; en lugar de eso, la Corte prefiere transferir a la experiencia, sabiduría y compasión de la corte tribal la responsabilidad de encontrar el remedio apropiado.

—Y ¿qué dice la voz de la sabiduría y la compasión? —dice Taylor, tratando de no mirar al hombre silencioso que espera bajo el gomero.

—No lo sé. Yo no soy esa voz. El que tiene la última palabra es el Servicio de Bienestar Social para la Infancia. Pueden dar el permiso necesario para que se adopte un chico fuera de la tribu o pueden negarlo.

Suponiendo que estamos dentro de la jurisdicción que corresponde. Cuando tengamos todos los hechos, voy a hacerle una recomendación a Andy Cinturón de Lluvia en Bienestar Social para la Infancia y él va a tomar la decisión.

—¿Puedo hablar con él?

—Claro. El pensaba verla esta tarde. Y yo estoy de acuerdo con no hacer mis recomendaciones hasta que haya oído lo que usted tenga que decirme.

Taylor se da cuenta de que es la única blanca en ese lugar. Desde que llegó a Oklahoma, siente el color de su piel como una especie de calor perceptible que le sube por el cuerpo, algo así como una lamparita que han dejado encendida sin querer en una habitación llena de gente que tal vez no está de acuerdo. Se pregunta si Tortuga siempre lo sintió de esa forma en un mundo de gente de piel más clara.

—¿Señor? —Taylor le habla al hombre, al señor Aguaquieta.

El se inclina un poco hacia adelante.

—¿Cómo era su nieta?

El cruza un tobillo sobre la rodilla, se mira la mano.

—No sabría decirle. Era chiquita. Yo y mi esposa la cuidamos mucho entonces. Diría que era una buena bebé. Inteligente y movediza como una abeja. Y callada.

—¿Hablaba?

—Bueno, empezó a hablar, sí. Decía "mam-mam", así llamaba a su abuela. Palabras de bebita, ya sabe. —Se le iluminan los ojos detrás de los anteojos. —Una vez dijo "manzana de gallina". Yo llamaba así a los huevos, para divertirla, cuando jugábamos en la cocina. Y una mañana, la tenía conmigo en el patio. Una de las gallinas estaba escondiendo el nido y yo lo estaba buscando y ella se arrastró por el campo de porotos y se metió entre las plantas y ahí gritó con todas sus fuerzas: "¡Manzana de gallina!" Clarísimo. —Se limpia el costado del ojo—. Mi esposa no quería creerme, pero es cierto.

Taylor y Annawake tratan de no mirarse.

—Después, cuando su mamá murió, me parece que dejó de hablar. Claro, yo no la veía mucho entonces. Se fue a vivir con mi otra hija y un tipo joven en Tulsa.

Taylor se muerde el labio y después pregunta:

—¿Fue al funeral de su madre?

El la mira fijo un rato.

—Todo el mundo va a los funerales. Es nuestra costumbre. Los funerales son en el mismo lugar en que se hacen los bailes rituales y después, vamos al entierro.

—¿Tiene fotos?

—¿De qué? ¿Del funeral?

—No. De la niña.

El se dobla hacia adelante como una navaja plegable y desliza la mano en el bolsillo para sacar una billetera marrón, toda curvada. La manosea un segundo como a un libro favorito, se detiene, y muestra una fotografía diminuta, de bordes desparejos. Taylor la toma con miedo. Pero no hay nada de Tortuga en ella. Es sólo una niñita oscura, los rasgos retorcidos de confusión. La cabeza está vuelta hacia un lado y el puñito arrugado contiene más desafío del que haya manejado Tortuga en toda su vida. Hasta la semana pasada.

—Esta es su madre, mi hija Alma. Primer día de escuela. —El hombre se estira tendiéndole otra foto chiquita. Ella la toma entre las manos.

Hace un ruido bajo con la garganta, una especie de gritito. Es una niña en botas de montar y vestido escocés con un cuello a lo Peter Pan, de pie, alta y delgada sobre un escalón que sube hacia una galería, los hombros cuadrados. Las cejas le cuelgan en un signo de pregunta ansioso sobre la frente. Es Tortuga.

Taylor sostiene la fotografía por una esquina y desvía la vista. Siente que tal vez deje de existir en los próximos minutos. La foto ya no está en sus dedos pero ella no mira cómo la guarda el señor Aguaquieta.

Dice:

—La niña que estuve criando me llegó cuando tenía unos tres años. La habían lastimado mucho. La noche que la conocí tenía golpes en todo el cuerpo. Esa es la razón por la que me quedé con ella. ¿Realmente cree que tendría que haberla devuelto? Más tarde, cuando la llevé a un médico, me dijeron que le habían quebrado los brazos. Tardó casi un año en hablar o mirar a la gente de frente o jugar como otros chicos. Y habían abusado de ella. Sexualmente.

El señor Aguaquieta habla con la voz más baja posible; le habla a sus botas.

—Yo tenía un miedo de muerte cuando se la llevaron a Tulsa. Ese chico siempre golpeó a mi hija. Ella fue a parar dos veces al hospital con la mandíbula rota. —Se aclara la garganta—. Debería haber ido a buscarla y traérmela. Pero mi esposa ya se había muerto y yo no tenía el sentido común que hacía falta. Debería haber ido, sí. Es mi culpa.

Hay un silencio muy largo y después cae una hoja amarilla de las ramas del gomero. Los tres la miran fijamente.

—Yo también le fallé —dice Taylor—. En varios sentidos. Le hice tomar leche y debería haberme dado cuenta de que era eso lo que la estaba enfermando. —Sigue mirando el rulo de la hoja en el suelo, la hoja que ya no está prendida de la rama—. Desde que empezó todo esto, vivimos en el límite, con lo poco que yo podía darle. Tuve que dejarla sola en el auto porque no podía pagar una niñera. No teníamos dinero ni a nadie en quien apoyarnos. —Taylor se pone tensa y suelta un poco el tejido apretado y azul que tiene en la mano—. Por eso vine. Tortuga necesita lo mejor del mundo después de lo que tuvo que soportar y yo me estoy sintiendo mala como madre. —Se le quiebra la voz y cruza los brazos sobre el estómago como si ya sintiera el golpe. La vida sin Tortuga. Imposible. Sin amor, sin esperanza, sin luz. Como la mujer ciega, ella también va a olvidar los colores.

Siente que los ojos de Annawake están sobre ella, muy abiertos pero sin palabras.

Cuando su propia voz vuelve a ella, casi no la reconoce; tampoco reconoce lo que va a decir.

—Tortuga se merece mucho más de lo que tiene, sí. Yo la quiero más de lo que puedo expresar, pero eso no es suficiente si no puedo darle algo mejor. No tengo respaldo. No quiero seguir escondiéndome y separándola de la gente. Eso la está lastimando.

Taylor y Annawake se miran como dos animales sorprendidos por sus propios reflejos.

De pronto, dos sombras en la puerta, una alta y una baja. Annawake salta para dejarlas entrar. Tortuga está tan cerca de las rodillas de Alice que se golpean como en una carrera de tres piernas. Tiene los ojos redondos y no deja de mirar al hombre del rincón.

—Tortuga, quiero que conozcas a alguien —dice Taylor a través de la ronquera que hay en su garganta.

Tortuga da medio paso desde detrás de Alice y mira con los ojos muy abiertos. De pronto, levanta los brazos hacia Cash como un bebé que quiere que lo alcen hasta las nubes. Pregunta:

—¿Pap-pap?

Cash se saca los anteojos y deja caer la cara entre las manos.

32

LA SERPIENTE
UK'TEN

—¿Y de dónde sacaron un nombre tan remilgado como Lacey?

—No sé —le dice Cash a Alice, con las manos en el volante y los ojos bien entrenados, adelante—. Fue idea de Alma. Creo que le gustaba esa serie de TV, la de las mujeres policía. Lacey y no me acuerdo quién.

—Ah, por favor, eso sí que es el colmo. . . —Alice se sacude en el asiento y deja de mirarlo. Tuvo que volver con Cash porque Taylor y Tortuga tenían que ir al Cuartel General Cheroque a ver al hombre del Servicio de Bienestar Social para la Infancia. Annawake dijo que se le había roto el auto y que estaba esperando que su hermano viniera a buscarla. Así que Cash era el único que quedaba. Ahora piensa que debería haber ido caminando.

—Está tan grande —dice Cash—. Y me doy cuenta de cómo es nada más verla. Es del tipo de las que se guardan todo, como su madre.

Pasan junto a campos de heno cosechado y enrollado para el invierno en cubos que parecen enormes colchones de paja. Hay un granero en el medio del campo, tan inclinado hacia el este que parece desafiar la gravedad.

—¿Vas a registrarte o no? ¿Vas a anotarte para votar? —le pregunta él.

—No estaría mal —declara Alice a las granjas que pasan—. Para que me arreglen el techo.

—No empieces con eso de que los indios viven de las dádivas del Bienestar Social.

—No iba a decir eso.

—Bueno, me parece bien. Mi pueblo tenía mansiones en Georgia. Los blancos las quemaron todas y ellos tuvieron que venirse aquí donde no había nada más que rocas y víboras venenosas. —La voz de Cash se eleva hasta alcanzar el registro de un tenor en la iglesia.

—No puedo creerlo. Involucrarme con una familia que le pone nombres de la televisión a sus hijos. . . —exclama Alice con la misma fuerza—. Kitty Carlisle en la cocina. Puedes quedarte con tu Kitty Carlisle por lo que me importa. Ya tuve un esposo enamorado de la televisión. ¡Otra como ése no, gracias!

—¿Quién te pidió nada?

—Bueno, ni se ocurra pedirme lo que sea. No quiero hacerte perder el tiempo. . .

Apesar de la furia y el dolor, Alice siente que algo duro se rompe dentro de ella. La gratifica profundamente esto de estar gritándole a alguien que presta la atención necesaria para contestarle a los gritos.

Las Oficinas de la Tribu están junto a la carretera en un edificio simple y moderno de ladrillos y cemento con arbustos abrazando los caminos. Taylor esperaba algo más tribal aunque no sabe muy bien qué.

Tortuga se le aferra de la mano mientras caminan por la vereda buscando la entrada correcta.

—¿Te acuerdas de tu abuelo, no? —pregunta Taylor, que habla para mantener a raya el terror.

Tortuga se encoge de hombros.

—No sé.

—Me parece bien que te acuerdes. Puedes decírmelo.

—Sí.

—¿Y qué más te acuerdas?

—Nada.

—¿De tu primera mamá?

Tortuga vuelve a encogerse de hombros.

—El es el bueno. Pap-pap. No es el malo.

—¿Te acuerdas del hombre que te lastimó?

—Creo que sí.

—Eso es bueno, Tortuga, en serio. Quiero que te acuerdes. Tienes que acordarte para poder sacarlo de tu vida.

Los zapatos de las dos hacen sonidos suaves, pegajosos, sobre la vereda tibia. Tortuga camina a pasos largos para evitar las grietas. El edificio tiene más o menos un kilómetro de largo, con una entrada para casi todas las categorías de problemas humanos. Salud. Cuidado. Desarrollo Económico. Taylor no consigue creer que las cosas hayan salido así. Hace años que espera la revelación que acaba de llegarle a Tortuga y ahora acaba de pasar, ahora, mientras caminan medio distraídas entre una línea de cercos de enebro y la carretera a Muskogee.

Por fin encuentran Bienestar Social para la Infancia. Adentro, el edificio está alfombrado y parece más amistoso. Hay recepcionistas sentadas frente a escritorios circulares en los anchos corredores y fotos de los miembros del Consejo Tribal en la pared, algunos con sombreros de vaquero. Cuando Taylor pregunta dónde queda la oficina de Andy Cinturón de Lluvia, la recepcionista se levanta y la guía. Tiene zapatos de taco bajo y una actitud de ama de casa amable.

—Es ésta. Si la estaba esperando, supongo que llegará en cualquier momento. Tal vez se atrasó con otra cita.

—De acuerdo, gracias. Lo esperamos.

Pero antes de terminar de sentarse, escuchan a la recepcionista saludando a Andy en el vestíbulo. El se agacha en el umbral, sonriendo, alto, con colita de caballo atrás, vestido como un hombre de rodeo pero limpio, en vaqueros y botas. A Taylor eso le parece bien. Prefiere mil veces montar toros salvajes que tener una entrevista con un asistente social.

—Hola, soy Andy. Encantado de conocerlas, señora Greer, Tortuga. —

El apretón de manos está puntuado por un gran anillo de turquesa en el dedo índice. Cuando se sientan, Tortuga se sube a la falda de Taylor y Taylor la abraza, tratando de no parecer tan desequilibrada como se siente.

El se inclina hacia adelante sobre los codos y mira a Tortuga durante un rato, sin decir nada. Sonríe todo el tiempo hasta que ella deja de mirar el suelo, la manija de la puerta y el techo y lo espía, directamente a los ojos. Andy Cinturón de Lluvia tiene ojos amables, profundos bajo cejas arqueadas.

—Cuéntame algo sobre tu familia, Tortuga.

—No tengo familia.

Taylor quisiera haberse muerto hace rato. Lo desea con todas sus fuerzas.

—Bueno, ¿con quién vives entonces?

—Vivo con mi mamá. Y tengo una abuela. Y antes tenía a Jax, cuando vivíamos en una buena casa.

—A mí eso me suena a una familia.

—Y a Barbie. Ella vivía con nosotros. Barbie y toda su ropa.

—¿Barbie es una persona real o una muñeca?

Tortuga mira a Taylor, que está a punto de reírse a pesar de lo doloroso de las circunstancias.

—Las dos —contesta Taylor—. Era una amiga. Digamos que de las que sólo piensan en la ropa.

—¿Qué haces para divertirte en casa? —pregunta Andy.

—A veces Barbie jugaba conmigo cuando mamá estaba trabajando —explica Tortuga —. Hacíamos cosas. Ropa. Siempre comía maíz inflado y después iba y vomitaba en el baño.

—¿Qué? ¿En serio hacía eso? —Taylor siente que acaban de tenderle una emboscada —. No sabía nada. ¿Vomitaba *cada vez* que comía?

—Creo que sí.

—¡Así que ése era el secreto! —Taylor mira a Andy Cinturón de Lluvia y se siente como si ella también fuera a vomitar. —Supongo que le parecemos una familia muy rara.

—Todas las familias son raras —dice él —. Mi trabajo es ver cuáles son buenos lugares para los chicos.

—Barbie ya salió de nuestras vidas, para siempre. Sé que suena feo que

Tortuga estuviera expuesta a eso. No sé qué decirle. Ella me la cuidaba mientras yo trataba de conseguir un trabajo mejor. Pero se fue.

—Y se llevó la plata —agrega Tortuga, para ayudar—. El tipo que atrapa los gansos tuvo que sacarnos la luz porque no pagábamos.

Taylor sabe que su cara debe parecerse a la de una vaca que entiende el concepto del matadero.

—Yo trabajaba todo el día —explica—. Pero no me alcanzaba. No sé por qué. Probablemente a ella le cuesta acordarse pero antes de que pasara todo esto, teníamos una vida hermosa.

Andy parece muy paciente.

—Escuche. Me dicen de todo en esta oficina. No estoy juzgándola por lo que dice. Para ser sincero, lo que hago es mirar, sobre todo. Lo que veo es a esa niñita sentada en su falda, y me parece que está bastante satisfecha en ese lugar.

Taylor la aprieta tanto que siente los latidos de su propio corazón contra la columna delgada, nudosa de Tortuga.

—Es muy duro para ella separarse de mí. Quiero decirle eso, para su ficha.

—Entiendo —dice él.

—No creo que entienda. Quiero decir que es terrible. No es como con otros chicos. A veces, si cree que estoy enojada con ella, Tortuga se queda en la bañera con una manta encima durante horas y horas. —Aprieta a Tortuga más fuerte entre sus brazos—. Pasó por cosas muy feas cuando era bebé, antes de estar conmigo. Todavía estamos tratando de recuperar el tiempo perdido.

—¿Es cierto, Tortuga?

Tortuga se queda callada. Taylor espera alguna otra revelación espantosa hasta que se da cuenta de que tal vez su hija se esté sofocando. Afloja un poco los brazos y Tortuga respira.

—Sí —dice—. El malo no era Pap-pap.

—Acaba de conocer al señor Aguaquieta. Quiero decir, acaba de volver a verlo. Su abuelo. Supongo que empezó a acordarse de cuando era chiquita.

Andy tiene una forma distinta de mirar a Tortuga a los ojos, una forma que no la asusta. Taylor está atónita. Un gigante que puede hacerse pequeño.

—Te iba mal entonces, ¿eh?

—No sé.

—Acordarse está bien. Aunque a veces asusta, ¿no?

Tortuga se encoge de hombros.

—Pero nadie va a lastimarte ahora.

Taylor cierra los ojos y ve estrellas. Espera que todas escuchen su deseo. Desearía con todas sus fuerzas que Andy Cinturón de Lluvia pudiera cumplir esa promesa.

Más tarde, esa tarde, Taylor y Alice caminan por el hombro de tierra de la ruta que sale de El Cielo. Tortuga volvió a casa de Azúcar y cayó en un sueño profundo pero Taylor necesitaba salir de la casa.

—Lamento que hayas roto con tu nuevo novio —le dice a Alice.

—Dios, qué teleteatro —declara Alice—. Todos esos peces nadando ahí afuera y yo tengo que pescarme al único que es pariente de Tortuga.

—No fue mala suerte, mamá. Fue una trampa.

—Bueno, pero yo no tenía por qué estar tan disponible, ¿no te parece? ¿Y encima emparentado con Azúcar?

—Si te quedas escuchando lo que dice Azúcar durante más de un minuto, te das cuenta de que según ella, está emparentada con todo el mundo desde aquí hasta la frontera de Arkansas. Si todos ellos querían que ustedes dos salieran juntos, iba a pasar tarde o temprano.

—Sí, tal vez. Pero no tengo más remedio que decir que no hay nadie con peor suerte que la mía para los hombres.

—No pienso discutir. —Taylor ha empezado a cortar unas flores que tienen algo así como ojos negros del costado del camino.

—La verdad es que la culpa es mía. No aguanto a una persona que no sea capaz de cambiar por mí. Y ésa es la definición de hombre: alguien que no puede cambiar por una. Te apuesto lo que quieras a que es lo que dice el diccionario.

Taylor le da a su madre un ramo de flores entre anaranjadas y amarillas y empieza a recoger otras.

—Es la desgracia de la familia —dice Alice—. Y te la cedí toda entera. La heredaste.

—Llamé a Jax —dice Taylor, sintiéndose algo culpable.

—Bueno, amor, me parece bien. Creo que ese chico es de lo mejor. ¿En qué anda?

—Se le está deshaciendo la banda. El primer guitarrista se fue, pero consiguieron un violín eléctrico. Como que van en una nueva dirección, dice. Está tratando de inventarse un nuevo nombre con algo de country. Vaqueros del Renacimiento, o algo así.

—Bueno, me parece mucho mejor que los Bebés Irritados.

—Bebés Irascibles.

—¿Y qué quiere decir irascible?

—Irritados, creo.

—Así lo dije bien, en el fondo.

—Sí, claro.

—¿Y ya lo perdonaste por irse a la cama con como se llame? ¿Esa chica, la dueña de las casas?

—Mamá, le había dado permiso para hacer lo que quisiera. Cuando me fui en junio, le dije que no éramos. . . bueno, que no éramos nada a largo plazo. No creo que tenga derecho a culparlo.

Pasa una camioneta pintada con algo que parece cal, baja la velocidad y vuelve a acelerar cuando el que maneja no reconoce a las dos mujeres cargadas de flores.

—Mamá, decidí algo con respecto a Jax. Lo extrañé todo el verano. No sé si vamos a quedarnos con Tortuga o no, pero sea como sea, decidí que voy a empezar a pensar en nosotros como en algo más permanente.

—No me suena demasiado definitivo.

—Pero es. Quiero decir, quiero que *seamos* algo a largo plazo. Se puso muy contento cuando se lo dije. Quiere que nos casemos. No sé si *casarse* es el punto, en realidad, pero ya me entiendes. . .

—¡Pero Taylor, eso es fabuloso! —exclama Alice, que parece lista para admitir que esta vez se equivoca con respecto a los hombres—. Ta, tan, ta, tan —canta, en el tono de la Marcha Nupcial, y ata los extremos de las flores para hacer una corona. Cuando la termina, la levanta en las dos manos como una canastita y la pone sobre el cabello oscuro de Taylor—. Ahí está, lista.

—Mamá, me estás haciendo sentir incómoda —dice Taylor, pero deja las flores donde están.

—¿Qué te hizo cambiar de opinión?

Taylor usa el ramo como una cola de caballo, para espantar los mosquitos.

—Cuando el asistente social le preguntó a Tortuga sobre su familia, ¿sabes qué le dijo ella? Dijo que no tenía familia.

—¡No es justo! Estaba confundida.

—Cierto. Y está confundida porque yo estoy confundida. *Realmente* pienso en Jax y en Lou Ann y en Dwayne Ray y por supuesto en ti y en Mattie, mi jefa en el negocio de neumáticos, en toda esa gente, como en mi familia. Pero cuando no le das un nombre exacto a las cosas, estás aceptando el hecho de que todos pueden irse cuando quieran.

—Se van de todos modos —dice Alice—. Mis maridos se fueron como caballos que se escapan de un incendio.

—Pero eso no quiere decir que tengas que aceptarlo —insiste Taylor —. Eso es la familia: la gente a la que una no quiere dejar ir por nada del mundo.

—Tal vez.

—Como. . . mira al señor Aguaquieta, por ejemplo. Cash. Sigue amando a Tortuga después de todo este tiempo. Odio admitirlo, y no te digo que creo que él debería quedarse con ella. Tortuga es mía ahora. Pero él no acepta el hecho de que ella se fue. Eso es evidente.

Alice vio todo eso en Cash. Lo vio mucho antes de saber qué era. Un hombre que es capaz de cambiar.

Taylor termina de tejer un círculo con sus flores y corona a su madre con él. Alice busca bien abajo, dentro de sí misma y ve una imagen dramática.

—Siempre madrina, nunca novia.

Una hilera de autos cruje sobre el ripio, todos detrás de un viejo camión que ya casi ni se arrastra. Los conductores las miran, uno por uno, a medida que pasan.

—¿Dónde está ese rótulo? —pregunta Taylor.

—¿Qué rótulo?

—El que salió en esa revista, ¿te acuerdas? Con Azúcar, cuando era joven. . . Me lo mostraste unas doscientas veces.

—El cartel que dice bienvenido a el cielo. —Alice se queda en silencio, pensando. —No lo vi, ¿sabes?

—Tal vez esto no es El Cielo —dice Taylor—. Tal vez nos equivocamos de lugar y nada de esto está pasando en realidad.

—No, no, es El Cielo, te lo aseguro. Está en la guía telefónica.

—Bueno, deberían tener el cartel. Ojalá pudiéramos posar enfrente. Tal vez venga alguien a sacarnos una foto.

—Me pregunto si lo sacaron. Voy a tener que preguntarle a Azúcar. Supongo que lo sacaron, tiene que ser eso.

—¿Querrá decir que los que venimos ya no somos bienvenidos? —pregunta Taylor.

Dos autos más y esta vez Alice y Taylor sonríen como dos postulantes a Miss Estados Unidos.

Alice dice:

—Supongo que nos vamos a quedar hasta que nos echen del pueblo.

Un pez salta en el río. Annawake mira el anillo de agua perturbada que dejó detrás.

—Tío Anzuelo, dime qué tengo que hacer —dice.

Anzuelo está en su silla acolchada sobre la galería del bote, fumando en su pipa. Annawake da vueltas sobre las planchas en el silencio de sus mocasines.

—Antes no me dejabas decirte qué hacer —dice él a través de los labios cerrados mientras sigue chupando el extremo de la pipa—. ¿Por qué vas a empezar ahora?

—Antes siempre sabía lo que estaba haciendo.

—Si hubieras sabido lo que hacías, no estarías tan estancada ahora.

Ella se sienta en cubierta, después se acuesta, mirando el cielo.

—¿Alguna vez te dije que cuando te cortas el pelo así, pareces una gallina mojada?

—Estaba llorando a Gabriel. Pensé que alguien tenía que hacerlo.

—Si quieres hacer algo por Gabe, habla con él.

—Gabe está Leavenworth.[31]

—¿Y qué? ¿No permiten llamadas de teléfono?

Annawake levanta la vista, asustada. Su tío lo está diciendo en serio.

—No sé. Sí, supongo que sí. . .

—Bueno, entonces llámalo. O ve a verlo. Dile que lo extrañas. Organiza una huida en masa y tráelo de vuelta.

Annawake siente que algo como una piedra redonda cambia de lugar dentro de su cuerpo, se ubica en una posición nueva, más sólida.

—Supongo que podría, sí. . .

—Claro que puedes. Si tienes algo que resolver, hazlo. No te desquites con el resto del mundo tratando de parecer una gallina.

—Muchas gracias. Todos dicen que soy linda.

—Ya no tienes el mismo respeto que antes por tu tío, Annawake.

Elal se sienta, pero ve la luz en los ojos de él y sabe que puede acostarse otra vez.

—Cuéntame una historia —le dice—. Sobre una niñita perdida cuya madre está dispuesta a entregarla con tal de no seguir peleando contra Annawake Matacuatro.

—Te voy a decir algo. —El se reclina contra la silla, que hace tiempo, antes de veinte veranos de lluvia y de sol, fue de encaje verde—. Es una historia que habla sobre chicos perdidos en voz baja —dice. Annawake se levanta un poco. El ha empezado a hablar en cheroque y ella tiene que sentarse para seguirlo. —Dicen que hace mucho tiempo había un chico reclamado por dos madres. Llevaron el chico a los Superiores. Llegaron a ellos con grandes gritos y quejas: las dos decían que el chico era de su clan. La madre de las praderas trajo maíz y la madre de las colinas trajo tabaco; las dos esperaban endulzar así los pensamientos de los Superiores cuando tomaran su decisión.

Anzuelo deja de hablar y se limita a mirar el cielo durante un tiempo. Tiene las piernas abiertas, olvidadas, y la pipa la cuelga en la mano, con un hilito de humo detrás como recordatorio amistoso.

De pronto, sigue adelante:

—Cuando los Superiores hablaron, dijeron vamos a enviar a la serpiente Uk'ten.

Annawake se inclina hacia adelante con los brazos alrededor de las rodillas, entrecierra los ojos para escuchar. Le gustaría tener sus anteojos. Entiende cheroque mejor con los anteojos puestos.

—Vamos a enviar a la serpiente Uk'ten a cortar al chico en dos y así cada una se podrá llevar una parte.

—Espera un momento. . . —dice Annawake.

—La madre de la pradera aceptó enseguida. Pero la madre del clan de las colinas dijo que no, que ella entregaría su mitad al clan de las praderas, con tal de que el chico siguiera vivo. Y así, los Superiores supieron cuál de las dos amaba más al pequeño.

Annawake se saca un mocasín y lo tira directo contra su tío. Le da justo en el medio del pecho. Se saca el otro y apunta a la cabeza. Falla por menos de un centímetro. A propósito.

—¿Qué? ¿No te gusta mi historia? —El se sienta más derecho y cruza las manos sobre el pecho.

—Buena historia cheroque. . . Eso es del Rey Salomón, de la Biblia, tío. . .

—Ah, bueno, sabía que la había leído en alguna parte —dice él mientras busca fósforos en el bolsillo para volver a encender la pipa.

—Es una historia *yonega* —dice ella.

—¿En serio? ¿Un *yonega* escribió la Biblia? Siempre tuve dudas al respecto. No dice nada en la tapa. "La Biblia, de fulano o mengano. . ."

—No sé. Tal vez no era un *yonega*. Creo que fue un grupo de personas que vivía en el desierto, de la pesca.

—Si vivían en el desierto y pescaban, creo que vale la pena escucharlos.

—Dame mis zapatos.

El se inclina para recoger el que le pasó por encima del hombro, y le tira los dos. Annawake se los pone sobre los pies descalzos.

—Tengo que ir al Consejo y dar mis recomendaciones en media hora. Y no me dijiste nada.

—Nada de nada.

—Excepto que no tengo ganas de saltar en dos patas cuando pienso en la idea de ver a una bebé cortada en dos. Y eso es lo que va a pasar, de una forma o de otra.

—¿Te puedo decir algo, cabeza caliente?

—¿Qué?

—Hay algo más que te crece debajo del pelo, creo yo.

—¿Y qué es?

—Sentido común. Antes lo único que querías era ganar.

—Eso fue lo que me enseñaron en la universidad *yonega*.

—Tal vez. Porque claro que antes de la universidad no eras así para nada. Nunca te vi empujar a tus hermanos para darle mejor al pez en el juego de pelota.

—De acuerdo, tío, de acuerdo pero si me conocías tan bien, no deberías haberme dejado ir a la universidad. Si sabías que iba a hacer surgir el peor lado de mi naturaleza. . .

—Si tienes un caballo competitivo y brioso; no lo atas detrás de un arado: lo llevas a correr carreras.

Annawake se levanta, se sacude el polvo de las rodillas y después sacude el asiento.

—¿Qué sabes tú de caballos? Eres cheroque, no un sioux rodeado de plumas y gritos de guerra.

—Sé bastante de caballos. Sé que hace falta uno con un buen corazón.

—Oigo el camión de Dellon en el camino. Me va a llevar a Cuarteles. Mejor me voy.

—Tú tienes un buen corazón, Annawake. Corre con él. Toda tu vida tuviste miedo de ti misma. —Ahora la está mirando directo a los ojos. No a través de ella, o más allá, como hace la mayoría de la gente, a la muñeca de papel que es Annawake Matacuatro, sino *dentro* de ella.

Ella se pone de pie con la boca abierta, esperando una palabra. No sale nada. Después dice:

—¿Cómo sabías eso?

Anzuelo parece totalmente concentrado en su pipa.

—Me lo contó un pajarito.

Dellon está esperando sin hacer nada y con la radio encendida. La apaga cuando llega ella.

—¿Anzuelo sopló algo de humo y te bendijo para la cacería?

—Sopló humo, eso sí. Me pone nerviosa, me insulta. La gente no debería ser tan inteligente.

—Sí, bueno, Annawake. Eso es lo que dice de ti mucha gente. —Dell pone los ojos en blanco—. No sé quiénes claro.

—Si de veras tengo tanta inteligencia, ¿por qué soy tan desgraciada?

En la radio, la voz cascada de Randy Travis se hunde hasta el sótano por alguien que hace mucho que se fue.

—Lo que necesitas es un hombre. Ese es el único problema —dice Dellon.

Annawake respira con fuerza.

—Ya tuve hombres como para siete vidas juntas, en serio. Piénsalo,

Dell, crecer con todos ustedes y papá y el tío Anzuelo. ¡Todos esos penes alrededor! Me rodeaban como una trampa con lanzas afiladas.

Dellon se mueve, incómodo, en el asiento.

—No fue *tan* malo, ¿verdad?

—No, Dellon, no es nada personal contra tus órganos corporales. Pero los hombres no siempre son la solución.

El la mira fijo hasta que el camión termina al borde de una zanja. Entonces, levanta la vista y retrocede.

—Voy a tener que pensar en eso un rato —dice.

Ella le ofrece esa sonrisa que ha estado destrozando corazones masculinos durante veintisiete años, sin malicia.

—Hazlo.

33

LA AGENDA DE
JUEGOS

Seguramente la reunión anterior de la Cámara del Consejo tenía algo que ver con el asunto del Bingo. Sobre el pizarrón del frente de la habitación alguien ha escrito en letras estrechas, inclinadas hacia adelante:

AGENDA DE HOY: JUEGO EN TIERRAS TRIBALES, ¿SI O NO?
PRESENTACIONES

1. Cyrus Piedracifrada. "Los abismos del juego, una historia contada demasiadas veces.
2. Betty Louise Ardilla. "¡BINGO, todo el mundo gana!"

Annawake Matacuatro y Andy Cinturón de Lluvia están sentados en la mesa larga de los oradores con la espalda hacia el pizarrón, aparentemente sin conciencia alguna de la agenda de

juegos. Andy Cinturón de Lluvia parece festivo en una camisa azul de per-
cal con una cinta azul de satén al frente, parecida a la que usaba
Annawake el día en que ella y Taylor se conocieron. Taylor se acuerda con
exactitud del aspecto de la abogada. Hoy es una persona diferente, con
anteojos de borde negro y un corte de pelo que parece preocuparle. Está
todo el tiempo sacándoselo de la cara.

Tortuga, Taylor y Alice están sentadas, las tres juntas, en las sillas rojas
de teatro que llenan el pequeño auditorio. Tortuga hamaca las piernas y
golpea con la punta de las zapatillas contra el asiento vacío de adelante
como un tambor de ritmo parejo. Las filas de sillas están colocadas en
forma de V frente a la mesa de los oradores con un pasillo en el centro.
Los presentes asumieron una interpretación como de casamiento, en la
cual el pasillo central divide a las dos familias: los asientos del otro lado se
están llenando rápidamente. Cash está ahí y también Letty, en un vestido
rojo con una imponente fila de botones dorados en el frente; detrás
entraron incontables amigos y parientes arrastrando chicos y saludos y
mensajes de los vecinos. Boma Saltamontes se puso un traje de hombre
con rayas de puntos y una gorra de béisbol, y parece muy deportiva.
Sostiene la mano de un hombre viejo, extremadamente flaco, al que le
cuelga el pelo entre los hombros en una banda blanca tan delgada y
espinosa como el cordel de un encuadernador. La mujer robusta que
atendió a Alice y Annawake en el café camina por el pasillo y se inclina en
la fila de Letty con cara de mujer de negocios para informarle a Letty que
los moldes de los vestidos ya están en Woolworth's, en Tahlequah.

—¿Qué quiere decir esto que dice el tamaño, tía Earlene? —pregunta una
joven que está dando de mamar a un bebé —. Siempre quise preguntártelo.

Earlene da vuelta la espalda y habla por encima del hombro, pone las
manos sobre la cintura y detrás del cuello para explicar.

—Es cuando tienes menos centímetros de aquí a aquí que en el busto.

—Cuando eres más bajo que ancho —dice Roscoe.

—Tú cállate —le dice Letty—. No entiendo la razón por la que Azúcar
te da de comer.

Earlene se acomoda cerca de la madre. El bebé está haciendo mucho
ruido en su tarea: suena casi como una rueda mal engrasada que trata de
empaparse bien de grasa.

Azúcar entra tarde, mucho después de que Roscoe ya ha ocupado el asiento vacío cerca de su cuñada Letty. No parece segura de adónde ir. Finalmente se decide por Alice, pero en un asiento del pasillo, lo más cerca posible de los Aguaquieta.

La charla se va terminando cuando entra una mujercita en tacones y blusa blanca de seda haciendo ruido con los zapatos. La mujer se ubica en la mesa de los oradores cerca de Andy Cinturón de Lluvia. Tiene mucho pelo y lo sacude cuando se sienta, como si hubiera podido juntar polvo en él en el camino a ese punto. Annawake se pone los anteojos, arregla la pila de papeles frente a ella y se para. Mira a la gente reunida con una sonrisa extraña.

—¿Todos piensan que esto es Aguaquieta contra Greer?

La multitud asiente con el silencio.

Annawake se inclina hacia adelante sobre las palmas de las manos, espiando a través de los anteojos, y en ese momento, se parece un poco a una abogada en vaqueros.

—Bueno, se equivocan. Esto no es una batalla legal, es una audiencia solamente. Soy Annawake Matacuatro, todos me conocen aquí. La tribu me paga para cuidar sus intereses en este caso. El es Andy Cinturón de Lluvia, que tiene jurisdicción en el asunto como representante delegado de los Servicios de Bienestar Social para la Infancia. Y ella es su jefa, Leona Nadadora, que está aquí para asegurarse de que todos cumplimos con nuestro trabajo.

Leona Nadadora asiente un poco: aparentemente no quiere aceptar ninguna otra cosa fuera del hecho de que en realidad está presente.

Annawake sigue adelante.

—El señor Cinturón de Lluvia y yo hemos redactado una recomendación para el caso de la niña conocida como Tortuga Greer, y también conocida como Lacey Aguaquieta.

Tortuga deja de hamacar las piernas. Taylor le aprieta tanto la mano que por una vez la niña experimenta en carne propia la mordedura de una de esas tortugas que nunca sueltan lo que muerden.

Annawake mira a Andy.

—¿Querías decir algo?

—No, adelante —dice él. Leona Nadadora dobla el cuello para leer el pizarrón que tiene detrás. ¡BINGO, todo el mundo gana! Taylor puede imaginarse a esa Betty Louise Ardilla con facilidad. Una mujer encantadora, vivaz, a la que nunca se le pinchan las gomas y cuyos hijos nunca tienen sarampión. Taylor se la imagina realmente como a una ardilla con delantal de cocina.

Annawake habla en ese tipo de nivel de voz que necesita práctica para salir bien.

—Hay dos consideraciones legales principales en este asunto. Primero: la adopción de la niña como hija de Taylor Greer no se llevó a cabo como correspondía. No hubo malicia de parte de ella, pero de todos modos, fue una adopción ilegal. Ya he presentado una moción para invalidar esa adopción en la corte del estado.

El bebé que mama deja escapar un gritito estrangulado. Su madre se lo pone en el hombro y lo sacude un poquito para que salga el aire de acuerdo con las leyes que gobiernan a los bebés.

—En segundo lugar —dice Annawake—, hemos determinado que la niña es la nieta de Cash Aguaquieta, Lacey Aguaquieta. Ella lo reconoce y además tiene un gran parecido físico con la familia.

—¿Alguien puede dudarlo? —gime Letty en un tono bajo, sin aliento, como si estuviera a punto de hacer la comunión. Cash está totalmente quieto. No tiene conciencia física de sus propias manos y se pregunta si no está sufriendo algún tipo de ataque al corazón tranquilo, imposible de notar.

—Con esos hechos en mente —dice Annawake—, tenemos que considerar que el tutor legal de la niña es Cash Aguaquieta. Si esto llegara a juicio, cualquier corte favorecería inmediatamente al señor Aguaquieta. La Ley para el Bienestar de la Infancia Indígena afirma que nuestros niños deben quedarse dentro de la tribu y si es posible, con parientes de sangre. En esta instancia, la madre natural ha muerto, el padre es desconocido, así que la salida obvia sería asignar la custodia al abuelo.

Cash todavía no se movió. Taylor ya dejó de respirar.

—Pero este caso tiene una complicación. —Annawake levanta una birome y empieza a sacar y guardar la punta—. La niña ha formado un lazo poderoso con Taylor Greer, la única madre que ha conocido en los últimos tres años. El señor Cinturón de Lluvia evaluó el escenario de la adopción y después de consultar con un siquiatra, siente que para la menor, sería devastador romper ese apego extremo. Recomienda consejo profesional para la niña, que sufrió un período de abuso y falta de cuidado antes de que la abandonaran y después adoptaran. La Nación pagará el consejo profesional necesario. Ese es uno de nuestros deberes para con la niña. El señor Cinturón de Lluvia sugiere que sería valioso para el proceso de curación que pasara algún tiempo con su abuelo y otros parientes.

Annawake levanta la lapicera y la extiende en la punta de su brazo. De pronto la mira como si no tuviera la menor idea de para qué sirve ni de dónde la sacó.

—Así que —dice finalmente—, ya ven.

Nadie en el público hace ninguna señal de estar viendo algo realmente.

—Ya ven que en este caso, tenemos que tener en cuenta datos que están en conflicto: parece necesario mantener a la niña dentro de su propia cultura y no romper su lazo emocional con una madre que no es cheroque. Queremos reinstalar a esta niña, a la que debería llamarse Tortuga, ya que ha crecido hasta ser una personita excelente bajo el cuidado de su madre adoptiva y ése es el nombre que relaciona con su memoria consciente de sí misma, tenemos que reinstalarla, decía, como nieta de Cash Aguaquieta, que va a ser su tutor. Recomendamos que se anote su nombre legal como Tortuga Aguaquieta. Así que, por lo menos ya descubrimos quién es.

Alguien deja escapar un suspiro en el público. El bebé emite un quejidito.

Annawake se saca los anteojos y mira el techo como si rezara. Ahí arriba no hay nada excepto tejas a prueba de sonido. Ninguna evidencia de los Superiores ni de los seis chicos malos que se transformaron en cerdos, por la razón que fuera. Las caras frente a ella están abiertas de par en par, esperando. Ella se acuerda de querer ser el tío Anzuelo, cuando era chica, durante los sermones. Esto es lo mismo.

—Creo que estamos frente a una de esas raras oportunidades que nos da la vida para tratar de ser lo mejor de nosotros mismos —dice Annawake—. Cuando la prensa de afuera examine este caso, se va a preguntar solamente una cosa: ¿qué conviene más a los intereses de la niña? Pero nosotros somos cheroques y vemos las cosas de otra forma. Consideramos que la niña es parte de algo más grande: una tribu. Como una mano es parte del cuerpo. Antes de cortarla, tenemos que preguntarle al cuerpo si puede arreglarse sin esa mano.

"La Ley para el Bienestar de la Infancia India se diseñó especialmente para proteger a la tribu de la pérdida de miembros. Nuestros chicos son nuestro futuro. Y queremos que crezcan bajo la influencia de la generosidad y la dulzura. A veces hay que poner las necesidades del individuo en segundo lugar, detrás de las necesidades de la comunidad. Pero no hay que olvidarlas por completo, eso nunca. Lo que tenemos que hacer es satisfacer los requerimientos de la tribu sin separar completamente a Tortuga de la madre y la abuela a las que ha llegado a querer y en quienes confía.

Parientes y amigos de Tortuga Aguaquieta guardan un silencio perfecto.

Annawake apoya los anteojos sobre la mesa y se pone un mechón de cabello detrás de la oreja.

—Lo que voy a hacer es arriesgarme. Andy y yo pensamos en algo hará unos quince minutos, justo antes de la reunión. Hay un precedente interesante en cuanto a la asignación de la custodia en estos casos de adopción. A veces funciona, a veces es un desastre. Pero vamos a seguir adelante y darle a Cash Aguaquieta la custodia legal de Tortuga Aguaquieta con la recomendación de que la comparta con Taylor Greer. Estamos dispuestos a trabajar con las dos familias para lograr un acuerdo de custodia satisfactorio. El año pasado, en el caso de un niño navajo adoptado por una familia de Utah, la tribu permitió al chico pasar el año escolar con su familia adoptiva y los veranos con los abuelos en la reservación. —Annawake mira primero a Cash y luego a Tortuga; tienen las caras extrañamente idénticas. La abogada se inclina un poco para hablar con Andy en voz baja.

Andy Cinturón de Lluvia no se pone de pie, pero asiente y Annawake vuelve a hablar:

—Andy piensa seguir siendo el asistente social indio de Tortuga y llevar a cabo el seguimiento y las evaluaciones para determinar la forma en que este arreglo afecte a la niña. Quiere enfatizar el hecho de que Tortuga no va a ser separada de su familia adoptiva hasta que esté lista. Pero vamos a pedirle a los tutores que planifiquen las cosas de modo que Tortuga se instale aquí en la Nación por lo menos tres meses por año.

Alice Greer se suena la nariz. Letty saca un pañuelo de encaje y se la suena también, con mucha más vocación por el espectáculo.

—Obviamente —dice Annawake—, con una custodia compartida, todo depende de lo bien que se lleven las dos partes y de lo mucho que estén dispuestas a cooperar. Y de que la cooperación se extienda indefinidamente en el tiempo. Me parecería terrible que este caso llegara a los tribunales. —Mira los papeles que tiene enfrente—. Creo que eso es todo lo que tengo que decir.

Después de un momento de silencio impresionado, Boma Saltamontes levanta la voz en un alarido largo, agudo: la señal para que termine el sermón y empiece el baile.

—Gracias, Boma —sonríe Annawake y se sienta.

Nadie se mueve. Taylor respira por primera vez el aire demasiado leve del resto de su vida, una vida de compartir a Tortuga con desconocidos.

—Esta es su oportunidad —dice Andy a todo el mundo—. Les está permitido hablar si tienen sugerencias o preguntas o quieren promover el bienestar general. Por eso abrimos estos procedimientos a toda la familia.

Cash encuentra sus pies, muy despacio, y mira al frente.

—Yo tengo una sugerencia. Sugiero que si yo y Alice Greer nos casamos, entonces la niña podría seguir viendo a su abuela cuando venga en verano.

La cara de Alice se abre por todos sus poros, se derrumba. La de Letty Cuerno también.

—Espera un minuto, Cash —dice Letty, poniéndose de pie y aferrándose al asiento que tiene adelante como si fuera el banco de una iglesia—. No hace ni tres semanas que la conoces.

Cash se vuelve contra su hermana como un toro, ve como un toro el vestido rojo.

—Mira, Letty, ¿quieres callarte? Tú eres la que empezó este asunto. . . Debería darte vergüenza.

—Momentito que yo ayudé —dice Azúcar, levantándose todo lo que le permite su espalda encorvada—. Y no creo que estés siendo justa con Alice, Letty. Ella es mi prima. Si se aman, deberían dejarlos casarse y listo. —Se vuelve y le habla a Alice—. Yo también ayudé. Inventé algo de eso de que Cash se moría por verte.

Annawake sonríe con un gesto de pedantería.

—No quiero molestarte, Letty, pero fui *yo* la que te dio la idea. ¿Te acuerdas del día que fui a devolverte el plato de la torta? Se me ocurrió cuando estaba hablando con Alice en el café y volqué todo el azúcar.

—Ah, vamos, querida, no te preocupes por el azúcar —dice Earlene —. No fue nada. Floyd Cola de Caballo le volcó toda una taza de café a Killie Trato, una vez, un sábado de pascuas. Y ni se te ocurra preguntarme cómo fue que pasó.

Alice está de pie con la boca abierta, esperando. Cuando Earlene termina con Floyd Cola de Caballo y Killie Trato, pregunta:

—¿Alguien tiene intención de preguntarme *a mí* si quiero casarme con Cash?

Todos los pechos y las camisas se vuelven hacia ella.

—¿Qué? ¿No tengo ni voz ni voto en esto? Porque ya me decidí hace tiempo. No quiero otro marido pegado a la adorada televisión. También tengo que pensar en mis principios. —Alice se sienta.

Annawake mira a Taylor. Andy Cinturón de Lluvia se ríe abiertamente, exponiendo un hermoso agujero entre sus dos dientes del frente. Taylor le oye decir: *Todas las familias son raras*. No podría estar más de acuerdo. Está dispuesta a llevarse a Tortuga y salir corriendo pero ya sabe adónde termina ese camino.

—Solamente tengo una cosa que decir —anuncia Azúcar—. Si se casan. . . y digo si. . . , entonces creo que deberíamos hacer una fritura de chancho en mi casa. Porque Letty está arreglando el techo nuevo y todavía no terminó y eso y una fritura de chancho al mismo tiempo serían demasiado para ella, creo yo.

—Pero Azúcar, si es Cash el que está poniendo el techo. . . —exclama Letty —. ¿No crees que es bien capaz de terminar ese trabajo a tiempo para su propia boda?

El hombre de la cola de caballo blanca le dice a Earlene:

—El que le tiró el café a Killie Trato fue Flester. Lo leí en el diario.

—Claro que no. Estás pensando en esa vez que apareció con la manga manchada de café en medio de la campaña para el Consejo Tribal.

Leona Nadadora levanta la voz por primera vez.

—¿Y para qué iban a poner esas cosas en el diario? ¿Me lo pueden decir?

Todo el mundo se vuelve a mirar a Leona. Parece muy elegante y autoritaria, como una maestra de escuela.

—Política tribal, Leona —le dice Roscoe con impaciencia amable—. Tú lo sabes tan bien como yo.

—¡Ey, ey! —grita Cash—. Si esta reunión ya terminó, y yo diría que así es, invito a Alice y a todos en este salón a venir a mi casa ahora mismo y ser testigos de algo que estoy por hacer.

Sale corriendo de la habitación. Hay un momento de silencio estupefacto; luego, una estampida de vecinos.

Taylor entiende que ha perdido algo que nunca podrá recuperar. Cash Aguaquieta es tutor legal de Tortuga. Punto.

Todavía se acuerda del día en que entendió por primera vez que había recibido el poder absoluto de la maternidad, esa fuerza que hace que todo lo demás retroceda y acepte que ella es la que sabe lo que más le conviene a Tortuga. Le dio terror. Pero entregar eso ahora la hace sentir infinitamente pequeña y muy sola. Ni siquiera puede sentarse a contar sus pérdidas; su corazón es un cañón vacío así que pone todo el esfuerzo en manejar.

De alguna forma, ha terminado como furgón de cola en la larga fila de autos que sigue a la camioneta color moneda de Cash. Ella y Tortuga parecen olvidadas por el momento. De pronto, se da cuenta de que podría salir de la fila, ir hacia el oeste y nadie se daría cuenta. Pero están más allá de ese punto. Desde ahora hasta el fin de los tiempos, está relacionada con la familia que desfila por la Principal, en El Cielo. Un día, muy pronto, estará en cama con Jax y le contará todos los detalles de esta mañana. Los Vaqueros del Renacimiento tienen mucho que envidiarle a los Aguaquieta en cuanto a la producción de entretenimientos.

—Espera a que le digamos a Jax que lo queremos como tu papá oficial —le dice Taylor a Tortuga—. ¿Qué te parece que va a hacer?

—¿Ponerse los pantalones en la cabeza y cantarse el "Feliz Cumpleaños" a sí mismo?

—Sí, tal vez.

—¿Eso quiere decir que todavía eres mi mamá?

—Sí. Pero ahora tengo que compartirte con tu abuelo. El va a tener mucho que decir sobre cómo te criamos.

—Ya sé. Para que pueda ser cheroque cuando crezca. Me lo dijo Andy Cinturón de Lluvia.

—¿Te gusta Andy?

Tortuga asiente.

—¿Esa gente de ahí? ¿Eran de la familia de Pap-pap?

—Sí. *Tu* familia, más bien.

—Están todos locos.

—Cierto. Pero seguramente te van a gustar.

El único semáforo del pueblo se pone rojo justo delante de ella cuando los otros ya pasaron. Taylor enciende las luces como para que la gente piense que se trata de un funeral y sigue adelante. No venía nadie, por otra parte. Si se separa de los demás ahora, nunca sabrá cómo va a resultar su propia vida.

Cash sale caminando por la puerta trasera de la cabaña con la televisión en las manos. La pone sobre un tronco cortado con un silencio vigoroso. El aparato se queda ahí, no del todo derecho, el cable corto y negro colgándole detrás, vencido. Mientras Cash vuelve a entrar con grandes zancadas, los testigos se ordenan en un semicírculo frente al ojo verde y vacío. Nada en este mundo, nota Alice, organiza más rápido a la gente que una televisión, aunque no haya ningún lugar donde enchufarla excepto el tronco de un árbol muerto.

Tortuga da un salto o dos hacia la TV pero la muchacha del bebé en el hombro la toma del hombro con dulzura para que no se adelante. Taylor se estira y toma la mano de su hija.

Cash vuelve a aparecer con el rifle.

—Córranse —dice y nadie pierde tiempo.

—Está totalmente loco —le dice Alice a Taylor, con mucha calma.

—Entonces, será mejor que te cases con él —susurra Taylor como respuesta.

Cash se retira unos metros frente a todos. Se para con los pies separados. Se le doblan los hombros hacia adelante, curvados y tensos, mientras levanta el rifle y apunta con cuidado. Se queda helado en esa posición durante un largo rato. Alice ve el cañón del rifle por encima del hombro de Cash, lo ve temblar un poquito y luego ve cómo el hombro retrocede justo en el momento en que el disparo ruge por encima del claro. Los oídos sienten el dolor de una campanada demasiado fuerte. Los bosques guardan un silencio antinatural. Todos los pájaros notan la herida negra de la bala en la pantalla de la televisión, un poquito fuera del centro pero letal.

El corazón de Alice cumple con sus funciones dentro su pecho, cosa extraña, y ella entiende que su condena de por vida a las casas silenciosas ha sido conmutada. La familia de mujeres está a punto de abrir sus puertas a los hombres. A los hombres, a los chicos, a los vaqueros y a los indios. Todo ha terminado ahora, excepto los gritos.